PAUL BOWLES

So mag er fallen

ROMAN

GOLDMANN VERLAG

Neuausgabe
Aus dem Amerikanischen von Maria Wolff
Die Originalausgabe erschien unter dem Titel »Let it come down« bei Random House, New York

---

Banquo: 's kommt Regen noch zur Nacht.
Erster Mörder: So mag er fallen.
(Er ersticht Banquo)

Macbeth, III/3

Der Goldmann Verlag
ist ein Unternehmen der Verlagsgruppe Bertelsmann

Made in Germany · 10/88 · 2. Auflage

Umschlaggestaltung: Design Team München
Umschlagfoto: Süddeutscher Verlag, Bildarchiv, München
Satz: IBV Satz- und Datentechnik GmbH, Berlin
Druck: Elsnerdruck, Berlin
Verlagsnummer: 9081
G.R./Herstellung: Sebastian Strohmaier/AS
ISBN 3-442-09081-4

ERSTER TEIL

Internationale Zone

I

Es war Nacht, als die kleine Fähre am Dock anlegte. Als Dyar das Fallreep hinunterging, sprühte ein plötzlicher Windstoß warme Regentropfen über sein Gesicht. Die wenigen anderen Passagiere waren ärmlich gekleidet und trugen ihre Habseligkeiten in billigen Pappkoffern und Papiertüten. Er betrachtete sie, wie sie resigniert vor dem Zollgebäude standen und warteten, bis geöffnet wurde. Ein halbes Dutzend schäbiger Araber hatte ihn bereits von jenseits des Zaunes erspäht und schrie ihm zu: »Hotel Metropol, Mister!« – »He, Johnny! Komm her!« – »Du suchst Hotel?« – »Grand Hotel, he!« Es war, als hätte er ihnen seinen amerikanischen Paß entgegengehalten. Er beachtete sie nicht. Einige Minuten lang regnete es wirklich stark. Als der Beamte dann die Tür öffnete, war Dyar unangenehm durchnäßt.

Drinnen war das Gebäude von drei Öllampen erhellt, die auf der Abfertigungsrampe standen; für jeden Inspektor eine. Sie sparten sich Dyars Gepäck bis zum Schluß auf und durchsuchten es dann zu dritt und sehr sorgfältig, ohne eine Spur von Liebenswürdigkeit oder Humor. Als er seine Koffer wieder so gepackt hatte, daß sie schlossen, wurden sie mit lavendelfarbener Kreide abgezeichnet, und man ließ ihn bedauernd passieren. Er mußte sich in der Menschenschlange vor dem Schalter einreihen, über dem POLICIA stand. Während er dort wartete, fiel ihm ein großer Mann auf, der eine Schirmmütze trug und »Taxi!« rief. Der Mann machte einen anständigen Eindruck, und deshalb nickte er ihm bejahend zu. Als der Mann mit der Kappe vortrat, um das Gepäck zu holen, geriet er sofort in einen Streit mit den anderen. Dyar war an diesem Abend die einzige Beute. Angeekelt wandte er sich ab, während die schreienden Gestalten den Taxifahrer durch den Ausgang verfolgten. Er fühlte sich ohnehin schon schlecht. Und im Taxi fühlte er sich weiter schlecht, während der Regen gegen die Windschutzscheibe klatschte und die quietschenden Scheibenwischer mühsam über das Glas wischten. Jetzt war er wirklich da; es gab kein Zurück mehr. Es hatte natürlich nie eine Frage des Zurück gegeben. Als er schrieb, er würde die Stelle annehmen, und in New York die Passage buchte, wußte er, daß seine Entscheidung unwiderruflich war. Ein Mann, der weniger als fünfhundert Dollar in der Tasche hat, ändert seine Entschlüsse in solchen Fällen nicht mehr. Aber nun, da er hier war und seine Augen versuchten, die Finsternis hinter den nassen Scheiben zu erforschen, erfaßten ihn zum erstenmal wieder die Verzweiflung und die Einsamkeit, die er hinter sich glaubte. Er zündete sich eine Zigarette an und reichte dem Chauffeur die Packung.

Er beschloß, den Fahrer entscheiden zu lassen, wo er wohnen würde. Der Mann war ein Araber, der sehr wenig Englisch verstand, aber er kannte die Worte »billig« und »sauber«. Sie fuhren vom Hafendamm auf das Festland, hielten an einem Tor, wo zwei Polizisten ihre Köpfe durch die vorderen Scheiben steckten, und dann fuhren sie eine Weile langsam durch eine Straße mit wenigen trüben Lampen. Als sie vor dem Hotel ankamen, machte der Fahrer keine Miene, ihm mit dem Gepäck zu helfen, und ebensowenig war ein Hausdiener zu sehen. Dyar betrachtete nochmals den Eingang; die Fassade war die eines großen modernen Hotels, aber hinter dem Haupteingang sah er eine einzige Kerze brennen. Er stieg aus und fing an, seine Koffer zu holen. Dann warf er einen fragenden Blick auf den Fahrer, der zusah, wie er das Gepäck aus dem Wagen zerrte. Der Mann wartete ungeduldig darauf, wieder fortzukommen.

Als er seine Habe auf dem Gehsteig abgestellt und den Chauffeur bezahlt hatte, stieß er die Hoteltüre auf und erblickte einen jungen Mann mit glatten schwarzen Haaren und einem koketten Schnurrbart, der hinter dem kleinen Empfangsschalter saß. Die Kerze war die einzige Lichtquelle. Er fragte, ob dies das Hotel de la Playa sei, und wußte nicht, ob er froh oder bekümmert sein sollte, als er erfuhr, daß dem so war. Es nahm einige Zeit in Anspruch, bis er sein Gepäck ohne Hilfe in die Hotelhalle getragen hatte. Dann stieg er, geführt von einem kleinen Buben, der eine Kerze trug, die Treppe zu seinem Zimmer hinauf; der Lift funktionierte nicht, weil der Strom abgeschaltet war.

Sie stiegen drei Stockwerke hoch. Das Hotel war wie ein riesenhaftes, hallendes Betongehäuse; jeder Fußtritt dröhnte von allen Wänden zurück. Das Gebäude war von jener penetranten und sauberen Schäbigkeit, die nur billige moderne Bauten haben. Schon zeigten die Wände große Risse, aus den Türumrahmungen hatten sich Stücke der Vergipsung gelöst, und hier und dort fehlten Fliesen im Bodenbelag.

Als sie das Zimmer erreicht hatten, ging der Junge voraus und entzündete eine neue Kerze, die in einer leeren Cointreau-Flasche steckte. Die Schatten schossen an den Wänden empor. Dyar schnupperte mißbilligend die stickige Luft. Der Geruch des Zimmers erinnerte teils an feuchten Gips, teils an ungewaschene Füße.

»Puh – hier stinkt es aber«, sagte er. Er betrachtete mißtrauisch das Bett und schlug die fleckige blaue Überdecke zurück, um die Laken zu sehen.

Der Tür gegenüber war ein großes Fenster, das der Junge eilig öffnete. Ein Windstoß fuhr von draußen herein. Man hörte entfernt das Rauschen der Brandung. Der Junge sagte etwas auf spanisch, und Dyar vermutete, er wolle ihm bedeuten, dies sei ein schönes Zimmer, weil es nach dem Meer zu lag. Es war ihm ziemlich gleichgültig, wohin die Aussicht ging: er war nicht zur Erholung hierhergekommen. Alles, was er in diesem Augenblick verlangte, war ein Bad. Der Junge schloß das Fenster und lief hinunter, um das Gepäck zu holen. In einer Ecke des Zimmers, abgeteilt durch eine schmierige Zwischenwand, befand sich eine Dusche mit grauem Zementboden und Zementwänden. Er probierte den Hahn, auf dem CALIENTE stand, aus und war überrascht, als das Wasser einigermaßen heiß herausfloß.

Der Junge brachte das Gepäck, deponierte es an den ungeeignetsten Plätzen, nahm sein Trinkgeld in Empfang und bemühte sich vergeblich, die Tür zu schließen; er ließ sie halb offen und ging endlich aus dem Zimmer. Dyar löste sich vom Fenster, an dem er gestanden, in die Dunkelheit hinausgesehen und mit dem Vorhang gespielt hatte. Er schlug die Tür zu und hörte, wie draußen der Schlüssel klirrend auf den Korridor fiel. Dann warf er sich auf das Bett und blieb eine Weile liegen, den Blick gegen die Decke gerichtet. Eigentlich sollte er Wilcox sofort anrufen und ihm mitteilen, daß er angekommen war. Er wandte den Kopf nach dem niedrigen Nachttisch neben dem Bett, um nachzusehen, ob dort ein Telefon stand, aber der Tisch lag im Schatten des Fußendes, und er konnte in der Dunkelheit nichts erkennen.

Er fühlte, daß er den gefährlichen Punkt erreicht hatte. In diesem Augenblick erschien ihm seine Existenz fast ausgelöscht. Er hatte alle Sicherheit für etwas aufgegeben, von dem ihm jedermann, auch sein eigenes Gefühl, vorausgesagt hatte, es sei ein verrücktes Abenteuer. Das Vergangene war unwiderruflich vorbei, und das Neue hatte noch nicht begonnen. Um einen Anfang zu machen, hätte er Wilcox anrufen müssen, doch er rührte sich nicht. Seine Freunde hatten ihm gesagt, er sei wahnsinnig, seine Familie hatte zornig und traurig mit ihm gehadert, aber aus irgendeinem ihm selber unerklärlichen Grund hatte er sich allen Argumenten verschlossen. »Ich hab's satt!«, hatte er leicht hysterisch geschrien. »Ich hab' den verdammten Schalter in der Bank jetzt zehn Jahre lang ertragen. Vor dem Krieg, während des Krieges und nach dem Krieg. Ich kann es nicht mehr aushalten, das ist alles!« Und als man ihm vorschlug, vielleicht einmal einen Arzt zu konsultieren, lachte er zornig und antwortete: »Mir fehlt gar nichts, was nicht durch einen Wechsel geheilt werden könnte. Niemand ist dazu bestimmt, jahrelang in einem Käfig eingesperrt zu sein. Ich habe es einfach satt, das ist alles.« – »Gut, gut«, sagte sein Vater. »Nur sag mir, was willst du dagegen unternehmen?« Darauf konnte er nicht antworten. Während der Wirtschaftsdepression, als er zwanzig war, war er froh gewesen, die

Stellung in der Transitabteilung der Bank zu bekommen. All seine Freunde hatten ihn darum beneidet; nur der Freundschaft seines Vaters mit einem der stellvertretenden Direktoren hatte er es damals zu verdanken gehabt, daß er eingestellt wurde. Kurz vor dem Krieg machte man ihn zum Kassierer. In jenen Tagen, als nichts von Dauer schien und Wechsel an der Tagesordnung war, glaubte Dyar, trotz eines leichten Herzfehlers eines Tages doch einen nützlichen Posten innerhalb der Armee zu bekommen. Alles wäre ein Wechsel und deshalb willkommen gewesen. Aber er wurde glatt zurückgewiesen; er war weiterhin in seinem Käfig geblieben. Dann wurde er das Opfer eines demoralisierenden Gefühls von Erstarrung. Sein eigenes Leben war eine drükkende Last, so schwer, daß er glaubte, sie niemals mehr von der Stelle, wo sie einmal lag, fortbewegen zu können. Er hatte sich an das Gefühl intensivster Hoffnungslosigkeit und Niedergeschlagenheit, das ihn überfallen hatte, gewöhnt und lehnte sich gleichzeitig erbittert dagegen auf. Es lag nicht in seiner Natur, mürrisch zu sein, und seiner Familie fiel sein Zustand auf. »Nimm die Dinge hin, wie sie kommen«, pflegte sein Vater zu sagen. »Nimm's nicht so schwer. Du wirst sehen, es gibt genug Sachen, die dir deinen Tag ausfüllen. Wohin führt es, wenn du dir den Kopf über die Zukunft zerbrichst? Laß die Dinge an dich herankommen.« Und weiterhin pflegte er die üblichen Warnungen wegen des Herzleidens vorzubringen. Dyar lachte dann säuerlich. Er war ganz bereit, in den Tag zu leben – die Zukunft bekümmerte ihm am wenigsten. Die Gegenwart stand ihr im Weg; die Minuten waren es, die ihm feindlich gesinnt waren.

Jede Minute schob ihn mit ihrer überwältigenden Leerheit weiter vom Leben fort. »Du gehst nicht genug an die frische Luft«, ermahnte ihn sein Vater. »Gib dir selbst eine Chance. Als ich in deinem Alter war, konnte ich es kaum erwarten, daß es Abend wurde, damit ich auf den Tennisplatz kam oder an den alten Fluß zum Angeln oder nach Hause, um meine Hosen für einen Tanzabend aufzubügeln. Du bist krank. Oh, ich meine nicht körperlich. Diese kleine Herzgeschichte ist gar nichts. Wenn du vernünftig leben würdest, würdest du niemals etwas davon spüren. Ich meine deine Lebenseinstellung. Die ist krankhaft. Ich finde die ganze Generation angekränkelt. Es gibt nur das eine oder das andere: sinnloses Trinken bis zur Bewußtlosigkeit oder Herumlungern und Nachgrübeln, daß das Leben nicht lebenswert sei. Was zum Teufel ist mit euch allen los?« Dann pflegte Dyar zu lachen und zu sagen, daß sich die Zeiten eben geändert hätten. »Die Zeiten ändern sich immer«, entgegnete sein Vater, »aber nicht die menschliche Natur.«

Dyar war kein großer Leser; nicht einmal ein Kinogänger. Jede Art von Unterhaltung unterstrich das Unveränderliche des Bestehenden noch besonders stark; nicht nur dann, wenn die Unterhaltung vorbei war, sondern auch während sie stattfand. Nach dem Krieg hatte er sich eine gewisse Mühe gegeben, Anschluß an das Leben zu finden. Hin und wieder ging er mit zwei oder drei Freunden aus, und jeder von ihnen nahm ein Mädchen mit. Sie tranken in der Wohnung von einem der Mädels Cocktails, sahen sich einen Film am Broadway an und aßen danach in einem chinesischen Lokal in der Nähe, wo man auch tanzen konnte. Darauf folgte der langwierige Prozeß, die Mädchen eines nach dem andern nach Hause zu begleiten, wonach sie gewöhnlich in einer Bar landeten und ziemlich ausgiebig tranken. Manchmal, wenn auch nicht sehr oft, gabelten sie sich was Billiges in einer Bar oder auf der Straße auf, nahmen sie mit auf Bill Healys Zimmer und schliefen der Reihe nach mit ihr. Alles lief nach einem festgelegten Schema; etwas anderes schien es nicht zu geben. Dyar dachte immer bei sich: »Jede Art von Leben wäre besser als dieses«, aber er fand keine andere Lösung. »Wenn du dich einmal mit der Tatsache abgefunden hast, daß das Leben kein Amüsement ist, wirst du viel glücklicher werden«, sagte seine Mutter zu ihm. Obwohl er mit seinen Eltern zusammenlebte, sprach er niemals mit ihnen über seine Gefühle. Sie waren es, die spürten, daß er nicht glücklich war, und deshalb versuchten, ihm auf eine etwas vorwurfsvolle Art zu helfen. Er war höflich zu ihnen, aber innerlich voller Geringschätzung. Es war so offensichtlich, daß sie die

Leere, die er verspürte, nicht verstanden und noch weniger, wie sehr er unter ihr litt. Es war wie eine fortschreitende Lähmung, die ständig zunahm, und mit ihr erstand die Angst, daß von einem gewissen Punkt an etwas Entsetzliches geschehen werde.

Von weit her konnte er das Geräusch der Wellen hören, die sich am Strand draußen brachen: das dumpfe Anrollen, eine lange Stille, dann wieder ein Brecher. Irgend jemand betrat das Zimmer über ihm, warf die Tür zu und fing an, geschäftig hin und her zu gehen. Es klang wie eine Frau, aber eine schwerfällige. Wasser wurde aufgedreht, und in Dyars Waschbecken gluckste es mitfühlend. Er zündete sich eine Zigarette an und klopfte die Asche von Zeit zu Zeit auf den Fußboden neben dem Bett. Nach einigen Minuten ging die Frau – er war sicher, daß es eine Frau war – aus ihrem Zimmer, warf die Tür zu, und er hörte, wie sie den Gang hinunterging, in einen anderen Raum, dessen Tür sie schloß. Eine Klosettspülung wurde gezogen. Dann kamen die Schritte wieder in das Zimmer über ihm zurück.

»Ich muß Wilcox anrufen«, dachte er. Aber er rauchte langsam seine Zigarette zu Ende, bis zum letzten Rest. Er fragte sich, warum er mit dem Anruf so zögerte. Er hatte den Absprung gewagt und glaubte, daß es richtig gewesen war. Die ganze Fahrt über auf dem Schiff nach Gibraltar hatte er sich eingeredet, es sei das einzig Vernünftige, was er tun konnte, er werde nach seiner Ankunft ein anderer Mensch sein, voller Leben, befreit von dem Gefühl der Verzweiflung, das so lange auf ihm gelastet hatte. Und nun kam ihm zum Bewußtsein, daß er sich genau so fühlte wie immer. Er versuchte sich vorzustellen, wie es wäre, wenn er zum Beispiel sein ganzes Leben vor sich hätte und genau so leben könnte, wie es ihm gefiel, ohne den Zwang, seinen Unterhalt zu verdienen. In diesem Fall müßte er jetzt nicht mit Wilcox telefonieren, müßte nicht den einen Käfig gegen einen anderen vertauschen. Nachdem er den ersten Ausbruchsversuch gemacht hatte, würde er dann den zweiten wagen und ganz frei sein. Er hob den Kopf und sah sich langsam in dem dämmrigen Raum um. Der Regen prasselte gegen die Scheiben. Bald würde er hinausgehen müssen. Im Hotel gab es kein Restaurant, und der Weg in die Stadt war sicherlich sehr weit. Er tastete über die Nachttischplatte; kein Telefon. Dann stand er auf, nahm die Kerze und untersuchte das Zimmer. Er ging auf den Korridor hinaus, hob seinen Zimmerschlüssel vom Boden auf, sperrte seine Tür ab und ging hinunter, wobei er dachte: »Ich hätte ihn jetzt schon in der Leitung, wenn ich nur einen Apparat neben dem Bett hätte.«

Der Mann am Empfang war nicht da. »Ich muß telefonieren«, sagte Dyar zu dem Jungen, der grinsend neben einer Topfpfanne stand. »Es ist sehr wichtig. – Telefon! Telefon!« brüllte er gestikulierend, als der andere keinerlei Anzeichen machte, ihn zu verstehen. Der Junge ging an die Portiersloge, holte ein altmodisches Telefon hervor und stellte es oben auf die Theke. Dyar nahm den Brief aus der Tasche und sah die Nummer von Wilcox' Hotel nach. Der Junge versuchte, den Brief zu ergreifen, aber Dyar schrieb die Nummer auf die Rückseite des Umschlags und gab ihm diesen. Ein dicker Mann in einem schwarzen Regenmantel kam herein und verlangte seinen Zimmerschlüssel. Dann blieb er vor einer Zeitung stehen, die aufgeschlagen auf der Theke lag, und betrachtete sie. Während der Junge die Verbindung herstellte, dachte Dyar: »Wenn er zum Abendessen aus ist, muß ich die ganze Prozedur wiederholen.« Der Junge rief irgend etwas in den Apparat und reichte Dyar den Hörer.

»Hallo?«

»Hotel Atlantide.«

»Bitte Mr. Wilcox.« Er betonte den Namen sehr sorgfältig. Es folgte eine Stille. »Mein Gott«, dachte er, ärgerlich, daß er sich Gedanken darüber machte, ob Wilcox da sei. Es knackte im Apparat.

»Ja?«

Es war Wilcox. Eine Sekunde lang wußte er nicht, was er sagen sollte. »Hallo!« sagte er.

»Hallo. Ja?«

»Jack?«

»Ja. Wer ist da?«

»Hier ist Nelson. Nelson Dyar.«

»Dyar! Na sieh einer an! Bist du also doch gekommen. Wo bist du? Komm rüber. Kennst du den Weg? Nimm lieber eine Taxe. Du verläufst dich sonst. Wo wohnst du?«

Dyar sagte es ihm.

»Lieber Himmel! Das –« Dyar hatte das Gefühl, Wilcox wollte fortfahren: das Loch. Aber er sagte: »Das ist ja fast hinter der Grenze. Na schön, komm her, so schnell du kannst. Nimmst du Soda oder Wasser?«

Dyar lachte. Er hätte nie gedacht, daß er sich so freuen würde, Wilcox' Stimme zu hören. »Soda«, sagte er.

»Warte einen Augenbick. Hör zu. Ich habe eine Idee. Ich rufe dich in fünf Minuten wieder an. Geh nicht fort. Warte auf meinen Anruf. Halte dich bereit. Ich will nur rasch noch jemanden anrufen. Großartig, daß du hier bist. Ich ruf' dich gleich wieder an. – O. K.?«

»In Ordnung.«

Er hängte ein und stellte sich an das Fenster. Der Regen, der die Scheiben peitschte, war durch die Ritzen eingedrungen und rann an der Wand herunter. Jemand hatte einen Lumpen auf den Boden gelegt, der das Wasser aufsaugen sollte, aber jetzt schwamm das Tuch in einer flachen Pfütze. Einige hundert Meter straßenaufwärts stand eine Laterne. In ihrem Schein schwankten die glitzernden Speere der Palmblätter hin und her. Er fing an, in der kleinen Hotelhalle auf und ab zu gehen; der Junge, der mit den Händen auf dem Rücken neben dem Schalter stand, beobachtete ihn aufmerksam. Es ärgerte ihn ein wenig, daß Wilcox ihn warten ließ. Natürlich glaubte er, Dyar habe von seinem Zimmer aus angerufen. Er überlegte, ob Wilcox wohl gut verdiente mit seinem Reisebüro. In seinen Briefen sagte er es, aber Dyar erinnerte sich, daß er eher ein Bluffer war. Sein Enthusiasmus brauchte nichts anderes zu bedeuten, als daß er einen Angestellten nötig hatte und jemanden aus seiner Bekanntschaft bevorzugte (das Gehalt war niedrig genug, und Dyar hatte die Überfahrt von New York selbst bezahlt), und vielleicht freute es ihn auch, seine Wichtigkeit und Großmut zu zeigen. Es würde Wilcox ähnlich sehen, das zu tun, was er eine großzügige Geste nannte. Dyar nahm an, daß wahrscheinlich das letztere der Fall war. Ihre Freundschaft war niemals intim gewesen. Obwohl sie sich seit ihrer Knabenzeit kannten, da Wilcox' Vater der Hausarzt der Dyars war, hatte keiner von ihnen mehr als ein höfliches Interesse für das Leben des anderen gezeigt. Sie hatten in Wirklichkeit wenig gemeinsam – nicht einmal das Alter, denn Wilcox war fast zehn Jahre älter als er. Während des Krieges wurde Wilcox nach Algier versetzt, und später hatte sich Dyar niemals Gedanken darüber gemacht, was aus ihm geworden war. Eines Tages war sein Vater nach Hause gekommen und hatte gesagt: »Es scheint, daß Jack Wilcox in Afrika hängengeblieben ist. Er hat sich geschäftlich selbständig gemacht und scheint Erfolg zu haben.« Dyar hatte gefragt, was für eine Art von Geschäft es sei, und mit lahmem Interesse vernommen, daß es sich um ein Reisebüro handelte.

Eines Spätnachmittags war er bei strahlendem Herbstwetter die Fifth Avenue hinuntergegangen und vor einem großen Reisebüro stehengeblieben. Der Wind, der vom Central Park herüberwehte, hatte die Frische eines Oktoberabends und brachte ihm schon die Ahnung des Winters, der Jahreszeit, die lähmt; für Dyar bedeutete er einen Vorgeschmack gesteigerter Depressionen. Auf der einen Seite der Auslage stand ein großes Modellschiff, schwarz-weiß, mit blinkenden Messingteilen. Die andere Seite stellte eine tropische Miniaturküste dar, mit einem türkisfarbenen Gelatinemeer und winzigen Palmen, die sich von einem echten Sandstrand herabneigten.

BUCHEN SIE JETZT IHRE WINTERREISE

stand auf einem Schild. Er überlegte, daß es eine qualvolle Beschäftigung sein müsse, in einer solchen Agentur zu arbeiten, Reiserouten zusammenzustellen, Hotelzimmer zu bestellen und Passagen zu buchen für Orte, die man selbst niemals sehen würde. Er überlegte, wie viele der Männer, die dort arbeiteten und ihre Prospekte, Fahrpläne, Listen und Landkarten studierten, so empfinden mochten, wie er es an ihrer Stelle getan hätte; das mußte ja noch schlimmer sein als die Bank. Dann fiel ihm Wilcox ein. In diesem Augenblick begann er wieder weiterzugehen, diesmal sehr rasch. Als er nach Hause kam, schrieb er den Brief und warf ihn sofort ein. Es war eine verrückte Idee. Nichts würde dabei herauskommen, außer daß Wilcox ihn vielleicht für einen gottverdammten Narren halten würde, eine Vorstellung, die ihn wenig bekümmerte.

Die Antwort war die größte Überraschung seines Lebens gewesen. Wilcox hatte von Gedankenübertragung gesprochen. »Es muß etwas dran sein, an der Telepathie«, hatte er geschrieben. Erst dann hatte Dyar seinen Plan der Familie gegenüber erwähnt, und die Vorwürfe hatten begonnen.

Der dicke Mann verließ mit zögernden Schritten den Empfangsschalter und ging zum Lift zurück. Als er die Tür schloß, begann das Telefon zu läuten.

Der Junge sprang herbei, aber Dyar war schneller. Der Junge starrte ihn böse an. Es war Wilcox, der sagte, er sei in zwanzig Minuten im Hotel de la Playa. »Ich möchte, daß du eine Freundin von mir kennenlernst«, sagte er. »Die Marquesa de Valverde. Sie ist großartig. Sie wünscht, daß du mit zum Abendessen kommst.« Und als Dyar protestierte, unterbrach er ihn. »Wir ziehen uns nicht um. Gott behüte! So was gibt es hier nicht. Ich hol' dich ab.«

»Aber Jack, hör zu –«

»Auf gleich.«

Dyar ging auf sein Zimmer, verärgert, daß man ihm keine Zeit gelassen hatte, zu- oder abzusagen. Er fragte sich, ob sein Ansehen in Wilcox' Augen wohl gestiegen wäre, wenn er sich unabhängig gezeigt und abgesagt hätte. Aber offensichtlich hatte er nichts dergleichen vorgehabt, denn kaum war er in seinem Zimmer, riß er sich die Kleider vom Leib, nahm rasch eine Dusche, öffnete seine Koffer, rasierte sich, so gut er es beim Licht der einen Kerze konnte, und zog seinen besten Anzug an. Dabei pfiff er die ganze Zeit vor sich hin. Als er fertig war, blies er die Kerze aus und rannte die Treppe hinunter, um vor dem Haupteingang zu warten.

II

Daisy de Valverde saß an ihrem Toilettentisch. Ihr Gesicht leuchtete grell im Licht von sechs kleinen Scheinwerfern, die es aus sechs verschiedenen Richtungen anstrahlten. Wenn sie sich in der erbarmungslosen Helle dieser scharfen Lampen zu ihrer Zufriedenheit schminkte, konnte sie sich später in jeder Beleuchtung sicher fühlen. Aber das erforderte Zeit und Technik. Die Villa Hesperides war niemals ohne Strom, selbst jetzt nicht, wo die Stadt nur jeden zweiten Abend für zwei Stunden mit Elektrizität versorgt wurde. Dafür hatte Luis gesorgt, als sie das Haus bauten; es gehörte zu den Reizen der Internationalen Zone, daß man alles bekommen konnte, wenn man dafür zahlte. Was das betraf, so konnte man sich auch alles erlauben – es gab niemanden, der nicht bestechlich war. Alles war nur eine Preisfrage.

Draußen brüllte der Wind; in den Zypressen tobte er wie ein Wasserfall. Von tief unten her hallte das Dröhnen der Wellen an den Klippen. In die spiegelnden Lichter des Raumes mischten sich andere Reflexe, winzige, ferne Punkte: Spanien, jenseits der Meerenge, Tarifa und Kap Camariñal.

Sie freute sich immer, wenn Amerikaner ins Haus kamen, denn sie fühlte sich ihnen gegenüber ungehemmt. Sie konnte soviel trinken, wie sie wollte, und sie tranken mit, während die englischen Gäste einen Whisky über eine Stunde ausdehnten – von den Franzosen ganz zu schweigen, die einen Martini verlangten, der aus Wermut mit einem Spritzer Gin bestand, oder den Spaniern, mit ihrem einen Glas Sherry. »Die Amerikaner sind die kommende Nation«, pflegte sie mit ihrer munteren Stimme zu verkünden. »Auf ihr Wohl. Gott segne ihre technischen Spielereien, die großen und die kleinen. Gott segne Frigidaire, Tampax und Coca-Cola. Jawohl, auch Coca-Cola, Liebling.« (Man war allgemein der Ansicht, daß die Coca-Cola-Reklamen das malerische Aussehen Marokkos ruinierten.) Der Marquese teilte ihren Enthusiasmus für die Amerikaner keineswegs, aber das hinderte sie nicht daran, sie einzuladen, wann immer es ihr paßte; sie führte das Haus nach ihrem Geschmack.

Sie hatte einen Schweizer Butler und einen italienischen Diener, aber wenn Amerikaner zu Tisch geladen waren, ließ er den alten Ali servieren, weil er ein prachtvolles maurisches Kostüm besaß. Obwohl er nicht übermäßig gewandt war, fand sie seine Erscheinung eindrucksvoller als die vollkommenere Bedienung durch die beiden Europäer.

Die Schwierigkeit bestand darin, daß sowohl der Butler wie der Diener diese Anordnung so sehr mißbilligten, daß Daisy sich gezwungen sah, im letzten Augenblick noch in der Küche zu erscheinen und ihren Befehl zu wiederholen, denn sonst erfanden die beiden irgendeinen Grund, der den armen alten Ali am Servieren hinderte. Und wenn sie dann von ihrem Teller aufsah und erwartete, die gleißenden Brokate und goldenen Schärpen aus dem Palaste des Sultans Moulay Hafid zu sehen, fiel ihr erstaunter Blick auf die prosaischen schwarzen Uniformen von Hugo oder Mario. Ihre Gesichter waren ausdruckslos, und sie würde niemals erfahren, was sich draußen abgespielt hatte. Es war durchaus möglich, daß dies auch heute abend geschehen konnte, falls sie nicht hinunterging und ausdrücklich verlangte, daß Ali servierte. Sie erhob sich, streifte ein schweres Armband über ihre linke Hand und ging hinaus, durch den winzigen Korridor, der ihr Zimmer mit dem übrigen Haus verband. Jemand hatte ein Fenster am Ende der oberen Diele offengelassen, und der Wind hatte mehrere Kerzen vor dem großen Wandbehang ausgeblasen. Sie empfand es als einen unerträglichen Anachronismus, elektrisches Licht in Zimmern zu haben, in denen Gobelins hingen. Sie drückte auf eine Klingel und wartete, bis ein atemloses Stubenmädchen erschien; dann deutete sie mit spitzem Finger auf das Fenster und die Kerzen. »Mire«, sagte sie mißbilligend und rauschte die Treppe hinunter. In diesem Augenblick hörte man von draußen Motorengeräusch. Sie lief eilig weiter hinunter, nahm die Länge der Halle fast im Laufschritt, um in der Küche zu verschwinden, und als sie wieder herauskam, nahm Hugo gerade ihren Gästen die Regenmäntel ab. Sie schritt den beiden Männern majestätisch entgegen.

»Lieber Jack. Wie reizend von Ihnen, daß Sie gekommen sind. Und bei diesem greulichen Wetter.«

»Wie nett, daß wir kommen durften. Daisy, das ist Mr. Dyar. Die Marquesa de Valverde.«

Dyar betrachtete sie und sah eine gut erhaltene Frau in den Vierzigern, mit einem dichten schwarzen Lockenkopf, porzellanblauen Augen und einem tief dekolletierten schwarzen Atlaskleid, in das sich hineinzuquetschen ziemlich schmerzhaft für sie gewesen sein mußte.

»Wie reizend, Sie kennen zu lernen, Mr. Dyar. Ich glaube, im Salon brennt der Kamin. Ich hoffe es jedenfalls. Kommen Sie, wir wollen nachsehen.«

»Sind Sie naß geworden?« Sie befühlte Dyars Ärmel. »Nein? Gut. Kommt mit. Jack, Sie sind der Barkeeper. Ich will den stärksten Drink, den Sie sich ausdenken können.«

Sie setzten sich vor ein brennendes Holzfeuer. Daisy befahl Wilcox, Sidecars zu mischen. Beim ersten Schluck bemerkte Dyar, wie hungrig er war; er sah heimlich auf seine Uhr. Es war zwanzig vor neun. Er beobachtete Daisy und fand, daß sie die albernste Frau sei, die ihm je begegnet war. Aber das Haus beeindruckte ihn. Hugo kam herein. »Nichts wie zu Tisch«, dachte Dyar. Es war aber ein Telefonanruf für Madame la Marquise. »Mir noch einen, Liebling, und gib ihn mir als Trost mit«, sagte sie zu Wilcox.

Als sie draußen war, wandte sich Wilcox an Dyar.

»Sie ist ein großartiges Stück«, sagte er und schüttelte den Kopf.

»Ja«, antwortete Dyar ohne Überzeugung und fügte hinzu: »Übersteigt sie nicht ein bißchen deine Verhältnisse?«

Wilcox' Gesicht bekam einen beleidigten Ausdruck, und er dämpfte seine Stimme. »Wovon sprichst du, Mensch? Sie hat einen Mann hier im Haus. Ich hab' gesagt, es ist herrlich unterhaltend, mit ihr zusammenzusein. Was hast du, zum Teufel, eigentlich gedacht, was ich meine?« Mario, der hereinkam, um ein Stück Holz auf den Kamin zu legen, beendete die Unterhaltung. »Hör dir diesen Wind an«, sagte Wilcox und lehnte sich mit seinem Glas zurück.

Dyar wußte, daß Wilcox sich ärgerte; er überlegte, weshalb. »Er wird auf seine alten Tage recht empfindlich«, dachte er bei sich und sah sich in dem großen Raum um. Mario ging hinaus. Wilcox beugte sich wieder vor und sagte, immer noch in gedämpftem Ton: »Daisy und Luis sind eigentlich meine besten Freunde hier.« Aus der Halle hörte man Stimmen. Daisy kam mit einem zierlichen dunklen Mann herein, der aussah, als litte er an Magengeschwüren. »Luis!« rief Wilcox und sprang auf. Dyar wurde vorgestellt, und die vier setzten sich, Daisy neben Dyar. »Das kann doch nicht ewig dauern«, dachte er. »Es ist fast zehn.« Sein Magen fühlte sich völlig konkav an.

Sie tranken eine neue Runde Cocktails. Wilcox und der Marquese begannen eine Diskussion, die sich um die Transaktionen eines Bankiers drehte, der in Schwierigkeiten gekommen und plötzlich auf Nimmerwiedersehen nach Lissabon abgereist war. Dyar hörte einen Augenblick zu.

»Verzeihen Sie, ich habe Sie nicht verstanden«, sagte er zu Daisy; sie sprach zu ihm.

»Ich frage, wie Ihnen unsere kleine Internationale Zone gefällt?«

»Nun, ich habe noch nichts davon gesehen. Jedenfalls« – er sah sich anerkennend im Raum um – »von hier aus betrachtet, sieht sie recht hübsch aus.« Er lächelte verlegen.

Ihre Stimme nahm einen mütterlichen Ton an. »Natürlich, Sie sind erst heute gekommen, nicht wahr? Mein Lieber, Sie haben noch so viel vor sich! So viel, wie Sie sich gar nicht vorstellen können! Aber Sie werden entzückt sein, das kann ich Ihnen versprechen. Es ist natürlich ein Narrenhaus. Ein völliges Narrenhaus. Ich hoffe nur zu Gott, daß es auch eines bleibt.«

»Sie scheinen sehr gerne hier zu sein?« Er fing an, den Alkohol zu spüren.

»Ich finde es himmlisch«, sagte sie und beugte sich zu ihm. »Ich liebe den Ort einfach.«

Er stellte sein leeres Glas neben den Shaker auf den Tisch.

Von der Tür her meldete Hugo, daß es angerichtet sei.

»Jack, noch eine letzte Runde.« Sie hielt ihm ihr Glas entgegen und bekam den Rest aus dem Shaker. »Jetzt haben Sie alles mir gegeben, Sie Untier. Das wollte ich doch nicht.« Sie erhob sich, nahm ihr Glas und führte die Männer in das Eßzimmer, wo Mario stand und eine Champagnerflasche öffnete.

»Ich werde betrunken«, dachte Dyar, entsetzt, daß er durch irgendeinen Etikettefehler die Aufmerksamkeit auf sich lenken könnte.

In der ihm gegenüberliegenden Wand war ein grünes Rechteck in die Holztäfelung eingelassen, ein Aquarium; die indirekte Beleuchtung zeigte Felsen, Muscheln und verschiedene Meerpflanzen. Dyar ertappte sich dabei, daß er es während des Essens beobachtete. Daisy sprach unaufhörlich. Während einer kurzen Pause, als sie gerade Atem holte, sagte er: »Ich sehe keine Fische da drin.«

»Tintenfische«, erklärte der Marquese. »Wir halten nur Tintenfische.« Und als Dyar ihn nicht zu verstehen schien, fuhr er fort: »Kleine Kraken – wissen Sie. Verstehen Sie? Dort links ist einer, er klebt am Felsen.« Er deutete hin. Jetzt erkannte Dyar die bleichen, fleischigen, luftschlangenähnlichen Gebilde, die Fangarme.

»Sie sind viel niedlicher als Goldfische«, sagte Daisy, aber mit einer Stimme, die in Dyar den Verdacht erweckte, sie könne sie nicht ausstehen. Er hatte noch nie einen Menschen ihrer Art getroffen; sie erweckte den Eindruck, als ob nichts, was sie tat oder sagte, sie berührte. Es schien, als spiele sie ein kompliziertes Spiel, dessen Regeln sie selbst erfunden hatte.

Während des Salatganges brach irgendwo im rückwärtigen Teil des Hauses Unruhe aus: gedämpfte weibliche Stimmen und eilige Schritte. Daisy legte ihre Gabel hin und sah die drei Männer der Reihe nach an.

»Guter Gott! Ich weiß, was das bedeutet. Ich bin ganz sicher. Der Sturm hat die Ameisen ins Haus getrieben.« Sie wandte sich an Dyar. »Jedes Jahr kommen Millionen von ihnen herein, ganz winzig kleine. Wenn man sie zum erstenmal an der Wand sieht, könnte man schwören, es sei ein richtiger Riß. Wenn man näher hinkommt, sieht es eher wie ein Seil aus. Es wimmelt einfach. Sie kleben alle zusammen. Millionen. Es ist schauderhaft.« Sie erhob sich. »Verzeihen Sie, ich muß gehen und nachschauen, was sich da abspielt.«

Dyar sagte: »Kann ich Ihnen irgendwie behilflich sein?«, und ein kurzer mißbilligender Blick von Wilcox streifte ihn.

Sie lächelte. »Nein. Essen Sie Ihren Salat auf.«

Daisy blieb fast zehn Minuten aus. Als sie zurückkam, lachte sie.

»Das sind die Freuden, die man in Marokko erlebt!« sagte sie fröhlich. »Wieder die Ameisen?« fragte der Marquese. »O ja! Diesmal ist es das Nähzimmer der Mädchen. Letztes Jahr war es die Anrichte. Das war viel schlimmer. Sie mußten die Kadaver hinausschaufeln.«

Sie fuhr fort, ihren Salat zu essen, und ihr Gesicht nahm einen bekümmerten Ausdruck an. »Luis, ich fürchte, der arme alte Tambang wird es nicht mehr lange machen. Ich hab' bei ihm vorbeigeschaut. Sein Zustand scheint sich verschlimmert zu haben.«

Der Marquese nickte mit dem Kopf. »Gib ihm noch mal Penicillin.« Daisy wandte sich an Dyar. »Es handelt sich um einen alten Siamesen, den ich zu retten versuche. Wir wollen nach dem Essen nach ihm sehen. Luis weigert sich, in seine Nähe zu gehen. Er haßt Katzen. Ich bin überzeugt, daß Sie Katzen nicht hassen, Mr. Dyar, oder doch?«

»Oh, ich mag alle möglichen Sorten von Tieren.« Er wandte sich um und sah den Tintenfisch. Der hatte sich nicht bewegt, aber ein zweiter war aufgetaucht und schwankte über den Boden des Aquariums. Es sah aus wie etwas, das in einem Gefäß mit Formaldehyd schwamm – vielleicht ein Magen oder eine Bauchspeicheldrüse. Der Anblick verursachte Dyar eine leichte Übelkeit, aber vielleicht kam sie auch von dem Gemisch aus Sidecars und Champagner.

»Dann würde es Ihnen nichts ausmachen, mir zu helfen, nicht wahr?« fuhr Daisy fort.

»Es wäre mir ein Vergnügen.«

»Du weißt nicht, in was du dich einläßt«, sagte Wilcox und lachte unangenehm.

»Unsinn!« rief Daisy. »Er bekommt riesige dicke Handschuhe an. Selbst Tambangs Krallen können die nicht zerfetzen.«

»Den Teufel *kann* er! Und außerdem hat er noch Zähne, oder nicht?«

»Gerade das ist der Grund, weshalb wir *Jack* überreden müssen zu assistieren«, sagte der Marquese.

»Nein«, sagte Daisy bestimmt. »Mr. Dyar geht mit mir. Nimmt jemand Obst? Ich schlage vor, wir gehen hinüber und trinken sofort Kaffee. Den Kognak später, wenn wir wieder herunterkommen.« Sie erhob sich vom Tisch.

»Ihr werdet ihn nötig haben«, sagte Wilcox.

Im Salon konnten sie wieder den Sturm hören, der noch ärger als vorher tobte. Daisy trank hastig im Stehen ihren Kaffee, zündete sich eine Zigarette an und ging zur Tür.

»Sag Mario, daß er den Kamin richtig in Brand hält, Luis, sonst fängt er zu rauchen an. Übrigens hat er bereits damit angefangen. Gehen wir nach oben, Mr. Dyar?«

Sie ging vor ihm die Treppe hinauf. Bei jedem Kandelaber, an dem sie vorüberkam, blitzten die Glanzlichter ihres Atlaskleides auf. Aus einer kleinen Garderobe am oberen Treppenabsatz holte sie ein Paar dicke Gartenhandschuhe und gab einen davon Dyar.

»Eigentlich brauchen wir sie gar nicht«, sagte sie, »aber es ist besser, man schützt sich.«

Die Wände des kleinen Zimmers waren mit altem französischem Cretonne überzogen, dessen Muster tropische Vögel darstellte. Auf einem antiken Bett, über dem sich ein zerschlissener Baldachin wölbte, lag ein großer siamesischer Kater. Jemand hatte ein Emailbecken, das mit Klumpen roher Leber gefüllt war, zum Kopf des Tieres geschoben, aber das starrte trübsinnig in die entgegengesetzte Richtung. Der Raum stank wie ein Käfig im Zoo. »Gott, was für ein Mief!« rief Daisy. »Aber wir können das Fenster jetzt nicht aufmachen.«

Der Sturm draußen raste. Von Zeit zu Zeit erzitterte das Haus. Ein Ast klopfte wieder und wieder gegen die Fensterscheibe, wie ein Mensch, der Einlaß begehrte. Der Kater kümmerte sich nicht um Daisy, die Ampullen auffeilte, die Spritze füllte und seine Flanken abtastete, um die richtige Stelle für den Einstich zu finden.

»Er muß vier verschiedene Injektionen bekommen«, sagte sie, »aber ich kann die ersten zwei auf einmal geben. So, Sie stellen sich jetzt hier oben hin und halten sich bereit, den Kopf hinunterzudrücken; aber drücken Sie nicht, ohne daß es unbedingt notwendig ist. Kraulen Sie ihm das Kinn.«

Das Fell des alten Katers war verfilzt, seine Augen riesenhaft und leer. Nur einmal, als die Nadel über seinem Kopf aufblitzte, glaubte Dyar einen wachsamen Ausdruck, fast Angst, über sein Gesicht huschen zu sehen, aber er kraulte stärker, mit beiden Händen, unter den Ohren und an den Kiefern entlang. Selbst als die Nadel vorsichtig einstach und dann tiefer ging, rührte sich das Tier nicht.

»Jetzt nur noch zwei«, sagte Daisy. Dyar beobachtete die Sicherheit ihrer Bewegungen. Kein Veterinär hätte gewandter sein können. Er sagte ihr das. Sie schnaubte ärgerlich. »Die einzig guten Veterinäre sind die Amateure. Ich würde einem Professionellen niemals erlauben, eines meiner Tiere anzurühren.« Starker Äthergeruch machte sich bemerkbar. »Ist das Äther?« fragte Dyar; es wurde ihm beunruhigend übel. »Ja, zum Sterilisieren.« Sie hatte die Spritze wieder gefüllt. »Jetzt halten Sie ihn.« Der

Wind heulte; es schien, als werde der Zweig die Fensterscheibe einschlagen. »Das könnte brennen. Er spürt es vielleicht.« Dyar blickte hoch und auf das Fenster; er sah seinen eigenen Kopf undeutlich von der dahinterliegenden Nacht widergespiegelt. Er fürchtete, er werde vielleicht umfallen, wenn er zusehen müßte, wie die Nadel wieder durch das Fell eindrang. Erst als Daisy von dem Bett zurücktrat, wagte er es, seinen Blick zu senken. Die Augen des Katers waren halb geschlossen. Er beugte sich zu ihm: er schnurrte.

»Armes altes Tier«, sagte Daisy. »Jetzt kommt die letzte. Das wird leicht gehen. Tambang, Süßer, was ist denn?«

»Er schnurrt«, sagte Dyar und hoffte, sie würde sein Gesicht nicht sehen. Seine Lippen waren eiskalt, und er fühlte, daß er sehr blaß war.

»Sehen Sie, wie richtig es war, daß ich Sie mitgenommen habe! Er mag Sie. Jack hätte er auf irgendeine Art als Feind empfunden.«

Sie sah ihn an, und er hatte das Gefühl, daß ihre Augen ihn länger als notwendig betrachteten. Aber sie sagte nichts.

»Wenn er bloß nicht ohnmächtig wird«, dachte sie. »Diesem Unglücksmann fehlt jeder Kontakt mit dem Leben.« Aber er gab sich große Mühe.

»Der Kater scheint überhaupt nichts zu spüren«, sagte er.

»Nein, ich fürchte, er wird nicht am Leben bleiben.«

»Aber er schnurrt.«

»Würden Sie ihn bitte halten? Das ist die letzte.«

Er wollte sich unterhalten, um sich von dem Schwindelgefühl fortzukonzentrieren, fort von dem, was sich direkt unter seinem Gesicht auf dem Bett abspielte. Es fiel ihm nichts ein, was er hätte sagen können, und so schwieg er. Der Kater bewegte sich leicht. Daisy richtete sich auf, und im selben Augenblick hörte man irgendwo draußen in der Finsternis ein Splittern und einen schweren Fall. Sie sahen sich an. Daisy legte die Spritze auf den Tisch.

»Ich weiß, was das war. Einer unserer Eukalyptusbäume. Himmel, was für eine Nacht!« sagte sie bewundernd.

Sie schlossen die Türe und gingen hinunter. Im Salon war niemand.

»Ich wette, sie sind hinaus, um nachzusehen, was los ist. Gehen wir in die Bibliothek. Der Kamin dort zieht besser. Dieser hier raucht.«

Die Bibliothek war klein und gemütlich; das Feuer knisterte. Sie drückte auf eine Klingel in der Wand, und sie setzten sich auf das Sofa. Sie betrachtete ihn nachdenklich.

»Jack hat mir erzählt, daß Sie kommen, aber irgendwie habe ich nie geglaubt, daß Sie tatsächlich ankommen würden.«

»Warum nicht?« Er fühlte sich jetzt etwas besser.

»Ach, wissen Sie, es liegt in der Natur solcher Pläne, daß sie nicht klappen. Prima Ideen, die dann der letzten Initiative entbehren. Und außerdem kann ich wirklich nicht verstehen, wieso Jack jemanden in diesem kleinen Büro gebrauchen kann.«

»Wollen Sie damit sagen, daß es nicht gut geht?« Er versuchte seine Stimme ruhig zu halten.

Sie legte ihre Hand auf seinen Arm und lachte. Mit leiser Stimme, als teile sie ihm ein eher peinliches Geheimnis mit, sagte sie: »Mein Lieber, wenn Sie glauben, daß er auch nur sein Mittagessen dabei verdient, irren Sie sich gewaltig.«

Sie beobachtete ihn etwas zu sorgfältig und versuchte die Wirkung ihrer Worte zu ergründen. Er weigerte sich, auf irgendeine Weise zu reagieren. Er fühlte, wie ihm die Hitze in den Kopf stieg, aber er sagte nichts. Hugo kam herein, er trug ein Tablett mit Flaschen und Gläsern. Beide nahmen einen Kognak, er stellte das Tablett auf den Tisch neben Dyar und ging wieder.

Sie betrachtete ihn noch immer.

»Es geht also nicht gut«, sagte er. Er würde ihr nicht den Gefallen tun und das sagen, worauf sie innerlich wartete: Wovon lebt er dann eigentlich?

»Nicht im mindesten. Es ging niemals.«

»Das tut mir leid zu hören«, sagte Dyar.

»Ganz unnötig. Wenn es ihm gutgegangen wäre, hätte er Sie nicht kommen lassen. Dann hätte er sich allein behelfen können.

So wie die Dinge stehen, braucht er Sie vermutlich viel notwendiger.«

Dyar machte ein erstauntes Gesicht. »Da komme ich nicht mit.«

Daisy sah erfreut aus. »Tanger, Tanger«, sagte sie. »Sie werden es schnell genug begreifen, mein Kleiner.«

Sie hörten Stimmen in der Halle.

»Ich denke, Sie werden sicher eine Menge Bücher lesen wollen«, sagte sie. »Genieren Sie sich nicht, sich alles auszuleihen, was Sie hier interessiert. Es gibt natürlich eine Leihbibliothek, die von der Amerikanischen Gesandtschaft unterhalten wird und die viel besser ist als die englische Bibliothek. Aber es dauert ewig, bis sie die neuen Bücher bekommen.«

»Ich lese nicht viel«, sagte Dyar.

»Aber, Schäfchen, *was* wollen Sie denn den ganzen Tag machen? Sie werden sich bis zur völligen Verzweiflung langweilen.«

»Ach, Jack –«

»Das bezweifle ich«, sagte sie. »Ich glaube, daß Sie von morgens bis abends allein sein werden, und zwar täglich.«

Die Stimmen waren nicht mehr zu hören. »Sie sind in die Küche gegangen«, sagte sie. Er zog ein Paket Zigaretten hervor und bot es ihr entgegen.

»Nein, danke. Ich habe eigene. Aber ernsthaft, ich kann mir nicht vorstellen, was Sie den ganzen Tag machen werden.« Sie griff in ihre Handtasche und holte ein kleines goldenes Etui heraus.

»Ich werde sicher zu tun haben«, antwortete er und hielt ein Zündholz an das Ende ihrer Zigarette, ehe sie ihr Feuerzeug benutzen konnte.

Sie lachte kurz auf, blies die Flamme aus und ergriff seine Hand, die noch immer das Streichholz zwischen den Fingern hielt. »Lassen Sie mich diese Hand ansehen«, sagte sie und zog an ihrer Zigarette. Dyar lächelte und streckte ihr steif seine Handfläche entgegen. »Entspannen Sie sich«, sagte sie und zog die Hand näher an ihr Gesicht heran.

»Arbeit«, äffte sie. »Davon sehe ich hier nicht eine Spur, mein lieber Mr. Dyar.«

Er wurde ärgerlich. »Schön, dann lügt sie eben. Arbeit ist alles, womit ich mich beschäftigt habe.«

»Ach, Sie sind vielleicht in einer Bank herumgestanden, aber das ist so unwesentlich, daß man es hier nicht sehen kann.« Sie forschte sorgfältig weiter, wobei sie das Fleisch mit den Fingern betastete. »Nein, ich sehe keinerlei Anzeichen für Arbeit. Um ganz ehrlich zu sein, sehe ich überhaupt keine Zeichen, für gar nichts. Ich habe noch nie so eine leere Hand gesehen. Es ist erschreckend.« Sie sah zu ihm auf.

Er lachte wieder. »Da staunen Sie, was!«

»Gar nicht. Ich habe lange genug in Amerika gelebt, um eine Menge amerikanischer Hände zu kennen. Ich kann bloß sagen, daß diese die schlimmste ist.«

Er tat, als sei er auf das tiefste gekränkt, und versuchte, seine Hand gewaltsam wegzuziehen. »Was soll das heißen, die schlimmste?« rief er laut.

Sie sah ihn mit bekümmerten Augen an. »Ich meine, daß Sie ein leeres Leben haben. Ohne Inhalt. Und nichts in sich, das Ihnen diesen Inhalt geben könnte. Die meisten Menschen müssen zwangsläufig irgendein Ziel verfolgen; sie tun es automatisch, weil es in ihrer Natur liegt. Das rettet sie und bewahrt sie vor Dummheiten. Aber Sie sind davor sicher, gerettet zu werden.«

»Ein Solitär. Meinen Sie das?«

»In gewisser Weise, ja.« Einen Augenblick suchte sie fragend in seinem Gesicht. »Wie seltsam«, murmelte sie schließlich. Diese Leere in ihm gefiel ihr. Es war, als sei er nackt – nicht gerade wehrlos –, lediglich unbekleidet, bereit zu reagieren, und das fand sie reizvoll; Männer sollten so sein. Aber es berührte sie seltsam, daß sie so empfand.

»Was ist seltsam?« fragte er. »Daß ich ein Unikum sein soll?« Er merkte, daß sie alles, was sie sagte, glaubte, und da ihre Aufmerksamkeit ihm schmeichelte, war er notfalls bereit, mit ihr zu streiten, nur um weiter der Mittelpunkt zu sein.

»Ja.«

»Ich habe nie an all diesen astrologischen Zauber und die Handleserei glauben können«, sagte er. »Das taugt alles nichts.«

Sie antwortete nicht, und so fuhr er fort: »Lassen Sic uns die Hände vergessen und lieber über Persönliches sprechen.« Der Kognak wärmte ihn auf; er fühlte sich jetzt überhaupt nicht mehr krank. »Sie wollen sagen, daß jeder einzelne Mensch einen anderen Lebensrhythmus hat, der von dem seiner Mitmenschen völlig verschieden ist.«

»Ja, natürlich.«

»Aber das ist unmöglich!« rief er laut. »Das hat doch gar keine Logik. Sehen Sie sich doch um. Nie hat es eine Massenproduktion gegeben, die sich mit der vergleichen ließe, die die menschlichen Wesen fertigt – immer das gleiche Modell, Jahr um Jahr, Jahrhundert um Jahrhundert, eines wie das andere, immer derselbe Mensch.« Der Klang seiner eigenen Stimme erregte ihn. »Man könnte sagen, es gibt nur einen Menschen auf der Welt, und wir alle sind dieser Mensch.«

Einen Moment lang schwieg sie; dann sagte sie: »Unsinn.« Das, was er sagte, verstimmte sie irgendwie. Sie überlegte, ob es wohl deshalb sei, weil sie sich ärgerte, daß er es überhaupt wagte, seine Gedanken auszudrücken; aber sie nahm nicht an, daß das der Grund war.

»Schauen Sie«, sagte sie in versöhnlichem Ton, »was erwarten Sie eigentlich vom Leben?«

»Das ist eine schwierige Frage«, sagte er langsam. Sie hatte ihm den Wind aus den Segeln genommen. »Ich glaube, ich möchte das Gefühl haben, daß mir das Leben etwas gibt.«

Sie wurde ungeduldig. »Das heißt überhaupt nichts.«

»Ich möchte vermutlich fühlen, daß ich lebe. Das ist so ungefähr alles.«

»Herr im Himmel. Geben Sie mir noch einen Kognak.«

Sie ließen das Thema fallen und wandten sich dem Sturm und der Witterung im allgemeinen zu. Er überlegte, daß er die erstbeste Antwort, die ihm einfiel, hätte geben sollen: Geld, Glück, Gesundheit – irgend etwas, nur nicht das, was er wirklich dachte. Als Begleitung zu diesen Gedanken sah er vor sich das Bild seines Zimmers im Hotel de la Playa mit seiner fleckigen Bettdecke, seinem gurgelnden Waschtisch.

»Er hat nichts, er möchte nichts, er ist nichts«, dachte Daisy. Sie hatte das Gefühl, daß sie eigentlich Mitleid mit ihm haben sollte, aber irgendwie erweckte er kein Mitgefühl in ihr, sondern einen leisen Zorn, der ihre Gefühle dämpfte. Schließlich stand sie auf.

»Wir müssen nachsehen, was mit Luis und Jack geschehen ist.« Sie fanden sie im Salon bei einer Unterhaltung.

»Welcher Eukalyptus war es?« fragte Daisy. »Ich bin sicher, daß es einer war.«

Der Marquese runzelte die Stirn. »Der große am Tor unten. Es ist nicht der ganze Baum. Nur ein Ast. Aber ein dicker; der, der über die Straße hing. Die Straße ist unpassierbar.«

»Warum müssen sie immer auf die Straße fallen«, fragte Daisy.

»Ich weiß es nicht«, sagte Wilcox. »Aber ich bin dadurch in einer schönen Klemme. Wie soll ich hier wieder wegkommen?«

Sie lachte fröhlich. »Sie und Mr. Dyar«, sagte sie mit Bestimmtheit, »werden hier übernachten, und morgen früh werden Sie ein Taxi bestellen. Es ist alles so einfach.«

»Kommt nicht in Frage«, sagte Wilcox gereizt.

»Ich kann Ihnen versichern, daß bei diesem Wetter kein Taxi kommt. Darüber brauchen wir gar nicht zu diskutieren. Und zu Fuß sind es acht Kilometer.« Darauf konnte er nichts erwidern.

»Wir haben genügend Zimmer für derartige Notfälle. Jetzt hören Sie auf zu quengeln und geben mir einen Whisky-Soda.« Sie wandte sich strahlend zu Dyar.

Als Wilcox sie bedient hatte, sagte er kurzangebunden: »Was ist mit dir, Dyar? Dasselbe?« Dyar sah ihn rasch an und merkte, daß er verstimmt war. »Bitte.« Wilcox reichte ihm das Getränk, ohne sich nach ihm umzudrehen. »Klarer Fall«, dachte Dyar. »Er hat Angst, ich verstünde mich zu gut mit ihr.«

Sie unterhielten sich über das Haus. »Sie müssen einmal bei Tag kommen und den Rosengarten sehen«, sagte Daisy. »Wir haben einen himmlischen Rosengarten.«

»Aber was du unbedingt sehen mußt, ist dieses gläserne Schlafzimmer«, sagte Wilcox, ließ sich in seinen Sessel zurückfallen und gähnte die Zimmerdecke an. »Hast du das gesehen?«

Der Marquese lachte gezwungen.

»Nein, er hat es nicht gesehen«, sagte Daisy. Sie erhob sich und nahm Dyars Arm. »Kommen Sie zur Besichtigung. Jetzt haben wir eine glänzende Gelegenheit. Jack und Luis werden inzwischen die Konkurse der Woche besprechen.«

Das Schlafzimmer erinnerte Dyar an ein riesiges, rundes Treibhaus. Er scharrte mit den Füßen auf den Zebrafellen, die über dem spiegelnden schwarzen Marmorboden verstreut lagen. Das Bett war sehr breit und niedrig, die schwere weiße Atlasüberdecke war teilweise zurückgezogen und aufgeschlagen. Der Raum wirkte wie eine Herausforderung an die Elemente, die draußen hinter den Glaswänden lärmten; Dyar fühlte sich ausgesprochen unbehaglich.

»Ich würde denken, daß jedermann hier reinschauen kann«, warf er ein.

»Wenn er von Spanien rübersehen kann.« Sie stand da und starrte in die Tiefe, auf die unsichtbaren Wellen, die sich an den Klippen drunten brachen. »Das ist mir der liebste Raum auf der Welt«, erklärte sie. »Es war mir nie möglich, an einem Ort zu wohnen, wo kein Meer ist. Eigentlich bin ich wie ein Matrose. Für mich ist Salzwasser die natürlichste Bedeckung der Erdoberfläche. Ich muß es sehen können. Immer.« Sie atmete tief.

»Was bedeutet nun *diese* Szene?« überlegte er.

»Das ist ein herrlicher Raum«, sagte er.

»Drunten im Garten sind Orangenbäume. Ich habe den Ort ›Hesperides‹ getauft, weil die Sage geht, daß dies der Berg war, zu dem Herkules kam, um die goldenen Äpfel zu stehlen.«

»Tatsächlich?« Er versuchte, Interesse und Bewunderung zu zeigen. Seit er mit dem Whiskytrinken angefangen hatte, war er schläfrig. Er hatte den Eindruck, daß Wilcox und der Marquese jede Minute heraufkommen würden; und wenn sie kamen, dann fand er, daß Daisy und er lieber nicht in dieser lächerlichen und unklaren Situation, in ihrem Schlafzimmer herumstehend, gefunden werden sollten. Er sah, wie sie ein Gähnen unterdrückte; sie hatte ohnehin keinerlei Verlangen, ihm den Raum zu zeigen. Sie tat es nur, um Wilcox zu ärgern, ein Spiel, das sie gemeinsam spielten. Der Gedanken kam ihm, daß es vielleicht unterhaltend sein könnte, ein bißchen mit ihr herumzutändeln, um zu sehen, von welcher Seite der Wind wehte. Aber er wußte nicht, wie er anfangen sollte. Etwa so: Das ist aber ein großes Bett für eine einzelne kleine Person. Sie würde vermutlich antworten: Aber Luis und ich schlafen hier, mein Lieber. Was er auch sagen oder tun würde, sie würde ihn wahrscheinlich auslachen.

»Ich weiß, was Sie denken«, sagte sie. Er fuhr leicht zusammen.

»Sie armer Mann, sie sind schläfrig. Sie möchten ins Bett.«

»Oh«, sagte er. »Nun –«

Eine jüngere Frau kam eilig ins Zimmer und rief: *»On peut entrer?«* Ihre Kleider waren sehr naß, ihr Gesicht glänzte feucht vom Regen. Sie und Daisy fingen eine lebhafte Unterhaltung auf französisch an, Brocken dieser Unterhaltung wurden von Zeit zu Zeit auch Dyar zugeworfen. Sie war Daisys Sekretärin und kam gerade von einen Tanzabend zurück. Ihr Taxi habe vor dem gestürzten Baum halten müssen, aber der Fahrer sei so freundlich gewesen, sie bis zum Haus zu begleiten, und trinke gerade unten einen Kognak; sie sei bis auf die Haut durchnäßt und wolle fragen, ob irgend jemand eine Taxe benötige. »Und ob!« rief Dyar mit mehr Begeisterung als Höflichkeit. Sofort bereute er es und fing an, Entschuldigungen und Dank zu stammeln.

»Laufen Sie hinunter. Halten Sie sich nicht mit Gutenachtsagen auf. Eilen Sie! Ich rufe Sie morgen im Büro an. Ich habe etwas mit Ihnen zu besprechen.«

Er sagte gute Nacht, rannte die Treppe hinunter und traf unterwegs den Marquese.

»Jack wartet draußen auf Sie. Gute Nacht, alter Junge«, sagte der Marquese im Weitergehen. Als er den obersten Treppenabsatz erreicht hatte, blies Daisy gerade die Kerzen in den Wandarmen aus. *»Estamos salvados«*, sagte sie, ohne aufzusehen. *»Què gentuza más aburrida«*, seufzte der Marquese.

Sie fuhr methodisch in ihrer Beschäftigung fort, wobei sie sorgfältig die Hand hinter jede Flamme hielt, die sie ausblies. Sie hatte das Gefühl, ihr Abend sei irgendwie schiefgegangen, aber von welchem Augenblick ab, konnte sie nicht sagen.

Der bösartige Wind fiel sie an, als sie sich den Weg zum Taxi erkämpften. Sie krochen unter einem Ende des großen Astes durch, der diagonal über der Straße lag. Der Fahrer hatte Schwierigkeiten, den Wagen zu wenden; an einer Stelle fuhr er rückwärts in eine Mauer und fluchte. Als sie unterwegs waren und langsam den dunklen Berg hinunterfuhren, sagte Wilcox: »Nun, hast du das Schlafzimmer gesehen?«

»Ja.«

»Dann hast du alles gesehen. Du kannst wieder nach New York zurückfahren. Tanger birgt jetzt keine Geheimnisse mehr für dich.«

Dyar lachte unsicher. Nach einer Pause sagte er: »Was geschieht morgen? Soll ich ins Büro kommen?«

Wilcox zündete sich eine Zigarette an. »Du kannst mal am Spätnachmittag hereinschauen. Ja.«

Dyars Stimmung fiel. Dann wurde er wütend. »Er weiß verdammt gut, daß ich zu arbeiten anfangen möchte. So ein Katz-und-Maus-Spiel.«

Er sagte nichts.

Als sie die Stadt erreicht hatten, rief Wilcox: »Atlantide.« Das Taxi bog nach rechts ab, kletterte eine verwinkelte Straße empor und hielt vor einer großen Tür. »Hier sind fünfzig Peseten«, sagte Wilcox und drückte ihm einige Scheine in die Hand. »Mein Anteil.«

»Schön«, sagte Dyar. »Danke.«

»Gute Nacht.«

»Gute Nacht.«

Der Fahrer drehte sich erwartungsvoll um. »Warten Sie eine Minute«, sagte Dyar gestikulierend. Er konnte Wilcox immer noch in der Halle sehen. Als er außer Sicht war, bezahlte Dyar den Mann, stieg aus und begann bergab zu gehen, im Rücken den Regen. Die Straße war ausgestorben. Er fühlte sich angenehm betrunken und überhaupt nicht müde. Während er ging, murmelte er: »Spätnachmittag. Schau vorbei. Freut mich sehr. Herrliches Wetter.« Er kam an einen Platz, auf dem eine Reihe Mietautos warteten. Selbst zu dieser Stunde und bei diesem Sturm erspähten ihn die Fahrer. »He, komm her! Taxi, Johnny?« Er beachtete sie nicht und bog in einen engen Durchgang ein. Es war, als gehe er im Bett eines rasch dahinfließenden Baches; das Wasser reichte fast bis an den oberen Rand seiner Schuhe, manchmal darüber. Er bückte sich, rollte seine Hosen herauf und ging weiter. Seine Gedanken beschäftigten sich mit anderen Dingen. Bald lachte er vergnügt vor sich hin, und einmal sagte er laut: »Goldene Äpfel, Blödsinn!«

III

Thami war wütend über seine Frau: Sie hatte Nasenbluten und tropfte den ganzen Hof voll. Er hatte ihr befohlen, ein nasses Tuch zu holen und zu versuchen, das Blut damit zu stillen, aber sie fürchtete sich und schien ihn nicht zu verstehen; sie ging einfach im Hof hin und her und ließ ihren Kopf hängen. Eine Öllampe flackerte im Türrahmen, und von der Matratze, auf der er lag, konnte er ihre mit Henna gefärbten Füße mit den schweren Knöchelringen wieder und wieder vorbeischlurfen sehen. Der Regen fiel ohne Unterlaß, aber sie schien ihn nicht zu bemerken.

Das war das Schlimmste am Verheiratetsein, außer man hatte viel Geld: ein Mann konnte nie allein in seinem Haus sein; immer war Weiberfleisch in seiner Nähe; und wenn er genug davon hatte, wollte er nicht ständig daran erinnert werden. *»Yah latif!«*

schrie er. »Mach wenigstens die Tür zu!« Im Nebenraum begann der Säugling zu schreien. Thami wartete einen Augenblick, um zu sehen, was Kinza tun würde. Sie schloß weder die Tür, noch ging sie ihren Sohn trösten. »Geh und schau nach, was er will!« brüllte er. Dann stöhnte er: »Al-lah!«, legte sich ein Kissen auf den Bauch, faltete die Hände darüber und hoffte, seinen Verdauungsschlaf halten zu können. Wenn es nicht wegen des Sohnes wäre, überlegte er, würde er sie dorthin zurückschicken, wo sie hingehörte, zu ihrer Familie im Rif. Das würde ihm wenigstens den Weg ebnen, wieder von seinen Brüdern aufgenommen zu werden und die Erlaubnis zu erhalten, bei ihnen zu leben.

Er hatte es niemals gerecht von Abdelmalik und Hassan gefunden, daß sie ihn aus dem Haus gewiesen hatten. Da er aber jünger war als sie, mußte er natürlich ihre Entschlüsse anerkennen. Aber er hatte sie nur widerwillig anerkannt. Es war bezeichnend für ihn, daß er annahm, sie hätten aus purer Bosheit gehandelt, und er benahm sich dementsprechend. Er beging einen unverzeihlichen Verstoß gegen die guten Sitten, indem er über sie bei anderen redete, ihren Geiz und ihre Zügellosigkeit hervorhob; dieser Zug seines Charakters hatte ihn allmählich all seinen Jugendbekannten entfremdet. Jedermann wußte, daß er trank und dies bereits seit seinem fünfzehnten Lebensjahr; und obgleich das in der mohammedanischen Oberschicht Tangers genügend Grund war, daß er den Beidaoui-Palast verlassen mußte, hätte diese Tatsache allein noch nicht seine Freunde veranlaßt, sich von ihm abzuwenden. Der Haken war der, daß Thami ein Talent hatte, das Falsche zu tun; es war, als finde er ein perverses und bitteres Vergnügen daran, die Brücken abzubrechen zu allen, die er je gekannt hatte – sich selbst unsagbar unglücklich zu machen. Seine sinnlose Heirat mit einem analphabetischen Mädchen aus den Bergen entsprang sicherlich nur einem Rachegefühl gegen seine Brüder. Sicherlich wollte er nur sie verhöhnen, als er das schäbige kleine Haus in Emsallah, wo nur Arbeiter und Dienstboten lebten, mietete. Nicht nur, daß er Alkohol trank, er hatte letzthin damit angefangen, es auch in der Öffentlichkeit zu tun, auf den Terrassen der Cafés in der Zoco Chico. Seinen Brüdern war sogar zu Ohren gekommen – allerdings wußten sie nicht, wie weit dieser Bericht der Wahrheit entsprach –, daß er mehrmals im Zug nach Casablanca gesehen worden sei, eine Tatsache, die gewöhnlich nur eines bedeuten konnte: Schmuggel.

Thamis jetzige Freunde waren Neuerwerbungen und die Beziehungen zwischen ihm und ihnen nicht besonders tief. Zwei waren Lehrer am französischen Gymnasium, wilde Nationalisten, die keine Gelegenheit vorübergehen ließen, während einer Unterhaltung die Franzosen zu schmähen, und die mit Schlagwörtern wie »Imperialistische Unterdrücker«, »Pan-Islamische Kultur« und »Autonomie« um sich warfen. Ihre Heftigkeit und ihr Ressentiment gegen die Auswüchse einer ungerechten Vorherrschaft ließen eine mitfühlende Saite in ihm erklingen; er fühlte sich als einer von ihnen, ohne eigentlich zu verstehen, wovon sie sprachen. Sie hatten ihn auf die Idee gebracht, wiederholt Ausflüge in die französische Zone zu machen und (es war durchaus wahr: er war an geringfügigem Schmuggel beteiligt) Füllfederhalter und Armbanduhren mitzunehmen, um sie mit gutem Profit dort zu verkaufen. Jeder Franc, um den der französische Zoll geprellt werden konnte, so behaupteten sie, war ein Nagel zu dem Sarg, in dem die französische Wirtschaft begraben werden mußte; die Nachfolger Lyautheys würden schließlich gezwungen sein, Marokko zu verlassen. Und dann waren die zusätzlichen Tausender, die am Ende einer solchen Reise in seiner Brieftasche steckten, ja auch recht angenehm.

Ein anderer Freund war Beamter bei der Stadtverwaltung. Auch er billigte das Schmuggeln, aber aus moralischen Gründen. Es sei wichtig, auf der Einheit Marokkos zu bestehen und sich zu weigern, die drei Zonen anzuerkennen, in die die Europäer es eigenmächtig aufgeteilt hatten. Hinsichtlich der Behandlung von Europäern forderte er als wichtigsten Punkt, Chaos innerhalb ihrer Einrichtungen zu schaffen und sie durch scheinbar unlogisches Benehmen zu verwirren. Und was die Mohammedaner betraf, so mußte man ihnen ihre demütigende und leidvolle Lage klarmachen. Er besuchte öfters seine Familie in Rabat und nahm immer ein Bündel Bananen mit, die in Tanger wesentlich billiger waren. Wenn der Zug in Souk el Arba ankam, pflegten die Zollbeamten auf die Früchte loszugehen, worauf er so laut wie möglich verkündete, daß er die Bananen seinem kranken Kind mitbringe. Die Zollbeamten, ohne das wachsende Interesse der übrigen einheimischen Reisenden zu beachten, versuchten die Auseinandersetzung möglichst privat und freundlich zu halten und redeten mit leisen Stimmen auf ihn ein. Er, der ausgezeichnet Französisch sprach, blieb zwar höflich in seiner Ausdrucksweise, aber laut in seinem Protest, und wenn er glaubte, daß die Beamten ihn mit den Bananen durchlassen würden, flocht er eine winzige gehässige Bemerkung in seine Rede ein, die, für die Mitreisenden unverständlich, die Franzosen in Wut versetzen mußte. Dann verlangten sie, daß er seine Bananen auf der Stelle hergebe. Wenn dieses Stadium erreicht war, faßte er einen scheinbar plötzlichen Entschluß; er ergriff das Bündel am Stiel und begann die Bananen eine nach der anderen abzubrechen, wobei er den Vierter-Klasse-Reisenden, meist einfachen Berbern, zurief, sie sollten kommen und essen. Traurig erzählte er ihnen, daß er die Bananen, die man seinem kranken Sohn nicht gönnen würde, seinen Landsleuten geben wolle. Auf diese Weise hockten dann vierzig bis fünfzig weißverhüllte Männer auf dem Bahnsteig, kauten Bananen, wiegten ihre Köpfe in Mitgefühl für den Vater des kranken Knaben und richteten ihre großen anklagenden Augen auf die Franzosen. Die einzige Schwierigkeit war die, daß es nur eine sehr beschränkte Anzahl von Zollbeamten gab. Sie waren alle wiederholt in die Falle gegangen, aber jetzt erinnerten sie sich des Reisenden nur zu gut, und als er das letzte Mal die Grenze passierte, hatten sie sich standhaft geweigert, die Bananen überhaupt zu beachten.

Als Thami das hörte, sagte er: »Also bist du damit nach Rabat durchgefahren?« – »Ja«, sagte der andere niedergeschlagen. »Das ist großartig«, sagte Thami begeistert. Der Beamte sah ihn an. »Natürlich!« rief Thami. »Du hast gegen das Gesetz verstoßen. Sie wußten es. Sie haben nicht gewagt, etwas dagegen zu tun. Du hast gewonnen.« – »Ich denke, du hast recht«, sagte der andere nach kurzer Pause, aber er war nicht sicher, daß Thami verstanden hatte, um was es ging.

Thami machte die Augen auf. Es waren fünf Minuten vergangen, obwohl er dachte, es sei über eine Stunde später. Kinza hatte die Lampe geholt; der Raum lag im Dunkeln. Die Tür zum Hof stand auf, und er konnte draußen das Plätschern des Regens auf den Fliesen hören. Dann wurde ihm klar, daß der Säugling immer noch kläglich und mitleiderregend weinte. *»Inaal din«*, zischte er zornig. Er sprang auf, schlüpfte im Dunkeln mit den Füßen in seine Pantoffeln und taumelte in den Regen hinaus.

Die Lampe war im Nebenzimmer. Kinza hatte das Baby genommen und hielt es ungeschickt, während sie Vorbereitungen traf, es zu stillen. Das Blut rann noch immer über ihr Gesicht und tropfte langsam und gleichmäßig über ihr Kinn. Es war an mehreren Stellen auf die Windeln des Kindes gefallen. Thami trat hinzu. Während er das tat, sah er, wie ein Blutstropfen in das Gesicht des Kleinen fiel, gerade auf die Oberlippe. Eine vorsichtige Zunge schob sich heraus und leckte ihn auf. Thami geriet außer sich vor Wut. *»Hach ouma!«* schrie er, ergriff das Baby und hielt es außer Reichweite seiner Frau, so daß es ernsthaft zu schreien begann. Er legte es sorgsam auf den Boden, zog ein altes Taschentuch hervor, stellte sich einen Augenblick unter die Türe, hielt das Tuch in den Regen hinaus, und als es völlig naß war, warf er es ihr zu. Sie hatte alles mit Blut vollgetropft: die Matten, die Kissen, den Boden, das Messingtablett auf dem Teetisch und sogar, er bemerkte es mit einem Ekelschauder, eines der Teegläser. Er ergriff das winzige Glas, warf es hinaus und hörte es krachend zersplittern. Jetzt hatte er nur noch das Bedürfnis, aus dem Haus zu kommen. Mit jedem Augenblick schien sich der Regen zu verstärken. Um so schlimmer, dachte er. Er würde trotzdem gehen. Er nahm seinen Regenmantel vom Nagel, zog seine

Schuhe an und ging, ohne ein Wort zu sagen, zur Tür hinaus auf die Straße. Erst als er sie hinter sich geschlossen hatte, bemerkte er, daß der Regenguß von einem heftigen Sturm begleitet war.

Es war spät. Von Zeit zu Zeit begegnete ihm ein Mann, der mit gesenktem Kopf, die Kapuze seiner Djellaba über das Gesicht gezerrt, vorübereilte. Die Straßen von Emsallah waren nicht gepflastert; das lehmige Wasser floß ihm den ganzen Weg bis zum Boulevard entgegen. Dort arbeitete sich ein einzelner Wagen vorsichtig unter den Angriffen des Regens hindurch und hupte im Vorbeifahren wiederholt.

Er ging unter den tiefhängenden Zweigen der Eichen vor dem französischen Konsulat die Place de France entlang. Weder das Café de Paris noch die Brasserie de France waren geöffnet. Die Stadt war ausgestorben, der Boulevard Pasteur bestand aus einer Doppelreihe schwacher Lampen, die sich in der Nacht verlor. Das ist typisch für die Europäer, dachte er, sofort verlieren sie den Mut und werfen alle Pläne über den Haufen, weil die Gefahr besteht, naß zu werden. Sie waren mehr vorsichtig als leidenschaftlich; ihre Ängste waren stärker als ihre Begierden. Die meisten von ihnen hatten überhaupt keine Begierden, außer der, Geld zu verdienen, was eigentlich nur eine Angewohnheit war. Und wenn sie dann das Geld hatten, schienen sie es niemals für einen bestimmten Gegenstand oder Zweck auszugeben. Das war es, was er so schwer verstehen konnte. Er wußte immer genau, was er wollte, und genauso ging es auch seinen Landsleuten. Die meisten von ihnen wünschten sich nichts weiter als drei Hammel, um sie zu Aid el Kebir zu schlachten, und neue Kleider für die Familie zu Mouloud und Aid es Seghir. Es war nicht viel, aber es war etwas Bestimmtes, und sie konzentrierten sich mit aller Kraft darauf, es zu bekommen. Trotzdem konnte er nicht ohne Verachtung an die Masse der Marokkaner denken. Er hatte keine Nachsicht mit ihrer Unwissenheit und Rückständigkeit; wenn er die Europäer mit einem Atemzug verdammte, so war er gezwungen, die Marokkaner mit dem nächsten zu verdammen. Keiner, außer ihm selbst, entging diesem Schicksal, und er nur, weil er sich selbst am meisten haßte. Aber glücklicherweise war ihm das nicht klar. Sein privater Traum war ein kleines Rennboot; das war etwas absolut Lebensnotwendiges für einen Mann, der ein wirklich erfolgreicher Schmuggler zu werden hoffte.

In diesem Augenblick wollte er ins Café Tingis in der Zoco Chico und einen Kaffee mit Kognak trinken. Er bog in die Siaghines ein und eilte rasch bergab, zwischen den Buden der Geldwechsler, an der spanischen Kirche und den Galeries Lafayette vorbei. Vor ihm lag der kleine Platz; die hellen Lichter der Petroleumlampen in den Cafés fielen von allen vier Seiten auf das Pflaster. Zu jeder Stunde des Tages oder der Nacht waren die Cafés sonst geöffnet und voll von Männern, das dumpfe Gemurmel ihrer monotonen Unterhaltung erfüllte die ganze Zoco. Aber heute nacht war der Platz vom tosenden Wind leergefegt. Er stieg die Treppe zu der leeren Terrasse empor und schob sich ins Innere, wo er sich auf einen Stuhl am Fenster setzte. Das Tingis beherrschte den Platz; von ihm aus übersah man alle anderen Cafés. Jemand hatte ein fast volles Paket Chesterfield auf dem Tisch liegen lassen. Er klatschte in die Hände nach dem Kellner und zog seinen Regenmantel aus. Er war darunter nicht sehr trocken: ziemlich viel Wasser war in seinen Nacken gelaufen, und unterhalb der Knie war er völlig durchgeweicht.

Der Kellner kam. Thami bestellte. Er deutete auf die Zigaretten und fragte: »Ihre?« Der Kellner sah sich zerstreut im Café um, seine Stirne runzelte sich verwirrt, und er antwortete, der Tisch sei seines Wissens besetzt. In diesem Augenblick kam ein Mann aus dem Waschraum und ging auf Thami zu, der automatisch aufstand, um sich an einen anderen Platz zu setzen. Als der Mann an den Tisch kam, machte er verschiedene Zeichen, die Thami bedeuten sollten, er möge sitzen bleiben. »Es ist okay, okay«, sagte er. »Bleib, wo du bist.«

Thami hatte als Kind Englisch gelernt, als sein Vater, der öfters englische Gäste von hohem Rang im Haus hatte, darauf bestand, daß er es studieren solle. Jetzt sprach er es leidlich, wenn auch mit einem ziemlich starken Akzent. Er dankte dem Mann und nahm eine Zigarette an. Dann sagte er: »Sind Sie Engländer?« Es war seltsam, daß sich der Mann um diese Stunde in diesem Stadtteil befand, besonders bei diesem Wetter.

»Nein, ich bin Amerikaner.«

Thami blickte ihn bewundernd an und fragte, ob er von einem Schiff sei. Er fürchtete, der Amerikaner würde ihn bitten, daß er ihn zu einem Bordell begleite, und er sah sich ängstlich im Café um, ob jemand da war, der ihn kannte. Das einzige Gerücht, dem er sich nicht gerne aussetzen würde, war das, daß er ein Fremdenführer geworden sei; es gab nichts Degradierenderes in Tanger.

Der Mann lächelte und sagte: »Ja, Sie haben wohl recht, wenn Sie sagen, ich käme von einem Schiff. Ich bin gerade mit einem gekommen, aber wenn Sie glauben, ich arbeite auf einem – nein.«

Thami war erleichtert. »Sie wohnen im Hotel?« fragte er. Der andere bejahte die Frage etwas zurückhaltend, so daß Thami nicht, wie er vorgehabt hatte, nach dem Namen des Hotels fragte.

»Wie groß ist Tanger?« fragte der Mann. Thami wußte es nicht.

»Gibt es zur Zeit viele Fremde?« Das wußte er. »Es steht sehr schlecht. Niemand kommt mehr seit dem Krieg.«

»Laß uns was trinken«, sagte der Amerikaner unvermittelt. »He da!« Er lehnte sich zurück und sah über die Schulter nach dem Kellner.

»Sie nehmen auch einen, was?«

Thami bejahte.

Er betrachtete Thami zum erstenmal mit einer gewissen Wärme. »Es hat keinen Sinn, daß wir hier wie zwei Holzklötze hocken. Was soll's sein?«

Der Kellner kam.

Thami hatte sich immer noch nicht entschlossen, was für eine Art Mann das wohl sei und was er ausgeben könnte. »Und Sie?« fragte er.

»White Horse.«

»Fein«, sagte Thami, der keine Ahnung hatte, was das sein könnte. »Für mich dasselbe.«

Die beiden Männer sahen sich an. Es war der Moment, wo sie bereit waren, Sympathie füreinander zu empfinden, aber das traditionelle Mißtrauen benötigte erst einen Grund dafür.

»Wann sind Sie in Tanger angekommen?« fragte Thami.

»Heute abend.«

»Heute abend zum erstenmal?«

»Ganz richtig.«

Thami schüttelte den Kopf. »Wie wunderbar, ein Amerikaner zu sein!« sagte er begeistert.

»Ja«, sagte Dyar automatisch. Er hatte sich nie darüber Gedanken gemacht, wie es wohl sei, wenn er kein Amerikaner wäre. Irgendwie erschien es ihm das Natürliche, einer zu sein.

Der Whisky kam; sie tranken, wobei Thami sein Gesicht verzog. Dyar bestellte eine neue Runde, für die Thami ohne allzu großen Nachdruck zu zahlen anbot, aber bei Dyars erstem »Nein« rasch sein Geld wieder einsteckte.

»Was für ein Ort, was für ein Ort«, sagte Dyar und schüttelte den Kopf. Zwei schwarzbärtige Männer waren eben hereingekommen, ihre Köpfe waren in große Frottiertücher eingebunden; wie alle anderen waren sie in eine laute und pausenlose Unterhaltung vertieft. »Sitzen hier die ganze Nacht so da und reden? Über was reden sie denn? Was gibt es denn, über das man sich so lange unterhalten könnte?«

»Über was sprechen denn die Menschen in Amerika?« fragte Thami und lächelte ihm zu.

»In einer Bar gewöhnlich über Politik. Wenn sie sprechen. Meist trinken sie nur.«

»Hier über alles: Geschäfte, Mädchen, Politik, Nachbarn. Oder über was wir gerade sprechen.«

Dyar trank sein Glas leer. »Und über was sprechen wir?« wollte er wissen. »Ich freß einen Besen, wenn ich's weiß.«

»Über sie.« Thami lachte und machte mit der Hand eine ausholende Geste.

»Sie meinen, sie sprechen über uns?«

»Manche vielleicht.«

»Viel Spaß, Kameraden«, rief Dyar laut und drehte sich zu den anderen. Er sah auf sein Glas und merkte, daß es schwierig war, es in den richtigen Blickpunkt zu bekommen. Eine Sekunde lang vergaß er, wo er war, und sah nur das leere Glas, das ewig gleiche kleine Glas, das immer darauf wartete, gefüllt zu werden. Seine Zehenmuskeln zuckten, und das war das Zeichen dafür, daß er betrunken war. »Wo ist die nächste U-Bahn?« dachte er. Dann streckte er genüßlich die Beine von sich und lachte. »Jesus!« rief er laut. »Bin ich froh, daß ich hier bin!« Er sah sich in der schäbigen Bar um und fühlte, wie ihn eine Welle von Zweifeln überkam. »Der Himmel weiß, wo ich mich befinde, aber ich bin lieber hier als dort!« beharrte er. Der Klang seiner Stimme gab ihm ein größeres Sicherheitsgefühl; er betrachtete die Schatten, die sich an der hohen gelben Decke bewegten. Er sah den ärmlich angezogenen Jüngling mit dem verschlagenen Gesichtsausdruck nicht, der zur Türe herein und direkt auf seinen Tisch zukam. »Und ich meine es auch«, sagte er, unvermittelt aufsitzend und Thami anstarrend, der ihn erschrocken ansah.

Dyar bemerkte die Anwesenheit des Jünglings erst, als Thami widerwillig auf seine arabische Begrüßung antwortete. Er blickte auf, sah den jungen Mann, der auf ihn wie auf eine Beute heruntersah, und fühlte sich sofort von ihm abgestoßen.

»Hallo, Mister.« Der Jüngling grinste und verzog den Mund dabei weit genug, um zu zeigen, wieviel Goldzähne er besaß.

»Hallo«, sagte Dyar apathisch.

Thami sagte etwas auf arabisch; es klang unfreundlich. Der Jüngling beachtete ihn nicht, sondern ergriff einen Stuhl und holte ihn an den Tisch, wobei seine Augen Dyar ständig fixierten.

»Sprrechen englisch; Sie wollen verdammt scheene *soulima*, ja, Mister?« sagte er.

Thami blickte sich unangenehm berührt in der Bar um und entspannte sich erst, als er sah, daß im Augenblick niemand ihren Tisch beobachtete.

»So«, sagte Dyar. »Jetzt fang mal schön wieder von vorne an und laß dir Zeit. Was gibt's?«

Der Jüngling starrte ihn an und spuckte aus. »Sie nicht sprrechen englisch?«

»Nicht deine Sorte, Freundchen.«

»Er will, daß Sie sich einen Film anschauen«, erklärte Thami. »Aber gehen Sie nicht.«

»Was, um diese Zeit?« rief Dyar. »Er spinnt.«

»Sie werden so spät gezeigt, weil sie von der Polizei verboten sind«, sagte Thami und sah aus, als sei ihm das Ganze zuwider.

»Warum? Was für eine Art Film ist das?« Dyar fing an, sich zu interessieren.

»Sehr schlimme. Sie wissen schon.« Da Thami das völlige Unverständnis des Arabers für Pornographie hatte, glaubte er, die Polizei hätte obszöne Filme deshalb verboten, weil sie gewisse Grundsätze der christlichen Lehre verletzten, weshalb sich die meisten Christen zwangsläufig für sie interessierten, und sei es auch nur, um ihre Mißbilligung zu zeigen. Er war keineswegs überrascht, daß Dyar Näheres darüber wissen wollte, obgleich er selbst völlig uninteressiert war, wie er auch von Dyar nicht erwartete, daß er sich dafür interessierte, ob die Mekkapilger in Uhrzeigerrichtung oder entgegengesetzt um die Kaaba laufen müssen.

»Sie sind teuer, und man sieht nichts«, sagte er.

Der junge Mann verstand Thamis Worte nicht, aber er witterte, wohin die Verhandlungen zielten, und das paßte ihm nicht. Er spuckte noch nachdrücklicher und vermied es, den Kopf in Thamis Richtung zu wenden.

»Nun, etwas muß man ja wohl sehen«, widersprach Dyar logisch. »Also, um zur Sache zu kommen«, sagte er zu dem Jüngling. »Was kostet's?« Er bekam keine Antwort. Der Jüngling sah verwirrt aus; er überlegte, wie hoch er über den üblichen Tarif hinausgehen konnte, ohne etwas zu riskieren.

»Ch'hal?« drängte Thami. »Wieviel? Der Mann fragte, wieviel. Sag's ihm.«

»Miehtsain.«

»Achrine duro«, sagte Thami streng, als weise er ihn zurecht. Sie stritten sich eine Weile. Endlich verkündete Thami triumphierend: »Sie können für hundert Peseten gehen.« Dann sah er sich wieder in der Bar um, und sein Gesicht verfinsterte sich. »Aber es ist nicht richtig. Ich rate Ihnen, gehen Sie nicht. Es ist sehr spät. Warum gehen Sie nicht schlafen? Ich begleite Sie bis zu Ihrem Hotel.«

Dyar betrachtete ihn und lachte vergnügt. »Hör, mein Freund. Du brauchst mich nirgendwohin zu begleiten. Kein Mensch hat dich darum gebeten. Mach dir meinetwegen keine Gedanken.« Thami beobachtete eine Sekunde lang sein Gesicht, um zu sehen, ob er böse sei, entschied dann, daß dem nicht so war, und sagte: »O nein!« Es kam für ihn nicht in Frage, daß er den Amerikaner verließ und dieser mit dem Schlepper in Benider herumzog. Obwohl er im Augenblick sehnsuchtsvoll an sein Bett zu Hause dachte und nur das Bedürfnis hatte zu schlafen und sich ganz gewiß nicht wünschte, um diese Stunde mit einem Ausländer auf der Straße gesehen zu zu werden, noch dazu mit diesem Jüngling, fühlte er sich für Dyar verantwortlich und war entschlossen, ihn nicht aus den Augen zu lassen, ehe er ihn an seinem Hotel abgeliefert hatte.

»O nein!« sagte er. »Ich gehe mit Ihnen.«

»Wie du willst.«

Sie standen auf, und der Jüngling folgte ihnen auf die Terrasse hinaus. Dyars Kleider waren noch immer naß, und er zuckte zusammen, als der erste Windstoß ihn packte. Er fragte, ob es weit sei; Thami besprach sich mit dem anderen und antwortete, es seien zwei Minuten zu laufen. Der Regen hatte nachgelassen. Sie durchquerten die Zoco, bogen in ein paar Straßen ein, die an altmodische Hotelkorridore erinnerten, und blieben im Dunkeln vor einem hohen schmiedeeisernen Tor stehen. Thami spähte ängstlich die ausgestorbene Straße auf und ab, während der Jüngling mit dem Türklopfer anpochte, aber es war niemand da, der sie hätte sehen können.

»I'm going to quit singin', I'm worried in my shoes«, sang Dyar, aber nicht sehr laut. Thami packte ihn trotzdem erschrocken am Arm. »Nein, nein!« flüsterte er. »Die Polizei!« Der Gesang hallte in der Stille der abgeschlossenen Gasse wider.

»Herr im Himmel! Wir werden also einen dreckigen Film anschauen. Na wenn schon?« Aber er sang nicht mehr.

Sie warteten. Allmählich hörten sie von drinnen schwache Geräusche. Eine gedämpfte Stimme sprach hinter der Türe, und der Jüngling antwortete. Als das Gitter geöffnet wurde, sah man nichts als die Dunkelheit dahinter. Dann trat eine Gestalt hinter der Türe hervor, und mit ihr kam ein Duft, der sich aus Eau de Cologne, Zahnpasta und Schweiß zusammensetzte. Die Gestalt richtete den Strahl einer Taschenlampe in ihre Gesichter, befahl dem jungen Mann in gebrochenem Spanisch, eine Lampe zu holen, und verschloß hinter ihnen das Gitter. Einen Moment lang standen sie alle regungslos in völliger Dunkelheit. Thami räusperte sich nervös; das harte Geräusch vibrierte in der Luft zwischen den Mauern. Als der junge Mann wiederkam und die Lampe brachte, zog sich die weißgekleidete Gestalt geräuschlos in ein Nebenzimmer zurück, und die drei stiegen eine Treppe empor. Oben stand ein fetter Mann mit grauem Teint unter einer Türe; er trug Pyjamas und hielt eine mit Ringen überladene Hand vor den Mund, um sein Gähnen zu verdecken. Hier oben war die Luft dick vom Geruch alten Weihrauchs, der abgestandene Rauch hing in Wolken in der Diele.

Der fette Mann redete sie auf spanisch an. Zwischen den einzelnen Worten schnaufte er asthmatisch. Als er entdeckte, daß Dyar nur Englisch sprach, hörte er auf, verneigte sich und sagte: »Guten Abend, Herr. Kommen Sie diesen Weg, bitte.« In einem kleinen Raum standen einige hochlehnige Stühle vor einer schiefhängenden Leinwand. Auf jeder Seite der Leinwand stand eine hohe Topfpalme.

»Bitte zu sitzen«, sagte er und blieb heftig schnaufend vor ihnen stehen. Zu Dyar gewandt, verkündete er: »Wir haben einen mit die Herren und Damen, einen von Priesters-Nonnen und einen völlig Buben, Herr. Serr scheen. Alle mit nix Kleidern an. Sie werden lieben, Herr. Sie können sehen alles drei mit Einheitspreis, ja. Herr wünschen drei, Herr?«

»Nein. Zeig uns die Nonnen.«

»Ja, Herr. Spanische Herren lieben Nonnen. Nehmen immer Nonnen. Serr wunderscheen. Verzeihung.«

Er ging hinaus, und man konnte ihn nach einiger Zeit im Nebenzimmer reden hören. Dyar zündete sich eine Zigarette an; Thami gähnte laut.

»Du hättest schlafen gehen sollen«, sagte Dyar.

»O nein! Ich werde Sie zu Ihrem Hotel begleiten.«

Dyar riß die Geduld. »Gottverdammt noch mal, ich geh' nicht in mein Hotel! Kannst du dir das nicht aus den Kopf schlagen? Das ist doch nicht so schwer zu verstehen. Wenn ich hier fertig bin, geh' ich woanders hin, trink noch einen, amüsiere mich vielleicht ein wenig, was weiß ich. Ich kann dir nicht sagen, was ich unternehmen werde. Aber ins Hotel gehe ich nicht. Verstanden?«

»Es ist schon recht«, sagte Thami ruhig.

Sie schwiegen eine Weile, ehe Dyar in besänftigendem Ton fortfuhr: »Weißt du, ich war eine Woche lang auf einem Schiff. Ich bin nicht müde. Aber du bist müde. Warum machst du nicht Schluß und gehst nach Hause?«

Thami war unerschütterlich. »O nein! Das kann ich nicht. Das wäre sehr falsch. Ich bringe Sie in Ihr Hotel. Wann immer Sie auch gehen.« Er setzte sich, so tief er konnte, in den Stuhl, schloß die Augen und ließ seinen Kopf langsam vornüberfallen. Der Vorführapparat und der Film wurden von einem anderen Mann in Pyjama hereingebracht, der ebenso fett war wie der erste, aber einen buschigen, altmodischen Schnauzbart hatte. Als das Surren des Apparates einsetzte und die Leinwand hell wurde, war Thamis regungslose Stille in das laute, gleichmäßige Atmen eines Schlafenden übergegangen.

IV

Auf den Kanarischen Inseln hatte ein kleiner Vulkanausbruch stattgefunden. Seit mehreren Tagen sprachen die Spanier darüber; die Zeitung »España« hatte das Ereignis groß herausgebracht, und viele, die dort Verwandte hatten, erhielten beruhigende Telegramme. Jedermann schrieb das schwüle Wetter, die beklemmende Luft und das graugelbe Licht, das die letzten zwei Tage über der Stadt gehangen hatte, diesem Naturereignis zu.

Eunice Goode hatte ihr eigenes Mädchen, das sie stundenweise bezahlte – eine schlampige Spanierin, die mittags kam und die Extraarbeit tat, die man von den Hotelangestellten nicht erwarten konnte; das Aufbügeln und Flicken der Kleider, die tägliche Säuberung des Badezimmers und die Einkäufe. An diesem Morgen war das Mädchen voller Neuigkeiten wegen des Vulkans gewesen und hatte sie deswegen angeschwätzt, sehr zu ihrem Ärger, denn sie hatte beschlossen, in Arbeitsstimmung zu sein. *»Silencio!«* hatte sie schließlich geschrien; sie besaß eine hohe dünne Stimme, die ganz im Widerspruch zu ihrer robusten Erscheinung stand. Das Mädchen starrte sie an und begann dann zu kichern. »Ich arbeite«, erklärte Eunice und versuchte, so beschäftigt wie möglich auszusehen. Das Mädchen kicherte wieder.

»Auf jeden Fall«, fuhr sie fort, »bedeutet dieses schlechte Wetter nichts anderes, als daß der kleine Winter kommt.«

»Es heißt aber, daß der Vulkan schuld daran ist«, beharrte das Mädchen.

Zuerst kam der kleine Winter, der so genannt wurde, weil er kurz war, und dann der große Winter, die lange Regenperiode, die etwa zwei Monate später eintrat. Beide hatten trübe Tage, nasse Füße und Langeweile zur Folge; diejenigen, die es sich leisten konnten, flohen südwärts, aber Eunice haßte jede Art von Bewegung. Jetzt, da sie in Einklang mit ihrer inneren Wirklichkeit, wie sie es nannte, stand, war es ihr ziemlich gleichgültig, ob die Sonne schien oder nicht.

Das Mädchen war im Badezimmer und schrubbte den Boden;

während es mit dem nassen Lumpen auf den Kachlen hin- und herfuhr, sang es schrill vor sich hin. »Jesus!« stöhnte Eunice nach einigen Minuten. »Conchita«, rief sie.

»Mande«, sagte das Mädchen.

»Ich möchte, daß du auf den Markt gehst und viele Blumen einkaufst. Sofort.« Sie gab ihr hundert Peseten und schickte sie fort, um eine halbe Stunde Ruhe zu haben. Sie selbst ging in diesen Tagen nicht viel aus; die meiste Zeit verbrachte sie in ihrem Bett. Es war breit und das Zimmer geräumig. Von ihrer Kissenburg aus konnte sie das Treiben der kleinen Boote im Innenhafen beobachten, und dieses Schauspiel war ihr Zerstreuung genug, wenn sie von ihrer Schreiberei aufblickte. Sie fing den Tag mit Gin an und trank Gin, bis sie abends einschlief. Als sie zuerst nach Tanger kam, hatte sie weniger getrunken und war mehr ausgegangen. Untertags hatte sie Sonnenbäder auf ihrem Balkon genommen; nachts war sie von einer Bar zur andern gewandert, hatte sie Drinks variiert und mußte schließlich von einem zweifelhaften Individuum zu ihrem Hotel zurückgebracht werden, wobei das Individuum gewöhnlich versuchte, den Rest des Geldes aus ihrer Handtasche, die sie an einem Riemen über der Schulter trug, zu stehlen. Aber sie nahm, wenn sie ausging, niemals mehr Geld mit als das, was sie zu verlieren gewillt war. Den Sonnenbädern war von der Hoteldirektion ein Ende gesetzt worden, weil eine spanische Dame eines Tages (mit ziemlicher Schwierigkeit) über die Betontrennwand ihres Balkons geschaut hatte und Eunices massigen rosa Körper ohne jede Hülle in einem Liegestuhl entdeckte. Es war zu einer unerfreulichen Szene mit der Hoteldirektion gekommen, die Eunice hinausgeworfen hätte, wäre sie nicht die einzig sichere Einkommensquelle des Hotels gewesen: Alle Mahlzeiten wurden ihr ans Bett serviert, und ihre Tür war nie abgeschlossen, damit die Kellner mit Getränken und Eis ein- und ausgehen konnten. »Vielleicht ist es gut so«, sagte sie sich. »Die Sonne tötet die Gedanken. Lawrence hat ganz recht gehabt.« Und es stellte sich heraus, daß sie gleichmäßiger trank, wenn sie im Bett lag; wenn es Nacht wurde, verspürte sie nicht mehr den Drang, in den Straßen herumzulaufen und zu versuchen, überall gleichzeitig zu sein, aus Angst, etwas zu versäumen. Der Grund war natürlich der, daß sie am Abend zu betrunken war, um sich noch viel zu bewegen, aber es war eine angenehme Art von Trunkenheit, die sie nicht hinderte, die Seiten ihrer Notizbücher mit Worten zu füllen – manchmal sogar mit Gedanken.

Vulkane ärgerten sie. Das Gerede über diesen speziellen Vulkan erinnerte sie an ein Erlebnis ihrer Kindheit. Sie befand sich mit ihren Eltern auf einem Schiff, das von Alexandrien nach Genua fuhr. Eines Morgens hatte ihr Vater an die Tür der Kabine geklopft, in der sie und ihre Mutter schliefen, und ihnen aufgeregt zugerufen, sie möchten sofort an Deck kommen. Mehr schlafend als wach kamen sie dort an, um zu sehen, wie er wild auf Stromboli deutete. Der Berg spie Flammen, und über seine Abhänge ergoß sich Lava, die von der aufgehenden Sonne karmoisinrot gefärbt war. Ihre Mutter hatte einen Augenblick auf das Schauspiel gestarrt und dann mit einer Stimme, die heiser vor Wut war, nichts als das Wort »E–kel–haft!« geschrien, sich auf dem Absatz umgedreht und Eunice mit nach unten genommen. Rückblickend teilte sie die Empörung ihrer Mutter, obwohl sie das verdonnerte Gesicht ihres Vaters noch deutlich vor sich sah.

Sie ließ sich in die Kissen zurücksinken, schloß die Augen und dachte eine Weile nach. Schließlich blickte sie wieder auf und schrieb: »Es gibt etwas in der beschränkten menschlichen Vorstellung, das wunderbar auf die Idee des Seltenen anspricht – besonders auf seltene Umstände, die ein von der Natur gegebenes Phänomen hervorbringen. Je unwahrscheinlicher ein Geschehen ist, desto wunderbarer erscheint es uns, wenn es tatsächlich geschieht, gleichgültig, wie nutzlos oder schädlich es ist. Die Tatsache, daß es wirklich geschehen ist, trotz der geringen Wahrscheinlichkeit, macht es zum wertvollen Geschehen. Es lag keinerlei Grund dazu vor, und trotzdem geschah es, und nun kann man die Kette von Umständen, die das Unmögliche zum Möglichen machte, blind bewundern.«

Während sie diesen Passus überlas, stellte sie mit einer gewissen Befriedigung fest, daß er, obgleich in Hinsicht auf den Vulkan geschrieben, in deutlicher Beziehung zu ihrem eigenen Leben stand. Sie war immer noch etwas überwältigt von dem, was scheinbar eine Folge unglaublicher Zufälle schien, die es ihr plötzlich ermöglichten, sich glücklich zu fühlen.

Vor zwei Wochen war ihr etwas Seltsames passiert. Eines strahlenden Morgens war sie aufgewacht und hatte beschlossen, mit irgendeinem täglichen Training zu beginnen. (Sie faßte dauernd Entschlüsse, von denen sie glaubte, daß sie ihr Leben entscheidend umgestalten würden.) Dieses Training würde geistig anregend sein und sie gleichzeitig schlanker machen. Sie hatte also ein paar alte Flanellhosen angezogen, die in der Taille zu eng waren, und sich auf den Weg gemacht, um die Höhe der Kasbah zu erreichen. Sie ging durch das große Tor und kletterte mit Hilfe ihres Spazierstockes den steilen Pfad zu dem langen, schmutzigen Strand hinunter, den nur die Araber zum Baden benutzten.

Von dort aus war sie die Küste entlang westwärts gegangen, am Fuß der untersten Häuserreihe der Kasbah vorbei, vorüber an dem Streifen, wo alle Abwässer sich ins Meer ergossen und der Gestank als etwas Greifbares in der Luft hing, bis zu einem entlegenen felsigen Strandabschnitt, der fast völlig vereinsamt war. Und hier hatte ein alter arabischer Fischer sie angehalten, ihr ein kleines Stück Papier entgegengestreckt und sie mit großem Ernst in seinem stockenden Spanisch gebeten, ihr vorzulesen, was darauf geschrieben stand.

Es lautetet: »Der Finder wird gebeten, sich mit C. J. Burnett, Esq., 52 Ashurst Road, North Finchley, London, England, in Verbindung zu setzen. 12. April 1949.« Sie übersetzte diese Bitte und Adresse und konnte sich nicht enthalten, zu fragen, wo er den Zettel her habe.

»Flasche im Wasser«, antwortete er und deutete auf die kleinen Wellen, die sich zu ihren Füßen brachen. Dann fragte er, was er tun sollte. »Schreib dem Mann, wenn du willst«, sagte sie und wollte weitergehen.

Ja, überlegte der Mann und strich über seinen Bart, natürlich müsse er schreiben. Aber wie, nachdem er nicht schreiben konnte? »Ein Freund vielleicht«, sagte sie. Er sah sie forschend an und fragte mit zögernder Stimme, ob sie es für ihn tun wolle. Sie lachte. »Ich bin auf einem Spaziergang«, sagte sie und deutete strandaufwärts in entgegengesetzter Richtung der Stadt. »Vielleicht auf dem Rückweg.« Sie nahm ihre Wanderung wieder auf und ließ den alten Mann stehen, der seinen Zettel in der Hand hielt und ihr nachstarrte.

Sie hatte den Vorfall vergessen, als sie wieder an dieselbe Stelle zurückkam, aber da saß der Fischer in seinen Lumpen auf einem Felsen und sah erwartungsvoll nach ihr aus. »Jetzt schreiben Sie?« sagte er. »Aber ich habe kein Papier bei mir«, wandte sie ein. Dies war der Anfang einer langen Episode, während er ihr im Abstand von wenigen Schritten den ganzen Weg entlang der Küste folgte, den Hügel hinauf, durch die Kasbah, von einem Händler zum anderen, auf der Suche nach einem Bogen Papier und einem Umschlag.

Als sie schließlich einen Ladenbesitzer gefunden hatten, der sie mit dem Gewünschten versorgen konnte, versuchte sie, dafür zu zahlen, aber der alte Mann legte stolz seine eigenen Münzen auf den Ladentisch und gab ihr die ihren zurück. Jetzt fand sie den Zwischenfall bereits recht unterhaltsam; er würde eine gute Geschichte geben, die sie ihren Freunden erzählen konnte. Aber ebenso dringend war ihr Bedürfnis nach einem Schnaps, und daher lehnte sie seine Einladung zum Tee in einem arabischen Kaffeehaus ab und erklärte, sie müsse in einem europäischen Café sitzen, um seinen Brief richtig schreiben zu können. »Kennst du eines hier in der Nähe?« fragte sie ihn; sie hoffte, daß sie nicht bis in die Zoco Chico müßten, denn das hätte bedeutet, daß sie unzählige Stufen und steile Straßen hinabzusteigen hätten. Er führte sie durch einige ungewöhnlich enge Gassen, deren Schatten eine Wohltat nach der Mittagshitze war, bis zu einem kleinen schmutzigen Lokal, das sich »Bar Lucifer« nannte. Eine ungewöhnlich fette Frau saß hinter der Theke und las in einem französischen Filmmagazin. Eunice bestellte einen Gin, und der alte Mann trank eine Selters. Sie schrieb rasch den Brief in der Ich-Form, erzählte, sie habe den Zettel bei Ras el Ihud in der Nähe von Tanger gefunden und schriebe nun wie befohlen. Sie unterzeichnete mit Abdelkader ben Said ben Mokhtar und gab seine Adresse an. Der Fischer dankte ihr überschwenglich und lief sofort hinaus, um den Brief auf die Post zu bringen, nachdem er zuvor darauf bestanden hatte, sein Selterswasser zu bezahlen; sie jedoch blieb und trank noch mehrere Gläser Gin.

Die fette Frau fing an, sich für sie zu interessieren. Offensichtlich war sie es nicht gewohnt, daß Frauen ihre Bar besuchten, und diese dicke Fremde in Hosen, die wie ein Mann trank, erweckte ihre Neugierde. Sie stellte einige persönliche Fragen in Französisch an Eunice. Da sie nicht zu den mitteilsamen Naturen zählte, antwortete Eunice, wie immer in solchen Situationen, indem sie Lügen erfand. Dann begann sie ihrerseits die Frau auszufragen. Diese war nur zu gern bereit zu antworten: Sie war Griechin, hieß Madame Papaconstante, lebte seit elf Jahren in Tanger, die Bar war eine Neuerwerbung und besaß einige Hinterzimmer, die Kunden, die sie benötigten, zur Verfügung standen. Nach einiger Zeit dankte Eunice, zahlte und versprach, noch am gleichen Abend wiederzukommen. Sie betrachtete den Ort als eine Entdeckung, weil sie sicher war, daß keiner ihrer Freunde etwas davon wußte.

Nachts sah die Bar entschieden anders aus. Zwei helle Petroleumlampen brannten und erleuchteten die Plakate, die Stierkämpfe in San Roque und Melilla anzeigten, das kleine Radio war eingeschaltet, und drei Spanier in Monteuranzügen saßen an der Bar und tranken Bier. Madame Papaconstante, stark geschminkt und in einem orangefarbenen Chiffonkleid, ging ihr entgegen, um sie zu begrüßen, und ihre Goldzähne funkelten in breitem Lächeln. Hinter der Bar standen zwei spanische Mädchen mit billigen Dauerwellen. Sie gaben vor, der Unterhaltung der Männer zuzuhören, und lachten geziert, wenn die Männer lachten.

»Sind das Ihre Töchter?« fragte Eunice. Madame Papaconstante erwiderte mit Nachdruck, daß dem nicht so sei. Dann erklärte sie, daß sie hinter der Bar bedienten und zur Unterhaltung in den Hinterzimmern beitrügen. Ein drittes Mädchen streckte seinen Kopf durch einen Perlenvorhang, der nach rückwärts führte; es war sehr jung und außergewöhnlich hübsch. Einen Moment lang starrte sie Eunice erstaunt an, ehe sie herauskam und durch das Lokal zum Eingang ging.

»Wer ist das?« sagte Eunice.

»Eine *fille indigène*«, sagte Madame Papaconstante – ein arabisches Mädchen, das für sie arbeitete. »Sehr intelligent. Sie spricht Englisch«, fügte sie hinzu. Das Mädchen drehte sich um und lächelte ihnen zu, ein unerwartetes Lächeln, erwärmend wie ein plötzlicher heißer Sonnenstrahl an einem wolkigen Tag.

»Das ist ein bezauberndes Geschöpf«, sagte Eunice. Sie ging an die Bar und bestellte einen Gin. Madame Papaconstante folgte ihr schwerfällig und stellte sich strahlend an das andere Ende, wobei sie ihre fleischigen Hände flach auf die Theke legte, so daß ihre ungezählten Ringe aufblitzten.

»Möchten Sie nicht etwas trinken?« schlug Eunice vor.

Madame Papaconstante sah sie erstaunt an. Es kam selten vor, daß ihr jemand in der Bar Luzifer etwas zu trinken anbot. *»Je prendrais bien un machaquito«*, sagte sie, wobei sie langsam die Augen schloß und wieder öffnete. Sie nahmen ihre Gläser mit an einen kleinen wackeligen Tisch an der Wand und setzten sich. Das arabische Mädchen stand unter der Tür und schaute in die Dunkelheit hinaus; hin und wieder wechselte sie ein Wort mit einem Vorübergehenden.

»Hadija, ven acá«, rief Madame Papaconstante. Das Mädchen drehte sich um und kam leichtfüßig und lächelnd auf ihren Tisch zu. Madame Papaconstante ergriff ihre Hand und befahl ihr, Englisch mit der Dame zu sprechen.

»Sie sprechen Englisch?« sagte das Mädchen.

»Ja natürlich. Willst du etwas trinken?«

»Ich sprrechen. Was trinken Sie?«

»Gin.« Eunice hob ihr fast schon leeres Glas in die Höhe. Das Mädchen verzog angeekelt das Gesicht.

»Ah, nix gut. Ich lieber haben Coca-Cola.«

»Sicherlich.« Sie fing den Blick eines der Mädchen an der Bar auf und rief ihm zu: *»Una Coca-Cola, un machaquito y un gin!«* Hadija ging zur Bar, um die Getränke zu holen.

»Sie ist wundervoll«, sagte Eunice rasch zu Madame Papaconstante. »Wo haben Sie sie gefunden?«

»Ach, sie hat jahrelang hier auf der Straße mit den anderen Kindern gespielt. Es sind arme Leute.«

Als sie mit den Gläsern an den Tisch zurückkam, schlug ihr Eunice vor, sich zu ihnen zu setzen, aber sie tat, als verstünde sie nicht, und lehnte sich gegen die Wand, wo sie stehen blieb und ruhig auf sie heruntersah. Zwanzig Minuten oder eine halbe Stunde quälten sie sich durch eine Unterhaltung, während Eunice mehrere Gins nachbestellte. Sie begann sich sehr wohl zu fühlen; sie wandte sich an Madame Papaconstante. »Würden Sie es unhöflich finden, wenn ich Sie bäte, mich eine Zeitlang mit ihr allein zu lassen? Ich würde gerne mit ihr sprechen.«

»Ça va«, sagte Madame Papaconstante. Es war zwar ungewöhnlich, aber sie sah keinen Grund, die Bitte abzulehnen.

»Sie ist einfach hinreißend«, fügte Eunice hinzu und warf ihre Zigarette im Bogen durch das Lokal, so daß sie in der Gasse landete. Sie erhob sich, legte ihren Arm um das Mädchen und sagte auf englisch zu ihr: »Bestell dir noch eine Coca-Cola und bring sie herein, in eines dieser Zimmer.« Sie deutete. »Laß uns da drin sitzen, wo wir ungestört sind.«

Dieser Vorschlag entsetzte jedoch Madame Papaconstante. *»Ah non!«* schrie sie wild. »Diese Zimmer sind für Herren.«

Eunice blieb ungerührt. Da ihrer Meinung nach ihre Vorhaben immer untadelig waren, pflegte sie selten mit der Ausführung zu zögern. »Dann komm«, sagte sie zu dem Mädchen. »Wir gehen in mein Hotel.« Sie ließ Hadija los und ging zur Bar, wobei sie in ihrer Handtasche nach Geld kramte. Während sie zahlte, stand Madame Papaconstante langsam auf.

»Sie arbeitet bei mir, *vous savez!*« rief sie. »Sie kann nicht kommen und gehen, wie es ihr paßt.« Und fügte als Nachsatz hinzu: »Sie schuldet mir Geld.«

Eunice drehte sich um und drückte ihr mehrere Geldscheine in die Hand, über denen sie ihr sanft die Finger schloß. Die Mädchen hinter der Bar sahen mit glänzenden Augen zu.

»Au revoir, madame«, sagte sie mit Wärme. Ein Ausdruck großen Ernstes breitete sich auf ihrem Gesicht aus, als sie fortfuhr: »Ich kann Ihnen gar nicht genug danken. Es war ein bezaubernder Abend. Morgen werde ich wieder vorbeikommen und Sie sehen. Ich möchte Ihnen ein kleines Geschenk bringen.«

Madame Papaconstante blieb der breite Mund offenstehen, die Worte, die eben herauskommen wollten, blieben ungesagt. Sie senkte ihren Blick sekundenlang auf ihre Hand, sah die Ecken zweier Scheine und machte den Mund zu. »Ah«, sagte sie.

»Sie müssen verzeihen, daß ich Ihnen soviel Zeit genommen habe«, fuhr Eunice fort. »Ich weiß, Sie sind sehr beschäftigt. Aber Sie waren sehr liebenswürdig. Ich danke Ihnen.«

Nun hatte Madame Papaconstante ihre Selbstbeherrschung wiedergewonnen. »Nichts zu danken«, sagte sie. »Es war mir ein außerordentliches Vergnügen.«

Während dieses Dialoges war Hadija regungslos neben der Tür stehen geblieben und ließ ihre Augen von Eunices Gesicht zu dem ihrer *patronne* hin- und hergleiten, um herauszukriegen, worüber eigentlich gesprochen wurde. Jetzt, nachdem sie glaubte, daß Eunice das Duell gewonnen hatte, lächelte sie ihr vorsichtig zu.

»Gute Nacht«, sagte Eunice nochmals zu Madame Papaconstante. Sie winkte den Mädchen hinter der Bar fröhlich zu. Die Männer sahen sich zum erstenmal um und fuhren dann in ihrer Unterhaltung fort. Eunice nahm Hadijas Arm, und sie gingen in die dunkle Straße. Madame Papaconstante kam an die Tür, beugte sich hinaus und sagte sanft: »Wenn sie sich nicht benimmt, werden Sie es mir morgen sagen.«

»Oh, sie wird sich benehmen, davon bin ich ganz überzeugt«,

sagte Eunice und drückte den Arm des Mädchens an sich. *»Merci mille fois, madame. Bonne nuit.«*

»Was sie sagen zu Ihnen?« fragte Hadija.

»Sie hat gesagt, daß du ein sehr braves Mädchen bist.«

»Sicher. Sehr brav.« Sie trat rasch vor, denn es war nicht Platz genug, um nebeneinander zu gehen.

»Geh nicht zu schnell!« sagte Eunice keuchend von der Anstrengung, Schritt zu halten. Als sie auf den Kamm des Hügels in Amrah herauskamen, sagte sie: »Warte, Hadija« und lehnte sich gegen die Mauer. Dies war der Augenblick, den sie genießen wollte. Plötzlich kam ihr die Außenwelt zum Bewußtsein – nicht bloß als etwas, das da war und anderen Menschen gehörte, sondern als etwas, dem sie sich teilhaftig fühlte. Zum erstenmal roch sie den warmen Duft der Erfüllung in der Abendluft und hörte das unruhige Pochen der Trommeln auf den Terrassen mit anderen Gefühlen als Gleichgültigkeit. Sie ließ ihre Augen über die unter ihr liegende Stadt schweifen und sah im Mondlicht deutlich das Minarett auf dem Hügel von Char liegen und die kleinen schwarzen Zypressen, die es umstanden. Vor lauter Freude stieß sie mehrmals mit ihrem Stock auf das Pflaster. »Ich beharre zu starr darauf, mein eigenes Leben zu leben«, dachte sie. Die übrige Welt war da und wartete jeden Augenblick darauf, von ihr erobert zu werden, wenn sie es nur wünschte, aber sie wies sie immer zugunsten ihres eigenen kleinen gewohnten Kosmos zurück. Nur manchmal, wenn sie aus dem Schlaf aufwachte, hatte sie das Gefühl, sie sei wirklich mitten im Leben, aber das kam lediglich daher, weil sie noch keine Zeit gehabt hatte, ihre Gedanken zu sammeln und wieder zu sich selbst zu kommen.

»Was für eine herrliche Nacht«, sagte sie träumerisch. »Komm her und stell dich einen Augenblick hierher.« Hadija folgte zögernd. Eunice ergriff wieder ihren Arm. »Hör die Trommeln.«

»*Drbouka.* Frauen machen.«

»Aha.« Sie lächelte geheimnisvoll und folgte mit den Augen der blassen Linie der Berge, die Kamm um Kamm bläulich vor der klaren Nacht standen. Sie hatte keine Hoffnung, daß Hadija fähig sein werde, Empfindungen zu teilen; sie verlangte nur, daß das Mädchen ein Medium sei, das ihr ermöglichte, noch vollkommener zu empfinden. Die Triebfeder ihrer Handlungen war immer schmerzliche Trauer um eine verlorene Unschuld, ein Heimweh nach den ersten Kinderjahren. Wann immer sich eine Möglichkeit zum Glück zeigte, versuchte sie in diesem Glück zurückzufinden zu jenem unendlich fernen und kostbaren Ort, ihrer verlorenen Kindheit. Und in Hadijas kindlichem Lachen glaubte sie eine Hoffnung auf Rückkehr ahnen zu dürfen.

Dieses Gefühl hatte sie die Nacht über begleitet, und nun triumphierte sie in dem Gedanken, daß ihre Ahnung richtig gewesen war. Bei Tagesanbruch, während Hadija noch neben ihr schlief, setzte sie sich auf und schrieb in ihr Notizbuch: »Ein stiller Augenblick in der Frühe des Morgens. Die Tauben haben gerade angefangen, vor dem Fenster zu gurren. Es ist windstill. Sexualität ist in erster Linie eine Angelegenheit der Empfindungskraft, dessen bin ich sicher. Menschen, die in den warmen Zonen leben, haben sehr wenig davon, und daher kann sich die Gesellschaft eine größere moralische Laxheit der Sitten leisten. Hier gibt es die gesündesten Menschen. In gemäßigten Zonen sieht die Sache ganz anders aus. Die fruchtbare Regsamkeit der Phantasie muß durch einen strengen Sittenkodex im Zaum gehalten werden, der oft zu Verbrechen und Korruptheit führt. Man betrachte die großen Weltstädte. Fast alle liegen in der gemäßigten Zone.« Ihr Blick ruhte einen Augenblick auf dem Hafen. Das ruhige Wasser sah aus wie blaues Glas. Vorsichtig, um Hadija nicht aufzuwecken, goß sie sich etwas Gin aus der fast leeren Flasche auf dem Nachttisch ein und entzündete eine Zigarette. »Aber natürlich sind alle Städte Infektionsherde, genau wie kariöse Zähne. Die Übersensibilität der großstädtischen Kultur (ihre einzige Tugend) ist hauptsächlich eine Reaktion auf Schmerz. Tanger hat keine derartige Kultur und keine Schmerzen. Ich glaube, es wird niemals welche haben. Der Nerv wird nie bloßgelegt werden.«

Es grämte sie noch immer, daß man ihr nicht erlaubt hatte, ein

Hinterzimmer der Bar Luzifer mit Hadija zu benutzen. Das hätte ihr eine gewisse Genugtuung bereitet; in ihren Augen wäre es stilvoll gewesen. Vielleicht würde es ein anderes Mal, wenn sie und Madame Papaconstante sich nähergekommen waren, möglich sein.

Erst als Hadija erwachte, telefonierte sie nach dem Frühstück. Es bereitete ihr ein ausgesprochenes Vergnügen, das Mädchen in einem ihrer Pyjamas mit untergeschlagenen Beinen im Bett sitzen und gebutterten Toast zierlich mit Messer und Gabel essen zu sehen, womit es ihr beweisen wollte, daß es mit den Zubehören der westlichen Kultur umzugehen verstand. Sie schickte sie kurz vor Mittag nach Hause, damit sie fort war, ehe das spanische Dienstmädchen kam. Am Nachmittag sprach sie in der Bar Luzifer vor und brachte Madame Papaconstante eine kleine Flasche Parfum. Seitdem nahm sie Hadija jede zweite Nacht in ihr Hotel mit. Dem alten Fischer war sie nie mehr begegnet – sie konnte kaum erwarten, daß sie ihn treffen werde, außer wenn sie an den Strand ging, das würde sie wohl nie tun. Sie hatte ihre Übungen vergessen; im Augenblick war ihr Leben zu sehr von Hadija in Anspruch genommen, um Beschlüsse oder Entscheidungen zu seiner Verbesserung zu treffen. Sie zerbrach sich den Kopf, wie sie Hadija unterhalten, in welche Lokale sie sie führen könnte, was für Geschenke ihr Freude machen würden. In ihrem Unterbewußtsein war sie sich darüber klar, daß sie nur sich selbst damit Freude bereitete und daß Hadija sie lediglich begleitete und die Geschenke in einer Weise entgegennahm, die fast an Apathie grenzte. Aber das machte ihr nichts aus.

Sobald sie glücklich war, fand sie unweigerlich einen Grund, nicht in diesem Zustand zu verharren. Und jetzt nahm, getreu ihrer Einstellung, ein Gedanke von ihr Besitz, der ihren Glückszustand störte. Sie hatte mit Madame Papaconstante ein Abkommen getroffen, wonach Hadija in den Nächten, die sie nicht mit ihr im Metropol verbrachte, zu Hause bei ihren Eltern bleiben sollte. Madame Papaconstante hatte ihr versichert, daß das Mädchen sich an diesen Abenden nicht einmal in der Bar sehen ließ, und bis jetzt hatte Eunice nie daran gedacht, die Wahrheit dieser Behauptung anzuzweifeln. Aber heute, als Conchita mit den Armen voller Blumen vom Markt zurückkam, beschloß Eunice, obgleich Hadija das Zimmer erst vor drei Stunden verlassen hatte und nicht vor der übernächsten Nacht zurückerwartet wurde – sie sich noch heute abend wieder zu holen. Sie wollte ihr etwas ganz Besonderes in der Rue du Statut als Geschenk kaufen, und sie würden sich eine kleine Extrafeier leisten, umgeben von den Lilien und Bethlehemsternen. Sie wollte in die Bar Luzifer gehen und Madame Papaconstante veranlassen, jemanden fortzuschikken, der sie holen sollte.

Das war der Augenblick, in dem der schreckliche Gedanke auftauchte: Was geschah, wenn sie Hadija in der Bar finden sollte? War das der Fall, so hieß es, daß sie die ganze Zeit über dort gewesen war, daß die Geschichte von den Eltern eine Lüge war und daß sie vielleicht in einem der Zimmer hinter der Bar lebte. (Sie steigerte sich bis zum Höhepunkt.) Dann war das Lokal ein richtiges Bordell, was bedeutete, daß – dieser Tatsache mußte ins Auge gesehen werden – Hadija aller Wahrscheinlichkeit nach in jenen anderen Nächten die männlichen Besucher in ihrem Bett empfing.

Dieser Gedanke spornte sie zur Tat an: Sie warf ihr Notizbuch auf den Boden und sprang mit einer Heftigkeit aus dem Bett, die das Zimmer erzittern und Conchita zusammenfahren ließ. Sobald sie angezogen war, wollte sie sofort in die Bar Luzifer, aber dann überlegte sie das Sinnlose einer solchen Handlung. Sie mußte die Nacht abwarten und Hadija *in flagrante delictu* erwischen. Denn nun gab es keinen Zweifel mehr für sie. Sie war überzeugt, daß Madame Papaconstante sie betrogen hatte. Verfolgt von Erinnerungen an frühere Begebenheiten, bei denen sie vertrauensvoll und selbstsicher gewesen war, um dann zu entdecken, daß sich ihr Glück restlos auf Täuschungen aufgebaut hatte, war sie diesmal nur zu bereit, den Betrug ausfindig zu machen und ihm ins Gesicht zu sehen.

Als der Nachmittag zum Abend wechselte, wurde sie immer

unruhiger, ging rastlos in ihrem Zimmer auf und ab, hinaus auf den Balkon und starrte auf den Hafen, ohne ihn zu sehen. Sie vergaß sogar, in die Rue du Statut zu gehen, um Hadijas Geschenk zu kaufen. Eine schwarze Wolke ballte sich über den Hafen zusammen, und die Dämmerung ging rasch in Nacht über. Regenschwangere Windböen fegten vom Balkon in das Zimmer herein. Sie machte die Tür zu und beschloß, da sie ohnehin angezogen war, zum Abendessen hinunterzugehen, statt es im Bett einzunehmen. Das Orchester und die übrigen Gäste würden sie ablenken. Sie konnte nicht erwarten, Hadija vor halb zehn Uhr in der Bar anzutreffen.

Als sie hinunterkam, war es zu früh für das Abendessen. Es gab an diesem Abend keinen elektrischen Strom; in den Gängen brannten Kerzen und in den Gesellschaftsräumen Öllampen. Sie ging in die Bar und wurde von einem ältlichen pensionierten Hauptmann der englischen Armee angesprochen, der darauf bestand, für sie zu zahlen. Dies ärgerte sie maßlos, da sie sich gehemmt fühlte, soviel zu trinken, wie sie gerne wollte. Der alte Herr trank langsam und schwelgte in Erinnerungen an den Fernen Osten. »O Gott, o Gott, o Gott«, sagte sie sich, »wird er jemals aufhören, und wird es je acht Uhr dreißig werden?«

Das Essen war wie immer schauderhaft. Jedoch fand sie es im Speisesaal wenigstens heiß, während es zu dem Zeitpunkt, an welchem es ihr Zimmer erreichte, gewöhnlich nicht einmal mehr warm war. Zwischen den einzelnen Nummern des Orchesters konnte sie den Wind toben hören, und der Regen strömte an den Scheiben der hohen französischen Fenster hinunter. »Ich werde bis auf die Knochen durchweicht sein«, dachte sie, aber diese Aussicht schreckte sie in keiner Weise ab. Im Gegenteil, der Sturm erhöhte eher die Wirkung des Dramas, an dem sie ihrer Überzeugung nach teilhaben würde. Sie würde durch die nassen Straßen waten, Hadija finden, eine furchtbare Szene würde stattfinden, vielleicht eine Jagd im Sturm bis in eine verlassene Ecke der Kasbah oder bis zu einem einsamen Felsen draußen in der Meerenge. Und dann würde die Versöhnung draußen in der stürmischen Finsternis stattfinden, die Zugeständnisse und Versprechungen und schließlich das Lächeln des Verzeihens. Aber diesmal würde sie sie für immer ins Metropol zurückbringen.

Nachdem sie gegessen hatte, ging sie auf ihr Zimmer, zog sich ein Paar Flanellhosen an und darüber einen Regenmantel. Ihre Hände zitterten vor Erregung. Die Luft im Raum war schwer und lastend, erfüllt von der schwülen Süße der Lilien. Die Kerzenflammen schwankten unter ihren hastigen Bewegungen auf und ab, und die Schatten der Blumen duckten sich, schossen zur Decke empor und fielen wieder in sich zusammen. Sie holte eine große Taschenlampe aus der Schublade eines ihrer Kabinenkoffer, ging hinaus und schloß hinter sich die Tür. Die Kerzen brannten weiter.

V

Es war wie heller Frühlingstag. Die Sonne schien auf den Lorbeer zu beiden Seiten des Gartenweges, den Schwester Inez entlang spazierte, ein Gebetbuch in der Hand. Bis zu dem Augenblick, an dem sie am Brunnen ankam, verbargen die langen schwarzen Röcke ihre bloßen Füße. Es war ein Garten, in dessen Luft man schweren süßen Jasminduft vermutete, und obgleich sie nicht zu sehen waren, stellte man sich vor, wie die Vögel zwitscherten und ihr Gefieder behende und wohlig im Schatten der Büsche sträubten. Schwester Inez streckte ein leuchtend weißes Füßchen aus und berührte damit das Wasser im Brunnenbecken; der Himmel flimmerte weiß. Aus den Büschen beobachtete Pater José mit glänzenden Augen, wie die zwei Füßchen, eines hinter dem andern, durch das klare Wasser wateten. Plötzlich öffnete Schwester Inez ihre Haube, die mit einem Druckknopf unter dem Kinn geschlossen war: ihre schwarzen Zöpfe fielen über die Schultern. Mit einer zweiten plötzlichen Bewegung hakte sie ihre Gewänder auf (es ging erstaunlich einfach), schlug sie weit auseinander und drehte sich, um einen mollig jungen, weißen Körper zu enthüllen. Einen Augenblick später hatte sie ihre Kleider auf eine Marmorbank geworfen und stand splitternackt da, ihr kleines schwarzes Buch und den Rosenkranz immer noch in der Hand haltend. Pater José riß seine Augen noch weiter auf, und sein Blick ging himmelwärts: er flehte um die Kraft, der Versuchung zu widerstehen. Tatsächlich erschienen die Worte PIDIENDO EL AMPARO DIVINO über den Himmel gedruckt, wo sie leicht zitternd mehrere Sekunden verharrten. Was nun folgte, überraschte Dyar nicht, denn er hatte nicht erwartet, daß die göttliche Hilfe eintreffen werde, und ebensowenig überrascht war er, als im nächsten Moment drei weitere robuste Nönnchen aus ebensoviel verschiedenen Richtungen auftraten, um dem eifrigen Paar im Brunnen Gesellschaft zu leisten und dadurch den *pas de deux* in ein *tutti* zu verwandeln.

Später wurde der Ort der Handlung an den Altar einer nahen Kirche verlegt. Dyar, der annahm, daß der Wahnsinn dieser Szene das unmittelbare Ende des Films verkündete, gab Thami einen Stoß und bot ihm eine Zigarette an, die dieser, nach ruckartigem Erwachen, automatisch annahm und sich anzünden ließ. Als er dann wirklich zu sich kam, waren die Figuren abrupt verschwunden, und die Leinwand bot nur noch ein blendendes weißes Viereck. Dyar bezahlte den ersten fetten Mann, der immer noch gähnend in der Eingangshalle stand, und sie gingen die Treppe hinunter. »Wünschen beide Herren Zimmer für eine Stunde –?« begann der fette Mann ihnen nachzurufen. Thami schrie ihm etwas auf spanisch hinauf; der junge Mann ließ sie hinaus auf die leere Straße, darin der Wind blies.

Als Eunice Goode die kleine Bar betrat, war sie enttäuscht, Hadija nirgendwo zu sehen. Sie ging an die Theke, wobei sie das Mädchen, das dahinter stand, unentwegt fixierte und mit Vergnügen feststellte, daß ihr plötzliches Erscheinen Unsicherheit in seinem Benehmen hervorrief. Das Mädchen machte einen mißglückten Versuch zu lächeln und wich langsam gegen die Wand zurück, ohne seinen Blick von Eunice Goodes Gesicht zu nehmen. Und der Ausdruck der reichen fremden Dame war wirklich recht furchterregend: Ihre dicken Backen waren rot gefleckt, sie keuchte, und unter ihren dichten Augenbrauen bewegten sich ihre kalten Augen wild glänzend hin und her.

»Wo sind alle?« fragte sie unvermittelt.

Das Mädchen fing auf spanisch an zu stottern, sie wisse es nicht und glaube, sie seien ausgegangen. Dann schob sie sich an das Ende der Bartheke und versuchte, um die Ecke zu schlüpfen und die Tür zu erreichen, die zu den rückwärtigen Zimmern führte. Eunice Goode gab ihr einen Stoß mit ihrem Spazierstock. »Einen Gin«, sagte sie. Widerwillig ging das Mädchen zu den Flaschen zurück und schenkte ein. Es waren keine Gäste da.

Eunice goß das Glas in einem Zug hinunter, verließ das Mädchen, das ihr erschrocken nachstarrte, ging durch den Perlenvorhang und tastete sich mit dem Stock den dunklen Gang entlang.

»Madame!« schrie das Mädchen hinter ihr her.

»Madame!«

Rechts öffnete sich eine Tür. Madame Papaconstante, in einem gestickten Kimono, trat auf den Gang hinaus. Bei Eunice Goodes Anblick zuckte sie unwillkürlich zusammen. Nachdem sie sich wieder gefaßt hatte, lächelte sie matt und ging ihr entgegen, wobei sie sie mit einer Flut von Begrüßungen überschüttete, die ihren Besuch nicht hinderten, zu bemerken, daß man ihr nicht nur den Weg versperrte, sondern sie sogar nachdrücklich wieder gegen die Bar zurückdrängte. Und als sie in der Bar standen, redete sie unentwegt weiter.

»Was für ein Wetter! Was für ein Regen! Er hat mich vor dem Abendessen überrascht. Alle meine Kleider tropfnaß! Wie Sie sehen.« Sie sah an sich hinunter. »Ich mußte mich umziehen. Mein Kleid trocknet an der Heizung. Maria wird es für mich aufbügeln. Kommen Sie und trinken Sie einen mit mir. Ich hatte Sie heute abend nicht erwartet. *C'est un plaisir inattendu.* Oh ja, Madame.« Sie blinzelte dem Mädchen wütend zu. »Setzen Sie sich hier hin«, sagte Madame Papaconstante, »ich werde Sie selbst bedienen. Also, was trinken wir heute abend?«

Als sie Eunice endlich an dem kleinen Tisch sitzen sah, stieß sie einen Seufzer der Erleichterung aus und rieb sich nervös ihre wabbeligen, dicken Arme, daß die Armbänder klirrten. Eunice beobachtete ihr Unbehagen mit grimmigem Vergnügen. »Hören Sie sich diesen Regen an«, sagte Madame Papaconstante und neigte ihren Kopf nach der Sraße. Eunice schwieg noch immer. »Die Närrin«, dachte sie. »Die arme gottverdammte Närrin.«

»Was trinken SIE?« sagte sie plötzlich mit solcher Heftigkeit, daß Madame Papaconstante ihr entsetzt in die Augen sah, nicht ganz sicher, ob sie nicht vielleicht etwas anderes gesagt hatte. »Ach, ich!« lachte sie. »Ich nehme wie immer einen *machaquito.*«

»Setzen Sie sich«, sagte Eunice. Das Mädchen brachte die Getränke und Madame Papaconstante sank, nachdem sie einen kurzen ängstlichen Blick auf die Straße geworfen hatte, in einen Stuhl Eunice Goode gegenüber.

Sie tranken jede zwei Gläser und sprachen dabei zerstreut über das Wetter. Ein Bettler kroch zur Tür herein, er bewegte sich, indem er sich auf seine Hände stützte und mit ausdrucksvollen Bewegungen auf seine amputierten Gliedmaßen deutete, die verschlungen waren wie Stümpfe von Mangrovenwurzeln. Er war vom Regen durchnäßt.

»Schicken Sie ihn fort!« schrie Eunice. »Ich kann keine verunstalteten Menschen sehen. Geben Sie ihm etwas und sehen Sie zu, daß Sie ihn loswerden. Ich hasse den Anblick von Elend.« Da Madame Papaconstante sich nicht rührte, griff sie in ihre Handtasche und warf dem Mann einen Geldschein zu, worauf er seinen Körper wie ein Reptil vorwärtsschnellte und danach griff. Sie wußte sehr gut, daß man solch große Summen nicht an Bettler gab, aber die Luzifer-Bar war ein Ort, der das Machtgefühl, das Geld ihr verschaffte, in solchem Ausmaß steigerte, daß das Herauswerfen großer Summen zu einem Akt unwiderstehlicher Wollust wurde. Madame Papaconstante schauderte innerlich, als sie zusah, wie der Preis von zehn Schnäpsen von der Klauenhand aufgeschnappt wurde. Unbewußt registrierte sie Eunices Geste als eine gegen sich gerichtete feindliche Handlung; sie warf der seltsamen Frau, die ihr gegenüber im Sessel lümmelte, einen vorwurfsvollen Blick zu und dachte, es sei sehr ungerecht von Gott, einer derartigen Person soviel Geld zukommen zu lassen.

Bis zu ihrer Ankunft hatte Eunice fest vorgehabt, ohne Umschweife zu fragen, ob Hadija da sei oder nicht, aber nun erschien ihr dieses Verfahren unangebracht. Wenn Hadija sich in diesem Lokal befand, mußte sie früher oder später durch den vorderen Raum herauskommen, weil der rückwärtige Teil des Gebäudes am oberen Abhang der Kasbah lag und es deshalb keinen anderen Ausgang gab.

Ohne sich umzublicken, rief Madame Papaconstante dem Mädchen hinter der Bar beiläufig auf spanisch zu: »Lolita! Sei so gut und bring mir meinen Wollsweater. Er liegt im rosa Zimmer.« Und zu Eunice sagte sie auf französisch: »Bei dem Wind und Regen friert mich.«

»Das ist ein Signal«, dachte Eunice, als das Mädchen unter dem umgeschlagenen Perlenvorhang durchging. »Sie möchte Hadija warnen, damit sie nicht herauskommt oder laut redet.«

»Haben Sie viele Zimmer?« sagte sie.

»Vier.« Madame Papaconstante fröstelte leicht. »Rosa, blau, grün und gelb.«

»Ich liebe gelb«, sagte Eunice unerwartet. »Man sagt, es sei die Farbe des Wahnsinns, aber das hindert mich nicht. Es ist so leuchtend, so voller Sonne, als Farbton. *Vous ne trouvez pas?*«

»Ich habe alle Farben gerne«, sagte Madame Papaconstante abwesend und sah ängstlich nach der Straße.

Das Mädchen kam ohne den Sweater zurück. »Er ist nicht da«, verkündete sie. Madame Papaconstante sah sie bedeutungsvoll an, aber das Gesicht des Mädchens blieb völlig ausdruckslos. Das Mädchen ging wieder an seinen Platz hinter der Bar zurück. Zwei Spanier in Arbeitsanzügen kamen eilig von der Straße herein und bestellten Bier; offensichtlich waren sie ganz aus der Nähe, denn auf ihren Kleidern waren nur wenige Regentropfen zu sehen. Madame Papaconstante erhob sich. »Ich werde selbst suchen gehen«, verkündete sie. »Einen Augenblick. *Je reviens à l'instant.*« Während sie den Gang hinunterwatschelte und sich mit der Hand an der Wand festhielt, murmelte sie laut vor sich hin: *»Que mujer! Que mujer!«*

Mehr Gäste traten ein. Als Madame zurückkam, über dem Kimono einen weiten blutroten Sweater, der völlig auseinanderfloß, sah sie etwas glücklicher aus. Ohne Eunice ein Wort zu sagen, ging sie an die Bar und schäkerte mit den Männern. Es würde trotz allem heute nacht ein gutes Geschäft geben. Vielleicht würde die seltsame Dame gehen, wenn sie sie nicht beachtete. Die Männer, von denen keiner Eunice vorher gesehen hatte, fragten halblaut, wer die fremde Frau sei, was sie täte und warum sie hier allein in der Bar säße. Diese Frage war Madame Papaconstante unangenehm. »Eine Touristin«, sagte sie gleichgültig. »Hier?« riefen sie erstaunt aus. »Sie spinnt ein bißchen«, antwortete sie zur Erklärung. Aber Eunices Anwesenheit bekümmerte sie; sie wünschte, sie würde gehen. Naiverweise beschloß sie, den Versuch zu unternehmen, sie betrunken zu machen, und da sie sich nicht wieder in eine Unterhaltung mit ihr einlassen wollte, schickte sie einen doppelten Gin ohne Wasser durch Lolita an ihren Tisch hinüber.

»Ahí tiene«, sagte Lolita und stellte das Glas hin. Eunice zwinkerte ihr zweideutig zu, hob das Glas auf und leerte es in zwei Zügen. Madame Papaconstantes Einfalt amüsierte sie köstlich.

Wenige Minuten später erschien Lolita mit einem neuen Glas an ihrem Tisch. »Ich habe das nicht bestellt«, sagte Eunice, nur um zu sehen, was geschehen werde.

»Ein Geschenk von Madame.«

»Ah de veras!« sagte Eunice. »Warte!« rief sie scharf, als das Mädchen Anstalten machte zu gehen. »Sag Madame Papaconstante, daß ich sie sprechen möchte.«

Kurz darauf beugte sich Madame Papaconstante über ihren Tisch. »Sie wünschen mich zu sprechen, Madame?«

»Ja«, sagte Eunice und machte eine sichtliche Anstrengung, ihren Blick auf das fleischige Gesicht zu konzentrieren. »Ich fühle mich nicht wohl. Ich glaube, ich habe zuviel getrunken.« Madame Papaconstante zeigte Mitgefühl, aber es wirkte nicht sehr überzeugend. »Ich glaube«, fuhr Eunice fort, »Sie müssen mich in eines Ihrer Zimmer führen und mir erlauben, mich hinzulegen.«

Madame Papaconstante fuhr auf. »Oh, das ist unmöglich, Madame! Es ist untersagt, Damen in die Zimmer zu lassen.«

»Und was ist mit den Mädchen?«

»Ah, oui, mais ça c'est naturel! Sie sind meine Angestellten, Madame.«

»Wie Sie wollen«, sagte Eunice nachlässig und begann zu singen. Zuerst leise, dann aber mit sich rasch steigernder Lautstärke. Madame Papaconstante ging mit wachsenden Befürchtungen an die Bar zurück.

Eunice sang weiter, immer lauter. Sie sang: »Ich muß an meinem Haus vorbei, wenn ich in deines will« und »Hau ab aus der Stadt.« Als sie zu »Ich hab' schon immer die Frauen gehaßt« und »Die letzte Runde« kam, waren die Laute, die sie mit ihren umfangreichen Lungen erzeugte, kaum mehr von langgezogenen Schreien zu unterscheiden.

Während sie Madame Papaconstantes zunehmend entsetzten Gesichtsausdruck beobachtete, sagte sie sich befriedigt: »Der alten Hündin werd' ich's zeigen, ein für allemal.« Sie erhob sich mühsam, wobei es ihr gelang, nicht nur den Stuhl, sondern auch den Tisch umzuwerfen. Glasscherben flogen den Männern, die am einen Ende der Bar standen, vor die Füße.

»Aaah, madame, quand-même!« schrie Madame Papaconstante verwirrt. »Bitte! Sie verursachen keinen Skandal. In meiner Bar macht man keine Skandale. Hier ist ein anständiges Lokal. Ich will keine Polizeianzeige haben.«

Eunice bewegte sich schlingernd auf die Bar zu und legte ihren Arm um Madame Papaconstantes kissenartige Schultern. *»Je suis navrée«*, begann sie zögernd zu sprechen. *»Je me sens pas bien. Ça ne va pas du tout.* Sie müssen mir verzeihen. Ich weiß nicht. Vielleicht ein schönes großes Glas Gin...«

Madame Papaconstante sah sich hilflos um. Die anderen hatten nicht verstanden, was vor sich ging. Dann dachte sie: Vielleicht geht sie dann und ging hinter die Bar, um selbst einzuschenken. Eunice wandte sich an den Mann neben ihr und erklärte mit großer Würde, daß sie keineswegs betrunken sei, sondern sich nur etwas elend fühle. Der Mann antwortete nicht.

Nach dem ersten Schluck hob sie ihren Kopf, sah Madame Papaconstante mit erschrockenen Augen an und legte ihre Hand an die Stirn.

»Schnell! Mir wird schlecht! Wo ist die Toilette?«

Die Männer rückten etwas von ihr ab. Madame Papaconstante packte sie am Arm und zerrte sie durch die Tür und den Gang hinunter. Am unteren Ende öffnete sie eine Tür und schob sie in eine übelriechende, vollständig dunkle Kammer. Eunice stöhnte. »Ich werde ein Licht bringen«, sagte Madame Papaconstante und eilte fort. Eunice brannte ein Streichholz an, zog die Klosettspülung, stöhnte noch mehrmals laut auf und spähte den Gang hinunter. Er war leer. Sie trat rasch heraus und ging in das nächste Zimmer, das ebenfalls dunkel war. Sie brannte noch ein Streichholz an und sah eine Couch an der Wand stehen. Sie legte sich hin und wartete. Wenige Minuten später hörte sie Stimmen auf dem Vorplatz. Kurz darauf wurde die Tür geöffnet. Sie blieb ruhig liegen und atmete langsam und tief. Der Strahl einer Taschenlampe fiel auf ihr Gesicht. Hände berührten sie und zupften an ihr. Sie bewegte sich nicht.

»No hay remedio«, sagte eines der Mädchen.

Es wurden noch einige lahme Versuche unternommen, sie aufzuwecken. Dann verzog sich die Gruppe und schloß die Tür.

Während er Thami durch die Straßen folgte, die fast Treppen waren, fühlte Dyar, wie sein Enthusiasmus für ihren Plan rasch entschwand. Der nasse Wind überfiel sie, wand sich um sie wie ein Tuch und roch nach Meer. Hin und wieder besprühte er sie mit Regen, aber meist blies er nur. Als sie in die kleine, ebenerdige Straße eingebogen waren, dachte er fast mit Sehnsucht an sein Zimmer, weit weg im Hotel de la Playa. »Hier«, sagte Thami.

Sie gingen in die Bar. Das erste, was Dyar sah, war Hadija, die unter der hinteren Tür stand. Sie hatte ein einfaches Wollkleid an, das Eunice ihr auf dem Boulevard Pasteur gekauft hatte, und es paßte zu ihr. Sie hatte auch gelernt, die Schminke nicht so dick aufzutragen und sogar ihr Haar in einem Nackenknoten zu tragen, anstatt es in mißglückter Nachahmung amerikanischer Filmstars in wilden Strähnen herumhängen zu lassen. Sie blickte Dyar aufmerksam an, und er fühlte, wie ein leiser Schauer über seinen Rücken lief.

»Mein Gott, sieh dir das an!« flüsterte er Thami zu.

»Gefällt sie Ihnen?«

»Ich könnte schon was davon brauchen.«

Ein Spanier hatte ein Kofferradio auf die Bar gestellt; zwei von den Mädchen lehnten sich vor und lauschten der schwachen Guitarrenmusik, die durch einen Schleier atmosphärischer Störungen drang. Drei Männer an einem Ecktisch führten eine ernsthafte, betrunkene Unterhaltung. Madame Papaconstante saß am Ende der Bar und rauchte teilnahmslos vor sich hin. *»Muy buenas«*, sagte sie und lachte ihnen breit zu. In ihrer Verschlafenheit hielt sie sie für Spanier.

Thami antwortete ruhig, ohne sie anzusehen. Dyar ging an die Bar und bestellte etwas zu trinken, seine Augen waren auf Hadija gerichtet, die, seiner Aufmerksamkeit bewußt, über ihn hinweg auf die Straße sah. Als Madame Papaconstante hörte, daß Englisch gesprochen wurde, erhob sie sich und näherte sich den beiden, etwas schwankender als gewöhnlich.

»Hallo, Boys«, sagte sie und ordnete mit der einen Hand ihr Haar, während die andere den Sweater über den Unterleib zog. Außer Zahlen und einigen Beleidigungen bildeten diese Worte ihr gesamtes englisches Vokabular.

»Hallo«, antwortete Dyar ohne Begeisterung. Dann ging er zur Tür hinüber, hob sein Glas und sagte zu Hadija: »Was zu trinken?« Aber Hadija hatte während ihrer kurzen Bekanntschaft mit Eunice Goode einiges gelernt, und die für sie vielleicht wichtigste Erkenntnis war, daß, je schwieriger man die Dinge gestaltete, desto mehr Geld herauszuholen sei, wenn es ans Zahlen ging. Wenn sie als Tochter des englischen Konsuls von einem spanischen Fischer mitten auf der Place de France angesprochen worden wäre, hätte sie ihn nicht eisiger anstarren können. Sie ging durch den Raum und stellte sich neben die Tür, die zur Straße führte.

Dyar verzog sein Gesicht zu einer schiefen Grimasse. »Entschuldigen Sie«, rief er reuig hinter ihr her; sein Kummer war jedoch nichts, verglichen mit Madame Papaconstantes Empörung über Hadijas Benehmen. Die Hände auf den Hüften, ging sie zu ihr hinüber und verabreichte ihr eine zischelnde, aber wütende Strafpredigt.

»Sie arbeitet hier, nicht wahr?« sagte er zu Thami. Thami nickte.

»Schau«, fuhr Dyar fort, »die Alte macht ihr die Hölle heiß, weil sie so patzig mit den Kunden ist.« Thami verstand ihn nicht ganz, aber er lächelte. Sie sahen, wie Hadijas Gesicht immer bokkiger wurde. Kurz darauf schlenderte sie zur Bar und stellte sich schmollend neben Dyar. Er beschloß, es noch einmal zu versuchen.

»Noch böse?«

Sie sah ihn unverschämt an. »Hallo Jack«, sagte sie und wandte ihr Gesicht ab.

»Was ist los mit dir? Magst du fremde Männer nicht?«

»Mag Coca-Cola.« Sie sah ihn abermals nicht an.

»Weißt du, du mußt nicht mit mir trinken, wenn du nicht willst«, sagte er und versuchte, seine Stimme so mitfühlend wie möglich zu machen. »Wenn du müde bist oder sonst etwas...«

»Wie geht es dir?« sagte sie. Madame Papaconstante beobachtete sie vom unteren Ende der Bar aus.

Sie hob ihr Coca-Cola-Glas. »Runter damit«, sagte sie und trank einen winzigen Schluck. Sie lächelte ihm matt zu. Er stellte sich so nah neben sie, daß er gerade ihren Körper neben seinem fühlen konnte. Dann drehte er sich ein wenig zu ihr hin und rückte etwas näher. Sie rührte sich nicht.

»Immer so verrückt?«

»Ich bin nicht verrückt«, sagte sie ruhig.

Sie unterhielten sich eine Weile. Langsam preßte er sie gegen die Bar; als er seinen Arm um sie legte, dachte er, sie werde ihn vielleicht fortstoßen, aber sie tat nichts dergleichen. Madame Papaconstante überlegte von ihrem Beobachtungsposten aus, daß jetzt der richtige Augenblick gekommen sei; sie kletterte von ihrem Hocker herunter und ging zu ihnen hinüber. Thami schwätzte mit dem Spanier, dem das Radio gehörte; als er sah, daß Madame Papaconstante mit Dyar zu sprechen versuchte, wandte er sich zu ihnen und machte sich zum Dolmetscher.

»Sie möchten sich mit ihr zurückziehen?« fragte sie ihn.

Dyar bejahte.

»Sag ihm, fünfzig Peseten für das Zimmer«, sagte Madame Papaconstante rasch. Die Spanier hörten zu. Sie zahlten gewöhnlich fünfundzwanzig. »Und dem Mädchen gibt er hinterher, was er gerne möchte.«

Hadija sah zu Boden.

Das Zimmer roch nach Moder. Eunice hatte geschlafen, aber nun war sie wach und bemerkte den Geruch. Gewisse Kellerräume im Hause ihrer Großmutter hatten so gerochen. Sie erinnerte sich der Kühle und des Geheimnisvollen des riesigen Kellers an einem ruhigen Sommernachmittag, der Koffer, der Regale voll alter Steinguttöpfe und der Stapel alter Zeitschriften. Ihre Großmutter war eine ordentliche Frau gewesen. Jede Zeitschrift war getrennt aufgestapelt: »Judge«, »The Red Book«, »Everbodys«, »Hearst's International« ––. Sie setzte sich im Dunkeln auf, gespannt, ohne zu wissen, warum. Dann aber wußte sie es! Sie hatte Hadijas Stimme vor der Tür gehört. Jetzt sagte sie: »Dieses Zimmer, O. K.«. Sie hörte, wie ein Mann murmelnd antwortete. Die Tür zum Nebenzimmer wurde geöffnet und wieder geschlossen.

Sie stand auf und begann, vor der Couch auf und ab zu laufen, drei Schritte hin und drei wieder zurück. »Ich kann es nicht aushalten«, dachte sie. »Ich bring' sie um. Ich bring' sie um.« Aber es waren leere Worte, die in ihrem Kopf tönten; keine heftigen Vorstellungen stiegen auf, den Refrain zu begleiten. Indem sie sich auf den Boden kauerte und ihren Hals schmerzhaft verdrehte, gelang es ihr, das Ohr flach an die Wand zu pressen. Und sie horchte. Zuerst hörte sie nichts und dachte, die Wand sei zu dick, um Geräusche durchzulassen. Aber dann hörte sie einen lauten Seufzer. Sie sprachen überhaupt nicht, und es wurde ihr klar, daß sie jedes Wort verstünde, wenn gesprochen würde.

Es verstrich längere Zeit, ehe das geschah. Dann sagte Hadija: »Nein.« Sofort beklagte sich der Mann: »Was ist los mit dir?« An seiner Stimme erkannte Eunice einen Landsmann; es war noch ärger, als sie erwartet hatte. Man hörte Geräusche von Bewegungen auf der Couch, und wieder sagte Hadija entschlossen: »Nein.«

»Aber Baby –« bettelte der Mann.

Weiteres Herumgewälze, dann sagte der Mann unschlüssig »Nein«, als versuche er matt zu protestieren. Eunices Nacken schmerzte; sie verrenkte ihn noch mehr und preßte sich mit aller Kraft an die Wand. Eine Zeitlang hörte sie nichts. Dann kam ein langes zitterndes Luststöhnen von seiten des Mannes. »Als ob er stürbe«, dachte Eunice und knirschte mit den Zähnen. Jetzt sagte sie sich: »Ich werde *ihn* töten«, und diesmal hatte sie befriedigend blutrünstige Vorstellungen, obgleich ihre imaginären Angriffe auf den Mann nicht gerade mit Mord bezeichnet werden konnten.

Plötzlich zog sie ihren Kopf zurück und trommelte mit der Faust gegen die Wand. Und sie schrie Hadija auf spanisch zu: »Weiter! *Haz lo que quieres! Sigue!* Unterhalt dich nur gut!« Ihr eigenes Gehämmer hatte sie erschreckt, und der Klang ihrer Stimme erstaunte sie noch mehr; sie würde sie niemals als die ihre erkannt haben. Aber nun hatte sie gesprochen; sie hielt den Atem an und lauschte. Einen Augenblick war es im Nebenzimmer still. Der Mann sagte faul: »Was soll das?« Hadija antwortete flüsternd: »Schnell! Gib Geld!« Ihre Stimme klang aufgeregt. »Ein anderes Mal mach' ich's dir richtig. Nicht wie diese Nacht. Nix hier. Hier nix gut. Hör boy –« Und nun flüsterte sie offensichtlich direkt in sein Ohr, als wisse sie aus Erfahrung, wie dünn die Wände waren und wie leicht man alles durchhören konnte. Der Mann, der sich in einem Zustand völliger Ermattung zu befinden schien, fing trotzdem zu murren an: »Huh? Wann? Wo ist das?« Und dazwischen kamen lange Erklärungen.

»Okay?« sagte Hadija schließlich. »Du kommen?«

»Aber Sonntag, nicht wahr? Nicht Freitag –« Das letztere klang teilweise erstickt, vermutlich durch Hadijas Hand.

Eunice erhob sich mühsam. Sie seufzte tief auf und setzte sich im Dunkeln auf den Rand der Couch. Ihr ganzer Verdacht hatte sich restlos bestätigt: Hadija hatte regelmäßig in der Bar Lucifer gearbeitet; wahrscheinlich war sie oft direkt aus der Umarmung eines spanischen Arbeiters oder Ladenbesitzers zu ihr gekommen. Das Abkommen mit Madame Papaconstante hatte sich als eine glatte Farce erwiesen. Jedermann hatte sie belogen. Und trotzdem fühlte sie statt Empörung nur einen unbestimmten, irgendwie befriedigenden Schmerz – vielleicht, weil sie alles sofort und durch eigene Kraft aufgedeckt hatte. Für sie war es eine alte Geschichte, und es war ihr egal. Sie wünschte sich jetzt bloß, mit Hadija allein zu sein. Sie würde nicht einmal die Vorfälle dieses Abends mit ihr besprechen. »Das arme Mädel«, dachte sie. »Sie bekommt von mir nicht genug zum Leben. Sie muß hierher gehen.« Sie fing an, zu überlegen, an welche Orte sie mit ihr gehen könnte, um sie aus dieser schädlichen Umgebung fortzubekommen. Orte, an denen sie allein sein konnten, ohne von spionierenden Dienstboten und mißbilligenden oder amüsierten Freunden belästigt zu werden. Sospel vielleicht oder Caparica; irgendwohin, weg von Arabern und Spaniern, wo sie die Genugtuung haben würde, Hadija völlig von sich abhängig zu machen.

»Aber Baby, das ist alles, was ich habe!« protestierte der Mann.

»Nein, nein«, sagte Hadija bestimmt. »Mehr. Gib.«

»Dir ist's egal, wieviel du einem Kerl abknöpfst, was? Ich sag' dir doch, ich *habe* nicht mehr. Schau.«

»Wir gehen sprrechen dein Freund in Bar. Er hat.«

»Nein. Du hast jetzt genug. Das ist verdammt viel Geld für das, was du getan hast.«

»Nächstes Mal ich dich fertig –«

»Ich weiß! Ich weiß!«

Sie stritten sich. Eunice war erstaunt, daß sich ein Amerikaner weigerte, bei solchem Anlaß fünfzig Peseten mehr flüssig zu machen. Typischerweise dachte sie sofort, er müsse ein besonders lasterhafter Mensch sein, einer, dem gerade solche Szenen echte Freude machten, dem es ein Kitzel bösartigen Vergnügens verschaffte, einem hilflosen Mädchen seinen redlichen Verdienst vorzuenthalten. Aber sie beobachtete amüsiert, mit welcher Zähigkeit Hadija die Unterhaltung fortführte. Sie wettete Freirunden für das Lokal, daß das Mädchen ihr Extra-Geld bekommen würde. Nach einer guten Weile sinnloser Redereien erklärte er sich dann einverstanden, das Geld von dem Freund an der Bar zu leihen. Als sie die Tür aufmachten und hinausgingen, sagte Hadija: »Du guter Mann. Ich habe gern.« Eunice biß sich auf die Lippen und stand auf. Diese Bemerkung gab ihr mehr als alles andere das Gefühl, daß dieser Mann besonders gefährlich war. Und nun wurde ihr auch klar, daß sie nicht Hadijas professionelle Beziehungen am meisten fürchtete. Es war, im Gegenteil, die Angst, daß die Dinge nicht auf dieser Basis bleiben könnten. »Aber ich bin ein Idiot«, sagte sie sich. »Warum gerade dieser Mann? Der erstbeste, mit dem ich sie erwischt habe?« Wichtig war nur, daß es der letzte blieb; sie mußte sie von hier fortnehmen. Und Madame Papaconstante durfte nichts davon erfahren, bis sie aus der Internationalen Zone heraus waren.

Eine Viertelstunde später ging sie auf den Vorplatz; das schwache Licht der Dämmerung filterte grau durch den Perlenvorhang, der vor der Bar hing. Von dort her hörte sie einen heftigen Disput zwischen Madame Papaconstante und Hadija. »Sie wußten, daß sie da drin war! Sie wollten, daß sie zuhört!«

»Ich kann nichts dafür, daß sie aufgewacht ist!« rief Madame Papaconstante wütend. »Für wen hältst du dich eigentlich, daß du mich in meiner Bar so anbrüllst!«

Eunice wartete, in der Hoffnung, Madame Papaconstante würde noch weitergehen, etwas noch Drastischeres sagen, aber sie blieb beherrscht; offensichtlich wollte sie das Mädchen nicht zu sehr provozieren – es brachte dem Lokal Geld ein.

Eunice ging leise den Gang hinunter und trat, ein wenig geblendet, in die Bar. Ihr Spazierstock lag quer über einem der Tische. Die beiden verstummten und sahen sie an. Sie ergriff den Stock, drehte sich um und sah ihnen ins Gesicht: »Etwas zu trinken, für alle«, erinnerte sie sich. »Drei doppelte Gin«, sagte sie zu Madame Papaconstante, die wortlos hinter die Bar ging und ausschenkte.

»Nimm das«, sagte sie zu Hadija und hielt ihr eines der Gläser hin. Die Augen auf Eunice gerichtet, folgte sie. »Trink.«

Hadija tat es und erstickte fast danach.

Madame Papaconstante zögerte, dann trank sie, immer noch wortlos, ihr Glas aus.

Eunice legte fünfhundert Peseten auf die Bartheke und sagte: *»Bonne nuit, madame.«* Zu Hadija gewandt sagte sie: *»Ven.«*

Madame Papaconstante sah ihnen nach, als sie langsam die Straße hinaufgingen. Eine große braune Ratte kroch aus einem gegenüberliegenden Hauseingang und begann im Rinnstein entlangzulaufen, in entgegengesetzter Richtung. Hie und da hielt sie an, um Brocken aus dem Abfall zu kosten. Der Regen fiel ruhig und gleichförmig.

VI

Wilcox saß im Bademantel auf seinem Bett. Mr. Ashcombe-Danvers widmete seine ganze Aufmerksamkeit einer neuen Dose »Gold Flakes«, die er öffnete; ein schwaches Zischen ertönte, als er den Deckel anbohrte. Er schnitt rasch am Rand entlang und entfernte die dünne Aluminiumfolie, die er neben seinem Tisch auf den Boden warf.

»Nehmen Sie?« sagte er zu Wilcox und hielt ihm die Büchse hin. Der Geruch des frischen Tabaks war unwiderstehlich. Wilcox nahm eine Zigarette. Mr. Ashcombe-Danvers desgleichen. Als sie beide Feuer hatten, fuhr Mr. Ashcombe-Danvers in seiner Rede fort:

»Mein lieber Junge, ich möchte nicht den Eindruck erwecken, Unmögliches zu verlangen, und ich glaube, wenn Sie die Sache von meinem Standpunkt aus betrachten, werden Sie schnell genug einsehen, daß ich wirklich nur das einzig mögliche verlange. Ich nehme an, daß Sie wußten, daß ich früher oder später verlangen würde, daß Sterlingwährung hierhertransferiert wird.«

Wilcox sah ungemütlich aus. Er fuhr mit seinem Finger am Rand des Aschenbechers entlang. »Nun ja, es überrascht mich nicht«, sagte er. Und ehe der andere weitersprechen konnte, fuhr er fort: »Aber wenn Sie erlauben, so muß ich sagen, daß ich die Methode, die Sie für diese Transaktion gewählt haben, recht plump finde.«

Mr. Ashcombe-Danvers lächelte. »Ja, wenn Sie wollen, ist sie auch plump. Aber ich glaube nicht, daß das in irgendeiner Weise gegen den Erfolg spricht.«

»Ich weiß nicht«, sagte Wilcox.

»Warum sollte es?«

»Nun, es ist eine zu große Summe, um sie auf diese Weise hereinzubekommen.«

»Unsinn!« rief Mr. Ashcombe-Danvers. »Lassen Sie sich nicht durch vorgefaßte Meinungen hemmen, mein Junge. Das ist abergläubisch von Ihnen. Wenn man so mit kleinen Summen verfahren kann, warum nicht genausogut mit größeren? Können Sie nicht einsehen, wie sicher es ist? Die Zahl der Zwischenhändler ist auf ein Minimum reduziert – ich muß mich nur auf den alten Ramlal, seinen Sohn und Sie selbst verlassen können.«

»Und ich muß mich darauf verlassen, daß niemand weiß, wann ich zu Ramlal gehe und bare neuntausend Pfund hole. Und das schließt sowohl unsere britischen Devisen-Spitzel als auch die Larbi-Bande ein. Und ich möchte denken, daß das unmöglich ist. Es ist unvermeidlich, daß sie Wind bekommen. Irgend jemand muß es ja erfahren.«

»Unsinn«, wiederholte Mr. Ashcombe-Danvers. »Wenn Sie Angst haben, Ihre eigene Haut zu Markte zu tragen«, meinte er liebenswürdig lächelnd, denn er fürchtete, einen wunden Punkt zu berühren, »und das ist Ihr gutes Recht, nun – dann schicken Sie einen anderen. Sie müssen doch jemanden kennen, dem Sie eine halbe Stunde lang vertrauen können.«

»Nicht eine Menschenseele«, sagte Wilcox. Eben war ihm Dyar eingefallen. »Lassen Sie uns zu Mittag essen. Wir können es im Zimmer serviert bekommen. Es gibt hier recht gutes Roastbeef, oder es gab wenigstens gestern welches.«

Er langte nach dem Telephon.

»Ich kann leider nicht.« Mr. Ashcombe-Danvers fürchtete halb und halb, Wilcox werde versuchen, Provision zu erzielen, und wollte nicht dazu beitragen, ihm Gelegenheit zu geben, dieses Thema zu berühren.

»Wirklich?« sagte Wilcox. »Nein, ich kann nicht«, wiederholte Mr. Ashcombe-Danvers.

Wilcox ergriff das Telefon. »Einen Whisky?« Er nahm den Hörer ab.

»Ich glaube nicht, dank' Ihnen schön.«

»Natürlich, nehmen Sie einen«, sagte Wilcox. »Die Bar, bitte.«

Mr. Ashcombe-Danvers erhob sich und stellte sich ans Fenster. Die nasse Stadt zu seinen Füßen machte einen neuerbauten Eindruck; der Hafen und der Horizont dahinter waren gleichförmig grau. Müde fiel der Regen. Wilcox sagte: »Manolo? Haig und Haig Pinch, zwei Perrier und Eis für zweihundertsechsundvierzig.« Er hängte ein und fuhr im selben Atemzug fort: »Ich kann die Sache machen, aber ich muß zwei Prozent mehr bekommen.«

»Ach, kommen Sie«, sagte Mr. Ashcombe-Danvers geduldig. »Ich habe darauf gewartet, daß Sie davon anfangen. Aber ich muß sagen, eine Erhöhung um zwei Prozent habe ich nicht erwartet. Das ist ein bißchen stark. Ramlal zehn und jetzt Sie mit sieben.«

»Ein bißchen stark? Das kann ich nicht finden«, sagte Wilcox. »Und ich glaube, Sie werden auch anders denken, wenn Sie Ihre Neuntausend sicher beim Crédit Foncier haben. Das ist alles ganz gut und schön, dieses Gerede von Ihnen, wie leicht es geht. Sie werden in Paris in Sicherheit sein –«

»Mein lieber Junge, Sie werden es wahrscheinlich für Übertreibung halten, wenn ich Ihnen sage, daß ich sofort sechs Personen nennen könnte, die entzückt wären, es für drei Prozent zu machen.«

Wilcox lachte. »Ganz richtig. Ich weiß genug, die es auch für ein Prozent täten, was das anlangt. Aber Sie werden sie nicht nehmen.« Bei sich dachte er, daß es ideal sei, Dyar in diesem Zusammenhang zu benutzen: Er war in der Stadt völlig unbekannt, seine Ahnungslosigkeit hinsichtlich des Wesens dieser Transaktion war ein großer Vorteil. Man konnte ihn den Auftrag als nebensächliche Besorgung während seiner täglichen Arbeit erledigen lassen und war deshalb nicht verpflichtet, ihm überhaupt eine Provision zu geben; die ganzen sieben Prozent blieben bei ihm.

»Sie müssen den Mann, an den ich denke, natürlich sehen und ihn selbst zu dem jungen Ramlal bringen. Er ist Amerikaner.«

»Aha!« sagte Mr. Ashcombe-Danvers beeindruckt.

Wilcox fühlte, daß er bezüglich der Prozente seinen Willen durchsetzen würde. »Die Provision bleibt unter uns, verstanden«, fuhr er fort.

»Klar«, sagte Mr. Ashcombe-Danvers gelangweilt und betrachtete ihn kalt. Er vermutete, daß Wilcox vorhatte, fünf zu behalten und dem Mann zwei zu geben, was genau dem entsprach, was er nach Wilcox' Wunsch denken sollte.

»Wenn Sie wollen, können Sie heute nachmittag in meinem Büro vorbeikommen und ihn ansehen.«

»Mein lieber Junge, machen Sie keine Sachen, ich habe volles

Vertrauen in jeden, den Sie mir vorschlagen. Aber ich bin immer noch der Ansicht, daß sieben Prozent etwas übertrieben ist.«

»Nun, dann kommen Sie und sprechen mit ihm«, sagte Wilcox verbindlich, in der sicheren Gewißheit, daß sein Partner keinerlei Wunsch hatte, die Angelegenheit mit irgend jemandem zu besprechen. »Und wenn er Ihnen nicht paßt, überlegen wir uns, ob uns ein anderer einfällt. Aber ich fürchte, an den sieben läßt sich nichts ändern.«

Es klopfte an der Tür, und ein Kellner kam mit den Getränken.

Dyar erwachte mit dem Gefühl, überhaupt nicht geschlafen zu haben. Wirr erinnerte er sich, daß der Morgen in verschiedene Geräuschgruppen zerfallen war. Zuerst das Gurgeln der Wasserröhren, als die Frühaufsteher badeten und er versuchte einzuschlafen, dann der Zug, der zwischen seinem Fenster und dem Strand rangierte, das Geschwätz der Putzweiber auf dem Gang, der Franzose im Nebenzimmer, der pausenlos während des Rasierens, Duschens und Anziehens *»La Vie en Rose«* gesungen hatte. Und dies alles übertönte, wie eine arhythmische Schlagzeugbegleitung, das ununterbrochene, metallische Türengeschmetter, das in ganzen Hotel widerhallte und das billige Gebäude erzittern ließ wie eine Serie kleiner Explosionen.

Er sah auf seine Uhr: es war fünfundzwanzig Minuten nach zwölf. Er stöhnte; sein Herz schien bis in den Hals gestiegen zu sein und dort zu schlagen. Er fühlte sich erschöpft, steif und hatte Atembeschwerden. Rückblickend erschien es ihm, als hätte sich die vergangene Nacht über eine Woche hin ausgedehnt. Er schlief immer schlecht, wenn er bei Tageslicht zu Bett ging. Und zwei Vorstellungen, zwei Ideen, peinigten ihn und saßen in seinem Magen wie unverdautes Essen. Er hatte im Laufe des Abends zwanzig Dollar ausgegeben, was bedeutete, daß ihm jetzt noch 460 Dollar übrigblieben. Außerdem, er hatte einhundert Peseten von einem Araber ausgeliehen, was bedeutete, daß er den Araber wiedersehen mußte.

»Gottverdammter Idiot!« sagte er, als er aus dem Bett stieg, um in seinem Koffer nach Aspirin zu suchen. Er nahm drei Stück, ging kurz unter die Dusche und legte sich wieder hin, um zu entspannen.

Ein Zimmermädchen, das die Brause laufen gehört hatte, klopfte und erkundigte sich, wann sie das Zimmer machen könnte. »Wer ist da?« brüllte er, und weil er ihre Antwort nicht verstand, erhob er sich nicht, um sie hereinzulassen. Bald darauf öffnete er wieder die Augen und stellte fest, daß es zwanzig nach zwei war. Immer noch recht elend, zog er sich an und ging in die Halle hinunter. Der Junge am Empfang gab ihm einen Zettel, darauf stand: *»Llamar a la Sra. Debalberde 28–01.«* Er betrachtete den Zettel teilnahmslos und dachte, er müsse für jemanden anderen bestimmt sein. Auf der Straße schlenderte er ziellos drauflos, ohne aufzupassen, wohin er ging. Es war angenehm, an der Luft zu sein. Der Regen tropfte müde aus dem niedrigen Himmel, als fiele er aus einer unsichtbaren Dachrinne.

Plötzlich verspürte er starken Hunger. Er hob den Kopf, sah sich um und stellte fest, daß kein Restaurant in der Nähe war. Etwa anderthalb Kilometer entfernt, über einem Hügel verstreut, der zum Hafenbecken abfiel, lag das Eingeborenen-Viertel. Zu seiner Rechten brachen sich die kleinen Wellen lautlos entlang der ausgestorbenen Küste. Er bog nach links ab und ging eine der vielen steilen Straßen hinauf, die über den Hügel führten. Sie war, wie alle anderen, von Neubauten eingesäumt, großen Etagenhäusern, von denen einige noch im Bau, aber trotzdem schon bewohnt waren. Fast auf der Höhe des Hügels kam er an ein bescheiden aussehendes Hotel, über dessen Eingangstür das Wort *»Restaurant«* stand. Im Speisesaal, in dem ein Lautsprecher brüllte, aßen mehrere Leute. Die Tische waren klein. Er setzte sich und studierte die mit Schreibmaschine geschriebene Karte. Über den Gerichten stand *»Menu à 30 p«*. Er zählte sein Geld und stellte grinsend fest, daß er noch fünfunddreißig Peseten übrig hatte. Während er seine Horsd'œuvres aß, merkte er, daß sein Hunger immer stärker wurde; er fing an, sich wesentlich wohler zu fühlen. Als er bei den *»merlans frits«* angelangt war, zog er den

Zettel, den ihm der Junge am Empfang gegeben hatte, hervor und studierte ihn zerstreut. Der Name sagte ihm gar nichts; plötzlich wurde ihm klar, daß es sich um eine Nachricht von Daisy de Valverde handelte. »Radio International«, kreischte eine idiotische Mädchenstimme. Ein Harfenglissando folgte. Er hatte wenig Lust, seine Gastgeberin von gestern nacht oder überhaupt jemanden zu sehen. Im Augenblick hatte er nur das Bedürfnis, allein zu sein und die Gelegenheit zu nutzen, sich mit den Merkwürdigkeiten dieser Stadt vertraut zu machen. Aber aus Angst, sie könnte auf seinen Anruf warten, ging er in die Halle hinaus und bat den Empfangschef, ihn zu verbinden. *»Veinteyochocerouno«*, hörte er ihn mehrmals rufen und überlegte, ob er wohl jemals imstande sein würde, selbst zu telefonieren. Nachdem ihm der Mann den Hörer gegeben hatte, mußte er lange warten, ehe sie an den Apparat kam.

»Lieber Mr. Dyar! Wie nett von Ihnen, mich anzurufen! Sind Sie gestern abend gut nach Hause gekommen? Was für ein gräßliches Wetter! Diese Stadt zeigt sich Ihnen von ihrer schlechtesten Seite. Aber lassen Sie sich nicht unterkriegen. Eines Tages wird die Sonne wieder da sein und diese schreckliche Feuchtigkeit austrocknen. Ich kann es schon gar nicht mehr erwarten. Jack ist sehr unartig. Er hat mich nicht angerufen. Sind Sie bei ihm? Wenn Sie ihn sehen, sagen Sie ihm, daß ich ziemlich böse mit ihm bin. Oh, ich wollte Ihnen sagen, daß es Tambang besser geht. Er hat etwas Milch getrunken. Ist das nicht eine herrliche Nachricht? Sehen Sie, unser kleiner Ausflug in sein Zimmer hat etwas genützt.« (Er versuchte, nicht an den stickigen Raum, die Nadeln und den Äthergeruch zu denken.) »Mr. Dyar, ich möchte Sie gerne sehen.« Zum erstenmal machte sie eine Pause und ließ ihn zu Worte kommen. Er sagte: »Heute?« und hörte sie lachen. »Ja, natürlich heute. Selbstverständlich. Nicht wahr, ich bin unersättlich?« In sein Proteststammeln hinein redete sie weiter. »Aber ich möchte aus einem bestimmten Grund, den ich Ihnen sagen werde, wenn wir uns sehen, nicht in Jacks Büro gehen. Ich dachte, wir könnten uns in der Faro-Bar an der Place de France treffen. Sie ist gerade um die Ecke beim Reisebüro. Der liebe, versnobte alte Jack würde lieber sterben als dorthin gehen, also riskieren wir nicht, ihn zu treffen. Sie können sie nicht verfehlen. Fragen Sie nur.« Sie buchstabierte ihm den Namen. »Es ist reizend von Ihnen, daß Sie kommen. Sagen wir, um sieben? Jack schließt seine Bude um halb. Ich muß über so vieles mit Ihnen sprechen. Und muß Sie um einen großen Gefallen bitten, den Sie mir aber nicht tun *müssen*, wenn Sie nicht wollen.« Sie lachte. »Um sieben im Faro.« Und während er noch hastig nachdachte, wie er seinen Dank für gestern abend anbringen könnte, bemerkte er, daß sie eingehängt hatte. Er fühlte, wie ihm das Blut in den Kopf stieg; er hätte den Satz irgendwann am Anfang des Gespräches einschalten müssen. Der Mann am Schalter verlangte eine Peseta fünfzig. Er ging zu seinem Tisch zurück, ärgerte sich und überlegte, was sie von ihm dachte.

Die Rechnung machte dreiunddreißig Peseten, einschließlich Bedienung. Es blieben ihm fünfzig céntesimos, die er auf keinen Fall als Trinkgeld geben konnte. Er hinterließ gar nichts und schritt unschuldig pfeifend unter dem anklagenden Blick des Kellners aus dem Lokal. Aber nachdem er eine kurze Strecke gegangen war, blieb er plötzlich unter dem Sonnendach eines Tabakladens stehen und zog die zwei kleinen Hefte mit »American-Express«-Schecks heraus. In einem Heft waren 50er Scheine, im anderen 20er. An Bord hatte er alle paar Tage seine Schecks nachgezählt; es gab ihm ein gewisses Gefühl von Reichtum, wenn er sie ansah und sich den Gegenwert vorstellte. Nun war es notwendig geworden, in eine Bank zu gehen und etwas Geld zu holen, aber seine Vermögensaufstellung mußte in der Anonymität der Straße gemacht werden. Was immer man auch in einer Bank tat, es waren zu viele Menschen um einen herum, die beobachteten. Im ersten Heft würden noch sechs Scheine übrigbleiben (er zählte sie und schloß den Deckel), was bedeutete, daß im anderen noch acht waren. Er überblätterte sie fast achtlos, um dann sofort noch einmal zu blättern, der Sicherheit wegen. Sein Gesicht spannte sich; diesmal zählte er vorsichtig, indem er seinen Daumen zwischen jedes Blatt schob, um zu vermeiden, daß er zwei Blätter auf einmal umschlug. Es blieben immer nur noch sieben. Jetzt sah er auf die Seriennummern: es ließ sich nicht leugnen, daß er nur sieben Zwanzig-Doller-Schecks hatte – nicht acht. 140. Sein Gesicht bekam einen verwirrten Ausdruck, während er fortfuhr, sinnlos zu blättern, automatisch die Schecks zu zählen, als stünde ihm die Entdeckung noch bevor, als gäbe es immer noch eine Möglichkeit, daß etwas sich ändern könnte. Er versuchte in seinem Gedächtnis Ort und Zeit zu rekonstruieren, an dem er jeden Scheck eingelöst hatte. Und nun fiel ihm ein, daß er auf dem Schiff einmal extra zwanzig Dollar für Trinkgelder gebraucht hatte. Diese Entdeckung machte ihm den neuen Kontostand nicht weniger betrüblich; er steckte seine Scheine wieder ein und ging mit gesenktem Kopf zutiefst beunruhigt weiter.

Es gab viele Banken, und jede, zu der er kam, war geschlossen. »Zu spät«, dachte er finster. »Natürlich.«

Er ging weiter und fand ohne Schwierigkeiten Wilcox' Büro. Es befand sich über einem großen Teesalon, und das ganze Gebäude roch anregend nach Kaffee und Gebäck. Er hatte mehr oder minder erwartet, daß Wilcox etwas Unangenehmes sagen würde, wie etwa: »Hör, mein Alter, ich muß dir etwas beichten. Ich kann dich hier nicht brauchen. Du siehst ja selbst, daß es nicht in Frage kommt.« Und dann hätte er ihm anbieten können, die Rückreise nach New York zu zahlen, oder vielleicht nicht einmal das. Dyar wäre jedenfalls nicht übermäßig erstaunt gewesen; diese Haltung hätte durchaus dem entsprochen, was er über dieses ganze Unternehmen dachte. Er war ganz auf einen solchen Schlag vorbereitet. Aber Wilcox sagte: »Setz dich. Mach's dir bequem. Kein Mensch war heute da, und es ist nicht zu vermuten, daß jetzt noch jemand kommt.« Dyar setzte sich auf den Stuhl, der Wilcox' Schreibtisch gegenüberstand, und sah sich um. Die zwei Zimmer waren von unbequemer Enge. Im Vorzimmer, das kein Fenster hatte, standen ein Sofa und ein niedriger Tisch, auf dem Reiseprospekte aufgestapelt waren. Das Büro hatte ein Fenster, das auf einen schmalen Hof ging; außer dem Schreibtisch und den zwei Stühlen bestand die Einrichtung aus einem grünen Aktenschrank. Die unwohnliche Kahlheit des Raumes wurde durch farbige Landkarten gemildert, die die Wände bedeckten und die Aufmerksamkeit unvermeidlich auf ihre unregelmäßigen Umrisse zogen.

Sie unterhielten sich etwa eine Stunde lang. Als Dyar bemerkte: »Es sieht nicht so aus, als ob dein Geschäft sehr überlaufen wäre, oder?«, schnaubte Wilcox angewidert, aber Dyar konnte nicht feststellen, ob diese Reaktion echt war oder nicht. Die Marquesa hatte offensichtlich recht: irgend etwas an dieser Bürokulisse war unecht.

»Ich muß etwas Geld einwechseln«, sagte er nach einiger Zeit. Vielleicht bot ihm Wilcox einen Vorschuß an.

»Was hast du?« fragte Wilcox.

»Expreß-Schecks.«

»Ich wechsle dir alles, was du willst. Ich kann dir einen besseren Kurs geben als die meisten Banken; jedenfalls aber einen viel besseren als die Geldwechsler.«

Dyar gab ihm einen Fünfzig-Dollar-Scheck. Als er seine Brieftasche mit Hundertpesetenscheinen vollgestopft hatte, fühlte er sich, was seine Finanzen betraf, etwas weniger deprimiert und sagte: »Wann fang' ich an zu arbeiten?«

»Du hast angefangen«, erwiderte Wilcox. »Eben arbeitest du. Heute nachmittag kommt ein Bursche hierher, der ein Kunde von mir ist. Er reist viel und läßt immer durch mich buchen. Er wird dich mit dem jungen Ramlal bekannt machen. Früher oder später hättest du ihn sowieso kennenlernen müssen. Die Ramlals sind ganz große Freunde von mir. Ich mache eine Menge Geschäfte mit ihnen.« Dieser Monolog sagte Dyar gar nichts; er hatte vielmehr den Eindruck, daß Wilcox ihn in einer defensiven Weise vorbrachte, so als erwarte er Widerspruch. Es wird nicht mehr lange dauern, dachte er, und ich weiß, was das alles bedeutet. »Ich verstehe«, sagte er. Wilcox warf ihm einen Blick zu, der ihm absolut nicht angenehm war: Er war hart und unfreundlich und mißtrauisch. Dann fuhr er fort. »Ich muß um fünf herum bei den Leuten sein, die mich zu einem Drink eingeladen haben, ich hoffe also zu Gott, daß er bald kommt. Du kannst mit ihm hingehen und sofort wieder zurückkommen. Ich werde hier auf dich warten. Um halb sieben gehst du einfach fort und schließt hinter dir zu. Morgen bekommst du eine Garnitur Schlüssel von mir.« Das Telefon läutete. Eine lange Unterhaltung erfolgte, bei der Wilcox' Rolle hauptsächlich darin bestand, in unregelmäßigen Abständen »ja« zu sagen. Die Tür öffnete sich, und ein großer, leicht gebückter Herr in dickem Tweedanzug und Regenmantel betrat das Vorzimmer. Wilcox beendete rasch sein Telefongespräch, stand auf und sagte: »Das ist Mr. Dyar. Mr. Ashcombe-Danvers. Ich habe ihm am Tag nach der Eröffnung dieses Büros ein Billett nach Kairo verkauft, und seitdem ist er immer wiedergekommen. Ein zufriedener Kunde. Oder jedenfalls bilde ich mir das gerne ein.«

Mr. Ashcombe-Danvers machte einen ungeduldigen Eindruck. »Hm ja. Ganz richtig.« Er legte die Hände auf den Rükken, drehte sich auf dem Absatz um und studierte eine große Weltkarte, die über dem Aktenschrank hing. »Ich glaube, wir gehen jetzt lieber«, sagte er.

Wilcox sah Dyar bedeutungsvoll an. Er hatte vorgehabt, ihm mehr über Mr. Ashcombe-Danvers zu erzählen; vor allem wollte er ihm raten, keine Fragen zu stellen. Aber vielleicht war es ganz gut, daß er nichts gesagt hatte.

Während sie die Treppe hinuntergingen, schlüpfte Dyar in seinen Regenmantel. »Wir können genauso gut zu Fuß gehen«, sagte Mr. Ashcombe-Danvers. »Im Augenblick regnet es nicht, und der Laden ist nicht sehr weit weg.« Sie gingen bergab und kamen auf dem großen Platz heraus, der gestern nacht bis auf die Taxis leer gewesen war; jetzt war er eine kleine Stadt, voll von Eingeborenen, die lebhaft feilschten. »Chaos«, sagte Mr. Ashcombe-Danvers, und in seiner Stimme schwang ein Ton von Befriedigung mit. Als sie unter den kahlen Bäumen in der Mitte des Platzes gingen, tropfte Wasser auf ihre Köpfe herunter. Die

Frauen kauerten reihenweise an den Gehsteigen, eingehüllt in rosa- und weißgestreifte Wolldecken, große Sträuße verregneter weißer Lilien in den Händen, die sie mit heiseren Rufen zum Kauf anboten. Der Tag neigte sich dem Ende zu; der Himmel wurde fahler.

»Schlaues Volk, diese Berber aus dem Gebirge«, bemerkte Mr. Ashcombe-Danvers. »Aber gegen die Inder kommen sie nicht auf.«

»Inder?« Dyar sah ihn verwirrt an.

»Ach, nicht Ihre Rothäute. Unsere Inder. Meistens Mohammedaner aus Indien. In Tanger wimmelt es von ihnen. Ist Ihnen das nicht aufgefallen? Der junge Ramlal, zu dem wir eben gehen, ist auch einer. Außergewöhnlich schlau. Und sein Vater, der alte Ramlal, in Gib. Ein erstaunlich scharfsinniger Geschäftsmann. Ganz erstaunlich. Er ist natürlich ein Gauner, aber ein ehrlicher Gauner. Er nimmt nie einen Schilling über das, was ausgemacht war. Hat's natürlich auch nicht nötig. Seine Provisionen sind enorm. Er weiß, daß er einen in der Hand hat, und nimmt's von den Lebendigen, weil er sich darüber klar ist, was er wert ist.« Dyar hörte höflich zu; sie gingen zwischen den Geldwechslern durch. Die Männer saßen direkt auf der Straße hinter ihren kleinen Buden. Als einige von ihnen die beiden englischsprechenden Fremden entdeckt hatten, fingen sie an ihnen zuzurufen. »Ja! Kommt her! Ja! Wechselt Geld!«

»Die Schweinerei ist die«, sagte Mr. Ashcombe-Danvers, »daß die Behörden dahinter her sind. Sie wissen verdammt gut, daß Gib eines der hauptsächlichsten Lecks ist.«

Dyar fragte zögernd: »Lecks?«

»Sterling-Ausfuhr. Sie wissen, daß täglich ungefähr zwanzigtausend Pfund durchgeschleust werden. Und einige der Kerle fangen sie auch. Es ist nur eine Frage der Zeit, bis sie das Leck ganz zugestopft haben werden. Zeit ist hier der springende Punkt. Das macht einen natürlich etwas nervös.« Er lachte entschuldigend. »Man muß das Risiko eben auf sich nehmen. Ich bin gerne in Marokko und meine Frau auch. Wir bauen eine kleine Villa und müssen dafür etwas Kapital haben, Risiko oder nicht.«

»Klar«, sagte Dyar. Er fing an zu begreifen.

Ramlals Schaufenster war vollgestopft mit billigen Armbanduhren, Füllfederhaltern und Spielsachen. Der Laden war winzig und dunkel; es roch nach Patchuli. Als Dyars Augen sich an die Dunkelheit gewöhnt hatten, merkte er, daß die ganze Ware im Schaufenster war. Der Laden selbst war völlig leer. Ein dunkler junger Mann saß an einem leeren Pult und rauchte. Als sie eintraten, erhob er sich und verbeugte sich unterwürfig.

»Guten Abend, Ramlal«, sagte Mr. Ashcombe-Danvers mit der Stimme eines Arztes, der in einem Saal mit unheilbaren Fällen Visite macht. »Sie sind im Begriff abzureisen?« Ramlal sprach erstaunlich gutes Englisch.

»Ja, morgen. Das ist Mr. Dyar, mein Sekretär.« Dyar gab Ramlal die Hand und sah Mr. Ashcombe-Danvers an. »Was, zum Teufel, geht hier vor?« dachte er bei sich. Er erwiderte die Begrüßung.

»Er wird alles erledigen«, fuhr Mr. Ashcombe-Danvers fort. »Sie geben ihm dann das Paket.« Ramlal beobachtete Dyar die ganze Zeit sorgfältig. Er lächelte, wobei er seine sehr weißen Zähne zeigte, und sagte: »Ja, Sir.«

»Haben Sie ihn sich genau angesehen?« sagte Mr. Ashcombe-Danvers.

»Jawohl, habe ich, Sir.«

»Gut, wir müssen wieder gehen. Ich hoffe, es geht Ihrem Vater gut?«

»O ja, Sir. Sehr gut, danke.«

»Nicht zu viel Sorgen, wie ich hoffe?«

Ramlal lächelte noch inniger. »O nein, Sir.«

»Das ist recht«, brummte Mr. Ashcombe-Danvers. »Also, lassen Sie sich's gut gehen, Ramlal. Ich seh' Sie, wenn ich zurück bin.« Ramlal und Dyar gaben sich die Hand, und sie gingen wieder.

»Wenn Sie jetzt mit mir ins Café España kommen, werde ich Sie Benzekri vorstellen.«

Dyar sah auf seine Uhr. »Ich fürchte, ich muß in mein Büro zurück.«

Es war dämmrig und regnete schwach. Die enge Straße war voll von Menschen, die Djellabas, Regenmäntel, Badetücher, Overalls, Decken und Fetzen umgeworfen hatten.

»Dummes Zeug«, sagte Mr. Ashcombe-Danvers scharf. »Sie müssen Benzekri treffen. Kommen Sie. Es ist äußerst wichtig.«

»Na schön, nachdem ich Ihr Sekretär bin«, grinste Dyar.

»In diesem Fall sind Sie's.« Mr. Ashcombe-Danvers ging, so nah er konnte, neben Dyar und sprach direkt in sein Ohr. »Benzekri ist hier am Crédit Foncier. Ich zeige Ihnen im Vorbeigehen gleich den Eingang.« Sie waren in der Zoco Chico angekommen, deren Luft von tausend Männerstimmen widerhallte. An diesem Abend gab es Strom, und die Caféhäuser erstrahlten im Licht.

Indem sie sich ihren Weg durch Gruppen von Männern bahnten, die schwätzend herumstanden, überquerten sie langsam den Platz. »Hier ist der Eingang«, sagte Mr. Ashcombe-Danvers und deutete auf ein hohes Schmiedeeisenportal, das in einer Nische stand, zu der einige Treppen hinaufführten. »Das ist der Crédit Foncier, und dorthin werden Sie das Paket bringen. Fragen Sie einfach nach Mr. Benzekri und gehen Sie rauf in sein Büro. Und hier ist das Café España.«

Mr. Benzekri saß allein an einem Ende der Terrasse. Er hatte einen Eierkopf – völlig kahl – und ein Gesicht wie ein bekümmerter Habicht. Er lächelte nicht, als er Dyar die Hand schüttelte; nur die Falten auf seiner Stirne vertieften sich. »Sie nehmen ein Bier?« erkundigte er sich. Sein Akzent war sehr stark.

»Wir setzen uns einen Augenblick hin. Ich nehme nichts«, sagte Mr. Ashcombe-Danvers. Sie setzten sich. »Für mich auch nichts«, sagte Dyar. Er fühlte sich nicht ganz wohl und wollte einen Whisky.

»Mr. Dyar wird Ihnen in den nächsten Tagen ein kleines Geschenk überbringen«, sagte Mr. Ashcombe-Danvers. »Er hat verstanden, daß er es niemandem außer Ihnen aushändigen darf.«

Mr. Benzekri nickte ernst und starrte in sein Bierglas. Dann hob er den Kopf und sah Dyar einen Augenblick traurig an. »Schön«, sagte er, als sei die Angelegenheit damit erledigt.

»Ich weiß, Sie haben es eilig«, sagte Mr. Ashcombe-Danvers zu Dyar. »Wenn Sie also gehen wollen, um Ihre Geschäfte zu erledigen, gehen Sie ruhig. Und vielen Dank. Ich werde in einigen Wochen wieder zurück sein.«

Dyar wünschte guten Abend. Er mußte sich durch die Zoco Chico kämpfen und die enge Straße hinaufarbeiten; jedermann ging in der entgegengesetzten Richtung. »Meine neue Stellung im Leben: Botenjunge«, dachte er bei sich mit einem sauren Lächeln. Er fand Mr. Ashcombe-Danvers nicht sonderlich angenehm: Er hatte sich genauso benommen, als bezahlte er ihn für seine Dienste. Nicht, daß er eine Bezahlung erwartet hätte, aber trotzdem, der Hauptgrund, weshalb ein Mensch für solche Dinge nicht bezahlt zu werden wünschte, war der, daß er verhindern wollte, in eine untergeordnete Stellung gedrückt zu werden. Und in diese Stellung war er nun geraten.

Wilcox war ungeduldig, als er ins Büro zurückkam. »Lang genug hast du gebraucht«, sagte er.

»Ich weiß. Er hat mich gezwungen mitzukommen, um noch einen Kerl von der Bank zu treffen.«

»Benzekri.«

»Ja.«

»Es war gar nicht nötig, daß du ihn triffst. Ashcombe-Danvers ist ein wichtigtuerischer alter Umstandskrämer. Sieh nach, daß die Fenster zu sind, die Tür abgeschlossen und die Lichter ausgedreht sind. Bleib bis ungefähr halb sieben hier.«

Wilcox zog seinen Mantel an. »Komm morgen früh gegen neun im Atlantide vorbei, dann geb' ich dir die Adresse, wo die Schlüssel gemacht werden. Wenn jemand nach mir fragt, sag ihm, ich hätte fortgemußt und sie sollten morgen wiederkommen. Tschüs.«

VII

Die Tür schloß sich. Dyar blieb sitzen und sah sich im Zimmer um. Dann stand er auf; studierte eine Zeitlang die Landkarten an den Wänden, suchte im Warteraum nach Zeitschriften, fand keine und setzte sich wieder an den Schreibtisch. Eine starke Unruhe machte es ihm unmöglich, sich wirklich allein in diesem Zimmer zu fühlen, eine Unruhe, die nur darauf wartete, wieder herauszukommen. »Das ist nicht das Richtige«, dachte er mechanisch; er saß nur deshalb nicht wirklich allein im Zimmer, weil er nicht glauben konnte, daß er jemals hier arbeiten werde. Es war ihm unmöglich, sich vorzustellen, daß er Tag für Tag in diesem luftlosen Loch sitzen und sich um ein nicht existierendes Geschäft kümmern werde. In New York hatte er sich etwas so völlig anderes vorgestellt, daß er nun gar nicht mehr wußte, was er sich eigentlich vorgestellt hatte. Er überlegte, ob er auch noch den Wunsch gehabt hätte, hierherzukommen, wenn er vorher gewußt hätte, was ihn erwartete, und entschied, daß er es auf keinen Fall getan hätte, trotz der tiefen Lustlosigkeit, die diese Stellung bei ihm auslöste. Außerdem war die Arbeit zu lächerlich und phantastisch, um von Dauer zu sein. Wenn sie zu Ende war, würde er frei sein. Er schnaubte verächtlich. Frei mit wahrscheinlich weniger als hundert Dollar zwischen sich und dem nackten Hunger. Kein angenehmer Gedanke; eine plötzliche Spannung überfiel ihn. Über dem Lärm der Autohupen tönte von draußen das Weiche Geräusch des fallenden Regens.

Er suchte in der Schreibtischschublade nach einem Bogen Briefpapier, fand ihn und fing an, einen Brief zu tippen. Auf dem Briefkopf stand EUROPE-AFRICA TOURIST SERVICE. *»Liebe Mutter! Nur ein paar Zeilen. Bin gestern abend gut angekommen.«* Er wollte hinzufügen: Mir kommt es vor wie ein Monat, aber sie würde ihn mißverstehen und denken, er sei nicht glücklich. *»Die Überfahrt war wunderschön. Wir hatten die ganze Nacht ordentliches Wetter, und ich bin nicht seekrank geworden, trotz allem, was Du gesagt hast. Die Italiener waren ganz erträglich.«* Seine Eltern hatten ihn zum Schiff begleitet und sich aufgeregt, als sie entdeckten, daß er seine Kabine mit zwei Italienern teilen mußte. *»Wie Du siehst, schreibe ich Dir im Büro. Jack Wilcox ist heute nicht da, und ich habe die Aufsicht.«* Er überlegte einen Augenblick, ob der Ausdruck »Aufsicht« albern wirken würde, beschloß dann aber, ihn stehenzulassen. *»Ich hoffe, Ihr sorgt euch nicht um mich, denn dazu ist kein Grund vorhanden. Das Klima ist durchaus nicht tropisch. Tatsächlich ist es recht kühl. Die Stadt scheint sauber, wenn auch nicht sehr modern zu sein.«*

Er hörte auf zu tippen, starrte auf eine Karte von Afrika, die vor ihm hing, und dachte an die verrückte Klettertour mit dem Araber durch die dunklen Gassen auf dem Weg zur Bar. Dann sah er Hadijas Gesicht. Er durfte nicht an sie denken, während er an seine Mutter schrieb; es erschien ihm wie ein abscheulicher Verrat. Aber die Erinnerung und mit ihr andere, noch lebhaftere Bilder verfolgten ihn hartnäckig. Er lehnte sich im Stuhl zurück, rauchte eine Zigarette und überlegte dabei, ob er die Bar allein wiederfinden würde oder nicht. Selbst wenn er es könnte, hielt er es für eine schlechte Idee. Er hatte sich mit Hadija für Sonntagmorgen im Parque Espinel verabredet, und es war am besten, er ließ es dabei bewenden; sie könnte es übelnehmen, wenn er versuchte, sie vorher zu sehen. Er gab den Versuch auf, seinen Brief zu schreiben, zog das Papier aus der Maschine, faltete es zusammen und steckte es in die Tasche, um am nächsten Tag weiterzuschreiben. Das Telefon läutete. Eine Engländerin, der es gleichgültig war, ob Mr. Wilcox da war oder nicht, wollte ein Einzelzimmer mit Bad für den Vierzehnten bis Siebzehnten im Hotel Balima in Rabat reservieren lassen. Außerdem wollte sie eine Flugrundreisekarte bestellen, aber das hätte noch Zeit. Die Zimmerreservierung müsse jedoch sofort gemacht werden, und sie müsse sich darauf verlassen können. Als sie eingehängt hatte, schrieb er alles auf und fing an, einen Stoß Papiere zu studieren, auf denen »Hotels – Französische Zone« stand. Um sechs Uhr zehn läutete das Telefon nochmals. Es war Wilcox. »Er kontrolliert mich«, dachte Dyar verärgert. Er fragte, ob jemand dagewesen sei.

»Nein«, sagte Dyar. »Schön, das wollte ich nur wissen.« Seine Stimme klang erleichtert. Dyar erzählte ihm von der Engländerin. »Darum kümmere ich mich morgen schon. Du kannst jetzt eigentlich schließen. Es ist zehn nach sechs.« Er zögerte. »Es wäre mir sogar lieb, wenn du es tätest. So schnell du kannst. Versichere dich nur, daß der Riegel an der Tür richtig zu ist.«

»Geht in Ordnung.«

»Gute Nacht.«

»Was soll das alles?« murmelte er laut vor sich hin, als er seinen Regenmantel überzog. Er drehte die Lichter aus, ging auf den Gang hinaus, schloß die Tür und probierte mit aller Kraft, ob sie zu sei.

Unten in der Bäckerei erkundigte er sich nach dem Weg zur Faro-Bar. Als die Besitzerin ihn auf den Ladentisch zukommen sah, begrüßte sie ihn freundlich. »Guten Abend«, sagte sie auf deutsch und war etwas erstaunt, als er englisch antwortete. Sie konnte ihn jedoch verstehen, erklärte ihm alles genau und fügte hinzu, daß er nur eine Minute zu gehen habe.

Er fand das Lokal ohne Mühe. Es war eine sehr kleine Bar, übervoll mit Menschen, von denen sich die meisten zu kennen schienen; man rief sich ziemlich oft über die Tische etwas zu. Da an der Bar kein Platz frei war und alle Tische besetzt waren, setzte er sich auf eine Fensterbank und wartete, bis ein Tisch frei würde. Zwei spanische Mädchen, die sich in ihren Pariser Modellkleidern gehemmt fühlten und deren lange Ohrringe den ganzen Schick der Kleider wieder aufhoben, kamen herein und nahmen neben ihm auf der Bank Platz. Am Tisch vor ihm saß ein französisches Paar, das Bacardi-Rum trank. Links von ihm saßen zwei etwas streng aussehende ältliche englische Damen, rechts, etwas entfernter, stand ein Tisch, vollbesetzt mit Amerikanern, die dauernd aufstanden und zur Bar gingen, um sich mit den dort Sitzenden zu unterhalten. In einer hinteren Ecke saß eine bebrillte Frau vor einem winzigen Klavier und sang deutsche Lieder. Kein Mensch hörte zu. Das Lokal gefiel ihm ganz gut; es schien ihm ausgesprochen erstklassig, ohne steif zu sein, und er überlegte, weshalb die Marquesa gesagt hatte, Wilcox werde es niemals lebend betreten.

»Y pensàbamos irnos a Sevilla la Semana Santa…«

»Ay, qué hermoso!«

»Jesus, Harry, You sure put that down quick!«

»Alors, tu ne te décides pas? Mais tu es marrante, toi!«

»I expect she's most frightfully unhappy to be returning to London at this time of the year.«

Die Frau am Klavier sang: »Wunderschön muß deine Liebe sein.«

»Y por fin nos quedamos aquì. Ay que làstima!«

»Ne t'en fais pas pour moi.«

»He, Kellner, kommen Sie her! Das gleiche, für die ganze Gesellschaft.«

Er wartete, bestellte einen Whisky, trank ihn und wartete weiter.

Die Frau sang mehrere alte Marlene-Dietrich-Schlager. Niemand hörte zu. Es war ein Viertel nach sieben; wenn sie nur käme. Die Amerikaner fingen an, betrunken zu werden. Jemand brüllte: »Paß auf, du sturer Hund!«, und ein Glas zersplitterte auf dem Kachelboden.

Die englischen Damen standen auf, zahlten und verließen die Bar. Er nahm an, daß sie wohl gingen, um ihre Mißbilligung zu zeigen. Die zwei spanischen Mädchen sahen den leeren Tisch, ergriffen ihre Sachen und stürzten darauf zu, aber als sie ankamen, saß Dyar schon auf einem der Stühle. »Ich warte auf eine Dame«, erklärte er, ohne hinzuzufügen, daß er sowieso vor ihnen in der Bar gewesen war. Sie nahmen sich nicht die Mühe, ihn anzusehen, sondern konzentrierten sich ganz darauf, ihren Abscheu zu demonstrieren. Kurz darauf wurde wieder ein Glas zerschmettert. Die Frau in der Ecke spielte, offensichtlich in satirischer Absicht, *»God Bless America«*. Einer der Amerikaner hörte es und fing an, mit sehr lauter Stimme mitzusingen. Dyar blickte auf: die Marquesa de Valverde stand in verschossenen blauen Hosen und einer hellen Lederjacke neben seinem Tisch.

»Bleiben Sie sitzen«, befahl sie, als er sich hastig erhob. *»Ça va?«* rief sie jemandem an einem anderen Tisch zu. Er betrachtete sie: Sie erschien ihm weniger furchteinflößend als am vergangenen Abend. Er glaubte, weil sie ungeschminkt sei, aber er irrte sich. Ihr Tages-Make-up war sogar noch sorgfältiger als das abendliche. Man sah es nur nicht. Nun war sie eitel Liebenswürdigkeit und Wärme.

»Ich kann Ihnen gar nicht sagen, wie reizend ich das von Ihnen finde«, sagte sie, als sie ihren Whisky-Soda in der Hand hatte. »So wenig Männer besitzen heutzutage noch echte Liebenswürdigkeit. Ich denke an meinem Vater – was für ein wunderbarer Mann war er doch! Ich wünschte, Sie hätten ihn gekannt – er pflegte zu sagen, daß das Gefühl für Noblesse sehr schnell in der Welt verlorenginge. Ich wußte damals natürlich nicht, was er damit sagen wollte, aber jetzt weiß ich es, und, bei Gott, wie recht muß ich ihm geben! Und Noblesse und Güte gehen Hand in Hand. Vielleicht sind Sie nicht nobel – wer weiß? –, aber auf jeden Fall können Sie nicht bestreiten, daß es verdammt nett von Ihnen war, diesen Umweg zu machen, um mich zu treffen, nachdem ich Ihnen schon im voraus gesagt hatte, daß ich Sie um einen Gefallen bitten werde.«

Er sah sie unverwandt an. Sie war zu alt. Das war alles. Immer wieder, mitten in der unentwegt wechselnden Mimik ihrer ausdrucksvollen Züge, kam ein toter Punkt, und dann sah er die regungslos erstarrte Enttäuschung des Alters unter der schimmernden Oberfläche. Es machte ihn frösteln. Er erinnerte sich an Hadijas weiche Haut und sagte sich, daß dieser Vergleich kaum gerecht sei; das Mädchen war nicht älter als sechzehn. Trotzdem, die Tatsache blieb bestehen. Er erwog die Gegenwerte: Charakter und Weltgewandtheit – aber konnten sie das andere aufwiegen? Er glaubte, in diesem Fall nicht. »Nichts zu machen«, dachte er. Oder vielleicht doch, wenn er ordentlich getrunken hatte. Aber weshalb sollte er sich die Mühe machen? Es lag kein Grund vor, anzunehmen, daß sie daran gedacht hatte, außer daß er sicher war, sie habe daran gedacht.

Der Gefallen, den er ihr erweisen sollte, stellte sich als äußerst simpel heraus, so glaubte er jedenfalls. Er sollte lediglich ein bestimmtes Formular auf ihren Namen ausfüllen; er würde massenhaft solche Formulare im Büro finden. Dieses Formular sollte er, zusammen mit einem Brief, der auf dem Firmenpapier der Agentur geschrieben war, an den Portier des Mamounia-Hotels in Marrakesch schicken und diesem mitteilen, daß die Zimmerbestellung einer Mme. Werth für den 20. Januar gestrichen und das Zimmer statt dessen für die Marquesa de Valverde reserviert werden sollte. Dann sollte er ihr ein Duplikat des ausgefüllten Formulars schicken.

»Können Sie sich das alles merken?« fragte sie und beugte sich über den Tisch zu ihm hinüber. »Ich finde, Sie sind der engelhafteste Mann, den ich kenne.« Er machte sich Notizen auf einem winzigen Block. »Während der Saison ist es schwerer, ins Mamounia als ins Paradies zu kommen.«

Als er alles notiert hatte, trank er sein Glas aus und beugte sich zu ihr, so daß ihre Stirnen nur wenige Zentimeter voneinander entfernt waren. »Es wird mir ein Vergnügen sein, es für Sie zu erledigen –« Er zögerte und fühlte, wie er rot wurde. »Ich weiß nicht, wie ich Sie anreden soll. Ich meine den Titel. *Mrs.* de Valverde ist bestimmt falsch. Aber ich weiß nicht –«

»Wenn Sie klug sind, nennen Sie mich Daisy.«

Er fühlte, daß sie sich auf seine Kosten amüsierte. »Nun schön«, sagte er. »Was ich sagen wollte: ich bin nur froh, Ihnen diesen Gefallen erweisen zu können. Aber wäre Jack nicht der Richtige dafür? Ich bin bis jetzt ein Ignorant im Büro?«

Sie legte ihre Hand auf seinen Arm. »Oh, lieber Gott, kein Sterbenswort zu Jack über diese Sache, Sie dummer Junge! Warum, glauben Sie, bin ich zuerst zu Ihnen gekommen? Lieber Himmel, nein! Er darf natürlich nichts davon wissen. Ich dachte, Sie hätten das verstanden.«

Dyar war verwirrt. Er sagte sehr langsam: »Teufel noch mal«, wobei er das erste Wort betonte. »Ich kenn' mich da nicht aus.«

»Jack ist in solchen Fällen eine Zimperliese. Die Art, wie er dieses Büro leitet, ist unwahrscheinlich. Nein, nein. Ich werde Ihnen einen Scheck für die Anzahlung geben, den schicken Sie einfach mit dem Brief und dem Formular.« Sie kramte in ihrer Handtasche und zog einen zusammengefalteten Scheck heraus. »Er ist auf das Hotel ausgeschrieben. Sie werden denken, das sei deshalb, weil die Agentur ihre Provision bereits für die ursprüngliche Bestellung für Mme. Werth bekommen hat. Verstehen Sie?«

Was sie sagte, war scheinbar logisch, aber er verstand überhaupt nicht, worum das Ganze ging. Wenn es vor Wilcox geheimgehalten werden mußte, dann steckte mehr dahinter, als sie zugab. Sie merkte, was er dachte. »Wie ich Ihnen heute schon sagte, sind Sie in keiner Weise verpflichtet, etwas zu tun. Eigentlich ist alles schrecklich unwichtig, und ich bin ein Scheusal, daß ich Sie überhaupt damit behelligt habe. Wenn ein anderer das Zimmer bekommt, kann ich ebensogut meine vierzehn Tage Erholung in Agadir verbringen. Bitte, denken Sie nicht, daß ich an Ihre Ritterlichkeit appelliert habe, damit Sie es für mich tun.«

Er schnitt ihr kurz das Wort ab. »Ich werde diese Sache morgen früh als erstes erledigen und sie dann vergessen.« Plötzlich war er maßlos müde. Er fühlte sich Millionen Meilen weit entfernt. Sie fuhr fort, auf ihn einzureden; es mußte wohl sein. Bald darauf winkte er dem Kellner und zahlte.

»Ich habe einen Wagen draußen«, sagte sie. »Wo wollen Sie hin?«

Er bedankte sich und sagte, daß er im nächstbesten Restaurant zu Abend essen wolle. Als sie endlich fort war, ging er eine Weile blindlings durch die Straßen und fluchte leise vor sich hin. Nach dem Abendessen fand er seinen Weg ins Hotel de la Playa zurück. Selbst jetzt, mit elektrischem Licht, war das Gebäude trüb und dunkel. Er ging ins Bett und schlief ein beim Geräusch der Brecher, die den Strand überfielen.

Am Morgen war der Himmel wäßrig; über dem Hafen lag ein stumpf-silbriger Glast. Dyar war um halb neun Uhr aufgewacht und hetzte sich mit seiner Morgentoilette, in der Hoffnung, nicht zu spät im Hotel Atlantide anzukommen. Daisy de Valverdes Wunsch verwirrte ihn immer noch; er war so sinnlos. Der Gedanke kam ihm, es gehöre vielleicht zu einem komplizierten Plan, den sie hatte: – ein Plan, dem persönlichen Interesse, das sie sich einbildete, in ihm erweckt zu haben, Nahrung zu geben. Vielleicht glaubte sie aber auch, daß es seiner Eitelkeit schmeicheln würde, wenn sie sich an ihn statt an Wilcox wandte. Aber auch wenn dem so war, so verwirrte ihn doch die Art, in der sie vorging. Er beschloß, nicht mehr darüber nachzudenken, sondern die Angelegenheit so rasch wie möglich zu erledigen.

Wilcox sah unbekümmert aus und nahm keine Notiz von seiner Unpünktlichkeit. »Kaffee?« fragte er und deutete auf sein Frühstückstablett. Es stand keine zweite Tasse darauf. »Ich frühstücke in einigen Minuten, gegenüber auf der Straße, danke.« Wilcox drang nicht weiter in ihn ein, sondern ging wieder in sein Bett und zündete sich eine Zigarette an.

»Ich glaube, es wird das beste sein, du lernst jetzt mal ein bißchen«, sagte er nachdenklich. »So, wie du jetzt bist, nützt du mir nicht viel im Büro.« Dyar wurde reserviert, wartete und hielt den Atem an. »Ich habe hier eine Menge Zeug zu lesen, wovon du profitieren könntest, wenn du es auswendig lernst. Nimm es mit nach Hause und studier es eine Zeitlang – eine Woche oder so –, dann kannst du wiederkommen, und ich werde dich prüfen.« Er sah Dyars Gesicht und was darin geschrieben stand. »Wird bezahlt, keine Angst – es gehört zur Arbeit. Das habe ich dir ja gestern schon gesagt. A propos gestern.« Dyar entspannte sich etwas, aber nicht genug. »Das Ganze stinkt«, dachte er bei sich und wollte hinzufügen: »Kann denn niemand in dieser Stadt die Wahrheit sagen?« Statt dessen beschloß er, selbst etwas Versteck zu spielen, denn sonst konnte er die Zimmerreservierung für Daisy de Valverde nicht machen.

»Ich würde gerne für ein paar Minuten ins Büro rübergehen und einen Brief fertigschreiben, den ich gestern abend angefangen habe. Soll ich diese Schlüssel machen lassen, die du für mich hast?«

Er glaubte in Wilcox' Gesicht einen unsicheren Ausdruck wahrzunehmen. »Um die Wahrheit zu sagen, ich glaube, wir haben dafür jetzt keine Zeit«, antwortete Wilcox. »Ich muß jetzt rübergehen und habe den ganzen Tag ziemlich viel dort zu erledigen. Mehrere Tage eigentlich. Eine Menge unerwarteter Arbeit, die plötzlich gekommen ist. Das ist ein anderer wesentlicher Grund, warum es gut ist, daß du dir freinimmst und dieses Zeug studierst. Das paßt mir glänzend in den Kram. Diese Schlüssel würden sowieso nicht rechtzeitig fertig. Hier ist niemals etwas zum versprochenen Termin fertig.«

Dyar nahm den Stoß Papiere und Prospekte, den Wilcox ihm hinhielt, und blieb im Hinausgehen unter der Tür stehen: »An welchem Tag soll ich mich bei dir melden?« (Er hoffte, daß seine Worte einen leicht ironischen Unterton enthielten; ebenso hoffte er, Wilcox würde antworten: »Ruf mich jeden Tag an, und ich halte dich auf dem laufenden.«)

»Du bleibst im Playa?«

»Vorläufig sicher.«

»Dann rufe ich dich an. Das ist das einfachste.«

Es gab nichts mehr zu antworten. »Schön. Auf bald«, sagte er und schloß die Tür.

Da er Wilcox nicht traute, hatte er das Gefühl, er sei unrecht von ihm behandelt worden. Aus diesem Gefühl heraus hatte er ein natürliches und starkes Bedürfnis, seinen Kummer jemandem mitzuteilen. Deshalb beschloß er, nachdem er gefrühstückt und eine drei Tage alte Nummer des Pariser »Herald« gelesen hatte, Daisy de Valverde anzurufen. Er glaubte, der Grund für diesen Anruf bestünde darin, ihr mitzuteilen, daß es ihm nun doch nicht möglich sei, ihr den kleinen Gefallen zu erweisen. Der Ärger, den er jetzt Wilcox gegenüber empfand, ließ ihn ernstlich bedauern, daß er ihr nicht in dieser Sache helfen konnte. Er telefonierte in die Villa Hesperides; sie frühstückten gerade. Er schilderte ihr die Lage und beschrieb ausführlich Wilcox' seltsames Benehmen. Sie schwieg einen Augenblick.

»Mein Lieber, der Mann ist ein völlig Wahnsinniger!« rief sie schließlich. »Ich muß mit Ihnen über diese Angelegenheit sprechen. Wann haben Sie Zeit?«

»Wie es scheint, immer.«

»Sonntag nachmittag?«

»Um wieviel Uhr?« sagte er und dachte an das Picknick mit Hadija.

»Oh, so um sechs herum.«

»Sicherlich.« Das Picknick würde dann längst zu Ende sein.

»Herrlich. Ich werde Sie zu einer kleinen Party mitnehmen, von der ich weiß, daß Sie sie genießen werden. Sie ist bei den Beidaouis. Sie sind Araber, und ich hänge sehr an ihnen.«

»Eine Party?« Dyars Stimme klang zweifelnd.

»Ach, eigentlich keine richtige Party. Ein Treffen unter einigen alten Freunden im Beidaoui-Palast.«

»Aber störe ich denn da nicht?«

»Unsinn. Sie lieben neue Gesichter. Hören Sie auf, so ungesellig zu sein, Mr. Dyar. In Tanger geht das nicht. Mein armes pochiertes Ei wird kalt.«

Es wurde ausgemacht, daß sie ihn am Sonntag um sechs Uhr in seinem Hotel abholen würde. Er entschuldigte sich nochmals, daß es ihm unmöglich war, ihr zu helfen.

»Ich wüßte nichts, was mir gleichgültiger wäre«, sagte sie. »Auf Wiedersehen, mein Lieber. Bis Sonntag.«

Und als der Sonntag heranrückte und das Wetter weiter unbeständig blieb, wurde er immer unruhiger. Wahrscheinlich würde es zum Regnen kommen. Wenn es regnete, konnten sie nicht picknicken, und es würde sinnlos sein, daß er in den Parque Espinel ging, um Hadija zu treffen. Trotzdem wußte er, daß er gehen werde, falls sie doch auf ihn wartete. Selbst wenn das Wetter gut wäre, mußte er damit rechnen, daß sie nicht da sein werde. Er fing an, sich innerlich mit diesem Gedanken abzufinden, und versuchte sich einzureden, daß es egal sei, ob sie komme oder nicht. Sie war kein wirklicher Mensch; es konnte ihn nicht berühren, was ein Spielzeug tat. Aber es gab kein Argument, das ihn überzeugen und die gespannte Erwartung, die er dem Sonntagmorgen entgegenbrachte, beseitigen konnte. Er verbrachte die Tage damit, das Material, das Wilcox ihm gegeben hatte, zu studieren und auswendig zu lernen, und als er am Sonntagmorgen aufstand, regnete es nicht.

VIII

Dort, wo die kleine Seitenstraße endete, kamen sie auf den höchsten Punkt einer steilen Klippe heraus. Es war ein windiger Tag, und der Himmel war überzogen von rasch dahineilenden Wolken. Manchmal brach die Sonne durch; dann breitete sich ein heller Fleck auf dem Wasser der Meerenge aus. Halbwegs unten, wo die Steigung weniger steil war und leuchtend grünes Gras den Abhang bedeckte, wanderte eine Herde schwarzer Ziegen. Der Geruch von Jod und Seetang, der die Luft erfüllte, machte Dyar hungrig.

»Das ist das richtige Leben«, sagte er.

»Was sagen du?« wollte Hadija wissen.

»Das hab' ich gerne.«

»O ja!« Sie lächelte.

Eine lange Reihe von Vertiefungen war diagonal in den oberen Felsen gehauen und formte eine Treppe. Langsam stiegen sie die Stufen hinunter, er voraus, vorsichtig den Picknickkorb tragend, ein bißchen schwindlig und sich überlegend, ob ihr die Höhe wohl etwas ausmachte. »Wahrscheinlich nicht«, dachte er schließlich. »Diese Menschen vertragen alles.« Der Gedanke irritierte ihn. Je weiter sie hinunterkamen, desto lauter wurde der Lärm der Wellen.

Beim Abstieg kamen sie unerwartet an eine Grotte, die teilweise von nicht sehr dichtem Schilf überwachsen war. Dort kauerte ein Knabe, dessen dunkle Haut durch die Fetzen seiner Kleider schimmerte. Hadija deutete.

»Er hat Ziegen. Der *guarda*.«

»Er ist recht klein.« Der Knabe sah aus, als sei er ungefähr sechs Jahre alt. Hadija fand das nicht. »Alle sind so«, sagte sie uninteressiert.

Hier und dort zeigte sich ein scheinbar regungsloses Schiff auf den Wassern der Meerenge, in verschieden weitem Abstand von der Küste mit dem Bug ost- oder westwärts. Dyar blieb einen Augenblick stehen, um sie zu zählen: er konnte sieben erkennen.

»Alles Frachter«, sagte er und deutete hin, aber er sprach mehr zu sich selber.

»Was?« Hadija war hinter ihm stehengeblieben und suchte die Küste unter ihr ab, zweifellos nach Eingeborenen, die sie erkennen könnten. Sie wollte nicht gesehen werden.

»Schiffe!« schrie er; es schien ihm hoffnungslos, weitere Erklärungen abzugeben. Er bewegte seine Hände vor- und rückwärts.

»Amerika«, sagte Hadija.

Auf den Felsen saßen ein paar Neger und angelten. Sie beachteten die Wanderer nicht. Es war Flut. Es war nicht leicht, um manche Felsvorsprünge herumzukommen, denn zwischen den Klippen und dem Wasser war nur sehr wenig Raum. An einer Stelle wurden sie beide naß. Dyar ärgerte sich ein wenig, denn es schien keine Sonne, die sie wieder trocknen konnte, aber Hadija fand, es sei eine unterhaltende Abwechslung.

Nachdem sie eine scharfe Felsenecke umgangen hatten, kamen sie plötzlich an einen schmalen Sandstreifen, wo mehr als ein Dutzend Buben splitternackt herumrannten. Sie waren in einem Alter, wo man annehmen konnte, daß sie das Bedürfnis hätten, ihre Nacktheit in Anwesenheit eines Mädchens zu bedecken, aber das schien das letzte zu sein, was sie im Kopf hatten. Als Dyar und Hadija sich ihnen näherten, stießen sie ein freudiges Geheule aus, einige nahmen unanständige Stellungen an, während sie schrien, andere begannen mit Gruppenspielen, die eindeutig erotischer Natur waren. Dyar war entsetzt und wütend. »Wie Affen«, dachte er und suchte unwillkürlich auf dem Boden nach einem Stein, den er zwischen sie werfen konnte. Er spürte, wie ihm die Hitze zu Kopf stieg. Hadija nahm keine Notiz von den Vorgängen. Er überlegte, was sie ihr wohl für Unflätigkeiten zuriefen, wagte aber nicht, danach zu fragen. Es war möglich, daß sie diesen tollen Exhibitionismus für ein typisch männliches Benehmen hielt, aber es kränkte ihn, daß ein zartes Wesen wie sie gezwungen war, solche Dinge mit anzusehen, und er wollte nicht wahrhaben, daß sie sie mit Gleichmut hinnahm. Sekundenlang glaubte er, sie sei vielleicht so in Gedanken versunken, daß sie die Buben nicht bemerkte. Er warf ihr von der Seite her einen Blick zu und war zunächst erlöst, als er sah, daß sie auf das Meer hinausschaute, aber dann bemerkte er die Starrheit ihres Blickes.

»Saububen«, murmelte sie.

»Zum Teufel mit ihnen«, sagte er, drehte sich um und lächelte ihr zu.

»Schau nicht hin.«

Sie kamen an einen langen, völlig verlassenen Strand. Vor ihnen erhob sich ein niedriger Berg, der ganz von Zypressen und Eukalyptus bedeckt war; bis zum Gipfel hinauf lagen große Villen behäbig zwischen den Bäumen verstreut. Der Wind wehte hier stärker. Dyar ergriff ihre Hand, zog sie von Zeit zu Zeit an die Lippen und küßte sie leicht auf die Fingerspitzen.

Sie gingen um einen anderen Felsvorsprung. Der feuchte Wind wehte mit verstärkter Macht. Eine steinige Küste erstreckte sich vor ihnen bis an den Horizont. Dyar wandte sich zu ihr.

»He, wo ist diese Höhle?«

»Du jetzt müde?«

»Weißt du, wo sie ist, oder glaubst du nur, daß du es weißt?«

Sie lachte fröhlich und deutete hinaus auf die entfernteste Klippe, die ins Meer schnitt.

»Geh da vorbei.« Und sie deutete mit der Hand eine Linkswendung an.

»Oh, lieber Gott! Das nimmt uns eine Stunde Zeit. Ist dir das klar?«

»Eine Stunde. Vielleicht. Zuviel?« Sie sah spöttisch zu ihm hinauf.

»*Mir* ist das gleich«, sagte er unfreundlich. Aber er war verärgert.

Sie gingen mehrere Minuten stumm dahin und konzentrierten ihre ganze Aufmerksamkeit darauf, die leichteste Art zu finden, um die jeweiligen Felsblöcke zu umgehen. Als sie zu einer winzigen Bucht kamen, mit einer Quelle zwischen den Felsen, beschloß er, sie zu küssen. Es dauerte lange Zeit; ihre Erwiderung war warm, aber ruhig. Endlich löste er sich von ihr und sah sie an. Sie lächelte. Es war unmöglich festzustellen, was sie empfand.

»Warte nur, dich werd' ich schon noch aus der Ruhe bringen!« sagte er und zog sie leidenschaftlich an sich. Sie versuchte zu antworten, aber die Worte gingen direkt in seinen Mund über und erstarben dort. Als er sie losließ, lächelte sie genau wie vorher. Es war etwas verwirrend. Er suchte in seinen Taschen und zog ein Paket Zigaretten heraus, sie nahm es ihm ab und knipste mit dem Nagel auf den Boden, so daß eine Zigarette heraussprang. Sie hielt ihm die Packung an den Mund und ließ ihn die Zigarette zwischen die Lippen nehmen.

»Gute Bedienung«, sagte er, »aber jetzt muß ich sie selber anzünden. Komm, wir setzen uns einen Augenblick.«

»O. K.« Sie wählte den nächsten Felsen, und er setzte sich neben sie, den linken Arm um ihre Hüfte. Sie sahen auf das Meer.

Er war froh, daß sie die Küste an der Meerenge für das Picknick gewählt hatte und nicht die Bucht, obwohl dort mehr Sicherheit bestand, allein zu sein als hier, wo man nie wußte, was einen an der nächsten Biegung erwartete oder wer sich hinter den Felsen verbarg. Aber die Vorstellung, Europa vor sich liegen zu sehen, während er in Afrika war, freute ihn.

Er deutete auf den hohen sandigen Hügel direkt gegenüber.

»Spanien.«

Sie nickte, fuhr sich bedeutungsvoll mit dem Finger über die Kehle und sagte:

»Böse. Sie töten dich.«

»Was weißt denn du davon?« sagte er scherzend.

»Ich weiß.« Sie nickte mehrmals mit dem Kopf. »Ich hab' Freunde hier, die nie zurückgekommen. Kein beschissen gutes Ort.«

»Hadija! Ich will diese Art von Ausdrücken nicht von Mädchen hören.«

»Hm?«

»Sag das nicht wieder, solange ich in der Nähe bin, hörst du?«

Sie sah ihn unschuldig und verblüfft an. »Was ist los, du?«

Er warf seine Zigarette fort und stand auf. »Laß nur. Los, sonst kommen wir nie mehr dort hin.« Er hob den Korb auf. Eine Unterhaltung mit Hadija war keineswegs einfach. Es gab so vieles, was er ihr gerne gesagt hätte: daß amerikanische Jungens sich niemals so aufgeführt hätten wie die Araber, an denen sie vorhin vorbeigegangen waren. (Aber würde sie ihm das glauben, da ihre Erfahrungen mit Amerikanern sich auf die paar Matrosen beschränkten, die manchmal aus der Bar Luzifer torkelten, die Gesichter mit Lippenstift beschmiert und die hastig übergezogenen Hosen nur mit einem Knopf geschlossen? Er zweifelte daran.) Er hätte ihr gerne auf seine Weise gesagt, wie schön er sie fand und warum, und ihr erklärt, wie viel mehr er von ihr wollte, als das, was sie von Wünschen anderer Männer gewohnt war.

Sie kamen an eine große, flache Landzunge, auf der einmal, nach den Klippen zu, ein Steinbruch gewesen war. Die Oberfläche war mit trockenen Distelstauden bedeckt, und ein schmaler Pfad führte geradeaus darüber weg. Immer noch ging er vor ihr her, direkt im Wind, der vom Kopf bis zu den Zehen gegen ihn andrängte wie ein großer, unsichtbarer, liebestoller Körper. Nachdem er das Distelfeld verlassen hatte, wand sich der Pfad ansteigend zwischen den Felsen empor. Plötzlich kamen sie um eine Biegung und sahen die bergige Küstenlinie im Westen vor sich. Unter ihnen erhoben sich riesige Steinblöcke steil aus dem Wasser.

»Paß auf«, sagte Dyar. »Geh hier vor mir her, damit ich dich im Auge behalten kann.«

Vor ihm, links, konnte er die Höhle sehen, hoch oben in der Steilwand des Felsens. Darüber, aus kleineren Spalten, flogen Vögel ein und aus; das Tosen der Wellen übertönte alles.

Es erstaunte ihn, daß die Höhle nicht schmutzig war. Jemand

hatte in ihrer Mitte ein Feuer gebrannt, daneben lag eine leere Konservendose. Im Hintergrund war ein Lager aus Eukalyptuszweigen, das sich wahrscheinlich vor Monaten ein Berber-Fischer dort gemacht hatte. In der Nähe des Eingangs lag eine zerknitterte Seite aus einer alten französischen Zeitung. Das war alles. Jetzt, nach all der Anstrengung, fühlte er sich unsicher.

»Nun, da sind wir«, sagte er mit gespielter Herzhaftigkeit und wandte sich Hadija zu.

Sie lächelte wie immer und ging vorsichtig in die Ecke, wo die Blätter den Steinboden bedeckten.

»Gut hier«, sagte sie und winkte Dyar. Sie setzte sich mit untergeschlagenen Beinen, den Rücken gegen die Mauer der Höhle gelehnt. Er hatte sich eigentlich eine Zigarette anzünden wollen, um seine Unsicherheit zu verbergen; statt dessen sprang er mit drei Schritten zu ihr, warf sich der Länge nach auf die raschelnden Blätter und Zweige und streckte die Arme aus, um ihr Gesicht zu sich herunterzuziehen. Sie schrie erstaunt auf und verlor das Gleichgewicht. Kreischend vor Lachen fiel sie schwer über ihn. Immer noch lachend, knöpfte sie sachkundig sein Hemd auf und löste seine Gürtelschnalle. Er rollte seinen Körper herum, umklammerte sie in einer langen Umarmung und erwartete, ihren Körper einen Moment lang starr zu fühlen, ehe er in der Wollust der Umarmung nachgab. Aber er hatte sich getäuscht. Es gab kein Nachgeben, weil kein Widerstand da war. Sie empfing seine Umarmung, erwiderte seinen Druck mit einem Arm, während der andere weiter seine Kleider löste und versuchte, sie auszuziehen. Er stieß sie von sich und setzte sich auf.

»Das mach' ich selber«, sagte er etwas bissig und zog sich sofort die restlichen Kleider vom Leib.

»So, wie ist das?« Seine Stimme klang unnatürlich; er dachte: wenn sie sich wie eine Hure benimmt, dann werd' ich sie auch so behandeln.

»Jetzt du«, sagte er. Und er begann mit beiden Händen ihr Kleid über ihren Kopf zu ziehen. Sie schrie auf und kämpfte sich in eine sitzende Stellung. »Nein! Nein!«

Er sah sie an. Es war peinlich, nackt vor einem wildblickenden Arabermädchen zu sitzen, das vorgab, seine Ehre zu verteidigen.

»Was hast du?« fragte er.

»Du hinlegen«, sagte sie lächelnd. »Laß Kleid in Ruhe.«

Als er verwirrt folgte, fügte sie hinzu: »Du ganz böser Junge, aber ich besorg's dir schon richtig.« Und wirklich, eine Minute später bewies sie ihm deutlich, daß sie keineswegs ihre Tugend verteidigen wollte; sie hatte lediglich nicht vor, ihr Kleid auszuziehen. Zugleich schien sie es durchaus selbstverständlich zu finden, daß Dyar unbekleidet sein sollte; außerdem machte es ihr offensichtlich Vergnügen, ihre Hände über seinen Körper gleiten zu lassen und sein Fleisch zu streicheln und zu zwicken. Dennoch war er überzeugt, daß trotz ihrer gelegentlichen, zärtlich gemurmelten Liebkosungen für sie alles nur ein Spiel war. Selbst in der letzten Intimität blieb sie unerreichbar. »Nun ja. Ich habe sie gehabt«, dachte er. »Was habe ich sonst noch erwartet?« Außerhalb der Höhle, unter den Klippen, schlug das Meer gegen die Felsen; selbst hier oben war die Luft erfüllt von stäubendem Salznebel.

»Der Garten der Hesperiden. Der goldene Apfel«, dachte er und ließ seine Zunge über ihre schönen, ebenmäßigen Zähne gleiten. Bald schien es ihm, als triebe er draußen in der Meerenge leicht auf dem Wasser dahin, die Liebkosungen des Windes auf seinem Gesicht. Das Geräusch der Wellen wurde schwächer und schwächer. Sie schliefen.

Dyars erster Gedanke beim Erwachen war der, die Dämmerung sei hereingebrochen. Er richtete sich etwas auf und betrachtete Hadija: Sie schlief ruhig, eine Hand unter ihrer Backe, die andere ruhte auf seinem Arm. In dieser Stellung sah sie unwahrscheinlich jung aus – nicht älter als zwölf. Eine große Zärtlichkeit überkam ihn, er streckte die Hand nach ihr aus, streichelte ihre Stirne und fuhr ihr liebkosend über die Haare. Sie öffnete die Augen. Das süße, leere Lächeln kam wieder; war es ein Ausdruck von Freundschaft oder eine nichtssagende Grimasse? Er suchte seine Kleider zwischen den Zweigen und Blättern zusammen, sprang auf und ging nach draußen, um sich anzuziehen. Der

Himmel war stärker bewölkt, die Sonne ganz verschwunden und das Licht verhangen. Eine Möwe schwebte vor ihm auf dem Wind vorüber, von Zeit zu Zeit drehte sie ihren Kopf und spähte nach den Felsen drunten. Hadija rief nach ihm. Als er hereinkam, saß sie mitten in der Höhle und holte die Pakete mit dem Essen aus dem Korb.

»Kein Radio?« sagte sie. »Kleines Radio?«

»Nein.«

»Ein amerikanisches Dame, das ich kenne, sie hat ein kleines Radio. Klein. Nimmt es im Strand. Nimmt es im Zimmer. Nimmt es zu Café im Zoco Chico. Du immer Musik hören.«

»Ich hass' die Dinger. Ich will hier keins haben. Mir gefallen die Wellen besser. Hörst du sie?« Er deutete nach draußen und lauschte einen Augenblick. Auch sie horchte, und es schien, als versuche sie den Klang, den er hörte, zu begutachten. Nach kurzer Zeit nickte sie mit dem Kopf und sagte: »Schönes Musik.«

»Könnte gar nicht schöner sein«, antwortete er, glücklich, daß sie ihn so gut verstand.

»Das ist das Schöne. Kommt von Gott.« Sie deutete nachlässig in die Höhe. Er wurde etwas verlegen, wie immer, wenn ernsthaft von Gott die Rede war. Jetzt war er nicht mehr ganz sicher, ob sie ihn wirklich verstanden hatte oder nicht.

»Wir wollen jetzt essen.« Er biß in ein belegtes Brot.

»Bismil 'lah«, sagte Hadija und folgte seinem Beispiel.

»Was heißt das? Guten Appetit?«

»Es heißt, wir essen für Gott.«

»Oh.«

Sie wiederholte es mehrmals und ließ ihn nachsagen, bis er es zu ihrer Zufriedenheit aussprach. Dann aßen sie.

Nach dem Essen ging er hinaus und kletterte einige Minuten in den Felsen herum. Es freute ihn, daß ringsum keine Menschenseele zu sehen war; er hatte fast erwartet, daß die Bande von Jungens ihnen folgen und dann vielleicht ihr Treiben unten auf den Felsen fortsetzen würde. Aber dort war niemand. Als er zur Höhle zurückkam, setzte er sich davor und rief Hadija.

»Komm raus und setz dich hierher. Drinnen ist es zu dunkel.«

Sie folgte. Sekunden später lagen sie einander in den Armen. Als sie über den kalten Boden klagte, holte er seine Jacke aus der Höhle, breitete sie unter ihr aus und legte sich wieder hin.

»Weißt du, was ich gerne möchte?« sagte er und betrachtete den winzigen schwarzen Punkt, den sein Kopf vor dem Himmel in ihren Augen bildete.

»Du möchtest?«

»Ja, weißt du, was? Ich will mit dir zusammenleben. Die ganze Zeit. Damit wir immer so zusammensein können, jede Nacht, jeden Morgen. Weißt du? Verstehst du mich?«

»O ja.«

»Ich besorg dir ein kleines Zimmer. Ein hübsches Zimmer. Du lebst darin, und ich komme jeden Tag zu dir. Hättest du das gerne?«

»Ich komme jeden Tag?«

»Nein!« Er zog einen Arm unter ihr hervor und gestikulierte, deutete. »Ich bezahle das Zimmer. *Du* lebst darin. *Ich* komme und besuche *dich* jede Nacht. Ja?«

Sie lächelte. »Gut.« Es war nicht anders, als hätte sie gesagt: »Was sagst du dazu, wenn wir in ungefähr einer Stunde aufbrechen und zurückgehen?« Als ihm das klar wurde, sagte er wirklich: »Möchtest du bald wieder gehen?«

»O. K.«

Seine Stimmung schwand. Er hatte recht: es war die gleiche Stimme, das gleiche Lächeln. Er seufzte. Immerhin, sie war einverstanden.

»Aber du versprichst es mir?«

»Was?«

»Du ziehst in das Zimmer?«

»O ja.« Sie nahm seinen Kopf zwischen ihre Hände und küßte ihn auf beide Wangen. »Kommst du heute?«

»Wohin? In das Zimmer?« Er war im Begriff, von neuem mit seinen Erklärungen zu beginnen, zu sagen, daß er das Zimmer für sie noch nicht gemietet hatte.

»Nein. Nix mein Zimmer. Miß Goode. Du kommst, ich dich bringen. Sie sehr gutes Freund. Sie hat Zimmer Hotel Metropole.«

»Nein, da will ich nicht hin. Warum sollte ich? Geh du, wenn du möchtest.

»Sie mir gesagt, ich soll dich bringen, du Whisky trinken.«

Dyar lachte. »Ich glaube nicht, daß sie das gesagt hat, Hadija.«

»Bestimmt sie gesagt.«

»Sie hat nie was von mir gehört und ich nichts von ihr. Wer ist sie denn eigentlich?«

»Sie hat kleines Radio. Ich dir vorher gesagt. Du weißt. Miß Goode. Sie hat Zimmer Hotel Metropole. Du kommen. Ich nehmen dich mit.«

»Du bist verrückt.«

Hadija versuchte sich aufzusetzen. Sie sah sehr verwirrt aus. »Ich *verrückt? Du* verrückt! Du denkst, ich lüge?« Sie stieß ihn mit all ihrer Kraft gegen die Brust und versuchte aufzustehen.

Er wurde ängstlich. Um sie zu beruhigen, sagte er: »Ich komm'! Ich komm'! Reg dich um Gotteswillen nicht so auf! Was ist los mit dir? Wenn du möchtest, daß ich mit dir hingehe und sie begrüße, dann geh' ich hin und begrüße sie, mir ist es egal!«

»*Mir* auch egal. Sie mir gesagt, dich bringen, du Whisky trinken. Du magst Whisky?«

»Ja, ja. Sicherlich. Jetzt leg dich wieder schön da hin. Ich muß dir was sagen.«

»Was?« fragte sie listig, indem sie sich zurücklegte und ihn mit großen Augen ansah.

»Das.« Er küßte sie. »Ich liebe dich.« Seine geöffneten Lippen umfaßten ihren ganzen Mund, während er die Worte aussprach.

Hadija schien nicht erstaunt über dieses Bekenntnis. »Noch mal?« sagte sie lächelnd.

»Was?«

»Du liebst mich jetzt noch mal? Diesmal aber ein kurzes, ja? Diesmal mach nur ein paar Minuten. Nix Hosen ausziehen. Dann wir gehen Hotel Metropole.«

IX

Am Samstag hatte Hadija Eunice Goode erzählt, daß sie den ganzen nächsten Tag mit einem Freund ausgehen würde. Nach einer gewissen Reihe von Fragen hatte Eunice herausbekommen, daß es der amerikanische Herr war und daß sie zum Picknick gingen. Sie hielt es für unklug, dagegen zu protestieren. Erstens hatte Hadija ihr deutlich gesagt, daß sie ihren Aufenthalt im Hotel Metropole durchaus nicht als ein Dauerarrangement ansehe und daß sie jederzeit gehen würde, wenn sie es für richtig hielte. (Sie spekulierte darauf, gelegentlich ein eigenes Appartement auf dem Boulevard zu bekommen.) Und außerdem wußte Eunice, daß sie in dieser Situation unfähig war, ein ruhiges und vernünftiges Argument hervorzubringen; sie würde sofort eine fürchterliche Szene heraufbeschwören. Mit ihrem manchmal peinlich genauen Sinn für Objektivität wußte sie, daß sie in jedem derartigen Streit der verlierende Teil sein würde; sie war sich durchaus darüber klar, daß sie eine komische Figur war. Sie wußte, welche schwachen Punkte gegen sie arbeiteten, es gab mehrere. Ihre Stimme, die dunkel und angenehm war, wenn sie mit schwachem Volumen benutzt wurde, verwandelte sich in dünnes Kreischen, sobald mehr als gemäßigte Ausdruckskraft von ihr verlangt wurde. Ihr Torso hatte mehr oder weniger die gleichen Ausbuchtungen wie der eines wohlbeleibten alten Herren, ihre Arme und Beine waren überdimensional und ihre hypersensible Haut war immer gereizt und blaurot, so daß ihr Gesicht oft aussah, als hätte sie eben den Gipfel eines Berges bezwungen. Sie redete sich ein, daß es ihr gleichgültig sei, eine komische Figur abzugeben; sie nahm diese Tatsache als gegeben hin und benutzte sie, um sich von der übernahen, ewig gefährlichen Welt zu isolieren. Wo immer sie auch hinging, kleidete sie sich in einer Weise, die ihre Mängel noch unterstrich, und war eher ein Etwas als ein Mensch; sie war fest entschlossen, die Vorteile dieser Ausnahmestellung bis zum letzten zu genießen.

Von Anfang an war sie in den Straßen Tangers ein Gegenstand

des allgemeinen Interesses gewesen; jetzt, wo sie regelmäßig in Hadijas Begleitung, die bei einem großen Teil der unteren Eingeborenenschicht bekannt war und über die alle anderen schnell informiert wurden, in der Öffentlichkeit erschien, wurde sie zu einer wahrhaft legendären Erscheinung innerhalb der Zoco Chico. Die Araber in den dortigen Cafés waren entzückt: Dies war eine neue Variante menschlichen Benehmens.

Innerhalb dieser vier Tage hatte Hadija sie zu einem viel aktiveren Leben gezwungen, als ihr lieb war, indem sie sie in alle Bars und Nachtklubs geschleppt hatte, die das Mädchen schon immer kennenlernen wollte. Eunice hatte an diesen Orten mehrere Menschen getroffen, die sie kannte. Diesen hatte sie Hadija als Miß Kumari aus Nicosia vorstellt. Sie hielt es für unwahrscheinlich, daß ihnen jemand begegnete, der Neugriechisch konnte, und selbst wenn dies der Fall sein sollte, so hatte sie vor, zu erklären, daß der zyprische Dialekt eine Sprache für sich sei.

Im Gegensatz zu ihrer äußeren Kühle war Eunice sehr beunruhigt, als Hadija ihren bevorstehenden Ausflug ankündigte. Sie lehnte in den Kissen, beobachtete, wie gewöhnlich, den Hafen und sagte sich sehr nachdrücklich, daß sie etwas unternehmen müsse. Weil dies nicht gegen Hadija gerichtet sein konnte, mußte es gegen den Amerikaner sein. (Da sie Reisen haßte und Madame Papaconstante bis jetzt keinerlei Versuche gemacht hatte, die darauf deuteten, daß sie Hadija wiederhaben wollte, hatte sie die Idee, Hadija nach Europa verschwinden zu lassen, aufgegeben.) Von diesem Gesichtspunkt ausgehend, mußte man selbstverständlich wissen, wen man als Gegner hatte. Sie gedachte, anzudeuten, daß der Mann kein Geld hätte, beschloß dann aber, daß das keine Basis war, auf der man mit Hadija erfolgreich reden konnte, und daß sie sich besser ruhig verhielte. Außerdem, man konnte nie wissen, vielleicht hatte der Mann doch Geld, obwohl sie nach einer nochmaligen Überlegung entschieden hatte, daß bei der von ihr mitgehörten Unterhaltung in der Bar Luzifer die zögernde Haltung des Mannes, Geld herauszurücken, nicht auf Lasterhaftigkeit beruhte. Und er mußte das

Extrageld bei seinem Freund entleihen. Die Annahme, daß es ihm nicht allzu gut ging, schien einleuchtend. Sie hoffte, dies sei der Fall; es konnte ein starker Pluspunkt für sie sein. Anderer Menschen Armut war gewöhnlich ein Vorteil.

»Ich kenne deinen Freund«, sagte sie beiläufig.

»Du kennst?« Hadija war überrascht.

»O ja. Ich habe ihn getroffen.«

»Wo?« fragte Hadija zweifelnd.

»Oh, verschiedene Male. Bei den Taylors auf dem Marschan, einmal im Sphinx-Club, und ich glaube auch bei den Estradas in ihrem Haus auf dem Berg. Er ist sehr nett.«

Hadija äußerte sich nicht näher. »O. K.«

»Wenn du willst, kannst du ihn hierher mitbringen, wenn euer Picknick zu Ende ist.«

»Er nicht mögen herkommen.«

»Ach, ich weiß nicht«, sagte Eunice nachdenklich. »Er könnte vielleicht wollen. Ich könnte mir denken, daß er gern einen Drink hätte. Amerikaner mögen das, weißt du. Ich dachte, du würdest ihn vielleicht gerne einladen, das ist alles.«

Hadija dachte nach. Der Gedanke gefiel ihr, denn in ihren Augen war das Metropol-Hotel großartig und luxuriös, und es war für sie eine Versuchung, ihm zu zeigen, in welchem Stil sie lebte. Sie war mit dieser Absicht in den Parque Espinel gegangen, aber als sie mit ihm zurückging, kam ihr (zum erstenmal) der Gedanke, daß der Amerikaner, der genau so besitzerisch über sie zu verfügen schien wie Eunice Goode, vielleicht nicht sehr erfreut sein würde, wenn er entdeckte, daß er sie mit jemand anderem teilte. Deshalb beeilte sie sich, ihm zu erklären, daß Miß Goode meist krank sei und sie sie deshalb oft besuchen müsse. Dieses Besitzertum, daß er ihr gegenüber zeigte, hatte ihr bereits den Gedanken eingegeben, daß er ihr eine gewisse Armbanduhr, die ihr sehr gefiel, kaufen könnte. Eunice hatte sich endgültig geweigert, sie für sie zu erwerben, weil es eine Herrenuhr war – ein überdimensionaler goldener Chronometer mit eingelegtem Kalender und Mondphasen. Eunice war überaus vorsichtig darauf bedacht, daß das Mädchen respektabel und fraulich aussah. Hadija erwähnte die Uhr zweimal auf dem Weg zum Metropol; der Amerikaner lächelte nur und sagte: »Wir werden sehen. Nur nicht gleich das Kind mit dem Bad ausschütten, verstanden?« Sie hatte ihn nicht ganz verstanden, aber er hatte wenigstens nicht nein gesagt.

Als Dyar ins Zimmer kam, sah Eunice ihn an und dachte bei sich, daß sie ihn selbst als Mädchen nicht attraktiv gefunden haben würde. Sie hatte imponierende Männer gerne gehabt, so wie ihr Vater einer gewesen war. Dieser hier war keineswegs eine distinguierte Erscheinung. Er sah weder wie ein Schauspieler, Künstler oder Staatsmann aus noch wie ein Arbeiter, Geschäftsmann oder Athlet. Aus irgendeinem Grund erinnerte er sie eher an einen drahthaarigen Foxterrier – wachsam, lebhaft und gut abzurichten. Die Sorte Mann, dachte sie mit schmerzlichem Ärger, die Mädchen an der Nase herumführen kann, ohne deswegen beherrschend zu sein, die Sorte, deren Männlichkeit nicht sichtbar ist und trotzdem penetrant wie zähflüssiger Honig haftet, die Sorte, die sich keine Mühe gibt und deshalb doppelt gefährlich ist. Außer daß der Überfluß weiblicher Schmeicheleien, an den sie gewöhnt sind, sie so empfindsam, so leicht verletzbar wie verzogene Kinder macht. Man läßt sie in dem Glauben, daß man selbst auch von ihrem Charme geblendet ist; man lockt sie weiter und weiter hinaus auf diesen morschen Ast. Dann zieht man die Stütze weg und läßt sie fallen.

In ihrem heftigen Kampf, außergewöhnlich freundlich zu sein, machte Eunice trotzdem ein schlechtes Debüt. Sie hatte sich so lange von den Menschen isoliert, daß sie vergaß, daß viele tatsächlich zuhörten, was gesprochen wurde, und daß auch eine nur höfliche Konversation ein Mittel zur Formulierung bestimmter Gedanken sein kann. Sie hatte geplant, die ersten Sätze so zu wählen, daß Hadija nicht merken konnte, daß dies ihr erstes Zusammentreffen mit dem amerikanischen Herrn war. In einem alten, gelben, mit Nerz verbrämten Atlasnégligé (das Hadija noch nie gesehen hatte und das sie sofort für sich zu ergattern beschloß) und von den Bettüchern gut zugedeckt, sah sie aus wie alle dicken Damen im Bett.

»Dies ist ein spätes, aber willkommenes Zusammentreffen!« rief sie aus.

»Sehr angenehm, Miß Goode.« Dyar blieb im Türrahmen stehen. Hadija zog ihn sanft ins Zimmer und schloß die Tür. Er trat an das Bett und ergriff die dargebotene Hand.

»Ich habe Ihre Mutter in Taormina kennengelernt«, sagte Eunice. »Sie war eine reizende Frau. Hadija, möchtest du bitte runtertelefonieren, daß sie eine Schüssel Eis und ein halbes Dutzend Flaschen Perrier heraufschicken? Der Whisky ist im Badezimmer auf dem Regal. Zigaretten sind in dieser großen Schachtel. Ziehen Sie sich den Stuhl ein bißchen näher heran.«

Dyar sah sie verwirrt an. »Wo?«

»Was?« sagte sie freundlich.

»Wo, sagen Sie, haben Sie meine Mutter getroffen?« Bis jetzt war ihm noch nicht der Gedanke gekommen, daß Eunice Goode seinen Namen nicht wußte.

»In Taormina«, sagte sie und sah ihn treuherzig an. »Oder war es in Juan-les-Pins?«

»Das ist unmöglich«, sagte Dyar und setzte sich. »Meine Mutter war überhaupt nie in Europa.«

»Wirklich?« Das sollte gleichgültig klingen, klang aber beißend. Für sie war solch stures Beharren auf Genauigkeit einfach ungehobeltes Benehmen. Aber jetzt war keine Zeit, um ihm ihr Mißfallen zu zeigen, selbst wenn sie es gewollt hätte. Hadija telefonierte. Sie sagte rasch: »War Ihre Mutter nicht Mrs. Hambleton Mills? Ich glaubte Hadija so verstanden zu haben.«

»Was?« rief Dyar und schnitt eine Grimasse, die zeigen sollte, daß er sich überhaupt nicht mehr auskenne. »Jemand muß *alles* durcheinandergebracht haben. Mein Name ist Dyar. D, Y, A, R. Klingt meiner Meinung nach nicht sehr ähnlich wie Mills.« Dann lachte er gutmütig, und sie lachte mit, gerade genug, dachte sie, um ihm zu zeigen, daß sie ihm seine Ungehobeltheit nicht übelnahm.

»Gut, das hätten wir nun geklärt«, sagte sie. Sie wußte seinen Namen: Hadija glaubte, sie hätten einander schon früher gekannt. Sie bohrte weiter, um so viele Details wie möglich zu bekommen, solange Hadija noch mit dem Barmann spanisch schwätzte.

»In Winterferien hier – oder bleiben Sie länger?«

»Ferien? Keine Spur. Ich bleibe länger. Ich arbeite hier.«

Das hatte sie erwartet. »Ach, wirklich? Wo?«

Er sagte es ihr.

»Ich kann es mir nicht ganz vorstellen«, sagte sie und schloß die Augen, als versuche sie es.

Hadija legte den Hörer auf und brachte eine Flasche Whisky aus dem Badezimmer. Plötzlich wurde es Dyar klar, daß Vorbereitungen für Drinks geschaffen wurden. Er erhob sich halb aus seinem Sessel und setzte sich wieder auf die Kante.

»Hören Sie, ich muß gehen. Ich wußte nicht – es tut mir leid –«

»Gehen?« echote Eunice, leicht bestürzt.

»Ich habe eine Verabredung in meinem Hotel. Ich muß zurück. Hadija sagte mir, daß Sie krank seien, da dachte ich, ich schau rasch vorbei. Sie sagte, Sie wünschten, daß ich käme.«

»Das wollte ich auch. Aber das nenne ich keinen Besuch.«

Der Kellner war hereingekommen, hatte das Tablett auf den Tisch gestellt und war wieder gegangen.

»Ich weiß.« Er war sich nicht darüber im klaren, was unhöflicher sei – einen Drink anzunehmen und dann zu gehen oder zu gehen, ohne etwas anzunehmen.

»Ein rascher Drink«, drängte Eunice. Er nahm an.

Hadija bestellte eine Coca-Cola. Es freute sie eigentlich, ihre beiden Beschützer in einem Raum zusammen sich unterhalten zu sehen. Sie überlegte, ob es gefährlich sei. Schließlich wußte Eunice ja von dem Mann, und es schien ihr nichts auszumachen. Es war möglich, daß er sich nicht allzusehr aufregte, wenn er über Eunice Bescheid wüßte. Aber es wäre ihr wesentlich angenehmer, wenn er nichts wüßte. Sie wurde auf die Unterhaltung aufmerksam.

»Wo gehst du?« unterbrach sie.

»Nach Hause«, sagte er, ohne sie anzusehen.

»Wo du wohnen?«

Eunice lächelte innerlich: Hadija arbeitete für sie. Aber dann schnalzte sie vor Ärger mit der Zunge. Das Mädchen hatte alles verpatzt; er war verstimmt.

»Zu weit«, antwortete er trocken.

»Warum gehst du dort?« beharrte Hadija.

Jetzt drehte er sich zu ihr um. »Es ist schon mal jemand an seiner Neugier gestorben«, sagte er mit gespielter Strenge. »Ich gehe zu einer Gesellschaft, Naseweis.« Er lachte. Zu Eunice sagte er: »Was für ein Mädel, was für ein Mädel! Aber reizend ist sie trotzdem.«

»Ich weiß nicht«, antwortete Eunice, als ob sie darüber nachdächte. »Ich finde eigentlich nicht. Ich werde mich ein anderes Mal mit Ihnen darüber unterhalten. Sagten Sie zu einer Gesellschaft?«

Sie erinnerte sich, daß die Beidaouis Sonntag abends empfingen.

»Doch nicht etwa im Beidaoui-Palast?« sagte sie auf gut Glück.

Er sah sie überrascht an. »Richtig!« rief er aus. »Kennen Sie sie?«

Sie hatte keinen der Brüder Beidaoui je getroffen; sie waren ihr jedoch bei verschiedenen Gelegenheiten gezeigt worden. »Ich kenne sie sehr gut«, sagte sie. »Es sind *die* Leute in Tanger.« Sie hatte gehört, daß der Vater irgendeine hohe offizielle Stellung gehabt hatte. »Der alte Beidaoui, der vor einigen Jahren gestorben ist, war der Großwesir des Sultans Moulay Hafid. Er war es, der den Kaiser einlud, als er 1906 hier war.«

»Tatsächlich?« sagte Dyar und versuchte, seiner Stimme einen höflich interessierten Ausdruck zu verleihen.

Dann stand er auf und verabschiedete sich. Er wünschte baldige Besserung.

»Oh, das ist ein chronisches Leiden«, sagte sie fröhlich. »Es kommt und geht. Ich denke gar nicht darüber nach. Aber, wie schon meine Großmutter in Pittsburg zu sagen pflegte: Es wird erheblich schlechter werden, ehe es besser wird.«

Es erstaunte ihn etwas, daß sie Amerikanerin war: Er hatte nicht gedacht, daß sie überhaupt eine Staatsangehörigkeit habe. Und nun überlegte er, wie er wohl ein neues Rendezvous mit Hadija in Anwesenheit dieser gefährlichen Miß Goode ausmachen könnte. Trotzdem mußte es geschehen, wenn er sie wiedersehen wollte; er würde die Bar Luzifer, wo sie vermutlich immer noch anzutreffen war, niemals wiederfinden.

»Wie wäre es mit Picknick am nächsten Sonntag?« sagte er zu ihr. Es konnte sein, daß er die ganze Woche über frei war, aber Wilcox konnte andererseits schon morgen telefonieren. Sonntag war der einzige sichere Tag.

»Klar«, sagte Hadija.

»Gleicher Ort? Gleiche Zeit?«

»O. K.«

Kaum war er fort, setzte sich Eunice im Bett auf. »Gib mir das Telefonbuch«, sagte sie.

»Was du sagen?«

»Das Telefonbuch.«

Sie überflog es und fand den Namen. »Jouvenon, Pierre, ing.«, Ingénieur. Ingenieur. Auf französisch klang es viel eindrucksvoller, dem Wortstamm verwandt mit Genie und Genius. Ingenieur erinnerte sie immer an einen Mann im Monteuranzug, der an einer Lokomotive stand. Sie gab die Nummer an und sagte zu Hadija in befehlendem Ton: »Zieh dich rasch an. Zieh das neue schwarze Kleid an, das wir gestern gekauft haben. Ich richte dein Haar, wenn ich angezogen bin.« Sie wandte sich zum Telefon. *»Allô, Allô? Qui est à l'appareil?«* Es war ein spanisches Dienstmädchen. Eunice zitterte vor Ungeduld. *»Quisiera hablar con la Señora Jouvenon. Si! La señora!«* Während sie wartete, legte sie die Hand über die Muschel und wandte sich wieder an Hadija. »Denk dran. Kein Wort, außer Englisch.« Hadija war ins Badezimmer gegangen und planschte im Waschbecken.

»Ich weiß«, rief sie. »Nix sprechen Arabisch. Nix sprechen Espanisch. Ich weiß.« Beide fanden es selbstverständlich, daß sie Eunice überallhin begleitete. Eunice hatte die versteckte Absicht, das Mädchen für Paris zu dressieren, wohin sie sie schließlich mitnehmen wollte, damit ihre erfolgreiche Ménage den Neid all ihrer Freunde errege.

»Ah, chère Madame Jouvenon!« rief sie und sagte der Person am anderen Ende der Leitung, sie hoffe, sie sei die nächsten Stunden nicht besetzt, denn sie wünsche etwas mit ihr zu besprechen. Madame Jouvenon schien diese Ankündigung durchaus nicht zu überraschen; ebensowenig erstaunte sie, daß die vorgeschlagene Unterredung mehrere Stunden in Anspruch nehmen werde. *»Vous êtes très aimable«*, sagte sie und rollte das R, wie es eine Französin niemals getan haben würde. Man kam überein, sich in einer halben Stunde in La Sevillana, der kleinen Teestube am Anfang der Siaghines, zu treffen.

Eunice hängte ein, stieg aus dem Bett und warf sich eilig in ein loses altes Tea-gown. Dann wandte sie ihre Aufmerksamkeit Hadijas Toilette zu, schminkte sie und arrangierte ihre Frisur. Sie benahm sich wie eine Mutter, die die Tochter für den ersten Ball herrichtet. Und wirklich, als sie vorsichtig nebeneinander durch die engen Gassen gingen, die ein Abkürzungsweg zu La Sevillana waren, sich noch mal kurz an den Händen haltend, sahen sie sehr nach liebender Mutter und ergebener Tochter aus, und dafür hielten sie auch die jüdischen Frauen, die das Ende des Tages von ihren Balkonen und Türschwellen aus beobachteten.

Madame Jouvenon saß bereits in La Sevillana und aß eine Méringue. Sie war eine kleine Frau mit glänzenden Augen, deren Haar, vor der Zeit weiß geworden, unklugerweise grell silberblau gefärbt war. Um die einheitliche Farbskala noch zu vervollständigen, hatte sie Mlle. Sylvie erlaubt, ihre Augenbrauen und Wimpern in einem viel dunkleren und intensiveren Blauton zu färben. Die Gesamtwirkung war nicht ohne Vehemenz.

Offensichtlich war Madame Jouvenon eben erst in der Teestube eingetroffen, denn alle Köpfe waren noch diskret in ihre

Richtung gedreht, um sie besser sehen zu können. Hadija sagte sich sofort, daß diese Dame an einer seltsamen Krankheit leide, und schüttelte ihr mit einem gewissen Ekelgefühl die Hand.

»Wir haben nur sehr wenig Zeit«, begann Eunice auf französisch und hoffte, Madame Jouvenon werde nicht noch mehr Kuchen bestellen. »Die Kleine hier spricht kein Französisch. Nur Griechisch und etwas Englisch. Kein Kuchen. Zweimal Kaffee. Kennen Sie die Beidaouis?«

Madame Jouvenon kannte sie nicht. Eunices Kummer war nur kurz.

»Das macht nichts«, fuhr sie fort. »Ich kenne sie sehr intim, und Sie sind mein Gast. Ich möchte Sie jetzt dorthin mitnehmen, denn dort ist jemand, den Sie kennenlernen müssen. Es ist möglich, daß er Ihnen sehr nützlich sein könnte.«

Madame Jouvenon legte ihre Gabel hin. Während Eunice weiterredete, jetzt leiser, wurden die glänzenden Augen der kleinen Frau starr und durchdringend. Ihr ganzer Ausdruck veränderte sich; ihr Gesicht wurde klug und wachsam. Ohne ihre Méringue aufzuessen, ergriff sie energisch ihre Handtasche und legte einige Münzen auf den Tisch. *»Tr-ès bien«*, sagte sie kurz und bündig. *»On, va partir.«*

ZWEITER TEIL

Frisches Fleisch und Rosen

X

Die Sonntagabende bei den Beidaouis waren insofern einzigartig, als jedes Mitglied der europäischen Kolonie daran teilnehmen konnte, ohne sich etwas zu vergeben. Der Grund war vermutlich der, daß die Gastgeber Mohammedaner waren und daher unter den Gästen ein automatisches Zusammengehörigkeitsgefühl entstand, das allgemein begrüßt wurde, ohne daß man sich seines Ursprungs bewußt war. Die Frau des französischen Ministers konnte mit der gewöhnlichsten amerikanischen Touristin plaudern, und niemand fand etwas dabei. Selbstverständlich durfte diese, wenn sie Mme. d'Arcourt am nächsten Tage traf und so dreist war, sie zu erkennen, nicht erwarten, von ihr erkannt zu werden. Wie dem auch sei, es war nett und demokratisch, solange es dauerte, und es dauerte gewöhnlich bis neun Uhr. Es waren nur wenige Mohammedaner eingeladen, aber immer drei oder vier wichtige Männer der arabischen Gesellschaft; vielleicht der Führer der nationalistischen Partei in der spanischen Zone, der Herausgeber der arabischen Tageszeitung in Casablanca, ein reicher Fabrikant aus Algier oder der Berater des Kalifen von Tetuan. In Wirklichkeit wurden diese Zusammenkünfte zur Unterhaltung der wenigen Mohammedaner veranstaltet, denn das Benehmen der Europäer hörte nie auf, ihnen ein faszinierendes Schauspiel zu bieten. Die meisten Europäer dachten ihrerseits natürlich, die mohammedanischen Herren seien eingeladen worden, um das Lokalkolorit zu erhöhen, und priesen die Brüder Beidaoui, daß sie sicher wußten, welche von den Arabern gut mit den Fremden harmonierten. Diese gleichen Menschen, die sich ihrer Intimität mit den Beidaouis rühmten, hatten nicht die leiseste Ahnung, daß die beiden Brüder verheiratet waren und ein reges Familienleben mit ihren Frauen und Kindern in einem Teil des Hauses führten, den kein Europäer je betreten hatte. Die Beidaouis hätten diese Tatsache gewiß nicht geheimgehalten, wenn man sie danach gefragt hätte, aber niemandem war es je eingefallen, solche Fragen an sie zu stellen. Es wurde allgemein angenommen, daß sie zwei heitere Junggesellen waren, die sich gerne mit Europäern umgaben.

Heute morgen, auf einem seiner häufigen Spaziergänge am Meer, die er unternahm, wenn er einen Katzenjammer hatte oder wenn sein Familienleben bedrückend geworden war, begegnete Thami ein außergewöhnlich glücklicher Zufall. Er war in das Wattenmeer des Binnenhafens hinausgewandert und hatte den Fischern zugesehen, die ihre vom Salzwasser steifen schwarzen Netze ausschüttelten. Ein kleines altmodisches Motorboot legte am Dock an. Der Mann, der darin saß und der Thami irgendwie bekannt vorkam, warf einem in der Nähe stehenden Buben ein Tau zu. Als der Bootsführer, dessen Turban ihn als Mitglied der Jilala-Sekte erkennen ließ, die Treppen zum Kai hinaufstieg, grüßte er Thami flüchtig. Thami erwiderte den Gruß und fragte, ob er beim Fischen gewesen sei. Der Mann betrachtete ihn etwas genauer, als ob er sehen wollte, zu wem er so achtlos gesprochen hatte. Dann lächelte er traurig und sagte, daß er sein kleines Boot noch nie zum Fischen benutzt habe und hoffe, daß dem armen alten Kahn solch ein Schicksal erspart bleibe bis zu dem Tag, an dem er auseinanderfalle. Thami lachte; er verstand sofort, daß der Mann sagen wollte, das Boot sei schnell genug, um zum Schmuggeln verwendet zu werden. Er ging am Dock entlang und sah in das Motorboot. Es war sicherlich 40 Jahre alt; die Bänke standen der Länge nach und waren mit morschen Leinenkissen bedeckt. In der Mitte war ein altmodischer Zweitaktmotor von Fay & Bowen. Der Mann beobachtete sein Interesse und fragte, ob er beabsichtige, das Boot zu kaufen. »Nein«, sagte Thami verächtlich, fuhr aber fort, es zu betrachten. Der andere bemerkte, daß er es ungern verkaufen würde, aber dazu gezwungen sei, weil sein Vater in Azemour erkrankt sei und er für dauernd dorthin zurückmüsse. Thami hörte zu, äußerlich ruhig, innerlich auf ein Preisangebot wartend. Er hatte nicht die Absicht, sein Interesse zu verraten, indem er selber ein Angebot machte. Schließlich, als er seine Zigarette ins Wasser warf und sich zum Gehen wandte, hörte er eine Zahl: zehntausend Peseten. »Ich glaube nicht, daß du mehr als fünf bekommst«, antwortete er und drehte sich zum Gehen um. »Fünf!« rief der Mann beleidigt.

»Schau's dir doch an«, sagte Thami und deutete hinunter. »Wer wird schon mehr dafür geben?« Er entfernte sich langsam und kickte im Gehen zerbrochene Betonstücke ins Wasser. Der Mann rief ihm nach: »Achttausend!« Er wandte sich zurück, lächelte und erklärte, daß er persönlich nicht an einem Kauf interessiert sei, daß er aber, wenn der Jilali wirklich verkaufen wolle, einen vernünftigen Preis hören wolle, damit Thami diesen seinen Freunden mitteilen könne, falls einer von ihnen einen Käufer wüßte. Sie handelten eine Weile, und Thami ging schließlich mit einer Forderung von sechstausend davon. Er war recht zufrieden mit sich, denn obwohl es nicht das herrliche Rennboot seiner Träume war, so war es doch wenigstens eine greifbare und sofortige Gelegenheit, deren Verwirklichung weder einer Einfuhrgenehmigung noch einer wesentlichen Verringerung seiner Barschaft bedurfte. Er dachte daran, den Amerikaner, den er gerne mochte und bei dem er auch eine gewisse Gegensympathie verspürte, zu bitten, das Boot in seinem Namen zu kaufen. Das wäre ein Weg, um die Lizenz zu umgehen. Aber dann dachte er, daß er ihn nicht genug kannte und daß es zweifellos eine dumme Idee sei; er mußte sich ja hinsichtlich des Eigentumsrechts vollständig auf die Ehrlichkeit des Amerikaners verlassen. Was den Preis betraf, so waren selbst sechstausend sehr wenig und er war sicher, ihn auf fünf hinunterdrücken zu können. Es bestand sogar eine schwache Möglichkeit, obgleich er sie anzweifelte, daß Abdelmalek ihm den Betrag leihen würde. In jedem Fall aber besaß er, unter anderem, ein Zwei-Zimmer-Haus ohne Licht und Wasser, in einer Schlucht hinter dem Marshan, das bei raschem Verkauf ungefähr fünftausend Peseten erzielen würde.

Der Spätnachmittag war herrlich: Ein plötzlicher Wind, der vom Atlantik hereinkam, hatte die Wolken fortgeblasen. Die Luft duftete rein, der Himmel war leuchtend und tiefblau geworden. Während Dyar vor seinem Hotel wartete, zog eine lange Prozession von Berbern auf ihren Eseln vorüber; sie befanden sich auf dem Weg von den Bergen zum Markt. Die Gesichter der Männer waren braun und verwittert, die Frauen waren erstaunlich hellhäutig, mit hervorspringenden, runden roten Backenknochen. Er sah gleichgültig zu, wie sie vorübertrotteten, ohne zu begreifen, wie langsam sie sich bewegten, bis er das große amerikanische Kabriolett am Ende der Reihe bemerkte, dessen ungeduldiger Fahrer wie wild hupte. »Warum die Hast?« dachte er. Die kleinen Wellen am Strand rollten ruhig heran, die Hügel wechselten in dem Licht, das hinter der Stadt verblaßte, langsam ihre Farbe, ein paar Araber schlenderten nachdenklich unter den im Winde raschelnden Palmen dahin. Es war eine schöne Stunde, deren natürlicher Rhythmus ein geruhsamer war; das penetrante Tuten der überlauten Hupe fiel aus dem Rahmen. Ebensowenig bekümmerte es die Berber auf ihren Eseln; sie schienen es nicht zu hören. Friedlich zogen sie dahin, die Tierchen setzten wohlabgemessen ihre Hufe und nickten mit den Köpfen. Als das letzte an Dyar vorüber war, fuhr der Wagen am Randstein vor und hielt. Es war die Marquesa de Valverde. »Mr. Dyar!« rief sie. Als er ihr die Hand schüttelte, sagte sie: »Ich wäre früher dagewesen, aber seit zehn Minuten hing ich am Ende dieser Prozession. Kaufen Sie sich nie einen Wagen, solange Sie hier sind. Es ist ein furchtbarer Ort für die Nerven von Autofahrern. Mein Gott!«

»Kann ich mir denken«, sagte er; er ging um den Wagen herum und setzte sich neben sie.

Sie fuhren in raschem Tempo durch die moderne Stadt, vorbei an neuen Wohnblöcken aus grellem Beton, an leeren Baustellen mit eng aneinandergedrängten Hütten, die aus verrosteten Schildern, Kisten, Rohrgeflecht und alten Decken erbaut waren, vorüber an neuen Kinopalästen und Nachtklubs, deren krankhafte

Neonschilder bereits leuchteten und ein Licht ausstrahlten, das gleichzeitig zu grell und zu schwach war. Sie umfuhren den neuen Markt, der heute abend nach frischem Fleisch und Rosen roch. Im Süden dehnten sich das sandige Ödland und die grünen Sträucher am Fuß der Hügel. Die Zypressen, die die Straße säumten, waren vom Wind vieler Jahre gebeugt. »Dieser Sonntagsverkehr ist schrecklich. Scheußlich«, sagte Daisy und sah starr vor sich hin. Dyar lachte kurz auf; er dachte an die Kilometer verstopfter Parkplätze außerhalb von New York. »Sie wissen nicht, was Verkehr ist«, sagte er. Aber seine Gedanken waren nicht bei dem, was gesprochen wurde, auch nicht bei den Villen und Gärten, die an ihnen vorüberglitten. Obgleich er nicht dazu neigte, seine Stimmungen zu analysieren (denn er hatte nie begriffen, daß er ein Organ besaß, welches er dafür verwenden konnte), hatte er doch in letzter Zeit wie ein schwaches Brennen in einer unerreichbaren Schicht seines Bewußtseins ein undefinierbares Bedürfnis verspürt, sich mit sich selbst zu beschäftigen. Nicht, daß es unformulierte Gedanken gewesen wären, nicht einmal Wachträume, nicht, daß er so weit gegangen wäre, sich zu fragen: »Was mache ich hier?« oder »Was will ich?« Er war sich nur bewußt, eine neue Daseinsebene erreicht zu haben, ein unerforschtes Gebiet in seinem Innern, das er durchqueren mußte.

Aber diese Erkenntnis beschränkte sich darauf, daß er in letzter Zeit den Wunsch hatte, allein in seinem Zimmer zu sitzen und sich zu sagen, daß er da sei. Diese Tatsache drängte sich ihm immer wieder auf: »Hier bin ich.« Es gab nichts, was davon abgeleitet werden konnte: Es auszusprechen schien mit einem Gefühl, das fast an eine innere Betäubung grenzte, verbunden zu sein. Dieses Phänomen berührte ihn nicht; sogar sich selbst gegenüber hatte er ein Gefühl äußerster Anonymität, und es ist schwierig, sich von dem, was in einem Menschen vorgeht, den man nicht kennt, berühren zu lassen. Gleichzeitig war aber alles, was äußerlich geschah, weit fort und hatte keinerlei Beziehung zu ihm; ebensogut hätte es überhaupt nicht zu geschehen brauchen. Trotzdem war er nicht gleichgültig – Gleichgültigkeit ist eine Gefühlsregung, während diese Unfähigkeit zu empfinden tiefere Schichten seines Wesens betraf.

Sie bogen in eine engere, gewundene Straße ein. Links war eine fensterlose Wand von mindestens sechs Meter Höhe, die, so weit das Auge folgen konnte, parallel mit der Straße lief. »Das ist er«, sagte Daisy und deutete auf die Mauer. »Der Palast?« fragte Dyar enttäuscht. »Der Beidaoui-Palast«, antwortete sie und bemerkte den erstaunten Ton seiner Stimme. »Ein seltsamer alter Kasten«, fügte sie hinzu und beschloß, es ihm zu überlassen, als weitere Überraschung den verfallenden Prunk des Innern zu entdecken. »So sieht er auch aus«, sagte er mit Nachdruck.

»Wie kommt man hinein?«

»Das Tor ist etwas weiter oben«, antwortete Daisy und sah ihm plötzlich direkt ins Gesicht, während sie sagte: »Sie haben viel im Leben versäumt, nicht wahr?« Sein erster Gedanke war, daß sie ihn bemitleidete, weil er keine gesellschaftliche Stellung hatte; sein Stolz war verletzt. »Ich finde nicht«, sagte er rasch. Dann fragte er mit einer gewissen Heftigkeit: »Was habe ich versäumt? Was meinen Sie?«

Sie brachte den Wagen am Randstein zu Stehen, am Ende einer langen Reihe, die bereits dort parkte. Während sie den Zündschlüssel herauszog und in ihre Tasche tat, sagte sie: »Dinge wie Freundschaft und Liebe. Ich habe lange und oft in Amerika gelebt. Wissen Sie, meine Mutter war aus Boston, also bin ich zur Hälfte Amerikanerin. Ich weiß, wie es dort ist. O Gott, nur zu gut weiß ich es!«

Sie stiegen aus. »Ich wette, es gibt dort genausoviel Freundschaft wie sonstwo«, sagte er. Er ärgerte sich und hoffte, daß ihn seine Stimme nicht verriet. »Und Liebe.«

»Liebe!« rief sie höhnisch.

Ein ältlicher Araber schlug die schmiedeeisernen Türflügel zurück. Sie betraten einen dunklen Raum, in dem mehrere bärtige Männer in einer Nische, welche die ganze Länge der Wand ausfüllte, auf Matten ausgestreckt lagen. Diese grüßten Daisy feierlich, ohne sich zu rühren. Der alte Araber öffnete eine Tür, und sie traten in einen großen dämmrigen Garten hinaus, in dem Dyar nur zwei Dinge mit Sicherheit unterscheiden konnte: die sehr schwarzen, hohen Zypressen, deren Spitzen nadelscharf in den Abendhimmel stachen, und die sehr weißen Marmorspringbrunnen, in die das Wasser mit ungleichmäßigem Laut niederrauschte. Sie gingen schweigend den Kiesweg entlang, zwischen den süßen und den herben Düften der Blumen hindurch. Von oben her wehten dünne Fetzen von Musik. »Ich nehme an, sie tanzen zu Grammophonmusik«, sagte Daisy. »Hier entlang!« Sie führte ihn rechts einen Weg hinunter, zu einer Flucht breiter Marmortreppen. »Abends empfangen sie im europäischen Flügel. Und in europäischem Stil. Außer daß sie selbst natürlich keinen Alkohol anrühren.« Über der Tango-Musik erhob sich schwirrend das Geräusch von Stimmen. Als sie am Fuß der Treppe angekommen waren, trat ein ernstblickender Mann in einem weißen Seidengewand vor sie hin, um sie zu begrüßen. »Lieber Abdelmalek!« rief Daisy überschwenglich und ergriff seine beiden Hände. »Was für eine wundervolle Party! Das ist Mr. Dyar aus New York.« Er schüttelte Dyar warm die Hand. »Es ist sehr freundlich von der Marquesa, Sie in mein Haus zu bringen«, sagte er. Daisy begrüßte bereits andere Freunde; M. Beidaoui, der immer noch Dyars Hand in der seinen hielt, führte ihn in eine Ecke, wo er ihn seinem Bruder Hassan, einem großen, schokoladefarbenen, ebenfalls weißgekleideten Herrn, vorstellte. Sie unterhielten sich kurz über Amerika, und ein Diener reichte Dyar einen Whisky-Soda. Als seine Gastgeber ihre Aufmerksamkeit einem Neuankömmling zuwandten, fing er an, sich umzusehen. Der Raum war groß, gemütlich und dunkel, da er nur durch Kerzen beleuchtet war, die in schweren Kandelabern unregelmäßig über den Boden verteilt standen. Er war asymmetrisch, und die Tanzerei spielte sich in einem Teil ab, den er nicht sehen konnte. An der ihm zunächst gelegenen Wand standen niedrige Diwans, die ausschließlich von Frauen besetzt waren, alle über vierzig und manche mindestens siebzig Jahre alt. Außer den Brüdern Beidaoui sah er nur zwei weitere Araber. Einer sprach mit Daisy an einem offenen Fenster, und der andere scherzte in einer Ecke mit einem fetten Franzosen. Trotz der Beidaouis, die er recht nett fand, fühlte er sich beklommen und fehl am Platz und wünschte sich, er wäre nicht gekommen.

Als Dyar eben im Begriff war, nachzusehen, wer tanzte, nahm ihn Hassan am Arm. »Das ist Mme. Werth«, sagte er. »Sprechen Sie Französisch?« Die dunkeläugige Frau, der er vorgestellt wurde, lächelte. »Nein«, sagte Dyar verwirrt. »Das macht nichts«, sagte sie. »Ich spreche ein wenig Englisch.« »Sie sprechen sehr gut«, sagte Dyar und bot ihr eine Zigarette an. Er hatte das Gefühl, schon einmal von ihr gehört zu haben, aber er wußte nicht mehr, von wem und wann. Sie unterhielten sich einige Zeit, ihre Gläser in der Hand, an derselben Stelle, an der sie einander vorgestellt worden waren, und der Gedanke, daß er etwas über sie wußte, dessen er sich nicht erinnern konnte, verfolgte ihn hartnäckig. Er hatte keine Lust, den Rest des Abends an ihr hängenzubleiben, aber im Augenblick sah er keinen Ausweg. Und sie hatte ihm gerade mitgeteilt, daß sie in Trauer um ihren Mann sei. Sie sah ziemlich verloren aus und tat ihm leid. Plötzlich erblickte er Eunice Goodes erhitztes Gesicht, das im Türrahmen auftauchte. »Wie geht es Ihnen?« sagte sie zu Hassan Beidaoui. Hinter ihr stand Hadija, die Eunice Goodes Tonfall imitierte. Mit ihnen erschien eine dritte Frau, klein und mit finsterer Miene, die die dargebotene Begrüßung kaum erwiderte, sondern sofort begann, die Gäste einen nach dem anderen zu inspizieren, als nähme sie eilig eine Liste ihrer Eigenschaften und Bedeutung auf. Das Licht war nicht stark genug, um die Farbe ihres Haares hervorzuheben, und da niemand sie zu kennen schien, nahm im Augenblick keiner von ihr Notiz. Dyar war so erstaunt, Hadija hier zu treffen, daß er nicht weitersprechen konnte; er stand da und starrte sie an. Eunice Goode hielt sie an der Hand und sprach sehr schnell auf Hassan ein.

»Es wird Sie interessieren, daß Kronprinz Rupprecht einer meiner besten Freunde war. Wir waren oft zusammen in Karlsbad. Ich glaube, er kannte Ihren Vater.« Je länger diese Wortkaskaden dauerten, desto verständnisloser wurde Hassans Gesichtsausdruck; nach jedem Satz wich er einen Schritt zurück und sagte: »Ja, ja«, aber sie verfolgte ihn, Hadija mit sich zerrend, bis sie ihn gegen die Wand gepreßt hatte und Dyar nicht mehr verstehen konnte, was sie sagte. Leicht verlegen erinnerte er sich wieder der Gegenwart von Mme. Werth.

»– Und ich hoffe, Sie werden mich besuchen, wenn ich von Marrakesch zurück bin«, sagte sie.

»Vielen Dank, sehr gerne.« Jetzt erinnerte er sich, wo er ihren Namen gehört hatte. Das abbestellte Hotelzimmer, das er Daisy geben sollte, war ursprünglich von Mme. Werth reserviert worden.

»Kennen Sie Marrakesch?« fragte sie ihn. Er verneinte. »Oh, da müssen Sie hin. Im Winter ist es wundervoll. Sie müssen ein Zimmer im Mamounia haben, aber das Zimmer muß einen Blick auf die Berge haben, wegen des Schnees, wissen Sie, und eine Terrasse über dem Garten. Ich würde am liebsten schon morgen hinfahren, aber das Mamounia ist immer besetzt, und meine Bestellung ist erst für den Zwanzigsten.«

Dyar sah sie scharf an. Sie bemerkte seinen veränderten Gesichtsausdruck und wurde etwas verwirrt. »Sie gehen am Zwanzigsten ins Hotel Mamounia nach Marrakesch?« sagte er. Dann, nachdem er ihr Erstaunen bemerkte, blickte er in ihr Glas. »Es ist fast leer«, bemerkte er. »Lassen Sie mich ein neues für Sie holen.« Sie war erfreut; er entschuldigte sich und ging, in jeder Hand ein Glas, quer durch den Raum.

Jetzt war ihm alles klar. Endlich verstand er Daisys Bitte und das Geheimnis, das sie darum gemacht hatte. Man hätte Madame Werth einfach mitgeteilt, daß ein höchst bedauerlicher Irrtum vorgekommen sei, und Wilcox' Büro hätte die Schuld bekommen, aber die Marquesa de Valverde wäre bereits in ihrem Zimmer gewesen und hätte nicht mehr ausquartiert werden können. Als er begriff, wie nahe er daran gewesen war, ihr diesen Gefallen zu tun, ergriff ihn eine Welle von Zorn. »Das Biest!« sagte er zwischen den Zähnen. Diese Erkenntnis war unerfreulich und färbte irgendwie auf den ganzen Raum und die Menschen, die darin waren, ab.

Er sah Daisy schräg aus den Augenwinkeln an, als er an dem Diwan vorüberging, auf dem sie saß; sie unterhielt sich mit einem blassen jungen Mann mit Brille und einem jungen Mädchen mit wilden roten Haaren. Als er wieder zurückging, sah sie ihn und rief ihm zu: »Mr. Dyar! Wenn Sie Ihren Auftrag erledigt haben, kommen Sie bitte hierher.« Er hob die Gläser hoch und grinste. »Sekunde«, sagte er. Er überlegte, ob Mme. Werth derselben Halsabschneidermethoden fähig wäre wie Daisy, und entschied dagegen. Sie sah zu hilflos aus, was wahrscheinlich der Grund war, weshalb Daisy sie als ein mögliches Opfer ausersehen hatte.

Als er wieder neben Madame Werth stand und diese ihren neuen Drink schlürfte, sagte er: »Kennen Sie die Marquesa de Valverde?«

Madame Werth schien begeistert: »Ach, was für eine bezaubernde Frau! Diese Lebhaftigkeit! Und so gütig. Ich habe gesehen, wie sie junge Hunde auf der Straße auflas, arme magere, mit herausstehenden Knochen, und sie mit nach Hause nahm, um sie zu pflegen. An die ganze Welt verschwendet sie ihre Wohltaten.«

Dyar lachte unvermittelt; es mußte hohnvoll geklungen haben, denn Madame Werth sagte vorwurfsvoll: »Finden Sie Güte etwas Überflüssiges?«

»Natürlich nicht. Etwas sehr Wichtiges.« In diesem Augenblick fühlte er sich mitteilsam und ein wenig leichtsinnig; es hätte ihn unterhalten, neben Daisy zu sitzen und ihr ein wenig einzuheizen. Von dort, wo sie saß, konnte sie nicht sehen, mit wem er sprach, und er wollte ihre Reaktion erleben, wenn er es ihr sagte. Kurz darauf trat ein Schweizer Herr zu ihnen, der mit Madame Werth französisch zu reden begann. Dyar schlich sich leise davon, trank rasch sein Glas aus und holte sich ein neues, ehe er zu dem Diwan, auf dem Daisy saß, hinüberging.

»Zwei Landsleute von Ihnen«, sagte sie und rückte beiseite, damit er sich neben sie quetschen konnte. »Mr. Dyar. Mrs. Holland. Mr. Richard Holland.« Die beiden nahmen kurz von der Vorstellung Notiz, mehr schüchtern als abweisend.

»Wir sprechen über New York«, sagte Daisy. »Mr. und Mrs. Holland sind aus New York und sagen, daß sie sich hier genauso zu Hause fühlen wie dort. Ich sagte ihnen, das sei nicht überraschend, denn Tanger ist mehr New York als New York selbst. Geben Sie mir nicht recht?«

Dyar fixierte sie scharf; dann sah er Mrs. Holland an, die seinem Blick einen Augenblick überrascht standhielt, um dann ihre Schuhe zu betrachten. Mr. Holland starrte ihn ernsthaft an – wie ein Arzt, der im Begriff ist, eine Diagnose zu stellen, dachte Dyar. »Ich weiß nicht, was Sie meinen«, sagte er. »Tanger wie New York? Wieso das?«

»Atmosphärisch«, sagte Mr. Holland ungeduldig. »Natürlich nicht äußerlich. Sind Sie aus New York? Ich meine, Madame de Valverde habe es gesagt?« Dyar nickte. »Dann müssen Sie doch sehen, wie ähnlich die beiden Orte sind. Das ganze Leben dreht sich ausschließlich ums Geldverdienen. Fast jeder ist unehrlich. In New York haben wir die Wall Street, hier die Bourse. Nicht wie die Börse in anderen Städten, sondern als Seele der Stadt, als ihr *raison d'être.* In New York gibt es die aalglatten Finanzleute, hier die Geldwechsler. New York hat seine Gangster, hier hat man seine Schmuggler. Und alle Nationalitäten und keinen Bürgerstolz. Und jeder wartet darauf, den anderen das Blut auszusaugen. Eigentlich ist es kein sehr fernliegender Vergleich, nicht wahr?«

»Ich weiß es nicht«, sagte Dyar. Zuerst hatte er geglaubt, derselben Meinung zu sein, aber dann erschien ihm Hollands Argument nicht mehr stichhaltig. Er nahm einen langen Schluck Whisky. Das Grammophon spielte *»Mamà Inez«.*

»Ich glaube schon, daß hier eine Menge unzuverlässiger Menschen sind«, sagte er.

»Unzuverlässig!« rief Mr. Holland. »Dieser Ort ist der Inbegriff von Korruption!«

»Aber, aber«, unterbrach ihn Daisy. »Tanger ist eine kleine

Stadt, die zufälligerweise ihre eigene Regierung hat. Und ihr wißt verdammt gut, daß jede Regierung sich auf Korruption aufbaut. Es ist mir egal, was für ein System – sozialistisch, totalitär, demokratisch –, sie sind alle gleich. In einer kleinen Stadt wie dieser kommt man natürlich dauernd mit der Regierung in Kontakt. Der Himmel weiß, daß es unvermeidlich ist. Und daher hat man die Korruption immer vor Augen. Es ist alles so einfach.«

Dyar wandte sich ihr zu. »Ich habe gerade dort drüben mit Madame Werth gesprochen.« Daisy sah ihn einen Augenblick ruhig an. Es war unmöglich, festzustellen, was sie dachte. Dann lachte sie. »So wie Sie und ich geartet sind, glaube ich, daß wir *darüber* nicht mehr zu reden brauchen. Sagen Sie, Mrs. Holland, haben Sie ›Tausendundeine Nacht‹ gelesen?«

»Die Übersetzung von Mardrus«, sagte Mrs. Holland, ohne aufzublicken.

»Alles?«

»Nun, nicht ganz. Aber fast.«

»Finden Sie es nicht herrlich?«

»Doch, ich bewundere es sehr. Aber Dick liebt es sehr. Für meinen Geschmack ist es etwas zu deutlich, aber ich vermute, daß hier auch die Kultur keine Nuancen hatte.«

Dyar war mit seinem Drink fertig und dachte wieder daran, dorthin zu gehen, wo getanzt wurde. Er saß ruhig da und hoffte, die Unterhaltung werde ihm eine Gelegenheit geben, sich elegant zurückzuziehen. Daisy sprach zu Mr. Holland. »Haben Sie je bemerkt, wie völlig unlogisch der Schluß jeder dieser tausendundeinen Nächte ist? Es würde mich interessieren?«

»Unlogisch?« sagte Mr. Holland. »Das finde ich nicht.«

»Ach! Wirklich! Heißt es nicht am Schluß jeder Nacht: ›Scheherezade, die die Dämmerung nahen sah, verstummte diskret‹?«

»Ja.«

»Und heißt es da dann nicht: ›Und der König und Scheherezade gingen zu Bett und lagen einander in den Armen bis zum Morgen‹?«

»Ja.«

»Ist das nicht eine sehr kurze Zeit? Besonders für Araber?«

Mrs. Holland warf Daisy einen schrägen Blick zu und richtete ihre Aufmerksamkeit wieder auf ihre Schuhe.

»Ich glaube, Sie mißverstehen die Zeitspanne«, sagte Mr. Holland und setzte sich mit einem plötzlichen Ruck auf, als bereite er sich auf eine Diskussion vor. Dyar stand rasch auf. Er hatte beschlossen, Mr. Holland nicht nett zu finden, denn er vermutete, daß dieser Menschen nur bis zu dem Grad mochte, als sie willens waren, seinen Theorien zu lauschen. Außerdem war er etwas enttäuscht, daß Daisy seiner Herausforderung mit solch glatter Selbstgefälligkeit begegnet war. »Sie hat nicht mit der Wimper gezuckt«, dachte er. Es war überhaupt kein Spaß gewesen, ihr seine Anklage entgegenzuschleudern. Vielleicht aber hatte sie seine Bemerkung gar nicht als solche gewertet. Dieser Gedanke kam ihm, als er den Teil des Raumes erreicht hatte, in dem das Grammophon war, doch er wies ihn zurück. Ihre Antwort konnte nur bedeuten, daß sie zugab, er sei ihr auf die Schliche gekommen, und daß es ihr gleichgültig sei. Sie war sogar noch kaltschnäuziger, als er gedacht hatte. Aus einem besonderen Grund deprimierte ihn diese Erkenntnis und versetzte ihn wieder in die graue Verzweiflungsstimmung, die er in der Ankunftsnacht auf dem Schiff verspürt hatte; die alte Unsicherheit überkam ihn wieder.

Einige wenige Paare bewegten sich zahm auf der kleinen Fläche freien Bodens; sie unterhielten sich mehr, als daß sie tanzten. Während Dyar dastand und zusah, wie der fette Franzose auf seinen Füßen hin- und herschwankte, bemüht, eine ältliche Engländerin mit Turban, die etwas zu viel getrunken hatte, zu führen, kam Abdelmalek Beidaoui auf ihn zu und brachte ihm ein großes, kadaverartig ausgemergeltes Portugiesenmädchen, das auf einem Auge schielte. Es war offensichtlich, daß sie tanzen wollte, und sie nahm seine Aufforderung begeistert an. Obgleich sie ihre Hüften während des Tanzens gegen die seinen preßte, bog sie sich scharf in der Taille zurück und sah ihn kurzsichtig an, wobei sie Klatsch über die Leute im anderen Teil des Raumes erzählte. Während sie sprach, zog sie ihre Lippen so stark zurück, daß ihr Zahnfleisch völlig entblößt war. »Herrgott, ich muß schauen, daß ich hier wegkomme«, dachte Dyar. Aber sie tanzten weiter, Platte um Platte. Am Schluß einer Samba sagte er, etwas übertrieben keuchend, zu ihr: »Müde?«

»Nein, nein!« rief sie aus. »Sie sind ein wundervoller Tänzer.«

Hier und dort waren die Kerzen verloschen; der Raum war kalt, und ein feuchter Wind kam durch die offene Gartentüre herein. Es war der gewisse Augenblick des Abends, wo alle Gäste da waren und noch keiner ans Gehen dachte; man hätte sagen können, die Party sei auf ihrem Höhepunkt, hätte nicht eine seltsame Leblosigkeit über dem Ganzen gelegen, die es einem schwer machte, zu glauben, die Party habe überhaupt angefangen. Später, in der Rückerinnerung, würde man vielleicht sagen können, daß sie wirklich stattgefunden hatte, aber jetzt, wo sie noch nicht zu Ende war, war sie irgendwie unwirklich.

Das portugiesische Mädchen erzählte ihm von Estoril und daß Monte Carlo selbst in seiner besten Zeit niemals so glänzend gewesen sei. Wenn nicht in diesem Augenblick jemand seinen Arm ergriffen und heftig daran gezerrt hätte, würde er wahrscheinlich etwas recht Grobes geantwortet haben. Aber so ließ er das Mädchen abrupt los und drehte sich um, um Eunice Goodes Gesicht zu begegnen, die zu diesem Zeitpunkt schon ziemlich viele Martinis geladen hatte. Sie betrachtete das portugiesische Mädchen mit höflichem Grinsen. »Ich fürchte, Sie haben Ihren Partner verloren«, sagte sie und hielt ihre Balance, indem sie eine Hand gegen die Wand stemmte. »Er geht mit mir ins Nebenzimmer.«

Unter gewöhnlichen Umständen hätte Dyar ihr gesagt, daß sie sich irre, aber gerade jetzt war ihm der Gedanke, sich mit einem Drink hinzusetzen, selbst neben Eunice Goode, angenehm, und von zwei gleich uninteressanten Aussichten die weniger anstrengende. Er entschuldigte sich lahm und ließ sich durch den Raum in eine kleine dämmrige Bibliothek führen, deren Wände bis zur Decke mit vergilbten Lexika, Handbüchern und englischen Romanen tapeziert waren. Vor einem Kamin, in dem kein Feuer brannte, standen drei steiflehnige Stühle, und in einem von ihnen saß Mme. Jouvenon und starrte in die kalte Asche. Sie drehte sich nicht um, als sie hörte, daß sie ins Zimmer kamen.

»Hier sind wir«, sagte Eunice, stellte die beiden einander vor und setzte sich so, daß Dyar den Stuhl zwischen ihnen bekam.

XI

Einige Minuten lang machte Eunice tapfer Konversation; sie stellte an beide Fragen und antwortete für beide. Die Antworten waren offensichtlich anders als die, welche Mme. Jouvenon oder Dyar gegeben hätten, aber in ihrem Zustand von Verwirrung und Apathie sagten sie: »O ja« und »Ganz richtig«, wenn sie es auf sich nahm, einem von ihnen zu erklären, wie sich der andere fühlte. Dyar war gelangweilt, etwas betrunken und in leisem Alarmzustand durch Mme. Jouvenons Gesichtsausdruck, der grimmige Entschlossenheit zeigte, während diese, verzweifelt um seine Aufmerksamkeit kämpfend, ihr Gehirn zerbrach, wie sie einen günstigen Anknüpfungspunkt finden könnte. Mit jeder Minute, die verstrich, wurde die Situation in der kalten kleinen Bibliothek unhaltbarer. Dyar rutschte auf seinem Stuhl hin und her und versuchte, hinter sich durch die Tür in den anderen Raum zu sehen; er hoffte, einen Blick von Hadija zu erhaschen. Jemand legte eine klagende ägyptische Platte auf. Der seufzende Bariton erfüllte die Luft.

»Sind Sie in Kairo gewesen?« sagte Mme. Jouvenon plötzlich.

»Nein.« Das schien keine erschöpfende Antwort zu sein, aber es fiel ihm nichts anderes ein.

»Sie interessieren sich auch für den Mittleren Osten?«

»Madame Jouvenon hat den größten Teil ihres Lebens in Konstantinopel, Bagdad, Damaskus und anderen faszinierenden Orten verbracht«, sagte Eunice.

»Nicht in Bagdad«, verbesserte Mme. Jouvenon streng. »Buchara.«

»Das muß sehr interessant gewesen sein«, sagte Dyar.

Die ägyptische Platte brach mitten in ihrer Klage ab und wurde durch einen französischen Music-hall-Schlager ersetzt. Dann hörte man das Geräusch eines umstürzenden Kandelabers, begleitet von kleinen erschrockenen Schreien. Dyar ergriff die Chance, von der er wußte, daß sie nicht wiederkommen würde, selbst wenn er die ganze Nacht auf sie warten würde, sprang auf und rannte zur Tür. Auf seinen Fersen folgte Mme. Jouvenon und zupfte ihn am Ärmel. Sie hatte sich entschlossen, kühn zu werden. Wenn der junge Mann unbemittelt war, wie Eunice Goode ihr gesagt hatte, so war es wahrscheinlich, daß er eine Einladung zum Essen annehmen werde, und sie bot ihm prompt eine für den nächsten Tag an, wobei sie betonte, daß er ihr Gast sei. »Das ist eine glänzende Idee«, sagte Eunice eilig. »Ich bin sicher, Sie werden sich eine Menge zu sagen haben. Mr. Dyar ist seit Jahren im Konsulatsdienst, und Sie haben wahrscheinlich Dutzende von gemeinsamen Bekannten.« Er nahm sich nicht einmal die Mühe, sie zu korrigieren: Er dachte, ihr Zustand sei schon zu weit fortgeschritten. Er hatte eben Hadija mit einem der Brüder Beidaoui tanzen gesehen und wandte sich an Mme. Jouvenon, um ihre freundliche Einladung abzulehnen. Aber er war nicht schnell genug.

»Morgen um zwei Uhr. Im Empire. Sie wissen, wo es ist. Das Essen ist sehr gut. Ich werde den Tisch hinten an der Bar haben. Es wird mir ein großes Vergnügen sein. Hier können wir uns nicht unterhalten.« Und damit war alles geregelt, er entfloh an den Tisch mit den Getränken und holte sich einen neuen Drink.

»Das haben Sie ziemlich gründlich verpatzt«, murmelte Eunice Goode.

Mme. Jouvenon sah sie an. »Wollen Sie damit sagen, daß er nicht kommt?«

»*Ich* würde es nicht tun, wenn ich an seiner Stelle wäre. Ihr Benehmen...« Sie brach ab, als sie Hadija sah, die mit Hassan Beidaoui eine Rumba tanzte; sie lächelte albern, während sie herumwackelten. »Die kleine Idiotin«, dachte sie. Der Anblick erinnerte sie nur allzusehr an die Bar Luzifer. »Sicher spricht sie arabisch mit ihm.« Sie ging unsicher auf die Tanzfläche hinaus und war dann erlöst, als sie Hadija rufen hörte: »O yes!« als Antwort auf etwas, das Hassan gesagt hatte.

Ohne diesmal aufgefordert zu sein, ging Dyar zu Daisy und setzte sich neben sie. Der Raum schien riesenhaft und viel dunkler. Er fühlte sich völlig betrunken; er rutschte in eine liegende Stellung, streckte seine Beine weit von sich und starrte mit zurückgeworfenem Kopf an die hohe weiße Decke, die weit über ihm in der Dämmerung zerfloß. Richard Holland saß Daisy gegenüber auf einem Stuhl und redete immer noch, während seine Frau zu seinen Füßen kauerte, ihren Kopf an seine Knie gelehnt. Die alte englische Dame mit dem Turban saß am anderen Ende des Diwans und rauchte eine Zigarette aus einer sehr langen, dünnen Zigarettenspitze. Eunice Goode kam auf die Gruppe zu, gefolgt von Mme. Jouvenon, und stellte sich mit einem Glas puren Gins hinter Hollands Stuhl. Sie sah auf seinen Hinterkopf und sagte mit leiser, aber streitsüchtiger Stimme: »Ich weiß nicht, wer Sie sind, aber ich finde das alles glatten Bockmist.«

Er fuhr herum und blickte auf; dann stellte er fest, daß sie betrunken war, ignorierte sie und fuhr in seiner Rede fort. Bald darauf flüsterte Mme. Jouvenon Eunice zu, daß sie gehen müsse, und die beiden gingen auf die Tür zu, an der Abdelmalek stand, dessen Gewänder im Wind flatterten.

»Wer ist diese ausgefallene Frau bei Miß Goode?« fragte die englische Dame. »Ich kann mich nicht erinnern, sie je gesehen zu haben.« Niemand antwortete. »Weiß es niemand von Ihnen?« wiederholte sie leicht gereizt.

»Doch«, sagte Daisy nach einiger Zeit. Sie zögerte einen Augenblick, um dann, in fast geheimnisvollem Tonfall fortzufahren: »Ich weiß, wer sie ist.«

Aber Mme. Jouvenon hatte sich schnell verabschiedet, und Eunice war bereits wieder da, einen Stuhl hinter sich herzerrend, den sie so nah wie möglich neben Richard Holland stellte, um sich dann unvermittelt und heftig hineinfallen zu lassen.

Dyar schloß von Zeit zu Zeit seine Augen und öffnete sie nur dann rasch wieder, wenn er das Gefühl hatte, das Zimmer gleite unter ihm hinweg. Während er die vielen Schatten an der Decke betrachtete, glaubte er den Alkohol nicht allzusehr zu spüren. Aber es war mühsam, die Augen längere Zeit hintereinander aufzuhalten. Er hörte, wie die Stimmen um ihn herum debattierten; sie schienen erregt, und doch sprachen sie über nichts Wesentliches. Sie waren laut und schienen dennoch weit entfernt zu sein. Während er einen ganz bestimmten Teil eines riesigen Schattens fixierte, der sich in den dunkleren Bezirken der Decke verlor, hatte er plötzlich das Gefühl, inmitten von Toten zu sitzen – oder vielleicht unter den Schemen eines Filmes, der vor langer Zeit gedreht worden war. Sie sprachen, und er hörte ihre Stimmen, aber in Wirklichkeit waren die Worte schon vor vielen Jahren gesprochen worden. Er durfte sich nicht vormachen lassen, er könne mit ihnen sprechen. Niemand würde ihn hören, wenn er versuchte zu reden. Er fühlte den kalten Rand seines Glases an seinem Schenkel, an dem er es aufgestützt hielt; es hatte seine Hose durchnäßt. Mit einem krampfhaften Ruck setzte er sich auf und nahm einen großen Schluck. Wenn nur ein Mensch dagewesen wäre, dem er hätte sagen können: »Wir wollen schauen, daß wir hier rauskommen.« Aber alle saßen sie in einer anderen Welt herum, fieberhaft über nichts redend, zustimmend und widersprechend, jeder vom Klang der tönenden Worte berauscht, in die er seine eigenen Ideen verwandelt hatte. Der Alkohol war wie ein sich ständig verdichtender Vorhang, der zwischen ihm und seinem Denkvermögen zugezogen wurde und der ihn vom übrigen Raum trennte. Selbst sein eigener Körper wurde ausgesperrt, er wurde, wie die Kerzenflammen und die Tanzmusik, zusammenhanglos und entrückt. »Gottverdammt noch mal!« schrie er plötzlich. Daisy, die aufmerksam zuhörte, was Richard Holland gerade sagte, ergriff zerstreut seine Hand und hielt sie fest, so daß er sie nicht wegziehen konnte, ohne sich anzustrengen. Er ließ sie in der ihren liegen; dieser Kontakt half ihm ein wenig, seine Aufmerksamkeit auf die Unterhaltung zu konzentrieren.

»O nein!« sagte Holland, »diese Spezies ist gar nicht darauf aus, sich selber zu zerstören. Das ist Unsinn. Sie ist darauf bedacht, etwas zu sein, das unweigerliche Selbstzerstörung bewirkt. Das ist alles.« Durch die Gartentür kam ein Mann herein; er ging rasch durch den Raum auf Abdelmalek zu, der sich mit einer Gruppe Gäste unterhielt. Dyar war es in der Eile nicht gelungen, sein Gesicht zu sehen, als er die beleuchteten Stellen in der Mitte des Raumes durchquerte, aber er glaubte, die Gestalt zu kennen.

»Gib mir einen Schluck«, sagte Holland und nahm seiner Frau das Glas aus der Hand. »Die Welt ist ganz in Ordnung, außer daß der Mensch sich einbildet, ein Verstandeswesen zu sein, während er in Wirklichkeit ein Moralist ist. Und Moral muß eine religiöse Basis haben und keine vernunftsmäßige. Sonst ist sie ein Trugschluß.«

Die alte englische Dame zündete sich eine neue Zigarette an und warf das Streichholz auf den Boden in den Aschenhaufen, den sie dort bereits verstreut hatte. »Das ist alles ganz schön und gut«, sagte sie mit einem Anflug von Gereiztheit in ihrer krächzenden Stimme, »aber heutzutage schließen sich Religion und Verstand nicht aus. Wir leben nicht mehr im finsteren Mittelalter.«

Holland lachte frech; seine Augen glitzerten bösartig. »Möchten Sie noch erleben, wie es wieder finster wird?« rief er laut. »Dann halten Sie noch ein paar Jahre durch.« Und er lachte nochmals. Niemand antwortete. Er reichte Mrs. Holland sein Glas zurück. »Ich glaube, niemand widerspricht mir, wenn ich behaupte, daß die Religion fast auf der ganzen Welt ausgestorben ist.«

»*Ich* bestimmt«, sagte die englische Dame mit Nachdruck. »Aber wie Sie wollen.«

»Es tut mir leid, aber in den meisten Teilen der Welt ist es heute so, daß praktizierendes Christentum eine rein politische Angelegenheit ist und nicht mehr das geringste mit Glauben zu tun hat. Die Hindus legen Wert darauf, daß man sie in Cadillacs herumfahren sieht, statt sich mit Sandelholzpaste zu beschmieren und vor Ganpati zu verneigen. Die Mohammedaner würden eher ihr Abendgebet als den neuen Disney-Film versäumen. Die Buddhisten finden es wichtiger, im Namen Stalins und des Fortschrittes zu marschieren, als über die vier Hauptsünden zu meditieren. Und das Christentum oder das Judentum brauchen wir wohl gar nicht erst zu erwähnen. Aber es gibt absolut nichts, was man dagegen tun kann. Man kann sich nicht *aussuchen*, irrational zu sein. Der heutige Mensch ist ein Verstandesmensch, und der Verstandesmensch ist ein verlorener.«

»Ich vermute«, sagte die englische Dame schneidend, »daß Sie uns weismachen wollen, daß wir nicht mehr zwischen Gut und Böse unterscheiden dürfen? Das scheint mir der Gipfel ihrer Behauptungen.«

»Lieber Gott, ist der Mann anmaßend«, dachte Daisy. Während sie zunehmend unruhig und gelangweilt wurde, spielte sie mit Dyars Fingern. Und Dyar dachte bei sich: »Ich will diesen ganzen Scheißdreck gar nicht hören.« Er war immer der Ansicht gewesen, daß Diskussionen über abstrakte Dinge zu nichts weiter führen als zu weiteren Diskussionen. Trotzdem hörte er zu, denn in seinem abgründigen Egoismus hatte er irgendwie das Gefühl, daß Holland über ihn spreche.

»Ach das!« sagte Holland und versuchte, seiner Stimme einen sanftmütigen Ausdruck zu verleihen. »Gut und Böse sind wie Weiß und Schwarz auf einem Stück Papier. Um sie unterscheiden zu können, braucht man wenigstens einen Schimmer von Licht, sonst kann man nicht einmal das Papier sehen. Und das ist der Zustand, in dem wir uns befinden: Es ist zu dunkel für Unterscheidungen geworden.« Er kicherte. »Kommen Sie mir bloß nicht mit dem finsteren Mittelalter. Gerade jetzt kann niemand wagen, zu behaupten, er wisse, wo das Weiß aufhört und das Schwarz anfängt. Wir wissen lediglich, daß es beides gibt.«

»Nun, ich muß sagen, es tröstet mich, zu erfahren, daß wir wenigstens das wissen«, sagte die englische Dame spitz. »Ich hatte eben beschlossen, jede Hoffnung aufzugeben.« Sie lachte spöttisch.

Holland gähnte. »Oh, es wird schon alles ganz recht werden. Bis dahin wäre es besser, nicht dazusein. Aber wenn jemand übrigbleibt, dann wird alles irrational eingerichtet, und die Welt wird wieder glücklich sein.«

Daisy untersuchte Dyars Handfläche, aber das Licht war zu schwach. Sie ließ die Hand fallen und fing an, ihr Haar zu ordnen, in der Absicht aufzustehen. »*Enfin*, das klingt alles nicht sehr hoffnungsvoll«, bemerkte sie lächelnd.

»Ist es auch nicht«, sagte Holland; er genoß seine Rolle als Diagnostiker für die Krankheiten unserer Zivilisation und kam immer zu negativen Prognosen. Für eine dankbare Zuhörerschaft hätte er gern die ganze Nacht weitergeredet.

»Entschuldigen Sie, aber ich muß mir noch einen Drink holen«, sagte Dyar plötzlich aufspringend. Er machte einige Schritte nach vorn, drehte sich dann halb herum, lächelte, um nicht unhöflich zu erscheinen, Daisy zu und sah, wie Mrs. Holland aus ihrer unbequemen Stellung auf dem Boden aufstand, um den eben freigewordenen Platz auf dem Diwan einzunehmen. Dann ging er weiter, tastete sich durch die Tür und befand sich auf der Terrasse im feuchten Nachtwind. Es gab keinen Grund, weshalb er nicht die breite Treppe hinuntergehen sollte, und so ging er langsam hinunter und im Dunkel den Gartenweg entlang, bis er an eine Mauer kam. Dort war eine Bank; er setzte sich und starrte in der Stille vor sich hin, auf die nahen Silhouetten der Zweige und Reben, die sich im Wind bewegten. Keine Musik, keine Stimmen, nicht einmal die Springbrunnen konnte man hier hören. Aber andere, nähere Geräusche: die Blätter der Pflanzen, die sich aneinander rieben, Stengel und Hülsen, die dürr und winterlich raschelten und zitterten, und hoch oben in einem Palmbaum, der in seiner Nähe stand, tönte das trockene Klatschen eines riesigen fächerförmigen Zweiges (er bedeckte und enthüllte im Hin- und Herschwanken eine bestimmte Gruppe von Sternen) wie das Schlagen einer alten Brettertür. Es war schwer zu begreifen, daß ein Baum im Wind dieses harte, fast mechanische Geräusch erzeugen konnte.

Eine Zeitlang saß er ganz still in der Dunkelheit und dachte an nichts als an die Naturlaute, die ihn umgaben; er begriff nicht einmal, daß diese Laute, die ihn umspülten, ihm willkommen waren, daß sie ihn von der bitteren Sinnlosigkeit der letzten zwei Stunden reinwuschen. Der kalte Wind pfiff durch das Gesträuch am Fuß der Mauer; er kauerte sich zusammen, aber er ging nicht fort. Bald mußte er aufstehen und zurück in die Helle gehen, die Treppen hinauf in den Raum, dessen Chaos durch die höflichen Gesten der Menschen, die ihn füllten, nur noch deutlicher wurde. Im Augenblick blieb er in der Kälte sitzen. »Hier bin ich«, sagte er wieder einmal zu sich selbst, aber diesmal verwandelte sich die vertraute Melodie, so vertraut, daß sie ihren Sinn verloren hatte, durch den Geist der neugewonnenen Harmonie, die ihr zugrunde lag, kaum wahrnehmbar in etwas, das den drei unausgesprochenen Worten, sinnlos in sich selbst, in ein andeutendes, richtunggebendes Losungswort. Er hätte auch sagen können: »Hier bin ich, und etwas wird geschehen.« Dieses kaum wahrnehmbare Versprechen einer möglichen Wendung seines Schicksals rüttelte ihn aus seiner Versponnenheit auf: er löste seine Arme, die er um seinen Körper geschlungen hatte, und zündete sich eine Zigarette an.

XII

Als Eunice Goode wieder in den Raum zurückkam, im Begriff, sich noch mehr als sonst zu betrinken (die Gegenwart vieler Menschen verführte sie zu solchen Exzessen), war sie in einem Zustand äußerster Nervosität. Ein eben angekommener Gast, ein ihr unbekannter junger Mann, trotz seiner europäischen Aufmachung offensichtlich ein Araber, war auf Hadija zugekommen, als diese und Eunice zusammen beim Grammophon standen, und hatte sie sehr vertraut auf arabisch begrüßt. Gottlob hatte Hadija die Geistesgegenwart gehabt, »What you sigh?« zu antworten, ehe sie ihm den Rücken zuwandte, aber damit war der

Zwischenfall nicht behoben gewesen. Einige Minuten später, während sich Eunice am anderen Ende des Raumes befand, um sich ihr Glas nachfüllen zu lassen, hatten die beiden zu tanzen begonnen. Als sie zurückkam und dies entdeckte, wäre sie nur zu gern dazwischengetreten, um sie zu trennen, aber das war natürlich unmöglich, ohne einen zwingenden Grund. »Ich werde eine entsetzliche Szene machen, wenn ich erst anfange«, dachte sie bei sich und begnügte sich damit, am Rande der Tanzfläche entlangzuschwanken, wobei sie sich an den herumstehenden Möbelstücken festhielt. Solange sie in Hadijas Nähe blieb, würde das Mädchen nicht so leicht arabisch sprechen. Das war die größte Gefahr.

Hadija war unglücklich. Sie hatte nicht tanzen wollen (sie fand, daß für sie die Tage krampfhafter Höflichkeit gegen fremde Männer, vor allem gegen Mohammedaner, nun ein triumphales Ende gefunden hätten), aber er hatte sie im wahrsten Sinn des Wortes gepackt. Der junge Mann, der sie mit solcher Kraft an sich preßte, daß sie kaum atmen konnte, weigerte sich, etwas anderes als arabisch zu sprechen, obwohl ihr Gesicht eine starre Maske aus Hochmut und Verständnislosigkeit blieb. »Jedermann weiß, daß du eine *Tanjaouia* bist«, sagte er. Aber sie bekämpfte die Angst, die seine Worte auslösten. Niemand als ihre zwei Beschützer, Eunice und der amerikanische Herr, wußten, wer sie war. Verschiedene Male versuchte sie ihn fortzustoßen und den Tanz abzubrechen, aber er preßte sie nur noch stärker an sich, und es wurde ihr zu ihrem Kummer klar, daß jeder weitere Versuch ihrerseits, sich gewaltsam von ihm zu lösen, die Aufmerksamkeit der anderen Tänzer – es waren nur zwei weitere Paare – auf sich ziehen würde. Hin und wieder sagte sie mit lauter Stimme: »O. K.« oder »Oh yes!«, um Eunice zu beruhigen, deren verzweifelte Besorgnis sie sah.

»*Ch'andek?* Was ist los mit dir? Was hast du vor?« sagte der junge Mann zornig. »Schämst du dich, daß du eine Mohammedanerin bist? Was du machst, ist ganz unrecht. Glaubst du, ich kenne dich nicht von der Bar Luzifer? *Ha! Hamqat, entina! Ham-*

qat!« Sein Atem roch stark nach dem Kognak, den er den ganzen Tag getrunken hatte.

Hadija war wütend. *»Ana hamqat?«* fing sie an und erkannte zu spät, daß sie sich verraten hatte. Der junge Mann lachte entzückt und versuchte, sie zu weiteren Ausbrüchen zu verleiten, aber sie erstarrte zu völligem Schweigen. Schließlich rief sie auf arabisch: »Du tust mir weh!«, riß sich von ihm los und eilte zu Eunice, neben der sie stehenblieb und ihre Schulter rieb. »Dreckiger Hundesohn«, sagte sie leise zu Eunice, die ihren Sprachlapsus bemerkt hatte und sich darüber klar war, daß das Spiel, soweit es den jungen Mann betraf, aus war.

»Halt den Mund!« Sie ergriff Hadijas Arm und zerrte sie in eine leere Ecke.

»Ich Coca-Cola haben«, protestierte Hadija. »Sehr heiß. Der lausige Kerl schlechter Tänzer.«

»Wer ist er überhaupt?«

»Maurischer Mann lebt in Tanger.«

»Das weiß ich, aber wer? Was macht er im Beidaoui-Palast?«

»Er ganz besoffen.«

Eunice überlegte einen Augenblick und ließ Hadijas Arm los. Mit aller Würde, deren sie fähig war, durchquerte sie den Raum und ging auf Hassan Beidaoui los, der sich, sobald er sie kommen sah, umdrehte und es fertigbrachte, in lebhafter Unterhaltung mit Mme. Werth zu sein, als sie ihn erreicht hatte.

Dieses Manöver stellte sich natürlich als gänzlich sinnlos heraus, da Eunices durchdringendes »Hören Sie« bereits ertönte, als sie noch fünf Meter entfernt war. Sie klopfte Hassan auf den Arm, und er drehte sich geduldig um, darauf gefaßt, eine neue Serie unverständlicher Erinnerungen an Kronprinz Rupprecht aufgetischt zu bekommen.

»Hören Sie!« Sie deutete auf Hadijas letzten Tanzpartner. »Hören Sie, ist das nicht der älteste Sohn des Paschas von Fez? Ich glaube bestimmt, ihn in Paris gesehen zu haben?«

»Nein«, sagte Hassan ruhig, »das ist mein Bruder Thami. Möchten Sie ihn gern kennenlernen?« (Dieser Vorschlag entsprang weniger einer Liebenswürdigkeit gegenüber Eunice Goode als dem Wunsch, Thami zu ärgern, dessen unerwartetes Erscheinen sowohl Hassan wie Abdelmalek als einen Skandal empfanden. Sie hatten ihm vorgeschlagen zu verschwinden, aber er hatte nur gelacht. Wenn jemand seinen Weggang beschleunigen konnte, so war es, dachte Hassan, diese seltsame Amerikanerin.) »Darf ich bitten?« Er reichte ihr seinen Arm. Eunice überlegte rasch und sagte, sie sei entzückt.

Es überraschte sie nicht, in Thami genau die Sorte Araber zu finden, die ihr am allerunangenehmsten war und über die sie am meisten schimpfte: äußerlich europäisiert, sich innerlich aber darüber im klaren, daß die ersehnte Verwandlung niemals zustande kommen würde, und deshalb herausfordernd, in der Offensive, um die Niederlage zu verbergen, unzuverlässig und frech. Thami seinerseits benahm sich besonders abstoßend. Er war sehr schlechter Laune, nachdem der Versuch, das Geld für das Boot von seinen Brüdern zu bekommen, erfolglos geblieben war; auch ihre Erlaubnis, das Haus im Marshan zu verkaufen, hatte er nicht erlangt. Und nun kam noch diese häßliche Frau, die für ihn der Prototyp der Sorte Touristen war, die seine Rasse nur insoweit bewunderten, als ihre Angehörigen pittoresk waren.

»Sie verlangen von uns, daß wir alle Schlangenbeschwörer und Skorpionfresser sind«, tobte er im Laufe der Unterhaltung, die er absichtlich auf dieses Thema gebracht hatte, um seine Lieblingsanschuldigungen vorbringen zu können.

»Natürlich«, antwortete Eunice in ihrer aufreizenden Art. »Das wäre einer Nation von zehntklassigen, pseudo-zivilisierten Teppichhändlern wesentlich vorzuziehen.« Sie lächelte giftig und rülpste ihm dann ins Gesicht.

In diesem Augenblick kam Dyar. Das Kerzenlicht blendete ihn, und er blinzelte. Als er Thami in der Mitte des Saales erblickte, sah er ihn einen Moment erstaunt an, dann ging er auf ihn zu und begrüßte ihn herzlich. Ohne daß er Eunice zu bemerken schien, nahm er ihn beim Arm und führte ihn beiseite. »Ich möchte gerne meine kleine Schuld von neulich nachts regeln.«

»Ach, das ist nicht der Rede wert«, sagte Thami und sah ihn erwartungsvoll an. Und während das Geld von einem zum andern wechselte, sagte Thami: »Sie ist hier. Haben Sie sie gesehen?«

»Ja, sicher.«

»Haben Sie sie mitgebracht?«

»Nein. Miß Goode dort drüben.« Dyar wies mit dem Kinn zu ihr hinüber, und Thami überlegte.

Eunice beobachtete sie von ihrem Standort aus, sie sah, wie Dyar Thami einige Banknoten zusteckte, und erriet folgerichtig, daß Thami der Freund war, der ihm in der Bar Luzifer das Geld geliehen hatte, um Hadija zu bezahlen. Diese Erkenntnis bestätigte ihre schlimmsten Befürchtungen, und in ihrem wirren Zustand steigerte sie sich in einen furchtbaren Alpdruck hinein. Die beiden Männer hatten ihr ganzes künftiges Glück in der Hand. Hätte jemand in diesem Augenblick ihr Gesicht genau studiert, so hätte er sie wohl, ohne zu zögern, für wahnsinnig erklärt und sich wahrscheinlich eiligst von ihr entfernt. Ganz plötzlich hatte sie begriffen, wie außerordentlich glücklich sie heute abend bei den Beidaouis gewesen war – oder wenigstens schien es ihr jetzt so. Hadija gehörte ausschließlich ihr, sie war empfangen worden und hatte sogar eben einen kleinen persönlichen Erfolg als Miß Kumari, indem sie einsilbig mit Dr. Waterman in einer Ecke plauderte. Aber Miß Kumaris Füße standen am Rande eines Abgrundes, und es bedurfte nur des leisesten Stoßes von einem der beiden Männer dort drüben (sie ballte die Fäuste), um sie hinunterzustoßen. Der Amerikaner war der gefährlichere, und sie hatte die Maschinerie, die ihn unschädlich machen sollte, bereits in Gang gesetzt. »Es kann nicht schiefgehen«, dachte sie verzweifelt. Aber es konnte natürlich schiefgehen. Weder gab es einen besonderen Grund, anzunehmen, daß er die vom Mme. Jouvenon so plump arrangierte Einladung für morgen mittag einhalten werde, noch bestand Veranlassung, Vertrauen in deren Fähigkeit zu setzen, die Dinge so zu steuern, wie sie laufen sollten.

Sie sperrte ihren Mund weit auf und rülpste nach einigen Schwierigkeiten noch einmal. Der Raum verschwand vor ihren

Augen; sie fühlte, wie er in der Dunkelheit versickerte. Mit ungeheurer Anstrengung verhinderte sie, daß sie seitlich auf den Boden kippte, und machte einige Schritte nach vorne, vielleicht in der Absicht, mit Dyar zu sprechen. Aber diese Anstrengung war zu groß. Die letzte ihr noch verbliebene Energie verbrauchte sie, um einen leeren Sessel in der Nähe zu erreichen; sie ließ sich hineinfallen und verlor das Bewußtsein.

Daisy hatte sich zu Dyar gesellt, ohne jedoch die geringste Notiz von Thami zu nehmen, der unauffällig fortging. »Guter Gott!« rief sie beim Anblick von Eunices Zusammenbruch. »Das ist aber ein lieblicher Anblick. Ich habe nicht die Absicht, auserkoren zu werden, sie nach Hause zu schaffen. Das passiert nämlich bestimmt, wenn ich jetzt nicht gehe.« Sie unterbrach sich und schien ihren Plan zu ändern. »Nein! Ihre kleine griechische Freundin kann nach einem Taxi telefonieren, und die Diener können sie hineinwerfen. Ich bin doch nicht blöde und spiele den Chauffeur für Onkel Goode, und genausowenig gehe ich nach Hause, um es nicht tun zu müssen. Hassan – sind die beiden nicht süß? Finden Sie nicht auch? –« Dyar bejahte. »Er bot an, uns den großen Saal zu zeigen, und das geschieht nicht alle Tage. Ich habe ihn nur einmal gesehen und werde ihn mir noch mal anschauen. Also wird sich kein Opfer finden, das eine Rot-Kreuz-Ambulanz aus seinem Wagen macht und diese scheußlich enge Straße zur Metropole hinauffährt. Himmel noch mal!« Sie machte eine Pause, dann fuhr sie fort. »Sie können uns jetzt noch nicht führen. Sie wollen warten, bis noch einige Menschen weggegangen sind. Aber ich muß mit Ihnen reden, ehe Sie mir wieder entkommen. Ich habe Sie hinauslaufen sehen. Sie müssen aufhören, sich wie ein Paris zu benehmen. Kommen Sie, setzen Sie sich hierher. Ich muß Ihnen zwei Dinge sagen, und beide sind wichtig und nicht sehr erfreulich.«

»Was meinen Sie damit?«

»Lassen Sie mich reden und hören Sie nur zu.« Sie setzten sich auf den gleichen Diwan, auf dem sie vor einer halben Stunde gesessen hatten. Die frische Luft hatte ihm wohlgetan, und er hatte beschlossen, keinen Whisky mehr zu trinken. Sie legte ihre Hand auf seinen Arm; die Brillanten ihres Armbandes blitzten im Kerzenlicht. »Ich bin fast überzeugt, daß Jack Wilcox in ein Schlamassel kommt. Es erscheint mir *äußerst* verdächtig, daß er Sie nicht in seinem Büro haben will. Als Sie mir das erzählten, wußte ich sofort, daß etwas mulmig ist. Er war in geschäftlichen Dingen immer ein Esel und ist auch jetzt nicht klüger. Unter Esel verstehe ich dumm und leichtsinnig. Mein Gott, was für Idioten und Gauner hat er schon in sein Vertrauen gezogen! Wissen Sie, jeder hier hat ein bißchen Dreck am Stecken, den er gerne verbergen möchte; *ça va sans dire.* Leben muß jeder, und hier fragt man nicht, wovon. Aber Jack plakatiert seine geschäftlichen Seitensprünge geradezu. Er kann nichts unternehmen, ohne daß der Abschaum der ganzen Zone es weiß. Was ganz in Ordnung wäre, wenn es irgendeinen Schutz gäbe, den es in solchen Fällen natürlich nicht geben kann. Man muß einfach seine Chance wahrnehmen.«

Dyar hörte zu, aber gleichzeitig beobachtete er unruhig das andere Ende des Raumes, wo er Hadija und Thami in einer augenscheinlich sehr intensiven und sehr privaten Unterhaltung entdeckt hatte. *»Wovon* sprechen Sie eigentlich?« fragte er unhöflich, drehte sich plötzlich um und starrte sie an.

Daisy deutete die Frage falsch. »Mein Lieber, bestimmt wird niemand außer einem Idioten versuchen, in einem solchen Fall die Hilfe der Polizei in Anspruch zu nehmen. Ich liebe Jack; ich finde ihn reizend. Aber ich finde auch, daß Sie auf alle Fälle gewarnt werden müssen. Lassen Sie sich *nicht* in eines seiner ›todsicheren‹ Geschäfte verwickeln. Die platzen alle. Es gibt hier eine Menge Möglichkeiten, sein Geld zu verdienen, die genauso mühelos sind und bei denen man nicht riskiert, erschossen oder erstochen zu werden.«

Jetzt sah ihr Dyar voll ins Gesicht und lachte.

»Ich weiß, daß ich betrunken bin«, sagte sie. »Aber ich weiß auch, was ich sage. Ich sehe schon, daß Sie über die andere Sache, über die ich mit Ihnen sprechen werde, noch mehr lachen werden.« Dyar warf einen unruhigen Blick hinter sich, auf Hadija und Thami.

Daisys Stimme wurde plötzlich hart. »Ach, hören Sie auf, sich den Hals zu verrenken. Er läuft Ihnen schon nicht mit Ihrem Mädel davon.«

Dyars Kopf fuhr ruckartig herum, er sah sie mit vor Erstaunen offenem Mund an. »Was?«

Sie lachte. »Warum sind Sie so erstaunt? Ich habe Ihnen doch gesagt, daß hier jeder alles weiß. Wozu, glauben Sie, habe ich ein gutes Zeiss-Fernglas in meinem Zimmer? Wußten Sie das nicht? Nun, ich hab' eines, und heute hab' ich es benutzt. Von einer Ecke des Zimmers aus kann ich einen kurzen Küstenstreifen übersehen. Aber das war es nicht, was ich Ihnen sagen wollte«, fuhr sie fort, während Dyar überlegte, welche Phasen seines Ausfluges sie wohl gesehen haben mochte, und fühlte, wie ihm das Blut zu Kopf stieg. »Ich könnte ihr in ihre selbstgefällige Fresse hauen«, dachte er, aber sie griff den nicht gesprochenen Satz auf und sagte: »Sie sind mir böse, nicht wahr?« Er antwortete nicht. »Ich nehme es Ihnen nicht übel. Es war nicht schön von mir, aber ich mach's jetzt wieder gut, indem ich Ihnen einige *sehr* wertvolle Ratschläge erteile.« Sie begann langsamer und mit mehr Nachdruck zu sprechen. »Madame Jouvenon, diese gräßliche kleine Frau, mit der Sie in das Nebenzimmer gegangen sind, ist eine russische Agentin. Eine Spionin, wenn Ihnen das Wort mehr sagt.« Sie lehnte sich zurück und sah ihn verstohlen an, als wolle sie die Wirkung dieser Neuigkeit beobachten.

Es schien, als versetzte ihn das in bessere Laune, denn er schmunzelte, ergriff ihre Hand und streichelte sanft ihre Finger; sie machte keine Miene, sie zurückzuziehen. »Ich habe es wenigstens aus zwei bestimmten Quellen«, fuhr sie fort, »deren Zuverlässigkeit nicht anzuzweifeln ist. Es ist natürlich ein durchaus ehrenwerter Beruf, und wir haben alle unsere Agenten hier unten, und überdies wage ich zu behaupten, daß sie kein besonders guter ist, aber immerhin. Das sind meine zwei kleinen Warnungen für den heutigen Abend, mein lieber junger Mann, und Sie können sie beachten oder nicht, ganz wie Sie wollen.« Sie entzog ihm ihre Hand, um ihr Haar zu glätten. »Eigentlich hätte ich es Ihnen nicht sagen sollen. Der Himmel weiß, was für eine Klatschbase Sie sind. Aber wenn Sie mich verraten, werde ich jedes Wort ableugnen.«

»Ich *wette*, Sie würden das tun. Und das gleiche gilt für das Zimmer in Marrakesch. Was?«

Sie nahm die Spitze seines einen Fingers zwischen ihren Daumen und Zeigefinger, preßte sie hart zusammen und sah ihn ernsthaft an, ehe sie sagte: »Vermutlich finden Sie, daß das unmoralisch war?«

Die Gesellschaft löste sich auf. Die Menschen verließen jetzt in Gruppen den Raum. Hassan und Abdelmalek Beidaoui standen rechts und links vor der Tür, lächelten und verneigten sich. Kaum zehn Gäste waren noch übriggeblieben, einschließlich der Hollands, die einen alten Swing unter den Grammophonplatten gefunden hatten und jetzt einen ernsten Jitterbug allein auf der Tanzfläche zelebrierten. Einer der arabischen Herren sah ihnen dabei zu, einen Ausdruck der Zufriedenheit auf dem Gesicht, als sähe er endlich das, dessentwegen er gekommen war.

Thami und Hadija unterhielten sich noch immer, aber die hauptsächlichen Punkte des Gespräches waren bereits gestreift worden, mit dem Ergebnis, daß Thami nun glaubte, das Geld für sein Boot könnte vielleicht von Eunice Goode kommen. Natürlich wußten viele Mitglieder der niedrigen Gesellschaftsschichten von Tanger, wer Hadija war, aber zwischen dieser Welt der abgelegten Kleider, der Fünf-Peseten-Kognaks und der Kaffeehäuser, deren Kunden auf Matten saßen, Kif rauchten und Ronda spielten, und jener anderen, harmloseren Welt hier oben, in der es nur ein kleiner Schritt vom Wunsch zur Erfüllung war, gab es so gut wie gar keine Berührungspunkte. Immerhin kannte er beide Welten; er war der Berührungspunkt. Das war eine Privilegstellung, und er spürte, daß er sie wesentlich ausnutzen konnte. Nichts von alledem hatte er Hadija gesagt: er hatte alle wichtigen Informationen aus ihr herausgelockt. Kein Araber ist so dumm, daß er einen anderen Araber merken läßt, daß sie beide das gleiche Wild jagen – schließlich hat jeder Kadaver nur eine begrenzte Menge Fleisch an sich. Und während Thamis maximal veranschlagter Höchstgewinn nur der endgültige Preis des Bootes war, so wußte er doch, daß Hadija jede Pesete, die ihm zufloß, als ihr rechtmäßiges Eigentum betrachten würde. Wie die meisten Mädchen ihrer Art dachte Hadija im Grunde nur auf der Basis von gelieferter Ware und empfangener Zahlung; daß oft die größten Summen an diejenigen gingen, die sich verpflichteten, nichts anderes zu tun, als sich ruhig zu verhalten – dieser Gedanke kam ihr nicht. Damit soll nicht gesagt werden, daß sie nicht begriffen hatte, welcher Machtposition sich Thami gegenwärtig erfreute. »Du wirst den Mund halten?« flüsterte sie ängstlich.

»Wir sind Freunde. Mehr als Freunde«, versicherte er ihr und sah ihr fest in die Augen. »Wie Bruder und Schwester. Und beide sind wir Mohammedaner. Wie könnte ich meine Schwester verraten?«

Sie war zufrieden. Aber er fuhr fort. »Und was machst du heute nacht?« Sie wußte, was das bedeutete. Wenn es sein mußte, so konnte sie nichts dagegen machen, und heute nacht war noch der günstigste Moment, nachdem Eunice in solch einer Verfassung war. Hadija warf einen Blick auf den massigen Körper, der im Sessel lag.

»Ruf ein Taxi«, fuhr Thami fort. »Laß sie von den Dienern hineinpacken. Bring sie heim und sieh zu, daß sie ins Bett kommt. Wir treffen uns vor der Pâtisserie von Wedad, im dunklen Teil, an der Treppe, die zum Garten führt. Ich werde vor dir da sein, damit du nicht warten mußt.«

»Ouakha«, willigte sie ein. Sie würde nichts dafür bekommen; trotzdem mußte es sein. Um Miß Kumari zu bleiben, mußte sie wieder Hadija aus dem rosa Zimmer, hinten in der Bar Luzifer, werden. Sie sah ihn mit unverhohlenem Haß an. Er bemerkte es und lachte; sie schien ihm dadurch noch begehrenswerter.

»Kleine Schwester«, murmelte er, und seine Lippen waren so

nah an ihrem Ohrläppchen, daß sie es zärtlich streichelten, während er die Worte aussprach.

Sie erhob sich. Bis auf Eunice war niemand außer ihnen im Raum. Die übrigen Gäste waren hinausgegangen, sie wurden durch den Blauen Hof, den Jasmin-Hof, den Marmorpavillon in den riesigen, teilweise verfallenen Ballsaal geführt, in dem mehrere Sultane gespeist hatten. Aber Hadija war zu sehr beschäftigt, um zu bemerken, daß man sie nicht aufgefordert hatte, sich der Führung anzuschließen.

»Ruf jetzt ein Taxi. Hier ist ein Telefon.« Er deutete auf die kleine Bibliothek. »Ich kümmere mich um sie.« Er ging hinaus in die Pförtnerloge und holte zwei der Wachen, die Eunice bis an das Tor trugen, wo sie sie auf eine Matte in einer Nische legten, bis das Taxi kam. Er setzte sich neben den Chauffeur und fuhr bis Bou Arakia mit, wo er ausstieg und in Richtung auf die Zoco de Fuera in der Dunkelheit verschwand, nachdem er Hadija ein Wort durch das offene Fenster zugerufen hatte.

Die europäischen Gäste wurden nicht in den europäischen Flügel zurückgeführt; Abdelmalek und Hassan brachten sie direkt an das Tor zur Straße, verabschiedeten sich liebenswürdig von ihnen und traten hinter das hohe Portal zurück, das geräuschvoll verriegelt wurde. Es erinnert etwas an die Vertreibung aus dem Paradies, dachte Daisy, drehte sich um und grinste die Hollands an.

»Darf ich Sie in Ihr Hotel bringen?« bot sie an.

Sie erhoben Einspruch, es sei ganz nah, aber Daisy schnaubte ungeduldig. Sie wußte, daß sie die beiden heimfahren würde, und wollte gerne aufbrechen. »Steigen Sie ein«, sagte sie grob. »Es sind anderthalb Kilometer bis zur Pension Acacias.«

Die abfahrenden Gäste riefen einander letzte Gute-Nacht-Grüße zu.

»Aber es liegt ganz von Ihrem Weg ab«, protestierte Richard Holland.

»Quatsch mit Soße! Steigen Sie ein! Woher wollen Sie wissen, wohin ich fahre? Ich muß Luis dortherum treffen.«

»Schhh! Was ist das?« Mrs. Holland hob ruheheischend die Hand. Aus der Dunkelheit, irgendwo von der anderen Straßenseite her, kam ein schwacher Chor von hohen schrillen Miaus.

»O Gott! Das ist eine Familie ausgesetzter Kätzchen«, stöhnte Daisy. »Die Eingeborenen machen das immer so. Wenn sie geboren sind, dann werfen sie sie einfach in einem Bündel auf die Straße wie Abfälle.«

»Die armen Dinger!« schrie Mrs. Holland und machte Miene, über die Straße auf die Schreie zuzulaufen.

»Komm sofort zurück!« rief ihr Mann. »Was hast du eigentlich vor?«

Sie zögerte. Daisy war schon im Wagen und saß am Steuer.

»Ich fürchte, das ist zwecklos«, sagte sie zu Mrs. Holland.

»Los, komm!« rief Holland. Sie kam zögernd zurück und stieg ein. Als sie neben ihm auf dem Rücksitz saß, sagte er: »Was hast du eigentlich vorgehabt?«

Ihre Antwort war nicht sehr überzeugend. »Ich weiß nicht. Ich dachte, wir hätten sie irgendwo hinbringen und ihnen Milch geben können.« Der Motor sprang an, der Wagen fuhr einen Augenblick an der Mauer entlang und bog dann in einen Park mit hohen Eukalyptusbäumen ein.

Dyar, der vorne neben Daisy saß und dankbar war, aus dem Beidaoui-Palast heraus zu sein, fühlte sich angenehm entspannt. Er hatte der kleinen Szene mit abwesendem Interesse zugehört, so als sei sie Teil einer Rundfunksendung, und erwartete nun Hollands Gegenargumente, die vermutlich auf praktischen Gründen fundiert sein würden. Stattdessen hörte er ihn sagen: »Warum, zum Teufel, soll man sie am Leben erhalten? Früher oder später sterben sie sowieso.«

Dyar wandte sich zur Seite und rief in die vorübergleitenden Bäume hinein: »Sie auch, Holland. Aber in der Zwischenzeit essen Sie, oder nicht?«

Es erfolgte keine Antwort. Im Rücksitz, ungeschützt vor dem nassen Meerwind, zitterten die Hollands.

XIII

Der nächste Morgen war düster und wolkig; von Osten blies der unvermeidliche Wind. Draußen im Hafen tanzten die paar Lastkähne, die dort vor Anker lagen, wild auf den weißen Wellenköpfen, und die großen Brecher überschwemmten den breiten Strand mit Lärm und Chaos. Dyar stand zeitig auf und duschte. Während des Anziehens stand er am Fenster, sah auf die bewegte Bucht und die grauen Hügel am Horizont, und es kam ihm plötzlich zum Bewußtsein, daß er, seit er hier war, nicht einmal nach Post gefragt hatte. So unglaubhaft es war, der Gedanke war ihm nicht ein einziges Mal gekommen. In seinem Unterbewußtsein war der Bruch mit der Vergangenheit ein endgültiger.

Unten beim Empfang erfragte er den Weg zur amerikanischen Gesandtschaft und ging zu Fuß am Wasser entlang; nach etwa zehn Minuten gab er den Kampf mit dem Wind auf und betrat ein kleines Café, um zu frühstücken. Als er an dem wackeligen Tischchen Platz genommen hatte, bemerkte er, daß seine Kleider feucht und klebrig waren von dem salzigen Sprühregen, der die Luft erfüllte.

Er fand ohne Mühe die Gesandtschaft; sie lag in der Eingeborenenstadt hinter einem Bogen, der in die alte Befestigungsmauer gebrochen war. Im Wartezimmer bat ihn ein ernster junger Mann mit Brille, sich in das Gästeregister einzutragen, worauf man ihm einen Brief aushändigte. Er war von seiner Mutter. Er wanderte eine Weile durch die gewundenen Gassen, schob sich zwischen Horden schreiender Kinder hindurch und suchte nach einem Platz, wo er sich hinsetzen und seinen Brief lesen konnte. Aus dem Wirrwarr der Innenstraßen kam er auf den Hauptdurchgang für Fußgänger und folgte ihm hügelabwärts. Bald darauf erreichte er eine große ebene Terrasse, die mit Betonbänken gesäumt war und von der aus man die Docks überblicken konnte. Ohne die Araber zu beachten, die mit ihrer ewigen, unverschämten Neugierde zu ihm herüberstarrten, setzte er sich, riß das Kuvert auf, zog die kleinen, engbeschriebenen Bogen hervor und begann, schon eingesponnen in jenen Zustand von Unwirklichkeit, der den Reisenden bei einem Brief von zu Hause überkommen kann, zu lesen:

Lieber Nelson,

ich habe Dich schamlos vernachlässigt. Seit Dienstag verschob ich aus dem oder jenem Grund das Schreiben, und heute haben wir Samstag. Seit Deiner Abreise hatte ich ein paar Tage lang irgendwie keinen Auftrieb! Saß nur herum, las oder nähte und machte leichte Hausarbeit, die mich nicht anstrengte. Hatte außerdem einen meiner haarsträubenden Migräneanfälle, der mich für vierundzwanzig Stunden kaltstellte. Jetzt geht es mir aber seit einigen Tagen wieder gut. Laß Dir sagen, daß es ein schrecklicher Augenblick war, als sie das Fallreep hochzogen! Ich hoffe, daß Du während der Überfahrt keine Unannehmlichkeiten mit Deinen Kajütengenossen hattest. Ich fand sie nicht angenehm aussehend. Dein Vater und ich dachten beide, es würde Dir noch was bevorstehen, nach ihren Gesichtern zu schließen.

Wir haben vor, zu Tante Idas Geburtstag nach Wilmington zu fahren. Dein Vater hat in letzter Zeit recht viel zu tun und kommt müde nach Hause, deshalb glaube ich, daß eine Reise genügt für diesen Winter. Ich möchte ihn nicht wieder krank haben.

Dachte, daß Dich der einliegende Zeitungsausschnitt vielleicht interessiert. Dieses Williams-Mädel hat jedenfalls keine Zeit verloren, sich nach einem neuen Bräutigam umzuschauen, was? Nun, es scheint, daß fast alle Deine alten Freunde jetzt verheiratet und etabliert sind.

Neulich abends waren wir nach einem frühen Kino bei den Motts (Dr.) drüben. Er liegt mit einer Nierengeschichte im Bett, und wir waren ein paarmal dort, um sie zu besuchen. Dein Vater hat ihn kurz in seinem Zimmer besucht, er hat zwei Pfleger und ist ein sehr kranker Mann. Louise, die Du, glaube ich, seit zwanzig Jahren nicht mehr gesehen hast, war unerwartet angekommen, um zu sehen, wie es steht. Sie ist eine sehr reizvolle junge Frau, hat zwei Kinder. Interessierte sich sehr für das, was Du tust. Erzählte, daß sie mal während ihrer Collegezeit auf einer Mittelmeerreise einen Nachmittag in Tanger war. Fand es nicht besonders. Sie erinnerte sich der schönen Zeiten, die ihr alle gehabt hättet, und fragte, ob ich wohl immer noch die Kokosmakronen machte wie damals. Sagte, sie hätte es nie vergessen, ebensowenig die Plätzchen. Ich konnte mich natürlich nicht mehr erinnern.

Bitte paß auf Deine Gesundheit auf, mir zuliebe. Denk daran, wenn Du sie verlierst, verlierst du alles. Ich hab' Marokko im Konversationslexikon nachgeschaut und muß sagen, ich war nicht sehr begeistert. Scheint, daß sie dort jede nur mögliche Krankheit haben. Wenn Du Dich gehen läßt, dann forderst Du sie geradezu heraus. Ich kann mir nicht vorstellen, daß die Ärzte dort besonders hervorragend sind, und die Klinik-Verhältnisse müssen sehr primitiv sein.

Ich sitze auf Kohlen, bis ich Nachricht von Dir habe. Bitte grüße Jack Wilcox von mir. Ich hoffe, daß sein Geschäft gut geht. Nach all den Schwierigkeiten, die man heutzutage den Reisenden macht, bezweifeln Dein Vater und ich das sehr. Wie dem auch sei, er muß ja wissen, ob er etwas verdient oder nicht. Ich kann mir nicht vorstellen, wie.

May und Wesley Gofrey waren neulich da, erzählte ihnen von Deinem Unternehmen. Sie baten mich, Dir alles Gute zu wünschen, Du hättest es sicherlich nötig. Dein Vater und ich schließen sich an in der Hoffnung, daß alles so geht, wie Du es erwartest hast.

So, nun bin ich zu Ende mit meinem Papier und will Schluß machen.

Alles Liebe von Mutter

P. S. Offenbar hat Louise Mott Algier gemeint, nicht *Tanger. War niemals in letzterem. Dein Vater sagte es mir gerade, als er zum Mittagessen kam. Er ist entsetzt über mich. Sagt, ich brächte immer alles durcheinander.*

Nochmals alles Liebe.

Als er zu Ende gelesen hatte, faltete er den Brief langsam zusammen und steckte ihn in das Kuvert zurück. Er hob den Kopf und sah sich um. Ein kleiner Araberjunge, dessen Gesicht von einem wüsten Hautausschlag zerstört war, stand neben ihm und beobachtete ihn stumm – seine Schuhe, seinen Regenmantel, sein

Gesicht. Ein Mann in einem zerbeulten, altmodischen Damenmantel mit spitzen Schultern, Puffärmeln und hoher Taille kam herbei, blieb neben dem Jungen stehen und starrte ebenfalls. In einer Hand trug er eine lebende Henne bei den Flügeln; die Henne protestierte lärmend. Verärgert durch das Gegacker, erhob sich Dyar und ging auf die Straße zurück. Die Lektüre des Briefes hatte ihn gefühlsmäßig in ein Niemandsland versetzt. Die Straße erschien ihm wahnsinnig mit ihrer billigen Bazar-Architektur, ihrer Coca-Cola-Reklame in arabischer Schrift, ihren zusammengewürfelten Passanten, die in feuchten Gewändern auf und ab spazierten. Es hatte leicht zu regnen begonnen. Er steckte die Hände in die Taschen seines Regenmantels und ging vor sich hin, die Augen auf das langsam ansteigende Pflaster gerichtet. Er hatte das Gefühl, er habe heute morgen irgend etwas vorgehabt, aber seit er den Brief seiner Mutter gelesen hatte, war ihm die Energie abhanden gekommen, stehenzubleiben und sich zu überlegen, was es sein könnte. Er wußte auch nicht, ob er die Verabredung zum Mittagessen, die er gestern abend mit der unangenehmen Frau getroffen hatte, einhalten sollte. Er fühlte sich keineswegs dazu verpflichtet; sie hatte ihm keine Chance gegeben, anzunehmen oder abzusagen, sondern hatte ihn einfach beordert, um zwei Uhr im Empire zu sein. Er würde gehen oder nicht gehen, wenn es Zeit war. Im Grunde glaubte er nicht an Daisys fantastische Geschichte, sie sei eine russische Agentin – tatsächlich hoffte er fast, sie würde sich als so etwas entpuppen, als etwas, das ein bißchen ernster zu nehmen war als der Rest dieser verwaschenen Charaktere, die er bisher hier getroffen hatte; eine Spionin der Sowjetregierung war bestimmt etwas Ernstzunehmendes.

Unter den Bäumen der Zoco Fuera erzeugten die Feuer der Maronibrater einen fetten schweren Rauch. Von Zeit zu Zeit fuhr ein Windstoß dazwischen und riß die oberen Lagen mit sich fort, hoch über die Bäume hinaus, wo er sich in der Luft auflöste. Mißtrauisch betrachtete er die zum Verkauf ausgelegten Gegenstände, die teils ornamental aufgebaut, teils in Schalen auf den

Steinbänken des Marktes standen. Da gab es kleine geschnittene Bambusröhrchen, die mit Kohl gefüllt waren, eine unendlich große Auswahl von Wurzeln, Harzen und Pulvern; Widderhörner und Stachelschweinhäute, voll von Stacheln, und ein beachtliches Assortiment von Krallen, Knochen, Schnäbeln und Federn. Als der Regen heftiger zu fallen begann, sammelten diejenigen Frauen, deren Waren nicht geschützt waren, ihre Habe zusammen, um sie an trockenere Plätze zu bringen. Er kam sich immer noch entwurzelt vor, er war ein Nichts und stand hier inmitten des Niemandslandes. Der Platz um ihn war ein Trugbild, ein Wartesaal zwischen zwei Anschlüssen, ein Übergang von einem Leben in ein anderes, das im Augenblick weder hier noch dort irgendwo war. Die Araber schlenderten langsam in ihrem europäischen Schuhzeug vorüber, das es ihnen unmöglich machte, natürlich zu gehen, stießen sich an, starrten ihn an, versuchten mit ihm zu sprechen, aber er beachtete sie nicht. Die neuen städtischen Autobusse rollten auf den Platz, luden ab, luden auf, fuhren wieder ab, hinaus in die Außenbezirke der Stadt. Wenig außerhalb des Stadtrandes war die Grenze der internationalen Zone und noch weiter dahinter die Berge. Er dachte bei sich, daß er wie ein Gefangener sei, der den ersten Stab des Zellengitters durchbrochen hatte, sich aber immer noch dahinter befand. Und mit dreihundertneunzig Dollar war die Freiheit nicht zu erkaufen.

Er beschloß, daß es nichts schaden würde, wenn er bei Wilcox vorbeiginge. In ungefähr einer Woche, hatte er gesagt, und heute war der siebente Tag. Er näherte sich dem Eingang des Gebäudes mit zunehmendem Angstgefühl, obwohl er sich eine Sekunde vorher nicht bewußt war, ein solches Gefühl zu haben. Plötzlich befand er sich in einer Konditorei, saß an einem Tisch und bestellte Kaffee. Dann überlegte er, was ihn so beunruhigte. Weniger die Tatsache, daß er wußte, Wilcox würde sich ärgern, wenn er, ohne auf seinen Telefonanruf zu warten, vorbeischaute, als daß der Augenblick gekommen war, nach Geld zu fragen. Und er wußte, daß Wilcox das wußte, es erwartete, und das bekümmerte ihn. Er zündete sich zu seinem Kaffee eine Zigarette an; die heiße Flüssigkeit erhöhte den Genuß des Rauches. Als er ausgetrunken hatte, schlug er sich auf sein Knie und stand entschlossen auf. »Wir müssen jetzt zu einer Einigung kommen«, dachte er. Aber das »Europa-Africa Tourist Service« hätte ebensogut das Behandlungszimmer eines Zahnarztes sein können, was den Widerwillen betraf, mit dem er die Treppe emporstieg und sich der Tür näherte.

Er klopfte. *»Sí!«* rief Wilcox. Er drehte den Türknauf; die Tür war verschlossen. *»Quién?«* rief Wilcox, und seine Stimme hatte einen nervösen oder erstaunten Klang. Dyar zögerte und war im Begriff, »Jack?« zu sagen, als die Türe aufgerissen wurde.

Als Dyar Wilcox ins Gesicht sah, bemerkte er, wie dessen Ausdruck sich rasch in Ärger verwandelte. Aber die erste Regung, die er in seinen Zügen gesehen hatte, war schiere Angst gewesen. Wilcox schnalzte unbewußt ärgerlich mit der Zunge.

»Komm rein.«

Sie blieben im Vorzimmer stehen, jeder auf einer Seite des niedrigen Tisches.

»Was kann ich für dich tun?«

»Ich hab' das ganze Zeug, das du mir gegeben hast, so ziemlich intus. Ich dachte, ich komm' mal vorbei und sag' guten Tag.«

»Mhm.« Wilcox machte eine Pause. »Soweit ich mich erinnere, hatten wir ausgemacht, daß ich dich rufe. Ich dachte, du hättest das verstanden.«

»Hab' ich auch, aber du hast nicht angerufen.«

»Was dagegen, 'n paar Tage zu warten? Ich hab' immer noch einen Haufen Zeug hier, das ich bearbeiten muß. Hier ist jetzt kein Platz für dich.«

Dyar lachte; Wilcox unterbrach sein Lachen, und seine Stimme war einige Lagen höher. »Ich *will* dich nicht hier haben. Kannst du das nicht in deinen Schädel kriegen? Ich habe meine besonderen Gründe dafür.«

Dyar holte tief Atem. »Und ich habe besondere Gründe für mein Kommen. Ich brauche Geld.«

Wilcox kniff die Augen zusammen. »Wo sind die ganzen Expreß-Schecks hin, die du letzte Woche gehabt hast? Verdammt noch mal, ich hab' dir gesagt, daß du bei mir arbeitest. Muß ich dir einen Vertrag geben? Ich schulde dir einen Wochenlohn, stimmt's? Nun, ich hab' vorgehabt, dich monatlich zu bezahlen, aber wenn du willst, dann können wir es vierzehntägig machen. Ich weiß, daß du knapp bist. Für mich ist es unangenehm, aber wenn du willst, kann ich es auch so einrichten.«

»Aber Herr im Himmel, ich brauche das Geld jetzt.«

»Mhm, aber ich kann's dir jetzt nicht geben. Ich hab's nicht.«

»Was heißt das, du hast es nicht? So viel ist es ja auch nicht.« Dyar grinste leicht, als er das sagte.

»Hör zu, Nelson«, begann Wilcox, und sein Gesicht bekam einen leidvollen Ausdruck – (»Schwindel«, dachte Dyar) –, »ich sag' dir die Wahrheit. Ich kann's dir nicht geben, weil ich es nicht habe. Ich habe im Atlantide Schulden, die ein Schiff zum Sinken bringen können. Was ich hereinbekomme, geht dorthin. Andernfalls säße ich auf der Straße.«

Auf dem Korridor hörte man Schritte. Wilcox ging zur Tür und probierte sie; sie war verschlossen, aber wieder zuckte ein angstvoller Ausdruck über sein Gesicht. Dyar sagte nichts.

»Schau her«, fuhr Dyar fort, »ich möchte nicht, daß du den Eindruck bekommst, ich dächte, du würdest mich übers Ohr hauen oder so ähnlich. Ich habe nur gesagt, daß ich Geld brauche. Aber wenn du heute den Lohn für eine Woche nicht hast, wie zum Kuckuck willst du dann nächste Woche das Doppelte haben?«

»Das ist ein Risiko, das wir beide eingehen müssen.«

»Beide!« Er sah Wilcox spöttisch an.

»Wenn du nicht ein noch größerer Trottel bist, als der, für den ich dich halte, dann nehme ich doch an, daß du noch so viele Expreß-Schecks übrig hast, daß du wenigstens eine Woche damit reichst.«

»Das hat nichts damit zu tun. Die versuche ich für den Notfall aufzusparen.«

»Nun, das ist der Notfall.«

»Das glaubst du.« Dyar ging zur Tür, öffnete sie und trat auf den Korridor.

»Komm her«, sagte Wilcox und lief ihm rasch nach. Er blieb unter der Tür stehen und schwenkte einen Fünfhundert-Peseten-Schein.

»Du verstehst mich ganz falsch. Lieber Gott! Etwas Sustureres wie dich gibt es nicht noch mal! Du glaubst im Ernst, ich will dich abschmieren, was?« Er sah nervös den Korridor auf und ab.

»Ich glaube überhaupt nichts«, sagte Dyar. Er versuchte zu entscheiden, ob er das Geld nehmen sollte oder nicht; sein erster Impuls war, es zu verweigern, aber dann erschien ihm das als eine Geste kindlichen Trotzes. Er streckte die Hand aus und sagte: »Danke.« Sofort darauf war er wütend über sich. Dieser Ärger wurde durch Wilcox' nächstes Wort nicht gemildert.

»Und um Himmels willen bleib mir jetzt vom Hals, bis ich dich rufe, verstanden? *Bitte!*« Das letzte Wort war mehr ein Schrei der Erlösung als eine Drohung.

Wieder warf er einen unruhigen Blick auf den Gang, dann trat er in das Büro zurück und schloß die Türe.

Dyar ging langsam die Treppe hinunter, immer noch wütend mit sich wegen seines ungeschickten Verhaltens. Man hatte ihm das Geld gegeben, als sei er ein Erpresser, der gekommen war, um einen Überpreis auszuhandeln. Jetzt würde es noch schwerer werden, die Angelegenheit auf eine normale Geschäftsbasis zu lenken.

Als er auf die Straße trat, bemerkte er, daß es jetzt in Strömen goß. Die Gehsteige waren leer; jedermann hatte unter den Markisen, in Torwegen und Arkaden Schutz gesucht. Nur hie und da pantschte ein vereinzelter Araber vorbei, dem der Sturm offenbar nichts ausmachte. Die Konditorei war mit Menschen überfüllt, die auf die Straße hinaussahen; die meisten standen unter der Tür, damit sie hinauskonnten, wenn eine Kellnerin kam. Er bahnte sich einen Weg zwischen ihnen hindurch, setzte sich wieder hin und bestellte Kaffee. Erst dann begann er sich über Wilcox' Benehmen den Kopf zu zerbrechen, und zwar über die Seite, die nichts mit ihm zu tun hatte – die viel interessantere Tatsache war die, daß er einen unmittelbar bevorstehenden, unwillkommenen Besuch zu erwarten schien. »Daisy hat wahrscheinlich recht«, dachte er. Jack hatte das Mißfallen eines eingeborenen Gauners erregt und erwartete nun dessen Rache. Entweder war es das, oder er wartete auf Gläubiger. Trotzdem erklärte keine dieser Vermutungen seine Abneigung, Dyar im Büro zu sehen.

»Kein Geld«, dachte er zornig. »Warum wohnt er dann im Atlantide?« Aber er wußte bereits die Antwort. Selbst wenn es stimmte, daß Wilcox pleite war, was ihm unwahrscheinlich schien, so würde er sich verpflichtet fühlen, und es auch bewerkstelligen, im besten Hotel zu wohnen, denn die Stadt hatte nun einmal zur Kenntnis genommen, daß er ein großes Tier war, einer von denen, die automatisch das Beste bekommen, ob sie dafür zahlen können oder nicht. Aber weshalb? Tanger erlebte tagtäglich die Gründung mehrerer neuer Gesellschaften, von denen jede die Gesetze irgendeines Landes zu umgehen suchte, und tagtäglich machte die gleiche Anzahl solcher Gesellschaften bankrott. Und die Gründe für diese Erfolge oder Mißerfolge hatten wenig zu tun mit dem geschäftlichen Talent derer, die damit zu tun hatten. Wenn man wirklich zu denen gehörte, die das Rennen machten, so wußte man Wege, die Korrespondenz des Konkurrenten einzusehen, selbst seine Telegramme; man überredete die Beamten des französischen Postamtes, daß sie einen Einsicht in die Briefe nehmen ließen, an denen man Interesse hatte, und bekam auf diese Weise die Anschriften, die man benötigte; man mietete Araber, damit sie in die Büros der Konkurrenz einbrachen und das Briefpapier und die Unterschriftenproben der Direktoren stahlen; und um seine gefälschten Antworten mit den bedauerlichen Mitteilungen, daß man die Ware leider nicht liefern könne, abzuschicken, fuhr man klugerweise bis nach Tetuan in der spanischen Zone – und kein Zollbeamter an der Grenze zog einen wie die anderen Reisenden nackt aus, und die Säume der Kleider wurden einem nicht aufgetrennt. Nicht etwa, daß man Bestechungsgelder zahlte, um nicht belästigt zu werden – aber jeder erkannte den Sieger auf den ersten Blick; er war der geachtete Bürger der Internationalen Zone. Wenn man kein Sieger war, war man ein Opfer, und es gab wohl keinen Weg, um das zu ändern. Da half keine Täuschung. Es handelte sich nicht darum, so auszusehen oder wie ein Sieger aufzutreten – das konnte man allenfalls erreichen, wenn auch niemand darauf hereinfiel –, es war eine Sache der inneren Überzeugung, man mußte das eigene Genie erkannt haben und seiner sicher sein. Lange Zeit grübelte er über diese Dinge nach; dann zahlte er, stand auf und ging in den Regen hinaus, der jetzt weniger heftig herniederfiel.

»Ich wußte, daß Sie kommen würden«, sagte Mme. Jouvenon. Das war ihre Art, auszudrücken, daß sie absolut vom Gegenteil überzeugt gewesen war.

Dyar war ehrlicher. »Ich wußte es nicht«, sagte er mit säuerlichem Lächeln. Und während er es sagte, überlegte er, warum er überhaupt gekommen war. Teilweise vielleicht aus Ritterlichkeit, obwohl er das nicht gerne zugegeben hätte. Dreimal hatte er im Laufe des Vormittags vor dem Restaurant gestanden, aber es war immer zu früh für die Verabredung gewesen. Er hatte jedoch die wohlassortierten, farbenfreudigen hors d'oeuvres hinter den Scheiben gesehen, und sie waren mehr als alles andere der Grund gewesen, warum er die Verabredung schließlich doch eingehalten hatte. Es war die Art von Lokal, in dem er niemals allein gegessen hätte.

Mme. Jouvenon war heute viel ruhiger – er fand sie sogar recht nett –, und auf keinen Fall ließ sie sich von jemandem zum Narren halten. Sie behielt zwar die Zügel der Unterhaltung fest in der Hand, lenkte sie aber sanft, so daß keinerlei Gefühl von Ermüdung eintrat. Als sie beim Salatgang angelangt waren, kam sie mit der größten Selbstverständlichkeit auf das Thema, das sie interessierte, und es fiel ihm schwer, in der Art, wie sie es vorbrachte, etwas Beleidigendes zu entdecken. Soweit er verstand, war sie der Ansicht, daß die meisten Menschen in Tanger lebten, so gut sie eben konnten, indem sie dies oder jenes taten, und da so viele verschiedene Staaten in der Regierung vertreten waren, war ein starkes Bedürfnis nach einem starken System der Kontrolle – und Gegenkontrolle zwischen den einzelnen Mächten vorhanden. Dies hätte eigentlich vorher ausgemacht werden sollen, da das aber nicht der Fall war, mußte man sich der alten Praktiken privater Kontrolle bedienen. Er nickte ernsthaft und lächelte innerlich, wobei er überlegte, wie lange es wohl dauern würde, bis sie ihr Angebot machte und unter welchem Vorwand es gemacht würde.

Er sei sich wohl darüber im klaren, sagte sie, daß fast alle Engländer innerhalb der Zone, selbst diejenigen von Rang, von ihrer Regierung verpflichtet seien, jede Information, die sie bekommen konnten, weiterzugeben, und daß diese Handlungsweise weit entfernt davon, als Schande empfunden zu werden, als durchaus ehrenhaft angesehen würde.

»Ehrenhafter als viele andere Beschäftigungen, die man hier finden kann«, lachte Dyar.

Was die Engländer beträfe, so wisse sie nicht genau Bescheid, sagte sie, aber viele Leute ihrer Bekanntschaft wußten diese Sache lukrativ zu machen, indem sie ihre Angaben gleichzeitig zwei oder mehr Büros zukommen ließen. Im Augenblick hatte ihre Regierung (sie ließ ihn im unklaren darüber, welche es war) keinen Vertreter bei der Verwaltungsbehörde, was einen kompetenten Nachrichtendienst besonders notwendig machte. Nachdem jedermann wußte, daß die unsichtbare Macht hinter der Verwaltung die Vereinigten Staaten waren, legte ihre Regierung besonderen Wert auf solche Informationen, die amerikanische Unternehmungen betrafen. Die Schwierigkeit lag darin, daß die amerikanischen Kreise Tangers besonders exklusiv waren und sich nicht gerne unter die übrigen diplomatischen Gruppen mischten. Und dann waren natürlich Amerikaner besondes unempfänglich für finanzielle Angebote, weil es schwer war, einen Preis zu zahlen, der so hoch war, daß es ihnen der Mühe wert schien.

»– Aber mir macht sie ein Angebot, weil ich niemand bin«, dachte er bitter.

Und das Angebot kam. Sie war befugt, ihm fünfhundert Dollar monatlich anzubieten, ein Monat als sofortige Vorauszahlung, als Gegenleistung verlangte sie kleine Informationen, die er aus den Unterhaltungen mit seinen amerikanischen Freunden gewinnen konnte, und ein oder zwei bestimmte Auskünfte über THE VOICE OF AMERICA Einrichtungen in Sidi Kacem – Dinge, die er selbst nicht zu verstehen brauchte, wie sie ihm eilig versicherte, da ihr Mann ein sehr guter Elektroingenieur sei und es ihm keinerlei Mühe machen würde, sie auszuwerten.

»Aber ich kenne niemanden und nichts in Tanger!«

Sie würde ihm sogar Empfehlungen – natürlich indirekte – an die nötigen Leute geben, erklärte sie. Als Amerikaner hatte er Zutritt zu gewissen Orten (wie zum Beispiel THE VOICE OF AMERICA), zu denen andere Nationen nicht zugelassen waren.

»Wir-r-klich sehr wenig, was wir verlangen«, lächelte sie. »Sie müssen keine romantischen Vorstellungen von Spionage haben. In Tanger gibt es nichts zum Spionieren. Tanger ist ganz uninteressant. Vielleicht diplomatisch, aber nicht militärisch.«

»Wie viele Monate würden Sie mich benötigen?«

»Ah! Wie können wir wissen, welchen Nutzen Sie für uns haben?«

Sie sah ihn schelmisch über den Tisch her an. »Vielleicht sind Ihre Infor-r-mationen nicht exakt. Dann wür-rden wir Sie nicht weiter beschäftigen.«

»Und wenn ich Ihnen gar keine Tips gebe?«

»Oh, dar-r-über habe ich keine Zweifel.«

Sie zog einen zusammengefalteten Scheck aus ihrer Handtasche und gab ihn ihm. Es war ein Scheck auf die Banco Salvador Hassan e Hijos, und er war bereits sorgfältig auf den Namen Nelson Dyar ausgestellt und in sauberer Handschrift von Nadia Jouvenon unterschrieben. Es gab ihm einen Stich, seinen Namen so korrekt auf diesem Papierzettel geschrieben zu sehen, die Arbeit dieser intensiven kleinen Frau mit den blauen Haaren; es war lächerlich, daß sie seinen Namen wußte, aber im Grunde erstaunte es ihn nicht, und er wagte auch nicht zu fragen, wie sie ihn herausgefunden hatte.

Sie bestellten Kaffee. »Morgen abend werden Sie bei uns essen«, sagte sie. »Mein Mann wird entzückt sein, Ihre Bekanntschaft zu machen.«

Ein Kellner kam und fragte nach Mme. Jouvenon, er sagte, sie werde am Telefon verlangt. Sie entschuldigte sich und ging durch eine kleine Tür hinter der Bar. Dyar blieb allein sitzen, spielte mit seinem Kaffeelöffel und wurde von einem lastenden Gefühl der Unwirklichkeit gewürgt. Er hatte den Scheck in seine Tasche gesteckt; trotzdem hatte er im Augenblick den starken Wunsch, ihn herauszuholen und an einem Streichholz im Aschenbecher zu verbrennen, so daß er nicht mehr existierte, wenn sie zurückkam. Sie würden hinausgehen auf die Straße, und er wäre sie los. Er nahm zerstreut einen Schluck Kaffee und sah sich im Raum um. Am Nebentisch saßen vier Leute, die spanisch redeten; ein junges Paar, eine ältere Frau, die offensichtlich die Mutter der Jungen war, und ein kleiner Bub, der sich mißmutig im Stuhl lümmelte und sein Essen verweigerte. Die junge Frau, die übermäßig geschminkt und mit mehreren Pfund falschem Schmuck behängt war, sah andauernd zu ihm herüber, wobei sie zuerst rasch nach ihrer Mutter und ihrem Mann blickte, um sicher zu sein, daß beide beschäftigt waren. Das hatte sich sicher schon abgespielt, seit die Familie Platz genommen hatte, aber er bemerkte es jetzt zum erstenmal. Er beobachtete sie, ohne seinen Blick von ihrem Gesicht zu wenden; es bestand kein Zweifel – sie machte ihm Augen. Er versuchte festzustellen, wie der Mann war, aber der saß mit dem Rücken zu ihm. Er war fett; das war alles, was er sehen konnte.

Als Mme. Jouvenon an den Tisch zurückkam, war sie über etwas aus der Fassung geraten. Sie verlangte die Rechnung und beschäftigte sich damit, ihre Glacéhandschuhe anzuziehen, die zu eng waren.

Der Anruf war von Eunice Goode gewesen, die, obwohl sie das

Mme. Jouvenon nicht mitgeteilt hatte, früh aufgewacht war, festgestellt hatte, daß Hadija nicht da war, und sofort vermutet hatte, sie sei bei Dyar. Deshalb hatte sie zuerst wissen wollen, ob Dyar die Verabredung eingehalten hatte, worauf Mme. Jouvenon kurz erklärte, er habe es getan, und Anstalten machte, die Unterhaltung zu beenden. Aber damit war Eunice nicht zufrieden gewesen; sie wollte weiter wissen, ob man sich geeinigt hätte. Mme. Jouvenon antwortete, daß sie das Interesse anerkenne, sich aber nicht verpflichtet fühle, Mademoiselle Goode einen Bericht über die Ergebnisse ihres mittäglichen Interviews zu geben. Eunices Stimme hatte sich daraufhin drohend erhoben. *»Ecoutez, madame!* Ich rate Ihnen, es mir zu sagen!« quietschte sie. *»Je dois absolument savoir!«* Mme. Jouvenon war im Begriff, ihr mitzuteilen, daß sie nicht die Absicht habe, sich von irgend jemandem einschüchtern zu lassen, aber dann fiel ihr ein, daß es ja Eunice gewesen war, die ihr die Bekanntschaft von Mr. Dyar vermittelt hatte, und daß es vielleicht zweckmäßig sei, sich ihren guten Willen noch ein wenig zu sichern. Deshalb hatte sie lahm gelacht und ihr gesagt, daß ein Übereinkommen erzielt worden sei. »Aber hat er das Geld angenommen?« beharrte Eunice. »Mais enfin!« schrie die verzweifelte Mme. Jouvenon. *»Sie sind unglaublich!* Ja! Er hat das Geld genommen! Ja! Ja! Ich sehe Sie in einigen Tagen. *Qui! C'est ca! Au revoir!«* Und sie hatte einige russische Worte hinzugefügt, während sie den Hörer einhängte.

Die spanische Familie erhob sich unter großem Stühlescharren. Während sie mit ihrem Mantel und Pelzschal herumfummelte, gelang es der jungen Frau, einen letzten verzweifelten Blick zu Dyar hinüberzuwerfen. »Die ist nicht nur mannstoll, sondern auch verrückt«, dachte er bei sich und ärgerte sich, denn er wäre gerne für eine Stunde mit ihr in ein Hotelzimmer gegangen, was offensichtlich nicht möglich war. Er sah zu, wie sie hinausgingen, wobei das Mädchen ihren kleinen Sohn ungeduldig vor sich herschob. »Typische spanische Parvenues«, sagte Mme. Jouvenon angewidert. »Die Sorte, von der Fr-r-anco das Land r-regieren läßt.«

Sie standen unter der Tür und wurden vom strömenden Regen bespritzt.

»Also, ich danke Ihnen für das vorzügliche Mittagessen«, sagte Dyar. Er wünschte, er brauchte sie nie mehr wiederzusehen.

»Sehen Sie das große Gebäude dort drüben?« Sie deutete an das Ende einer kurzen Straße, die vor ihnen lag. Er sah ein großes, weißes, modernes Mietshaus. »Nebenan, rechts, ist ein kleines gr-r-raues Haus, vierstöckig. Da wohne ich. Oberste Etage. Nummer vier-r-rundvier-r-rzig. Wir erwarten Sie morgen abend um acht. Jetzt laufen Sie aber, damit Sie nicht zu naß werden. Auf Wiedersehen.«

Sie schüttelten einander die Hand, und sie eilte über die Straße. Er beobachtete einen Augenblick, wie sie rasch zwischen unfertigen Gebäuden und den Reihen umgepflanzter kleiner Palmen, die niemals größer werden würden, hindurchging. Dann seufzte er und wandte sich bergab, dem Boulevard zu, der zum Hotel de la Playa hinunterführte. Die regennassen Straßen waren fast ausgestorben und die Läden geschlossen, da es noch nicht vier Uhr war. Aber auf seinem Weg kam er an der Banco Salvador Hassan e Hijos vorüber. Sie war geöffnet. Er ging hinein. Im Vestibül saß ein bärtiger Araber auf einem Lederpouf und grüßte, als er vorbeiging. Das Gebäude war neu und schimmerte von Marmor und Chrom. Es sah ganz unbenutzt aus. Ein einziger junger Mann stand hinter einem Schalter und schrieb. Dyar ging zu ihm hin, gab ihm den Scheck und sagte: »Ich möchte ein Konto eröffnen.« Der junge Mann sah sich den Scheck an und reichte ihm, ohne ihn anzusehen, einen Füllfederhalter.

»Unterschreiben Sie bitte«, sagte er. Dyar unterzeichnete und sagte, daß er gerne einhundert Dollar abheben wolle.

»Nehmen Sie bitte Platz«, sagte der junge Mann. Er drückte auf einen Knopf, und eine Sekunde später flammte zuckend eine riesenhafte floureszierende Deckenbeleuchtung auf. Es dauerte ungefähr fünf Minuten, bis die notwendigen Papiere ausgefertigt waren. Dann rief ihn der junge Mann an den Schalter zurück, übergab ihm ein Scheckbuch und fünftausendzweihundert Peseten und zeigte ihm eine weiße Karte, auf der sein Kontostand verzeichnet war. Dyar las ihn ab, seine Stimme hallte von den Wänden des großen, leeren Raumes. »Dreihundertneunundneunzig Dollar und fünfundsiebenzig Cents. Wofür sind die fünfundzwanzig Cents abgezogen worden?«

»Scheckbuch«, sagte der junge Mann unbeweglich und sah ihn immer noch nicht an.

»Danke.« Er ging zur Tür und befahl dem Araber, ihm ein Taxi zu holen. Als er drinnen saß und die leeren nassen Straßen vorübergleiten sah, glaubte er sich besser zu fühlen, aber er war sich nicht ganz sicher. Wenigstens war er aus dem Regen heraus.

Als er im Hotel ankam, ging er zum Empfang und verlangte einen Drink auf sein Zimmer; es wurde ihm aber mitgeteilt, daß der Barmann nicht vor sechs Uhr abends komme. Er ging auf sein feuchtes Zimmer, blieb eine Weile am Fenster stehen, spielte mit dem schmutzigen Vorhang und starrte hinaus auf den verödeten kalten Strand, der so naß war, daß sich der Himmel darin spiegelte. Er zog das Geld hervor und betrachtete es; es erschien ihm eine Menge, und fünftausendzweihundert Peseten hatten jedenfalls mehr Kaufkraft als hundert Dollar. Trotzdem hatte er nicht die Freude daran, die er sich erhoffte. Das Gefühl der Unwirklichkeit war zu stark in ihm, um ihn herum. Heftig wie Zahnschmerz, stechend wie der Geruch von Ammoniak und dennoch nicht greifbar, nicht definierbar, ein großer Schmutzfleck auf der Linse seines Bewußtseins. Und die verschwommene Wahrnehmung, die dadurch entstand, erzeugte ein Gefühl von Schwindel. Er setzte sich in den Lehnstuhl und zündete eine Zigarette an. Ihr Geschmack verursachte ihm Übelkeit; er warf sie in die Ecke und beobachtete, wie der Rauch langsam an der Wand aufstieg, bis er gegenüber der Fensterscheibe angekommen war, wo ihn der Luftzug einsaugte.

Er dachte nicht, aber es kamen ihm Worte in den Sinn; alle formulierten sie Fragen: »Was mache ich hier? Wo komme ich hin? Was soll das alles? Warum tue ich das? Wozu? Was wird geschehen?« Die letzte Frage unterbrach seine Gedanken, und er versuchte mechanisch eine neue Zigarette anzuzünden, die er jedoch einen Augenblick später, ohne daß sie brannte, auf die Lehne seines Stuhles legte. »Was wird geschehen?« Etwas würde bestimmt geschehen. Es war unmöglich, daß alles so weiterging wie bisher. Es war alles zu unwirklich, schwer von der sinnlosen, undefinierbaren Schwere, die Gegenstände in Träumen haben, in jenen Träumen, in denen alle Dinge, jeder einfache Gegenstand, jede Bewegung, ja sogar das Licht am Himmel schwer von schweigender Bedeutung ist. Es mußte eine Unterbrechung kommen; es mußte frische Luft herein. Aber, sagte er sich, die Dinge geschehen nicht von selbst. Man muß sie geschehen lassen. Und das war der Punkt, an dem er scheiterte. Es lag nicht in seiner Natur, die Geschehnisse nach seinem Willen zu lenken; es hatte in seiner Natur gelegen. Dennoch begriff er, als er an dieser Stelle seiner Betrachtungen angekommen war, daß er jetzt, jedenfalls für den Augenblick, auf Grund gestoßen war; von hier aus führte der Weg kaum wahrnehmbar wieder aufwärts. Er hatte einen winzigen, kaum wahrnehmbaren Strohhalm gefunden, an den er sich klammern konnte. Er mußte suchen, um festzustellen, woher dieser kam. Triumphierend zog er ihn hervor und untersuchte ihn; es war einfach nichts weiter, als daß er die blinde, gänzlich unbegründete Überzeugung gewonnen hatte, daß er, wenn wieder der Augenblick kam und nichts geschah, irgendwo in sich selbst die Kraft finden würde, es geschehen zu lassen. Während er darüber nachdachte, schien es ganz unsinnig; es verblaßte, wurde schwächer, und um es zu retten, versteckte er es wieder im Dunkel. Er konnte nicht daran glauben, aber er war glücklich, daß es da war. Er stand auf und begann ruhelos im Zimmer herumzugehen. Dann warf er sich auf das Bett, blieb ganz still liegen und versuchte zu schlafen. Nach einer Minute streifte er seine Schuhe und seine Hose ab und zog sich die Bettdecke über. Aber seine Gedanken wandten sich Hadija zu, ihrem vollkommenen kleinen Gesicht und ihrem geschmeidigen Körper, der wie der Körper einer jungen Katze war.

»Das war erst gestern«, dachte er verwundert. »Lieber Gott,

erst wieder am Sonntag?« Sechs Tage mußte er warten. Es gab nur einen Weg, sie wiederzufinden, und vielleicht erwies sich auch dieser als unmöglich. Er würde diese dicke Frau, Miß Goode, im Metropole aufsuchen und feststellen, ob sie Hadijas Adresse hatte. Nach einiger Zeit wurde er ruhiger. Wellen, Hadija, Möven. Als er aufwachte, war es dunkel.

XIV

Eunice Goode war von der Vorstellung besessen, daß die Zeit, die einem im Leben zur Verfügung stand, sehr knapp war und daß alles, was man zu tun wünschte, besser sofort getan würde, da es sonst zu spät war. Ihre Auffassung von jenem Segment der Ewigkeit, das ihr zu erleben vergönnt war, hatte sie auf etwas frappierende Weise in einem Satz ausgedrückt, den sie kurz nach ihrer Ankunft in Tanger in ihr Notizbuch geschrieben hatte: »Zwischen dem Knistern, das die Luft erfüllt, und dem Blitz, der dich trifft, liegt der Bruchteil einer Sekunde, die endlos erscheint und während der du erkennst, daß das Ende gekommen ist. Und dieser Sekundenbruchteil ist jetzt.« Trotzdem führte diese fixe Idee, die ständig in ihrem Bewußtsein lebte (wie ein Holzstückchen, das im Becken eines Wasserfalls schwimmt und wieder und wieder an der Wasseroberfläche erscheint und wieder durch das stürzende Wasser untergetaucht wird), nicht zu einer Aktivierung, sondern meist nur zu einer Lähmung ihrer Fähigkeiten. Vielleich resultierte ein Teil ihrer Schwierigkeiten nur aus ihrer Körperbeschaffenheit; wie viele unförmige Personen, konnte sie nur schwer in Bewegung gesetzt werden. Aber wenn sie sich bewegte, sammelte sie Energie. Ihre Beziehung zu Hadija hatte sie in eine bestimmte Richtung gewiesen, nämlich die totale Besitzergreifung des Mädchens, und nicht, ehe sie die Illusion hatte, dieses Ziel vollkommen erreicht zu haben, würde sie aufhören, darauf loszugehen, ohne sich nach rechts oder links umzusehen.

Als sie das Telefongespräch mit Mme. Jouvenon beendet hatte, kritzelte sie eine Botschaft an Hadija: *»Espêrame aquí. Vuelvo antes de las cinco.«* Diesen Zettel ließ sie unordentlich von der Kante des Mitteltisches herunterhängen, beschwert durch eine Schale Chrysanthemen. Hadija konnte ihn sich vom Stubenmädchen Lola vorlesen lassen.

Eunice hatte nicht geweint, als sie aufwachte und merkte, daß sie sich allein im Zimmer befand. Sie hatte das Gefühl, die Angelegenheit sei zu ernst für diese Art weicher Selbstbemitleidung. Es war schrecklich genug, sich allein im Bett zu finden, ohne ein Anzeichen dafür, daß Hadija überhaupt während der Nacht im Zimmer gewesen war, aber ihr wirklicher Kummer begann erst, als sie anfing, Rückschlüsse daraus zu ziehen und sich einer Vorstellung nach der anderen hinzugeben, was geschehen sein könnte. Obwohl Dyar zu dem Mittagessen mit Mme. Jouvenon im Empire erschienen war, war es gut möglich, daß das Mädchen die Nacht mit ihm verbracht hatte. Sie hoffte fast, daß dies der Fall sei; das würde bedeuten, daß die Gefahr nur von einer Seite kam – einer Seite, die sie, wenigstens teilweise, unter Kontrolle zu haben glaubte. »Der Idiot ist in sie verliebt«, dachte sie bei sich, und es war ihr ein kleiner Trost, zu denken, wie unwahrscheinlich es sei, daß Hadija sich in ihn verlieben werde. Aber man konnte nie wissen, wie ein Mädchen auf einen Mann reagierte. Männer hatten einen besonderen und geheimnisvollen Magnetismus, der nur zu oft wirkte. Während sie sich anzog, schleuderte sie ihre Kleider wütend herum. Sie hatte nichts gefrühstückt, nur einige kleine Gläser Gin. Jetzt ging sie an den hohen Wandschrank und holte einen trockenen halben Hefekuchen vom Regal, der seit einigen Tagen dort gelegen hatte. Sie aß ihn völlig auf, zerknüllte wütend das Papier, in das er eingewickelt war, und warf das Knäuel durch das Zimmer, wobei sie auf den Papierkorb zielte. Sie traf; ihre fleischigen Lippen bewegten sich kaum merklich im Schatten eines bösen kleinen Grinsens flüchtiger Befriedigung.

Es war schwer zu entscheiden, wie sie sich heute nachmittag anziehen sollte. Sie fühlte sich nur in zwei Aufmachungen wohl;

Flanellhosen und Hemd oder Abendkleid, und beides kam nicht in Frage. Schließlich entschied sie sich für ein schwarzes Kostüm mit einem Cape, das durch seine schweren goldenen Verschnürungen militärisch wirkte. In der Hoffnung, so bürgerlich und achtbar wie möglich auszusehen, kramte sie ein Perlenhalsband hervor und befestigte es um ihren Hals. Sie nahm sich sogar die Mühe, ein Paar Strümpfe anzuziehen, und zwängte sich in Schuhe mit fast fünf Zentimeter hohen Absätzen. Sie puderte sich ungeschickt das Gesicht, wobei sie voller Ekel in den Spiegel sah, ohne daß sie verhindern konnte, das Zeug reichlich über ihre Vorderfront zu verstäuben, und legte ein Minimum neutralen Lippenstiftes auf. Der Anblick ihres solchermaßen verkleideten Gesichtes verursachte ihr Übelkeit; sie wandte sich vom Spiegel ab und begann, den Puder von ihrem schwarzen Flanellcape zu bürsten. Die ganze Angelegenheit war grauenhaft langweilig, und sie haßte es, allein auf die nasse Straße und durch das Stadtzentrum zu gehen. Aber es war sinnlos, etwas nur halb durchzuführen. Man mußte alles bis zum Ende erledigen. Sie pflegte sich gerne daran zu erinnern, daß sie von Pionieren abstammte; ihre Großmutter hatte eine Redensart, die sie immer geliebt hatte: »Der Marschbefehl ist da«, was heißen sollte, daß es getan werden mußte und daß es besser sei, es zu tun, ohne zu fragen, ob gern oder ungern. Glücklicherweise war ihr Leben meist so, daß nur sehr selten etwas wirklich getan werden mußte, und so spielte sie ihre Rolle bei derartigen Anlässen mit Bravour und genoß sie aus tiefster Seele.

Eunice verließ die amerikanische Gesandtschaft gegen vier Uhr. Sie fand, daß man äußerst liebenswürdig zu ihr gewesen war. (Sie erwartete immer, höhnischen Blicken zu begegnen.) Man hatte sie angehört, sich einige Notizen gemacht und ihr ernsthaft gedankt. Sie ihrerseits glaubte ihre Sache recht gut gemacht zu haben: sie hatte ihnen nicht zu viel gesagt – nur so viel, daß ihre Aufmerksamkeit geweckt worden war. »Ich gebe Ihnen diese Informationen natürlich, ohne zu wissen, ob sie viel Wert für sie hat«, hatte sie bescheiden gesagt. »Ich habe keine Ahnung, was daran wahr ist. Aber ich habe das Gefühl, daß Sie bestimmt Interesse daran haben, der Sache nachzugehen.« (Als sie fort war, hatte Mr. Doan, der Vizekonsul, tief aufgeschnauft und mit matter Stimme bemerkt: »O Tod, wo ist dein Stachel?«, und sein Sekretär hatte ihm anerkennend und dreckig zugelächelt.)

Am Empfangsschalter des Metropols wurde Eunice vom Manager ein Kuvert überreicht, daß sie auf dem Weg nach oben öffnete. Es war eine sehr kurze Mitteilung in Französisch auf Hotelbriefpapier, in der sie gebeten wurde, den Absender heute abend um sieben Uhr allein im Lesezimmer des Hotels zu treffen. Hinzugefügt war die Bitte, der hochachtungsvollen Ergebenheit des Unterzeichneten versichert zu sein, dessen Name ihr, als sie ihn erblickte, einen angenehmen Schock versetzte. »Thami Beidaoui«, las sie laut mit Befriedigung. Im Augenblick erinnerte sie sich nur der beiden Brüder, die im Palast lebten; das Auftauchen des dritten Bruders war zu spät am Abend erfolgt, um einen Eindruck bei ihr hinterlassen zu haben. Tatsächlich ahnte sie im Augenblick nicht einmal etwas von seiner Existenz. Wäre sie nicht völlig von ihrem Kummer um Hadija besessen gewesen, so hätte die Nachricht sie entzückt.

Als sie die Tür zu ihrem Zimmer öffnete, bemerkte sie als erstes, daß der Zettel fort und die Vase mit den Chrysanthemen wieder auf ihrem Platz in der Mitte des Tisches stand. Dann hörte sie Geplätscher im Badezimmer und das gewohnte Geträller, mit dem Hadija ihre Waschungen meistens zu begleiten pflegte. »Gott sei Dank«, atmete sie auf. Dieser Teil ihrer Prüfung war wenigstens vorüber. Es verblieben die Schuldbekenntnisse und die Szene. Denn natürlich würde eine Szene stattfinden – dafür würde Eunice sorgen. Es war nur sehr schwierig, Hadija eine Szene zu machen; sie pflegte wie ein Zuschauer dazusitzen und zuzusehen, statt sich daran zu beteiligen.

Eunice setzte sich hin, um abzuwarten, sich zu beruhigen und einen Schlachtplan zu entwerfen. Aber als Hadija, in eine Dampfwolke gehüllt, in dem mit Nerz verbrämten Atlasnegligé erschien, war sie diejenige, die angriff. In schrillem Spanisch beschuldigte sie Eunice, daß sie nur an sich dächte, sie in den Beidaoui-Palast mitnähme und sie vor einem Haufen Menschen in größte Verlegenheit brächte, indem sie sich bewußtlos betrank und sie dann nicht nur der unglaublich demütigenden Situation überließ, sondern ihr auch zumutete, Eunices herumliegenden Körper, so gut sie konnte, zu entfernen. Eunice machte keine Anstalten zu widersprechen. Das alles war vollkommen wahr, nur hatte sie bis jetzt nicht daran gedacht. So etwas zuzugeben wäre jedoch Wasser auf Hadijas Mühle gewesen. Sie war neugierig zu erfahren, wie Hadija es fertiggebracht hatte, sie aus dem Palast und zurück ins Hotel zu befördern, aber sie fragte nicht.

»Was für eine Schande für uns! Wie können wir danach den Herren Beidaoui jemals wieder unter die Augen treten?«

Trotz des Balsams, der dieses »Wir« für ihre Seele gewesen war, durchzuckte Eunice plötzlich der furchtbare Gedanke, daß die Nachricht, die sie eben erhalten hatte, etwas mit ihrem Benehmen im Beidaoui-Palast zu tun haben könnte; einer der Brüder kam, um ihr diskret mitzuteilen, daß die Gastfreundschaft seines Hauses ihr und ihrer Freundin Miß Kumari künftighin nicht mehr erwiesen werden könnte.

»Wo hast du die gestrige Nacht verbracht?« fragte sie schließlich mit ganz kleiner Stimme.

»Ich habe glücklicherweise noch einige alte Freunde«, sagte Hadija. »Ich habe bei einer Freundin geschlafen. Ich wollte mit dieser Schweinerei nichts zu tun haben.« Sie nannte es mit tiefem Abscheu *»ese lio!«* Also war nicht sie es gewesen, die sie ins Hotel zurückgebracht hatte. Aber Eunice war zu verstört, um weiter nachzuforschen; sie hatte Visionen, wie sie sich in besonders augenfälliger Weise daneben benahm – Möbel zertrümmerte, in der Mitte der Tanzfläche zusammenbrach, die Gäste mit Obszönitäten anpöbelte.

»Aber *was* hab' ich denn getan?« wimmerte sie. *»Bastante!«* sagte die andere und sah sie bedeutungsvoll an.

Die Unterhaltung schleppte sich durch den hereinbrechenden Abend, bis Hadija, im Gefühl, nun endgültig Oberwasser zu haben, die Kerzen auf dem Kamin anzündete und sich eine Weile im Négligé vor dem Spiegel bewunderte.

»Ich sehe schön aus, in diesem?« sagte sie fragend.

»Ja, ja«, antwortete Eunice unglücklich und fügte hinzu: »Gib mir diese Flasche und das kleine Glas daneben.«

Aber ehe Hadija ihrem Wunsch nachkam, war sie entschlossen, das Thema, das sie beschäftigte, weiterzuführen. »Dann behalte ich es?«

»Hadija! Es ist mir total egal, was du damit machst. Warum fragst du mich erst? Du weißt, was ich dir über meine Sachen gesagt habe.« Hadija wußte das allerdings, aber sie wünschte es in bezug auf dieses bestimmte Kleidungsstück noch einmal zu hören, um jedem späteren Mißverständnis vorzubeugen.

»Aha!« Sie zog es fester um ihre Hüften und, immer noch ihr Spiegelbild über die Schulter weg betrachtend, brachte sie Eunice die Flasche mit Gordons Dry und den Becher.

»Ich sehr glücklich«, vertraute ihr Hadija an und fiel ins Englische, denn das war die Sprache ihrer gemeinsamen Intimitäten.

»Das kann ich mir denken«, sagte Eunice trocken. Sie beschloß, sich nicht umzuziehen, um M. Beidaoui zu empfangen. Sieben Uhr war früh, es gab keinen Grund, angezogener zu sein.

Um jede Möglichkeit zu vermeiden, daß Hadija ihn im Metropole treffen könnte, hatte Thami ihr das Versprechen abgenommen, ihn um sieben Uhr in der Halle des Cine Mauretania zu treffen, das eine gute halbe Stunde zu Fuß vom Hotel entfernt lag. Sie hatte zuerst gemurrt, aber sie war immer noch unter seiner Fuchtel.

»Sie wird auch mitkommen wollen«, klagte sie. »Sie wird mich nicht allein fortlassen.«

»Es ist sehr wichtig«, warnte er. »Wenn du dir Mühe gibst, wirst du eine Lösung finden.«

Jetzt mußte sie diese Neuigkeit Eunice beibringen, und davor hatte sie Angst. Aber seltsamerweise sah Eunice sie nur einen Augenblick erstaunt an, als sie ihr mitteilte, daß sie vor dem Abendbrot einen Spaziergang machen wolle und gegen acht zurück sei, und sagte: »Ich erwarte dich dann um acht. Sei nicht unpünktlich.« Eunices Nachgiebigkeit hatte einen zweifachen Grund: sie fühlte sich durch ihr Benehmen in der vergangenen Nacht kleinlaut und hatte sich bereits überlegt, wie sie Hadija von der bevorstehenden Begegnung mit M. Beidaoui fernhalten konnte. Es erschien ihr unklug, ihm eine Gelegenheit zu geben, sie sich genau anzusehen.

In einem kleinen Arabercafé gegenüber dem Eingang zum Metropole betrachtete Thami, hinter Kif-Rauchern, Teetrinkern und Kartenspielern versteckt, wie Hadija aus der Tür kam und die Straße in Richtung auf die Zoco Chico hinunterging. Eine Viertelstunde später läutete bei Eunice das Telefon. Ein Herr Beidaoui wünschte Mlle. Goode zu sprechen; er erwarte sie im Lesezimmer.

»Je déscends tout de suite«, sagte Eunice nervös. Sie goß rasch noch ein kleines Glas Gin hinunter und ging mit bösen Ahnungen die Treppe hinab, um M. Beidaoui zu treffen.

Als sie den dämmerigen Raum mit seinen falschen maurischen Verzierungen betrat, sah sie nur einen jungen Spanier, der Zigaretten rauchend hinten in einer Ecke saß. Sie war im Begriff, sich umzudrehen und zum Portier hinauszugehen, als er aufstand, auf sie zuging und auf englisch sagte: »Guten Abend.«

Ehe ein anderer Gedanke in ihr aufkam, hatte sie eine vorübergehende, aber unangenehme Ahnung, daß sie den jungen Mann kannte und nicht zu sprechen wünschte. Aber hier war er, ergriff ihre Hand und sagte: »Wie geht es Ihnen?« Und da sie immer verwirrter aussah, fügte er hinzu: »Ich bin Thami Beidaoui. Erinnern Sie ---«

Ohne sich seiner tatsächlich zu erinnern, wußte sie blitzartig, daß er nicht nur der Tunichtgut der Familie Beidaoui war, sondern auch, daß sie eine unangenehme Szene mit ihm auf der Cocktail-Party gehabt hatte. In seinem Gesicht waren gewisse Einzelheiten, die ihr bekannt zu sein schienen: die merkwürdigen Augenbrauen, die wild nach oben wuchsen, und der belustigte, spöttische Ausdruck in den Augen darunter. Jetzt, nachdem sie ihn genau betrachtete, war ihr klar, daß ein Spanier niemals solch ein Gesicht haben konnte. Aber er war nicht die würdige Gestalt in weißen Gewändern, die sie erwartet hatte. Sie war erleichtert, verwirrt und mißtrauisch. »Wie geht es Ihnen?« sagte sie kalt. »Setzen Sie sich.«

Es lag nicht in Thamis Natur, auf den Busch zu klopfen; außerdem war es für ihn selbstverständlich, daß sie ihn nur wegen der schlechten Beleuchtung nicht sofort erkannt hatte und daß sie sich inzwischen wieder an alle Details ihres Austausches von Beleidigungen erinnerte und den Grund seines Besuches mehr oder weniger erriet.

»Haben Sie sich gestern bei meinen Brüdern gut unterhalten?«

»Danke, es war reizend«, sagte sie von oben herunter und überlegte, was für entsetzliche Entgleisungen er im Augenblick im Kopf hatte.

»Meine Brüder haben Ihre Freundin, Miß Kumari, sehr gerne. Sie finden sie ein sehr nettes Mädchen.«

Sie sah ihn an. »Ja, das ist sie auch.«

»Ja. Das glauben sie.« Sie hörte die leise Betonung des Wortes »glauben«, aber sie merkte nicht, daß sie absichtlich war. Er fuhr fort: »Auf der Party fragte mich Madame Vanderdonk: Wer ist dieses Mädchen? (Mme. Vanderdonk war die Frau des holländischen Botschafters.) Sie sagte, sie sieht wie ein Arabermädchen aus. (Eunice stand das Herz still.) Ich habe ihr gesagt, das käme daher, weil sie eine Griechin ist.«

»Zypriotin«, berichtigte Eunice tonlos. Er starrte sie einen Moment verständnislos an. Dann zündete er eine Zigarette an und fuhr fort:

»Ich weiß, wer das Mädchen ist, und Sie wissen es auch. Aber meine Brüder wissen es nicht. Sie denken, es sei ein nettes Mädchen. Sie möchten Sie beide nächste Woche zum Diner einladen, zu einem Diner im arabischen Stil mit dem britischen Botschafter und Dr. Waterman und Madame de Sant Sauveur und einer Menge anderer Leute, aber ich glaube, das ist eine schlechte Idee.«

»Haben Sie ihnen das gesagt?« fragte Eunice und hielt den Atem an.

»Natürlich nicht!« sagte er beleidigt. (Noch war nicht alles verloren! dachte sie; sie war bereit, auf alles einzugehen, was auch gefordert wurde, wie groß das Risiko auch war.) »Das wäre nicht nett gegen Sie. Ich würde das nicht tun.« Seine Stimme war voll milden Vorwurfs.

»Ich bin davon überzeugt«, sagte sie. Sie fühlte sich so erleichtert, daß sie ihm ein gequältes Lächeln schenkte.

Er war am Nachmittag unten am Hafen gewesen, und es war ihm gelungen, den Preis des Bootes auf fünftausendsiebenhundert Peseten herunterzuhandeln. Wenn es ans Zahlen ging, so hoffte er immer noch, um die extra siebenhundert herumzukommen, indem er sich einfach weigerte, sie zu zahlen.

Aus dem Nebenzimmer, in dem die Bar war, erschollen Lachsalven.

»Werden Sie auch bei dem Diner sein?« sagte Eunice, ohne sich besonders dafür zu interessieren.

»Ich glaube, ich werde verreisen«, sagte er. »Ich möchte mit meinem Boot nach Ceuta fahren, um ein kleines Geschäft abzuwickeln.«

»Geschäft? Sie haben ein Boot?«

»Nein. Ich möchte eines kaufen. Morgen. Es ist zu teuer. Ich möchte fort von hier.«

Er schnitt eine abscheuliche Grimasse, die typisch für die Araber der niederen Klassen war, wenn sie ihr Mißfallen ausdrücken wollten; bestimmt hatte er das nicht im Beidaoui-Palast gelernt. »Tanger taugt nichts. Aber das Boot kostet eine Menge Geld.«

Stille.

»Wieviel?« sagte Eunice.

Er sagte es ihr.

Etwas über hundert Dollar, rechnete sie aus. Das war ihr die Sache bestimmt wert, selbst wenn er Tanger nicht verließ, was sie im stillen annahm. »Ich würde Ihnen gerne behilflich sein«, sagte sie.

»Das ist sehr freundlich. So habe ich es aber nicht gemeint.« Er grinste.

»Das weiß ich, aber ich möchte gerne helfen. Ich kann Ihnen einen Scheck geben.« Sie wollte die Angelegenheit erledigen und ihn loswerden.

In der Bar fing jemand an, volkstümliche Schlager falsch auf dem Klavier zu spielen. Mehrere britische Matrosen, die dort tranken, sahen einer nach dem andern mit der unverhohlenen Neugierde von Kindern in das Lesezimmer.

»Ich schreibe Ihnen einen Scheck aus. Entschuldigen Sie mich. Ich komme gleich wieder.« Sie erhob sich und ging zur Tür hinaus ins Foyer. Wenn dieses eingeborene Scheusal und der amerikanische Idiot einmal aus der Welt geschafft waren, sagte sie sich, dann könnte das Leben wieder erträglich werden. Sie brachte das Scheckbuch mit herunter, schrieb den Scheck in seiner Gegenwart aus und bat ihn, seinen Namen zu buchstabieren.

»Ich schlage vor, wir schreiben sechstausend«, sagte sie. Sie konnte geradesogut großzügig sein.

»Das ist sehr liebenswürdig. Danke schön«, sagte Thami.

»Keine Ursache. Ich hoffe, Sie haben eine gute Überfahrt.« Sie stand auf und ging zur Bar. Ehe sie die Tür erreicht hatte, blieb sie stehen und rief ihm zu: »Ertrinken Sie nicht.«

»Gute Nacht, Miß Goode«, sagte er höflich; ihre sehr persönliche Ironie hatte ihr Ziel weit verfehlt.

Sie ging in die Bar und bestellte einen Gin-Fizz; die ganze Episode war ihr im höchsten Maß zuwider gewesen. »Was für abstoßende Menschen sind das doch!« dachte sie bei sich und fand es befriedigender, die ganze Rasse zu verdammen als das einzelne Individuum. Die Matrosen rückten etwas von ihr ab, als sie ihren Drink bestellte.

Auf der gegenüberliegenden Straßenseite saß Thami wieder in seinem Café, in dem er versteckt zu bleiben gedachte, bis er Hadija von ihrem vergeblichen Ausflug ins Cine Mauretania zurückkommen sah; er wollte sichergehen und ihr nicht zufällig auf der Straße begegnen. Mit der Erwartung eines kleinen Jungen fieberte er dem nächsten Morgen entgegen, wo er zur Bank gehen, das Geld abholen und zum Strand rennen konnte, um wieder um das Boot zu feilschen. Während er den Eingang des Metropole beobachtete, sah er plötzlich den Amerikaner Dyar, der im Begriff war, das Hotel zu betreten. Das war einmal ein Nesrani, den er mochte. Er hatte keinen Grund dazu, aber er hatte ihn gerne. Mit der Überschwenglichkeit, die aus dem Gefühl des eben gewonnenen Sieges resultierte, stand er auf, rannte auf die enge Straße hinaus und rief: »He! He!«

Dyar drehte sich um und sah ihn nicht sehr begeistert an. »He«, sagte er. Sie schüttelten einander die Hand, aber er ließ sich nicht von des anderen Wortschwall dazu überreden, mit in das Café zu gehen. »Ich muß weiter«, erklärte er.

»Möchten Sie Miß Goode besuchen?« riet Thami. Dyar ärgerte sich.

»Ja«, sagte er kurz. Thami war nicht derjenige, dem er seine Angelegenheiten mitteilen würde: in seinem Gedächtnis haftete zu frisch das Bild von ihm und Hadija, wie sie sich so vertraulich und ausgiebig auf der Party unterhielten. Er hatte damals angenommen, daß Thami sie haben wollte.

»Werden Sie lange in dem Hotel bleiben?«

»Nein, nur einige Minuten.«

»Ich warte auf Sie. Wenn Sie herauskommen, kommen Sie in dieses Café. Sie werden mich dort finden.«

»Okay«, sagte Dyar zögernd. Unterwegs hatte er ein Armband für Hadija gekauft; die Schachtel baumelte an einem Finger von der kleinen Schlinge, die die Verkäuferin in die Schnur geknüpft hatte. »Ich schau' vorbei.«

Es war ein absurd ausssehendes altes Hotel, ein verschnörkeltes Überbleibsel aus der Zeit, in der England noch die Vormachtstellung in Tanger gehabt hatte. Trotzdem mußte er zugeben, daß es gemütlicher und viel hübscher war als die neuen, wie zum Beispiel sein eigenes Hotel de la Playa. Am Empfang wurde ihm mitgeteilt, man glaube, er würde Miß Goode in der Bar antreffen. Das war Glück: er brauchte sie nicht allein in ihrem Zimmer zu sehen. Als er in die überfüllte Bar kam, brüllte einer der Matrosen: »O Susannah.« Der ganze Raum war voller Matrosen, aber in ihrer Mitte war Eunice Goode, eine einsame Monumentalfigur, die auf einem Barhocker saß und vor sich hin starrte.

»Guten Abend«, sagte er.

Es war, als hätte er sie ins Gesicht geschlagen. Sie zog den Kopf zurück und starrte ihn an. Erst der Schwarze und jetzt dieser. Sie war entsetzt; in ihrer Vorstellung war er bereits aus dem Weg geräumt, fort. Und hier war er, heimgekehrt von den Toten, und wußte nicht einmal, daß er ein Geist war.

»Oh«, sagte sie schließlich. »Hallo.«

»Wieder besoffen«, dachte er.

»Was machen Sie hier?« fragte sie ihn. Sie kletterte von ihrem Hocker und lehnte sich an die Bar.

»Ich dachte, ich komm' mal vorbei und begrüße Sie.«

»Oh?... Na, was trinken Sie, Whisky?«

»Was trinken *Sie*? Lassen Sie mich etwas bestellen, bitte.«

»Ganz bestimmt nicht! Mixer! Einen Whisky-Soda!« Sie trommelte gebieterisch auf die Bartheke. »Ich bin gerade im Begriff, nach oben zu gehen«, erklärte sie. »Ich trinke nur rasch diesen einen Drink aus.« Sie hatte das Gefühl, sie würde aus der Haut fahren, wenn sie noch eine Minute länger mit ihm reden müßte.

Dyar war etwas pikiert. »Also warten Sie schon, bis ich ausgetrunken habe, das können Sie doch wenigstens? Ich möchte Sie etwas fragen.« Der Mixer brachte ihm seinen Whisky.

»Und das wäre?« fragte sie ausdruckslos. Sie war überzeugt, daß es etwas mit Hadija zu tun hatte, und sah ihn erwartungsvoll an, ihn innerlich herausfordernd, daß es so sei.

»Wissen Sie, wo ich Hadija finden und wie ich mich mit ihr in Verbindung setzen kann? Ich weiß, daß sie ab und zu hierherkommt, um Sie zu besuchen. Haben Sie ihre Adresse oder einen Anhaltspunkt?«

Das war zuviel. Ihr Gesicht wurde noch röter als sonst, sie stand vollkommen sprachlos da, und ihre Lippen bewegten sich kaum, als sie sprach.

»Ich weiß es nicht! Ich weiß nicht, wo sie lebt, und es interessiert mich auch nicht im geringsten. Warum suchen Sie sie nicht in dem Puff, in dem Sie sie gefunden haben? Glauben Sie, ich bin ihre Madame? Ich bin es nicht, wenn Sie's wissen wollen! *Ich* bin nicht diejenige, die sie stundenweise vermietet!«

Dyar traute seinen Ohren nicht. »Mal langsam«, sagte er und fühlte, wie er über und über rot wurde. »Sie brauchen nicht so über sie zu reden. Sie brauchen mir lediglich zu sagen, Sie wüßten die Adresse nicht. Das ist alles, worum ich Sie gebeten hatte. Es interessiert mich überhaupt nicht, was Sie von ihr denken. Mein Geld ist sie mir verdammt wert und ein sehr nettes Mädel.«

Eunice schnaubte. »Ihr Geld! Sehr passend! Diese kleine Nutte würde mit einem Hengst ins Bett gehen, wenn es sich rentiert. Und ich behaupte, sie hat's getan, was das anlangt. Eine besondere Masche für die Fremden. Sie lieben das.« Sie fing an, sich zu amüsieren, als sie sah, wie sich die Wut auf seinem Gesicht abzeichnete. »Ich hab' nichts gegen Naivität«, fuhr sie fort, »aber was zuviel ist, ist zuviel – trinken Sie nicht aus?«

Er hatte sich abgewandt.

»Sie können mich«, sagte er und ging.

Er hoffte dank der Menschenmenge auf der Straße an dem Café vorbeizukommen, ohne von Thami gesehen zu werden, aber seine Hoffnung erwies sich als falsch. Er hörte ihn rufen, als er gegenüber dem Eingang war. Er ging resigniert hinein und setzte sich mit untergeschlagenen Beinen auf eine Matte neben Thami, der einige Kif-Pfeifen mit Freunden geraucht hatte und sich außerordentlich wohl fühlte. Sie unterhielten sich eine Weile, wobei Dyar die ihm angebotene Pfeife ablehnte. Thami behielt die Straße im Auge, um nach Hadija Ausschau zu halten. Als er schließlich erspähte, wie sie rasch und ärgerlich durch den Regen eilte, lenkte er Dyars Aufmerksamkeit auf eine große Lithographie, die neben ihnen an der Wand hing.

»Wissen Sie, was das ist?« fragte er. Dyar sah hin, sah eine Zeichnung, die eine Stadt voller Minaretts, Kuppeln und Balustraden darstellte, und verneinte.

»Das ist Mekka.«

Er merkte, wie die anderen ihn beobachteten und auf sein Urteil warteten.

»Sehr hübsch.«

Thami sah aus den Augenwinkeln, wie Hadija im Metropole verschwand. »Gehen wir«, sagte er. »Schön«, erklärte Dyar sich einverstanden. Sie gingen in die Nässe hinaus, bergauf in Richtung der Zoco Chico. Trotz des Wetters waren die Straßen voll von Arabern, die gruppenweise herumstanden und schwätzten oder ziellos auf und ab schlenderten.

»Möchten Sie schöne Mädchen sehen?« fragte Thami plötzlich.

»Willst du aufhören, zu versuchen, mir diese Stadt zu verkaufen?« befahl Dyar. »Ich will überhaupt nichts sehen. Ich bin mit einem schönen Mädchen versorgt, und das langt mir völlig.« Er fügte nicht hinzu, daß er viel darum gäbe, sie zu finden.

»Was ist da drin?« Thami deutete auf das Päckchen mit dem Armband.

»Ein neuer Rasierapparat.«

»Was für einer?«

»Hollywood«, improvisierte Dyar.

Thami gab sich zufrieden. »Sehr hübsche Rasierapparate.« Aber seine Gedanken waren woanders.

»Sie mögen das Mädel? Nur das eine? Hadija?«

»Ganz richtig.«

»Wollen Sie nur dieses eine haben? Ich kenne ein anderes sehr nettes.«

»Dann behalt' sie nur, Freundchen.«

»Aber was ist für ein Unterschied zwischen der einen und der anderen?«

»Schon recht«, sagte Dyar. »Du merkst es also nicht. Aber ich. Ich sag' dir, ich bin ganz zufrieden.«

Das Schlimme war, daß Thami, der noch in den Erinnerungen an die vergangene Nacht schwelgte, es sehr gut begriff. Er wurde nachdenklich. Für ihn war es ganz natürlich, daß er, ein Mohammedaner, Hadija für sich haben wollte. Das war sein gutes Recht. Er wollte jedes Mädchen, das er haben konnte, für sich. Aber er verstand nicht, daß ein Nesrani, ein Christ, wählerisch war. Ein Christ war mit allem zufrieden – ein Christ sah keinen Unterschied zwischen einem Mädchen und einem anderen, solange sie nur beide reizvoll waren –, er nahm, was die Mohammedaner übrigließen, und wußte es nicht und machte sich keine Gedanken darüber, ob sie ihm allein gehörte oder nicht. So waren die Christen. Aber dieser nicht, er wollte ganz offensichtlich Hadija für sich haben und war nicht einmal daran interessiert, einen Ersatz zu finden.

Dyar unterbrach seine Betrachtungen, indem er sagte: »Glaubst du, sie könnte vielleicht in dem Lokal sein, wo wir sie damals gefunden haben?« Er dachte, er könne geradesogut sein Interesse an ihr zugeben.

»Natürlich nicht ——« begann Thami, unterbrach sich aber, als ihm einfiel, daß er, wenn Dyar schon nicht wußte, daß sie mit Eunice Goode zusammenlebte, nicht derjenige zu sein brauchte, der es ihm erzählte. »Zu früh«, sagte er.

»Um so besser«, dachte Dyar. »Na, laß uns trotzdem hingehen und einen heben.«

Thami war entzückt. »Fein!«

Diesmal war Dyar entschlossen, sich die Ecken und Stufen zu merken, damit er nach dem Abendessen selbst den Weg finden konnte. Durch eine kurze, belebte Straße, links eine steile kleine Straße mit Lebensmittelständen hinauf, auf die dreieckige Plaza mit dem grün-weißen Torbogen, weiter hinauf, rechts die dunkle, ebene Straße entlang, erste Querstraße links in die sehr enge Gasse, die in einem Tunnel endete und steil hinaufführte, immer weiter, ohne sich um Durchbrüche oder Biegungen zu kümmern, denn es zweigten keine Straßen ab, bergauf auf einen weiten Platz mit einem dicken Hydranten in der Mitte und vielen Cafés ringsherum (aber die konnten später geschlossen sein und mit ihren Rolläden wie jeder andere Laden aussehen), Platz überqueren, in die Straße, die keine Beleuchtung hatte, am Ende in die völlig finstere Gasse einbiegen... Er fing an, wirr zu werden. Es waren zu viele Details, an die man denken mußte, und eben stiegen sie eine endlose Treppe im Dunkeln hinauf.

In der Bar Luzifer lehnte Madame Papaconstante ihr ganzes Gewicht gegen die Bartheke und stocherte gemütlich in den Zähnen. *»Hello boys«*, sagte sie. Ihr Haar war frisch mit Henna gefärbt. Das Lokal stank nach frischer Farbe. Es war Ruhetag. Natürlich war es auch noch sehr früh. Sie tranken zwei Gläser, dann zahlte Dyar und sagte, er wolle in sein Hotel. Thami hatte ihm vom Geiz seiner Brüder erzählt, daß sie ihm kein Geld gaben – nicht einmal sein eigenes. »Aber morgen kauf' ich das Boot!« schloß er triumphierend. Dyar fragte nicht, wo er das Geld her hatte. Er war etwas überrascht, als er hörte, daß der andere im Beidaoui-Palast geboren und aufgezogen worden war; er wußte nicht, ob er jetzt, nachdem er von seiner Herkunft wußte, mehr oder weniger Respekt vor ihm hatte. Als sie gingen, langte Thami über die Bartheke, ergriff Mme. Papaconstantes leuchtendes Haupt und küßte sie leidenschaftlich auf jede ihrer glühenden Wangen. *»Ay hombre!«* schrie sie, lachte entzückt und tat, als müsse sie ihre derangierte Frisur wieder ordnen.

Auf der Straße versuchte Dyar, die Bruchstücke seiner Erinnerung an den Weg zu sammeln, aber es schien, daß sie eine andere Route zurückgingen, denn er erkannte keines der Merkzeichen wieder, bis sie plötzlich abermals im Blickfeld der rauchigen Zoco de Fuera waren.

»Weißt du, Dare« (Dyar verbesserte ihn), »eines Abends nehm' ich dich mit zu mir nach Hause und geb' dir ein richtiges mohammedanisches Essen. Couscous, Bastila, alles. Wie wär' das?«

»Das wäre fein, Thami.«

»Vergiß es nicht«, warnte ihn Thami, als hätten sie schon eine feste Vereinbarung getroffen.

»Tu' ich nicht.«

Direkt beim Haupttor, das auf den Platz führte, deutete Thami auf ein Eingeborenen-Café, das größer als die meisten anderen aussah und aus dem lautes Radiogedröhne erschallte.

»Ich geh' hier rein«, sagte er. »Wenn du mich sehen willst, kannst du mich immer hier drin finden. In ein paar Tagen machen wir einen Ausflug in meinem Boot. Bis dann.«

Dyar stand allein auf dem belebten Platz. Vom äußersten Ende her ertönte durch die Bäume das Geräusch von Trommeln, die einen komplizierten schleppenden Berberrhythmus aus den Bergen trommelten. Er entdeckte ein kleines italienisches Restaurant in einer Straße außerhalb der Zoco und aß ein uninteressantes Essen. Trotz seiner Ungeduld, wieder auf die Straße zu gehen und nach der Bar Luzifer zu suchen, trödelte er über einem Espresso und zwei Zigaretten, ehe er aufstand. Es hatte keinen Sinn, zu früh dort anzukommen.

Er wanderte ziellos bergab, bis er in eine Straße kam, von der er glaubte, sie könnte in die richtige Gegend führen. Mädchen schlenderten langsam in Gruppen vorüber, ineinander eingehängt, als suchten sie gegenseitig Schutz, starrten ihn an und markierten das Gegenteil. Es war leicht, die Judenmädchen von den spanischen Mädchen zu unterscheiden, obwohl sie gleich aussahen und gleich angezogen waren: die ersteren machten große Schritte, stolperten, hinkten und fielen fast die Straße entlang, als hätten sie keine Gewalt über ihre Glieder, und waren ohne einen Schimmer von Anmut. Und die Araberinnen schoben daher wie große weiße Wäschebündel, aus denen oben ein Auge hervorglotzte. Vor ihm sammelte sich eine Horde Männer und Buben um zwei wütende Burschen, von denen jeder den anderen um Armeslänge am Jackenaufschlag gepackt hielt. Ihre Pose war so steif wie eine erstarrte Choreographie. Sie funkelten sich an, knurrten, stießen Beleidigungen aus und machten mit der freien linken Hand drohende Bewegungen. Er sah eine Weile zu; es fiel kein Schlag. Plötzlich riß sich einer los. Der andere rannte außer Sichtweite und kehrte, ehe die kurze allgemeine Unterhaltung, die nun folgte, beendet war, mit einem Polizisten wieder aus dem Nichts zurück – die klassische Prozedur. Der Gesetzeshüter trieb die Menge auseinander und stellte sich vor Dyar, wobei er die Arme und Schultern sanft mit seinem weißen Gummiknüttel beklopfte. Dyar studierte ihn: er trug eine amerikanische GI-Uniform und einen weißlackierten Helm. In einem weißen Lederfutteral stak ein sorgfältig in Seidenpapier gewickelter Revolver wie ein Weihnachtsgeschenk. Wie ein Bauer, der sein Ackerpferd antrieb, rief er der Menge sanft zu: »Eh, Eh, Eh, Eh.« Und die Menge verlief sich langsam; die zwei Feinde hatten sich bereits unter den anderen verloren.

Langsam ging er weiter, in der ihm richtig erscheinenden Richtung. Alles, was er brauchte, war eines seiner Merkzeichen, und er war gerettet. Aus den Seidengeschäften der Hindus strömte süßer Weihrauchduft, im Schatten eines kleinen Orangenberges kauerte eine ganze Berberfamilie und rief mechanisch den Kilopreis aus. Und dann begannen plötzlich die dunklen Straßen, und die wenigen Verkaufsstände, die noch geöffnet waren, waren winzig klein und mit Karbidlampen oder Kerzen beleuchtet. An einer Stelle hielt er einen Mann in europäischen Kleidern an und fragte: »Bar Luzifer?« Die Chance war klein, und er erwartete eigentlich keine brauchbare Antwort. Der Mann grunzte und deutete zurück in die Richtung, aus der Dyar gerade gekommen war. Er dankte ihm und ging weiter. Es war eher lustig, sich so zu verlaufen; es gab ihm ein seltsames Gefühl von Sicherheit – das Gefühl, daß ihn in diesem Augenblick unmöglich ein Mensch finden könnte. Weder seine Familie noch Wilcox, noch Daisy de Valverde, noch Eunice Goode, noch Mme. Jouvenon, noch, so überlegte er endlich, die amerikanische Gesandtschaft. Die Erinnerung an die beiden letzteren dämpfte seine Stimmung irgendwie. Im Moment war er weiter davon entfernt, frei zu sein, als er es gestern um die gleiche Zeit gewesen war. Der Gedanke erschreckte ihn; er war unannehmbar. Gestern um die gleiche Zeit hatte er in bester Laune den Beidaoui-Palast verlassen. Da war die Episode mit den Kätzchen gewesen, die, wenn er jetzt darüber nachdachte, etwas mit dieser guten Laune zu tun gehabt hatte. Es war verrückt, aber so war es. Während er weiterging, weniger und weniger darauf achtend, wo er war, erforschte er weiter sein Gedächtnis hinsichtlich der gestrigen Geschehnisse, als ließe er einen Film rückwärts ablaufen. Als er wieder zu der Steinbank kam, auf der er in dem kalten Garten gesessen hatte, wußte er, daß er den Ausgangspunkt gefunden hatte. Es war passiert, während er dort saß. Was Holland gesagt hatte, hatte es ausgelöst, mehr intuitiv als vom Gedanken her, aber Holland hatte nicht genug gesagt, hatte nicht zu Ende gedacht. »Hier bin ich, und etwas wird geschehen.« Kein Zusammenhang. Er sagte zu Holland: »Sie werden auch einmal sterben, aber inzwischen essen Sie.« Nicht der geringste Zusammenhang, und trotzdem hing alles zusammen. War alles ein Teil des Ganzen.

Der dünne Regen übersprühte ihn, er war kalt und von angenehm frischem Geruch. Dann wurde er schwerer und heftiger. Er hatte seinen Regenmantel an. Wenn es zu arg goß, würde er trotzdem durch und durch naß werden, aber das störte ihn nicht. Schon eine ganze Weile waren die Straßen fast leer. »Die Armenviertel«, dachte er. »Die Armen gehen früh zu Bett.« Die Gegenden, durch die er ging, waren wie qualvolle Korridore in Träumen. Es war unmöglich, sie als Straßen zu bezeichnen, nicht einmal als Gassen. Hie und da waren zwischen den Gebäuden Zwischenräume, das war alles, und manche führten zu anderen Zwischenräumen und manche nicht. Wenn es ihm gelang, die richtige Reihenfolge von Verbindungen zu finden, konnte er von einer Stelle zur anderen gelangen, aber nur, wenn er durch die Gebäude selbst ging. Und die Gebäude schienen lebendig geworden zu sein, wie Pflanzen, chaotisch, ohne Richtung, ohne Statik und eines aus dem anderen herauswachsend. Manchmal hörte er Fußtritte hallen, wenn jemand durch die gruftähnlichen Durchbrüche ging, aber oft erstarben diese Laute wieder, ohne daß dieser Jemand je sichtbar wurde. Überall waren Vertiefungen voll mit Abfällen und Unrat, waren die Katzen, deren schrille Schreie die Luft zerschnitten, und der immerwährende, stechende Uringeruch: die Mauern und Straßen waren imprägniert mit einer Urinschicht. Er blieb einen Augenblick stehen. Aus der Ferne her schwebte Glockenläuten durch den Regen. Die Glocke im Turm der katholischen Kirche in den Siaghines schlug die Viertelstunde. Vor ihm dröhnte schwach das Brüllen der Brecher an den Klippen unterhalb der Befestigungsmauer. Und als er so dastand, sah er sich wieder derselben Frage gegenüber, die er sich schon früher am Tage gestellt hatte: »Was mache ich hier? Was geschieht?« Er machte nicht einmal mehr den Versuch, die Bar Luzifer zu finden, das hatte er aufgegeben. Er versuchte nur noch, sich selbst zu verlieren. Er begriff nun, daß sein großes augenblickliches Problem war, seinem Käfig zu entfliehen, den Ausweg aus der Mausefalle zu finden, die Saite in seinem Inneren zum Tönen zu bringen, die ihn befähigen würde, sich vom Opfer in den Sieger zu verwandeln.

»Das ist ein mühsames Geschäft«, flüsterte er sich selbst zu. Wenn es so weit mit ihm gekommen war, daß er es sich erlaubte, auf seiner Suche nach Hadija eine Stunde lang im Finstern durch stinkende Gänge zu stolpern, statt sich mit aller Macht darauf zu konzentrieren, den Ort zu finden, wo sie sein könnte, dann war es Zeit, daß er sich zusammenriß. Aber wie? Es war ein trostreicher Gedanke, sich zu sagen, man würde sich zusammenreißen. Er schloß die Möglichkeit einer willkürlichen Änderung ein. Aber zwischen dem Wunsch und der Tat lag ein Abgrund, und kein Wissen, keine Kraft und kein Mut konnte verhindern, daß man hineinstürzte. Morgen nacht um diese Zeit würde er zum Beispiel noch fester gefesselt in der Wohnung der Jouvenons nach dem Abendbrot sitzen und einen schäbigen Auftrag unterbreitet bekommen. Mit jedem Augenblick erschien ihm seine Lage absurder und unhaltbarer. Er hatte keine Lust, diese Art von Arbeit zu machen, und kein Interesse daran, Mme. Jouvenon und ihre Sache zu unterstützen.

Trotzdem war es angenehm, das Geld zu haben; es war bequem, beim Regen ein Taxi nehmen zu können, und er war müde und wollte nach Hause; es war angenehm, in ein Restaurant zu gehen und zuerst die linke Seite der Speisekarte zu studieren; es machte Spaß, in einen Laden zu gehen und ein Geschenk für Hadija zu kaufen. (Die Schachtel mit dem Armband war in der Tasche seines Regenmantels.) Man mußte sich entscheiden. Aber die Entscheidung war schon gefallen, und er fühlte, daß nicht er sie getroffen hatte. Und deshalb fiel es ihm schwer, zu glauben, daß er moralisch daran beteiligt war. Er konnte natürlich morgen abend nicht erscheinen, aber das wäre falsch. Man würde ihn finden, Erklärungen verlangen, ihm wahrscheinlich drohen. Er hatte sogar die Möglichkeit, das Geld wieder zurückzugeben, indem er Expreß-Schecks einwechselte, die hundert Dollar wieder auf das Konto einbezahlte und Mme. Jouvenon einen Scheck über fünfhundert Dollar ausschrieb. Dafür war es noch nicht zu spät. Oder war es wahrscheinlich doch – sie brauchte nur die Annahme zu verweigern. Ihr Scheck war eingelöst worden; das blieb eine Tatsache, die aus den Bankauszügen hervorging.

Plötzlich wurde ihm klar, daß er den Schaden, den er angerichtet hatte, teilweise wiedergutmachen konnte, indem er seine Handlung der amerikanischen Gesandtschaft mitteilte. Er lachte leise. Dann säße er in der Patsche und hätte außerdem kein Geld mehr. Er wußte, daß das die Handlungsweise des Opfers wäre. Es war typisch: ein Opfer gab sich immer selber auf, wenn es einmal gewagt hatte, seine Stellung zu verändern. Trotzdem lockte ihn im Moment diese Aussicht.

Augenblicklich wollte er nur aus diesem Dreckhaufen heraus und nach Hause ins Bett. Indem er auf das Geräusch des Meeres zuging, glaubte er an einem richtigen Durchbruch herauszukommen, der ihn auf einen Weg führte, der entlang der Festungsmauer lief. Auf diese Weise würde er zum Hafen kommen. Die Sache erwies sich als komplizierter, als er gedacht hatte, aber es gelang ihm schließlich, hinunter in die breiteren Straßen zu kommen. Hier traf er auf Menschen; sie waren immer bereit, ihm den Weg aus dem Araberviertel zu zeigen, selbst im strömenden Regen und oft, ohne daß er sie darum bat. Ihre eingeborene Höflichkeit gegenüber Andersgläubigen zeigte sich bei dieser Gelegenheit deutlich. »Hier geht es heraus«, riefen ihm die Kinder in allen Sprachen, die sie konnten, zu. Es war wie ein Refrain. Oder, wenn er sich wieder einen Weg hineinbahnte: »Sie können hier nicht durch.«

Er kam auf die Hauptstraße gegenüber der großen Moschee. Etwas weiter, oben auf der Festung, klebte der Castle-Club (Die ganze Nacht geöffnet... Feinste Weine und Schnäpse... Berühmte Attraktionen... Ernestos Hawaiian Swing Band...), durch dessen geöffnete Fenster sich die heulenden Töne eines Tenors, der in ein Mikrophon winselte, ergossen.

Von hier aus war die Straße gerade und ungeschützt gegen den Seewind. Zwanzig Minuten später fluchte er vor dem Eingang zum Hotel de la Playa, läutete und trommelte gegen die Glasscheiben der verschlossenen Türe, um den arabischen Portier zu wecken, der in einem Lehnstuhl auf der anderen Seite schlief. Als der Mann ihn endlich hereinließ, sah er ihn vorwurfsvoll an und sagte: *»Sí, sí, sí.«* In seinem Schalterfach fand er neben dem Schlüssel eine Nachricht. Er ging auf sein Zimmer, zog seine nassen Kleider aus und ging in die Ecke, um eine heiße Dusche zu nehmen. Es gab kein heißes Wasser. Er rieb sich mit dem Frottiertuch ab und zog seinen Bademantel an. Auf dem Bettrand sitzend, öffnete er die Nachricht. »Wo zum Teufel bist du?« stand darauf. »Komm morgen um neun vorbei. Jack.«

Er legte den Zettel auf seinen Nachttisch, stieg ins Bett und ließ das Fenster geschlossen. Er konnte aus dem Geräusch hören, daß es zu stark regnete, als daß er es hätte öffnen können.

DRITTER TEIL

Das Zeitalter der Ungeheuer

XV

Während der Nacht drehte sich der Wind, das Wetter wechselte, und am klaren Himmel stand ein leuchtender Mond. Wilcox, der in seinem Bett im Atlantide lag, glaubte, daß eine Magenverstimmung schuld an seiner Schlaflosigkeit sei. Seine Träume waren unruhig und abgerissen; er mußte aus einer Toreinfahrt hinaus auf die Straße, die von Menschen wimmelte, und obgleich diese ihm scheinbar keinerlei Beachtung schenkten, wußte er doch, daß sich die Männer, die ihm auflauerten, zwischen den Vorübergehenden versteckt hatten. Sie würden ihn von hinten pakken und in eine dunkle Gasse stoßen, und keiner wäre da, der ihm helfen könnte. Jedesmal, wenn er erwachte, lag er auf dem Rücken, hatte Atembeklemmungen, und sein Herz schlug unregelmäßig. Schließlich drehte er das Licht an und rauchte. Als er sich halb im Bett aufsetzte und im Zimmer umsah, das ihm übermäßig hell erschien, gewann er wieder mehr Sicherheit und sagte sich, daß ja niemand Dyar in seinem Büro gesehen hatte und daß deshalb auch keiner, der ihn beobachtet haben könnte, wie er Ramlals Laden verließ, wußte, daß er das Geld bei sich hatte. Er mußte aber zugeben, wenn er die Situation objektiv betrachtete, daß die Larbi-Bande immer Mittel fand, um Dinge herauszubekommen. Seit er entdeckt hatte, daß der gefürchtete El Kebir wieder von seinem kurzen Gefängnisaufenthalt in Fort Lyauthey zurück war (er hatte ihn an dem gleichen Nachmittag, an dem er Dyar allein im Büro gelassen hatte, auf der Straße gesehen), hatte die Angst, daß einer von ihnen die Zusammenhänge zwischen Dyar und ihm entdeckt haben könnte, sein ganzes Denken beherrscht. Aber diesmal war er wirklich vorsichtig gewesen; er glaubte nicht, daß sie etwas wußten. Aber die Sache eilte. Mit jeder Stunde, die verstrich, wurde es wahrscheinlicher, daß sie Wind von seinem Plan bekamen. Er überlegte, ob es schlau gewesen war, ins Hotel de la Playa zu gehen und dort eine Nachricht zu hinterlassen, ob es nicht besser gewesen wäre, die ganze Nacht lang so oft zu telephonieren, bis er Dyar erreicht hatte. Er überlegte, ob vielleicht die Engländer durch irgend etwas Verdacht geschöpft hatten. Er überlegte alle möglichen Dinge und wurde von Minute zu Minute wacher. »Dieser verdammte Zabalgione«, dachte er. »Viel zu üppig.« Und er stand auf, um Natron zu nehmen. Als er an seinem Medizinschrank war, nahm er auch eine Gardenal-Tablette aus der Röhre heraus, aber dann überlegte er, daß er vielleicht verschlafen könnte; er verließ sich nicht darauf, daß der Portier ihn pünktlich wecken werde. Manchmal vergaßen sie es unten, und es war von größter Wichtigkeit, daß er um acht Uhr aufstand. Er ging wieder in sein Bett und fing an, die Leitartikel des Pariser »Herald« zu lesen.

Ungefähr um die gleiche Zeit erwachte Daisy de Valverde mit einem Gefühl unerklärlicher Nervosität. Luis war für einige Tage geschäftlich nach Casablanca gefahren, und obwohl das Haus voller Dienstboten war, schlief sie nie gut, wenn sie allein war. Sie horchte und überlegte, ob ein plötzlicher Lärm sie aufgeweckt habe; aber sie hörte nichts als das ewige Geräusch des Meeres an den Felsen, so tief unter ihr, daß es nicht stärker war als das Tönen einer Muschel, die man an sein Ohr hält. Sie öffnete ihre Augen. Der Raum schwamm im hellen Mondlicht. Es strömte von Westen herein, aber von allen Seiten her konnte sie das Leuchten des hellen Nachthimmels draußen über dem Wasser sehen. Sie schlüpfte aus dem Bett und ging zur Tür, um zu sehen, ob sie auch wirklich versperrt war. Sie war es, und Daisy stieg wieder ins Bett, zog sich noch eine Decke über und gab sich der selbstquälerischen Vorstellung hin, die Tür habe nicht verschlossen sein können, sie habe sich einen Spalt geöffnet, als sie sie ausprobierte, und in der Öffnung sei ein riesiger zerlumpter Neger mit einem Bart gestanden und habe sie bösartig aus seinen Schlitzaugen angestarrt. Sie habe die Tür zugeworfen, um festzustellen, daß er einen seiner riesigen Füße dazwischengestellt hatte. Sie habe sich mit all ihrer Kraft dagegengestemmt, aber...

»Werde ich denn nie erwachsen sein?« dachte sie. Erreichte man nie einen Zustand, in dem man sich völlig in der Kontrolle hatte, so daß man denken konnte, was man denken wollte, fühlen konnte, was man fühlen wollte?

Thami war spät nach Hause gekommen. Die beachtliche Anzahl von Kif-Pfeifen, die er im Laufe des Abends mit seinen Freunden im Café geraucht hatte, hatten ihn etwas leichtsinnig gestimmt, so daß er während des Ausziehens einen ziemlichen Lärm machte. Das Baby war aufgewacht und hatte zu wimmern angefangen, und das Kif hatte ihn überwach und schweratmig gemacht, statt ihn nach einer kurzen Folge von Visionen einzuschläfern. Während der Dämmerung hörte er jeden Ruf des Muezzins vom Minarett der nahegelegenen Emsallah-Moschee, ebenso die halbstündigen Gesänge, die den Gläubigen versicherten, daß alles zum Guten stand; jedesmal, wenn die Stimme wie ein Pfeil durch die Stille schoß, folgte ringsum ein sporadischer Ausbruch von Hahnenkrähen. Schließlich weigerte sich das Geflügel, wieder einzuschlafen, und das Gegacker auf den Dächern der Häuser brach nicht mehr ab. Thami hatte instinktiv Eunices Scheck unter sein Kopfkissen gelegt, als er zu Bett gegangen war. Gegen Morgen schlief er eine Stunde. Als er die Augen öffnete, schlürfte seine Frau barfuß im Raum herum, und das Baby brüllte wieder. Er sah auf seine Uhr und rief: »Kaffee!« Er wollte an der Bank sein, ehe sie geöffnet wurde.

Dyar schlief eine Zeitlang unruhig, von unformulierten Gedanken bedrückt. Etwa um vier Uhr setzte er sich auf, fühlte sich überwach und bemerkte die Helligkeit vor dem Fenster. Die Luft im Zimmer war stickig. Er ging ans Fenster, öffnete es, beugte sich hinaus und betrachtete die mondhellen Details des Hügels hinter dem Hafen, eine Allee schwarzer Zypressen, ein Haus, das wie ein winziger, leuchtend weißer Würfel mitten in einer sanften, kahlen, braunen Stelle des Hügels lag, halbwegs zwischen der schmalen Küste und dem Himmel. Alles zeichnete sich mit äußerster Genauigkeit ab. Er ging wieder in sein Bett, unter die warmen Decken.

»Das ist nicht das richtige«, sagte er sich und dachte, daß er lieber ein Opfer bleiben würde, als sich so zu fühlen wie jetzt. Dann würde er wenigstens das Gefühl haben, er selber zu sein, während er jetzt nur allzu deutlich die Gegenwart jenes anderen fremden Etwas spürte, das auf Befreiung drängte. »Es hat keinen Sinn. Es hat keinen Sinn.« Unglücklich drehte er sich auf die Seite. Bald darauf schläferte ihn die frische Luft ein, die zum Fenster hereinströmte. Als er die Augen wieder öffnete, war der Raum von Licht durchflutet. Dort draußen war die Sonne, riesenhaft und leuchtend im Morgenhimmel, und ihr Licht war durch das Wasser noch intensiver geworden und an die Zimmerdecke reflektiert, wo es wie Feuer loderte. Er sprang aus dem Bett, stellte sich ans Fenster, reckte sich, kratzte sich, gähnte und lachte. Wenn man früh genug aufstand, überlegte er, konnte man noch auf den abfahrenden Tag aufspringen und mühelos mitfahren, sonst aber fuhr er einem davon, und man mußte ihm keuchend nachlaufen. Aber wie man es auch machte, die Dunkelheit erreichte man mit dem Tag zusammen, immer wieder und wieder. Er begann ein paar morgendliche Turnübungen am offenen Fenster zu machen. Jahrelang war er unbemerkt einhergegangen, selbst nichts bemerkend, hatte die Anstrengungen und die Langeweile des Tages noch übertrieben, um genug Schlaf für die Nacht zu bekommen, und den Schlaf wiederum benutzt er, um die Energie zu gewinnen, mit der er den folgenden Tag bewältigte. Gewöhnlich nahm er sich nicht die Mühe, sich zu sagen: »Das ist alles, was dran ist; und was ist es, daß es der Mühe wert macht?« Denn er fühlte, daß es keine Antwort auf diese Frage gab. Aber im Augenblick schien es ihm, als hätte er eine einfache Lösung gefunden: Die Befriedigung, überhaupt damit fertig zu werden. Einerseits war diese Befriedigung gar nichts, andererseits war sie sehr viel. Jedenfalls glaubte er das an diesem

Morgen; er staunte über diese Anschauung, denn sie war ungewöhnlich genug.

Die Reinheit der Luft und die Kraft der Sonne ließen ihn beim Duschen pfeifen, ließen ihn während des Rasierens heftigen Hunger verspüren. Wilcox kam um fünf vor neun, klopfte laut an der Tür und ließ sich keuchend in einen Sessel fallen.

»Also heute ist der große Tag«, sagte er und versuchte, sowohl gleichgültig wie liebenswürdig zu erscheinen. »Bin ungern so früh aufgestanden. Aber es ist besser, diese Sachen so früh wie möglich zu erledigen.«

»Was für Sachen?« fragte Dyar in sein Handtuch hinein, mit dem er sich das Gesicht abtrocknete.

»Ashcombe-Danvers' Geld ist da. Du bringst es von Ramlal zum Crédit Foncier. Erinnerst du dich?«

»Oh.« Eine zusätzliche und unerwünschte Komplizierung seines Tages. Seine Stimme klang nicht erfreut, und Wilcox merkte es.

»Was ist los? Einbruch von Arbeit in dein gesellschaftliches Treiben?«

»Nein, nein. Nichts ist los«, sagte Dyar und frisierte sich vor dem Spiegel. »Ich überlege bloß, warum ich als Botenjunge ausgesucht wurde.«

»Was soll das heißen?« Wilcox setzte sich mit einem Ruck auf. »Seit zehn Tagen haben wir ausgemacht, daß du mir diese Sache abnimmst. Du hast ein Riesengeschrei gemacht, daß du arbeiten willst. Bei der ersten richtigen Arbeit, die ich dir gebe, fragst du, warum ich sie dir gebe! Ich hab' dich drum gebeten, weil es mir eine große Hilfe ist, das ist der Grund!«

»Schön, schön, schön. Ich hab' mich nicht darüber beschwert, oder?«

Wilcox wurde ruhiger. »Herr im Himmel, du hast aber eine komische Einstellung zu der ganzen Sache.«

»Findest du?« Dyar stand in der Sonne, sah auf ihn herunter und kämmte immer noch seine Haare. »Es könnte ja sein, daß die Sache etwas mulmig ist.«

Wilcox war im Begriff zu antworten. Dann besann er sich eines Besseren und beschloß, Dyar weiterreden zu lassen. Aber etwas in seinem Gesicht mußte Dyar gewarnt haben, und so sagte er, anstatt über die englischen Devisenbestimmungen zu reden, wie er es vorgehabt hatte, nur um Wilcox zu zeigen, daß er unter »mulmig« »illegal« verstand (da Wilcox zu glauben schien, daß er sogar in diesen Dingen total unwissend war), nur: »Nun, es wird auf jeden Fall nicht viel Zeit in Anspruch nehmen.«

»Fünf Minuten«, sagte Wilcox und stand auf. »Hast du schon Kaffee getrunken?« Dyar verneinte. »Dann laß uns gehen.«

»Gott, was für eine Sonne!« rief Dyar, als sie aus dem Hotel traten. Es war der erste schöne Morgen, den er erlebte, und die Welt um ihn erschien ihm neu, als erwache er nach endloser Nacht zum Tageslicht. »Riech doch die Luft«, sagte er und blieb stehen, eine Hand gegen den Stamm einer Palme gestützt, das Gesicht dem Strand zugewandt und hörbar schnüffelnd.

»Um Himmelswillen, laß uns gehen!« rief Wilcox und schritt aus, so rasch er konnte. Seine Ungeduld ging mit ihm durch. Dyar holte ihn ein und sah ihn neugierig an; er hatte nicht gewußt, daß Wilcox so nervös war. Und durch die langen Schritte, die er machte, ohne aufzupassen, wohin er ging, trat Wilcox in Hundekot, rutschte aus und fiel der Länge nach auf das Pflaster. Ehe er noch auf den Beinen war, fuhr er Dyar an: »Los, lach doch, verdammt noch mal! Lach!« Aber Dyar sah nur bekümmert aus. Es gab keinen Grund, in so einer Lage zu lachen. (Der plötzliche Anblick eines Menschen, der seiner Würde beraubt ist, erschien ihm keineswegs lächerlicher oder absurder, als die immerwährende Anstrengung, die erforderlich war, um diese Würde aufrechtzuerhalten, oder der Zustand der Menschlichkeit überhaupt in einer Welt, die zweifellos unmenschlich war.) Aber an diesem Morgen gab er sich Mühe, liebenswürdig zu sein, und lächelte, als er den Staub von Wilcox' Mantel abklopfte. »Bin ich verdreckt?« fragte Wilcox.

»Nein.«

»Na, dann komm. Gottverdammt.«

Sie gingen in das Lokal, in dem Dyar am vorhergehenden Tag gefrühstückt hatte, aber Wilcox wollte sich nicht setzen. »Wir haben keine Zeit.«

»Wir? Wo mußt du hin?«

»Wieder zurück ins Atlantide, sobald ich weiß, daß du wirklich auf dem Wege zu Ramlal bist und nicht zum Sonnenbaden an den Strand gehst.«

»Ich geh schon richtig. Kümmere dich nicht um mich.«

Sie gingen zur Tür. »Ich verlass' dich jetzt also«, sagte Wilcox. »Hast du alles verstanden?«

»*Kümmere* dich nicht um mich!«

»Komm bitte ins Hotel, wenn alles erledigt ist. Dann können wir frühstücken.«

»Schön.«

Wilcox ging erschöpft den Hügel hinauf. Als er im Atlantide war, zog er sich aus und ging wieder in sein Bett. Er konnte gerade noch einen kurzen Nicker machen, ehe Dyar kam.

Als Dyar die Avenida de Espana am Strand entlangging, in Richtung auf die Altstadt, spielte er mit dem Gedanken, zur amerikanischen Gesandtschaft zu gehen und dort die ganze Geschichte von Mme. Jouvenon zu erzählen. Aber wen würde er dort antreffen? Irgendein milchbärtiges Individuum aus dem Gesellschaftsregister, der zuerst kaum hinhören, ihn dann feindlich anstarren und mit kalter Stimme eine Reihe von Fragen stellen würde, deren Antworten er sich dann aufnotierte. Er stellte sich vor, wie er in das makellose Büro trat, einen herzlichen Händedruck empfing und den Stuhl vor dem Schreibtisch angeboten bekam.

»Guten Morgen. Was kann ich für Sie tun?«

Sein langes Zögern. »Nun, das ist etwas schwierig zu erklären. Ich weiß nicht ganz, wie ich es Ihnen sagen soll. Ich glaube, ich bin in eine Klemme geraten.«

Der Konsul oder Vizekonsul würde ihn fragend ansehen. »Sie *glauben?*« Pause. »Vielleicht sagen Sie mir zuerst einmal Ihren Namen.« Worauf er ihm dann nicht nur seinen Namen angeben, sondern ihm auch die ganze dumme Geschichte von gestern mittag im Empire erzählen würde. Der Mann würde interessiert aufblicken, sich räuspern, seine Hand über die Schreibtischplatte strecken und sagen: »Zeigen Sie mir jetzt erst mal den Scheck.«

»Den habe ich nicht. Ich habe ihn auf der Bank eingezahlt.«

»Wie geistvoll! (Wütend.) Dadurch haben wir zehnfache Arbeit.«

»Ich brauchte Geld.«

Die Stimme des anderen würde unangehmer werden. »Oh, Sie brauchen Geld? Sie haben ein Konto eröffnet und davon abgehoben. So ist das?«

»Richtig.«

Was würde er dann sagen? »Und jetzt bekommen Sie es mit der Angst zu tun und wollen sichergehen, daß Sie nicht in der Patsche bleiben?«

Dyar stellte sich vor, wie sein Gesicht rot vor Verlegenheit wurde, und er sagte: »Nun, die Tatsache, daß ich hierhergekommen bin, um Ihnen Bericht zu erstatten, beweist wohl, daß ich das Richtige tun möchte.«

Der andere würde erwidern: »Mr. Dyar, Sie kommen mir seltsam vor.« Wohin würde ein solches Interview führen? Außer daß es ihn für den Rest seines Aufenthaltes in der Internationalen Zone zu einer verdächtigen Figur machte – was würde bei dem Gang zur Gesandtschaft herauskommen?

Als er die Rampe hinaufging, die zu der Taxihaltestelle am Fuß des Castle-Club führte, kam er an einer Torfahrt vorüber, in der ein Hund und eine Katze, beides ausgewachsene Tiere, in der Sonne lagen und faul zusammen spielten. Er blieb stehen und betrachtete sie eine Weile, zusammen mit den anderen Vorübergehenden, die alle erfreut und erstaunt lächelten. Es war, als diente dieses Schauspiel bewußt dem Zweck, zu beweisen, daß Feindschaft nicht zu den unvermeidlichen Gesetzen des Daseins gehören und daß ein Waffenstillstand wenigstens in der Idee möglich war. Er ging weiter in der heißen Morgensonne die Straße hinauf, durch die Zoco Chico zu Ramlals Laden. Die Tür war verschlossen. Er ging in die Zoco zurück und telefonierte Wilcox vom Zentral Café aus an, wobei er neben der Espressomaschine an der Bar stand und von sämtlichen Kellnern angestarrt wurde.

»Noch nicht geöffnet!« rief Wilcox und überlegte. »Na«, sagte er schließlich, »dann warte eben, bis aufgemacht wird.« Er überlegte wieder. »Aber treib dich um Gotteswillen nicht vor dem Laden herum! Geh alle fünfzehn oder zwanzig Minuten vorbei und schau nach!«

»Schon recht. Schon recht.« Dyar hängte ein, zahlte bei dem fetten Barkeeper und ging wieder auf den Platz hinaus. Wenn Ramlal jetzt nicht geöffnet hatte, warum sollte er um halb elf oder elf offen sein? »Zum Teufel damit«, dachte er und begann, wieder in Richtung auf den Laden zu schlendern.

Er war immer noch geschlossen. Damit war die Sache für ihn erledigt. Er wollte für einige Zeit an den Strand hinuntergehen und sich in die Sonne legen. Auf diese Idee hatte ihn Wilcox gebracht. Er brauchte nur gegen halb ein Uhr wieder herzukommen, denn um diese Zeit schloß der Crédit Foncier. Zuerst trank er noch Kaffee und aß dazu einige Scheiben Toast mit Butter und Erdbeermarmelade.

Der Strand war flach, breit und weiß und kurvte einen vollkommenen Halbkreis nach dem Kap zu. Er ging den harten Sandstreifen entlang, den die Ebbe bloßgelegt hatte; er bildete einen nassen schmeichelhaften Spiegel für den Himmel, dessen Helle er noch verstärkte. Als er die paar hundert Meter verschalter Badekabinen und Erfrischungsbuden hinter sich hatte, zog er Schuhe und Strümpfe aus und rollte seine Hosenbeine auf. Bis jetzt war der Strand völlig verlassen gewesen, aber nun bewegten sich zwei Gestalten und ein Esel auf ihn zu. Als sie näher kamen, sah er, daß es zwei Berberfrauen waren, in rot-weißgestreifte Wolldecken gehüllt, als herrschte eine Temperatur von unter null Grad. Sie beachteten ihn nicht. Hier draußen, wo kein Hügel die flache Küstenlinie unterbrach, kühlte eine scharfe Brise jeden Fleck, den die Sonne erwärmt hatte, wieder aus. Vor ihm erblickte er jetzt mehrere winzige Fischerboote, die nebeneinander an Land gezogen waren. Er erreichte sie. Sie waren seit langer Zeit nicht mehr benutzt worden: das Holz war morsch und das Innere voller Sand. Nirgends war ein menschliches Wesen zu sehen. Die beiden Frauen und der Esel hatten den Strand verlassen, waren landeinwärts über die Dünen gegangen und verschwunden. Er zog sich aus und stieg in ein Boot, das halb vom Sand verweht war. Der Sand füllte das Heck und wurde nach der Mitte zu weniger, wodurch ein herrliches, der Sonne zugewandtes Lager entstand.

Draußen pfiff der Wind vorbei; hier drinnen war nichts als die Sonne, die heiß auf die Haut prallte. Eine Weile lag er so da, spürte überdeutlich die angenehme Wärme und befand sich in einem Zustand bewußter Wohligkeit. Wenn er mit fast geschlossenen Augen in die Sonne sah, wogte ein Gewebe kristallenen Feuers über dem schmalen Spalt seiner Lider, und seine Wimpern ließen die grausamen Lichtbündel hin- und herschießen. Es war lange her, seit er das letzte Mal nackt in der Sonne gelegen hatte. Er erinnerte sich, daß Sonnenstrahlen jeden Gedanken aus dem Kopf sogen, wenn man lange genug liegen blieb. Das war es, was er wollte: hart und trocken gebrannt werden, die nebelhaften Sorgen, eine nach der anderen verdunsten lassen und endlich die Gewißheit haben, daß all die feuchten kleinen Zweifel und Zagheiten im großen Schmelztiegel der Sonne verrauchten und vergingen. Schließlich vergaß er auch diese Wünsche, seine Muskeln entspannten sich, und er dämmerte vor sich hin. Ab und zu erwachte er und hob seinen Kopf über den wurmzerfressenen Bootsrand, um den Strand entlang zu schauen. Er sah keine Menschenseele. Nach einiger Zeit hörte er auch damit auf. Einmal drehte er sich um und lag mit dem Gesicht nach unten auf dem harten Sand, und die Sonne legte sich wie eine glühende Decke über seinen Rücken. Der weiche regelmäßige Kastagnettenschlag der Wellen war wie das ferne Atmen des Morgens; der Ton filterte durch Myriaden Teilchen der Luft, ehe er sein Ohr erreichte. Als er sich wieder umdrehte und in den Himmel sah, schien er ihm weiter entrückt, als er ihn je gesehen hatte. Trotzdem fühlte er sich seinem eigenen Ich sehr nahe, vielleicht deshalb, weil ein Mensch erst aufhören mußte, sich selbst als etwas, das »unterwegs« war, zu betrachten, um sich wirklich lebendig zu fühlen. Erst mußte ein völliger Einhalt kommen, ein völliges Vergessen. Eine Stimme sagt: »Warte«, aber gewöhnlich hört man nicht darauf, denn wenn man wartet, könnte es zu spät sein. Außerdem könnte man, wenn man wirklich wartet, sich plötzlich in einer anderen Richtung weiterbewegen, und auch das ist ein erschreckender Gedanke. Denn das Leben bewegt sich nicht in einer bestimmten Richtung oder aus einer bestimmten Richtung; nicht einmal von der Vergangenheit zur Gegenwart oder von der Jugend zum Alter, von der Geburt zum Tod. Die Gesamtheit eines Lebens ist nicht gleich der Summe seiner einzelnen Abschnitte. Es gleicht jedem einzelnen Abschnitt; eine Summe gibt es nicht. Der ausgewachsene Mann ist dem Leben nicht mehr verhaftet als das neugeborene Kind; sein einziger Vorteil ist der, daß er sich manchmal der Substanz des Lebens bewußt sein mag, und wenn er kein Narr ist, wird er nicht nach Gründen oder Erklärungen suchen. Das Leben verlangt keine Erklärungen und keine Rechtfertigung. Von wo immer auch es angepackt wird, das Resultat wird stets dasselbe sein: Leben um des Lebens willen, das Außerordentliche der Tatsache des lebendigen Individuums. Unterdessen ißt man. Und so fühlte er, in der Sonne liegend und sich selbst nah, daß er da war und freute sich über diese Erkenntnis. Wenn er wollte, so konnte er vorgeben, ein Amerikaner namens Nelson Dyar zu sein, mit viertausend Peseten in der Tasche seiner Jacke, die über dem Hecksitz des Bootes lag, aber er wußte auch, daß dies nur ein unwesentlicher und entfernter Teil der ganzen Wahrheit war. Vor allem war er ein Mann, der auf dem Sand lag, der den Boden eines morschen Bootes bedeckte, ein Mann, der mit seiner linken Hand, wenn er sie wenige Zentimeter bewegte, die sonnenheiße Bootswand berühren konnte, ein Mann, dessen Körper eine bestimmte Menge der warmen Morgenluft absorbierte. Alles, was er je gedacht oder getan hatte, war nicht von ihm gedacht oder getan worden, sondern von einem Teil der großen Masse von Lebewesen, die nur deshalb so handelten, weil sie sich auf den Weg von der Geburt zum Tod befanden. Er war nicht länger mehr ein Teil dieser Masse: nun, da er sich aufgegeben hatte, konnte er von niemandem mehr Hilfe erwarten. Wenn ein Mensch nicht mehr auf dem Weg zu irgend etwas war, wenn das Leben etwas anderes, vollkommen Verschiedenes war, wenn Leben nur noch eine Frage des Daseins während eines einzigen langen, ununterbrochenen Augenblicks war, dann war das beste, was er tun konnte, ruhig dazusitzen und zu »sein«, und was immer auch geschehen würde, er würde »sein«. Was immer auch ein Mensch dachte, sagte oder tat – die Tatsache seines Daseins blieb unveränderlich. Und der Tod? Er fühlte, daß er eines Tages, wenn er weit genug dachte, zu der Erkenntnis kommen würde, daß auch der Tod nichts änderte.

Das angenehme Bad unbestimmter Gedanken, in dem sein Gehirn gelegen hatte, genügte ihm nicht länger. Mit einiger Anstrengung hob er seinen Kopf und drehte sein Handgelenk, um auf die Uhr zu sehen. Es war zehn Minuten nach zwölf. Er sprang auf, zog sich rasch, bis auf die Socken und Schuhe, an, und machte sich auf dem noch immer verlassenen Strand auf den Rückweg. Obwohl er so schnell ging, daß er völlig außer Atem war, war es bereits dreiviertel eins, als er die ersten Häuser erreichte. Der Crédit Foncier würde geschlossen haben; er mußte seinen Auftrag nach dem Mittagessen erledigen. Er kam gegenüber dem Hotel de la Playa heraus, überquerte den Strand, kletterte die Stufen zur Straße hinauf und ging barfuß hinein. Der Junge am Empfang überreichte ihm eine Botschaft. »Jack hat telefoniert; er verliert die Nerven«, dachte er, als er den Zettel sah. Aber er las: »*Sr. Doan, 26–16. Immediatemente.*« Immer noch in der Annahme, daß dies wahrscheinlich Wilcox sei, der verzweifelt versuchte, ihn zu erreichen, möglicherweise aus dem Büro oder aus der Wohnung von jemand anderem, gab er dem Jungen die Nummer, wartete am Empfang und trommelte mit den Fingern auf der Platte, bis die Verbindung hergestellt war.

Er nahm den Hörer und hörte eine Männerstimme, die sagte: »Amerikanische Gesandtschaft.« Er hängte leise ein und ging, ohne eine Erklärung für den Jungen, in eine Ecke, wo er sich hinsetzte und seine Socken und Schuhe anzog. Nachdem er den zweiten Schnürsenkel gebunden hatte, lehnte er sich zurück und schloß die Augen. Unter den Fingern seiner beiden Hände fühlte er die glatte Holzkante einer Armlehne. Draußen fuhr ein Lastwagen vorüber, der Fehlzündung hatte. Die Halle roch nach Chlorkalk. Die ersten paar Minuten fühlte er sich weder ruhig noch erregt; er war gelähmt. Dann, als er die Augen öffnete, dachte er triumphierend: »So ist das also.« Und sofort danach verspürte er zum zweiten Mal an diesem Tag starken Hunger. Er hatte keinen Plan, nach dem er handeln wollte; er wollte essen, er wollte die Sache mit Ramlal erledigen und Wilcox mitteilen, daß sie erledigt sei. Je nachdem er aufgelegt war, wollte er dann Mr. Doan von der amerikanischen Gesandtschaft anrufen, um zu erfahren, was los war. (Er tröstete sich mit dem Gedanken, daß es nicht sicher sei, ob der Anruf etwas mit dem Jouvenon-Unsinn zu tun hatte – tatsächlich war er manchmal fast sicher, daß es nichts damit zu tun hatte.) Was aber das Diner in Mme. Jouvenons Wohnung betraf...

Er sprang auf und brüllte den Jungen, der sich hinter der Empfangstheke versteckt hatte, an: »Taxi!« Er deutete auf das Telefon. Er ging zur Tür und sah auf die Straße hinaus und versuchte, sich zu beruhigen, indem er überlegte, daß sie nicht telefoniert hätten, wenn sie die Sache untersuchen wollten. Aber dann erinnerte er sich an etwas, das Daisy ihm gesagt hatte – die Zone sei so klein, daß die Polizei innerhalb weniger Stunden ihre Hand auf jeden legen konnte. Die Gesandtschaft konnte es sich leisten, abzuwarten und höflich zu sein, jedenfalls so lange, bis sie wußte, was gespielt wurde.

Das Taxi fegte aus einer Seitenstraße der Oberstadt herein und hielt vor dem Eingang. Er stieg rasch ein, beugte sich aus dem Rücksitz vor und dirigierte es die Avenida de Espana entlang bis zum Fuß der Araberstadt.

Der Tag nahm seinen Lauf; die Stadt brodelte in der heißen hellen Luft. Oben auf dem Berg, im Rosengarten der Villa Hesperides, jätete Daisy de Valverde um Mittag ein bißchen Unkraut. Als ihr die Anstrengung zuviel wurde, ließ sie sich eine Luftmatratze neben das Schwimmbassin bringen und legte sich im Badeanzug darauf. Es gab im Winter viel zu wenig solcher Tage in Tanger. Wenn Luis aus Casablanca zurückkam, wollte sie wieder ernsthaft mit ihm über Ägypten reden. Seit dem Krieg hatten sie jedes Jahr einen Teil des Winters in Kairo, Luxor und Wadi Halfa verbracht,aber dieses Jahr hatten sie irgendwie nicht die Energie aufgebracht abzureisen. Dann hatte sie in der letzten Minute versucht, ein Zimmer im Mamounia in Marrakesch zu bekommen, und als sich das als unmöglich herausstellte, war ihr der Gedanke gekommen, Mme. Werths Bestellung zu usurpieren, mit der Begründung, daß diese Dame schon immer kränklich gewesen sei und möglicherweise zum Zeitpunkt ihrer Abreise das Zimmer nicht brauchte. Dieser kleine Plan war natürlich durch Jack Wilcox' ärgerliches Benehmen vereitelt worden.

»Eigentlich ist er sehr süß«, dachte sie, womit sie nicht Wilcox, sondern Dyar meinte. Sie erhob sich bald wieder, ging ins Haus und läutete nach Mario. »Verbinde mich mit dem Hotel de la Playa«, sagte sie.

Wilcox war ins Atlantide gegangen, hatte sich ausgezogen und war ins Bett gestiegen. Dort war er trotz seiner Ängste wegen des Ashcombe-Danverschen Sterling-Transfers in tiefen Schlummer gesunken, endlich erschöpft von der schlaflosen Nacht. Er erwachte um ein Uhr fünfundzwanzig (gerade als Dyar in Ramlals Laden ging), sah, wie spät es war, und telefonierte wütend nach unten, um zu erfahren, was los sei. Wenn etwas schiefging, so war es gewöhnlich die Schuld eines der Angestellten am Empfang.

»Waren Telefonanrufe für mich da?« fragte er. Der junge Mann wußte von nichts: er hatte seinen Dienst erst um ein Uhr begonnen.

»Sehen Sie in meinem Fach nach!« brüllte Wilcox. Der junge

Mann war beleidigt. Er fing an, ihm die Mitteilungen vorzulesen, die für den Gast im Zimmer unter Wilcox' bestimmt waren. »O Herr im Himmel, Allmächtiger!« schrie Wilcox, zog sich an und ging nach unten, um selber nachzusehen. Sein Fach war leer. Es blieb ihm nichts anderes übrig, als dem Jüngling am Empfang eine Standpauke zu halten, dann ging er in die Bar, brütete über einem Whisky, grunzte ab und zu kurz als Antwort auf das sporadische Geschwätz des Mixers und überlegte, es sei gut möglich, daß Dyar dagewesen war und nach ihm gefragt hatte und daß ihm mitgeteilt worden war, Mr. Wilcox sei ausgegangen.

XVI

Leicht schwitzend nach seinem raschen Aufstieg vom Hafen, trat Dyar aus dem gelben Glast der Straße in die Dunkelheit des Ladens. Der junge Ramlal las eine Zeitung; er saß auf einem hohen Tisch, der das einzige Möbelstück in dem winzigen Raum war, und baumelte mit den Beinen. Seine glatten Gesichtszüge zeigten, als er aufblickte, nicht den geringsten Ausdruck des Erkennens, aber er sprang herunter und sagte: »Guten Morgen. Ich habe Sie schon früher erwartet.«

»Ich bin auch zweimal dagewesen, aber Sie hatten geschlossen.«

»Ah, *zu* früh. Nehmen Sie eine Zigarette?«

»Danke.«

Der Inder warf sein Feuerzeug auf den Tisch und fuhr fort: »Ich habe auf Sie gewartet. Wissen Sie, ich wollte das Paket nicht hierlassen, zum Essen wollte ich es auch nicht mitnehmen. Wenn Sie nicht gekommen wären, hätte ich gewartet. Also können Sie verstehen, daß ich froh bin, Sie zu sehen.« Er lächelte.

»Oh«, sagte Dyar. »Es tut mir leid, daß Sie warten mußten.«

»Das macht gar nichts. Überhaupt nichts.« Glücklich über die Entschuldigung, die er erpreßt hatte, holte Ramlal einen Schlüssel aus seiner Hosentasche und öffnete eine Tischschublade. Er entnahm ihr eine große Pappschachtel mit der Aufschrift »Consul«. Zwanzig Dosen zu fünfzig Stück. Eine Mischung der feinsten ausgereiften Virginia-Tabake. »Ich rate Ihnen nicht, es hier zu zählen«, sagte er. »Aber das ist es.« Er öffnete die Schachtel, und Dyar sah die Bündel dünnen weißen Papiers. Dann schloß er sie rasch wieder, als könnte ein Mehr an Licht und Luft ihren kostbaren Inhalt verderben. Indem er eine seiner dunklen schmalen Hände schützend über den Karton hielt, fuhr Ramlal fort: »Mein Vater hat sie natürlich in Gibraltar gezählt, und ich zählte sie gestern abend. Deshalb kann ich Ihnen garantieren, daß eintausendachthundert Fünfpfundnoten in dieser Schachtel sind. Wenn Sie jetzt nachzählen wollen, so ist es mir recht. Aber –« Er deutete vielsagend auf die Menschenmenge, die wenige Schritte entfernt auf der Straße vorbeiging, und lächelte. »Man kann nie wissen…«

»Zum Teufel. Das macht nichts.« Dyar versuchte, freundlich auszusehen.

»Ich nehme Ihr Wort dafür. Wenn sich Unstimmigkeiten herausstellen sollten, wissen wir ja, wo wir Sie finden können.«

Der andere sah ihn bei diesen letzten Worten etwas verletzt an, drehte sich um und holte ein großes Stück glänzendes, blau-weißes Packpapier, auf das in regelmäßigen Abständen die Worte »Galerie Lafayette« gedruckt waren. Mit geschäftsmäßiger Gewandtheit machte er ein adrettes Paket und verschnürte es mit einer schneeweißen Kordel.

»Das hätten wir«, sagte er, trat zurück und verneigte sich leicht. »Und wenn Sie an Mr. Ashcombe-Danvers schreiben, vergessen Sie bitte nicht, ihm Grüße von meinem Vater und Empfehlungen meinerseits zu übermitteln.«

Dyar dankte ihm und ging, das Paket fest unter dem Arm, auf die Straße hinaus. Das ist jedenfalls erledigt, dachte er. Bis er gegessen hatte, würde der Crédit Foncier offen sein. Er bummelte durch die Zoco de Fuera zu dem italienischen Restaurant, in dem er die vergangene Nacht gegessen hatte. Die Bündel großer, solider weißer Banknoten hatten gar nicht nach Geld ausgesehen;

Geld war grün, und echte Scheine waren klein und handlich. Für ihn war es keine Sensation, eine große Summe fremden Geldes in der Hand zu haben; deshalb verursachte ihm der Gedanke an seine Verantwortung auch keine unnötige Nervosität. Im Restaurant legte er das Paket auf den Boden neben seine Füße und sah während des Essens ab und zu hin. Gerade heute, dachte er, wäre er gern frei gewesen; er hätte vielleicht ein kleines Cabriolet gemietet, um mit Hadija über Land zu fahren, oder noch besser, er hätte einen Zug genommen und wäre ins Innere von Afrika gefahren, bis zur Endstation der Linie. (Und von dort aus? Afrika war groß und würde selbst zu weiteren Unternehmungen anregen.) Er wäre sogar wieder zu einem Ausflug an den Strand aufgebrochen und wäre diesmal ins Wasser gegangen und geschwommen. Statt dessen nahmen seine Besuche im Crédit Foncier und im Hotel Atlantide den besten Teil des Nachmittags in Anspruch, und Wilcox würde wieder an ihm herumnörgeln und ihn anbrüllen, sobald er wußte, daß das Geld sicher in der Bank deponiert war. Er beschloß, ihm zu sagen, daß er dreimal umsonst bei Ramlal gewesen war statt zweimal.

Wenige Minuten nach zwei stand er auf, nahm sein Paket und zahlte bei der dicken *patronne*, die hinter der Theke an der Tür stand, seine Rechnung. Während er in die strahlende Sonne hinausging, bemitleidete er sich ein wenig, daß er an solch einem Nachmittag Verpflichtungen hatte. Als er zum Crédit Foncier kam, waren die Türen geöffnet, und er ging hinein in die schäbige Düsternis des Schalterraums. Hinter den Eisengittern der Schalter sah man die Buchhalter auf hohen Hockern vor ihren Pulten sitzen. Er stieg die bröckelige Marmortreppe hinauf; ein uniformierter Araber rief ihn zurück. »Mr. Benzekri«, sagte er. Der Araber ließ ihn weitergehen, sah ihm aber mißtrauisch nach.

Die beigegetönten Wände des kleinen Büros waren entstellt durch rostige Flecken, die sich unförmig von der Decke bis zum Fußboden ausbreiteten. Mr. Benzekri saß in einem riesigen schwarzen Sessel und blickte noch bekümmerter drein als damals, als sie sich im Café España getroffen hatten. Er nickte langsam mit dem Kopf, während er das Paket auspackte, als wollte er sagen: »Ach ja, noch mehr von diesem dreckigen Papier, das gezählt und aufbewahrt werden muß.« Als er aber die sorgfältig verschnürten Bündel sah, blickte er Dyar scharf an. »Fünfpfundnoten? Die können wir nicht annehmen.«

»Was?« Dyar war von dem lauten Tonfall seiner eigenen Stimme überrascht. »Können Sie nicht annehmen?« Er sah sich auf endlosen Wegen zwischen einem wütenden Wilcox und einem lächelnden Ramlal hin- und herirren. Mr. Benzekri blieb jedoch völlig ruhig.

»Wie Sie wissen, sind Fünfpfundnoten hier außer Kurs.« Dyar war im Begriff, ihn zu unterbrechen und seine Unkenntnis zu beteuern, aber Mr. Benzekri wickelte bereits wieder das blau-weiße Papier um die Schachtel und fuhr fort: »Chocron wird sie Ihnen umwechseln. Er wird Ihnen Peseten geben, die wir wiederum in Pfunde umtauschen. Mr. Ashcombe-Danvers möchte natürlich Pfundnoten auf seinen Konten. Er wird bei dem zweimaligen Wechseln Verluste haben, aber das kann ich leider nicht ändern. Diese Scheine sind in Tanger illegal.«

Dyar war noch immer verwirrt. »Aber wie kommen Sie darauf, daß dieser Mann –« Er zögerte.

»Chocron?«

»Wie kommen Sie darauf, daß *er* illegales Geld kauft?«

Ein flüchtiges, müdes Lächeln streifte Mr. Benzekris melancholische Lippen. »Er wird es nehmen«, sagte er ruhig. Und er lehnte sich zurück und starrte vor sich hin, als hätte Dyar bereits das Zimmer verlassen. Als aber Dyar das sorgsam verpackte Paket wieder ergriff, sagte er: »Warten Sie«, beugte sich vor, kritzelte einige Worte auf einen Notizblock, riß das Blatt ab und gab es ihm. »Geben Sie das Chocron. Kommen Sie vor vier wieder. Um vier schließen wir. Die Adresse steht oben auf dem Zettel.«

»Das wird mir viel nützen«, dachte Dyar. Er dankte Mr. Benzekri und ging hinunter, hinaus in die Zoco Chico, wo über dem Café Central die gestreifte Markise heruntergelassen wurde, um die Gäste vor der heißen Nachmittagssonne zu schützen. Er ging zu einem eingeborenen Polizisten, der großartig in der Mitte des Platzes stand, und fragte ihn, wie er zur Calle Sinagoga komme. Sie schien, soweit er das aus den Bewegungen des Mannes sehen konnte, ganz in der Nähe zu sein: die Hauptstraße hinauf und nach links. Er hatte jede Hoffnung aufgegeben, an den Strand gehen zu können. Der nächste sonnige Tag kam vielleicht erst in drei Wochen wieder, das war unberechenbar. In seinem Inneren verfluchte er Ramlal, Wilcox und Ashcombe-Danvers.

Chocrons Büro war auf dem obersten Absatz einer Treppenflucht, in einem unordentlichen kleinen Zimmer, das wie ein Erker über der engen Straße hing, und der graubärtige Chocron, der in dem langen schwarzen Gewand und dem Käppchen, das die älteren Juden der Gemeinde trugen, sehr vornehm aussah, strahlte, als er Benzekris Botschaft las. Seine englischen Kenntnisse waren jedoch gleich Null. »Zeigen«, sagte er und deutete auf die Schachtel, die Dyar öffnete. »Setzen«, schlug Chocron vor, holte die Bündel aus der Schachtel und fing eilig an, die Noten zu zählen, wobei er von Zeit zu Zeit seinen Finger mit der Zunge anfeuchtete. »Dieser und Benzekri sind wahrscheinlich Gauner«, dachte Dyar ungemütlich. Trotzdem, der Pesetenkurs für Pfunde stand auf Tafeln geschrieben, die alle paar Meter entlang der Straße standen; sie konnten nicht zu weit davon abweichen. Oder vielleicht doch, nachdem die Pfunde illegal waren. Auch wenn die Scheine selbst gültig waren, zeugte ihr Vorhandensein in Tanger von einer Gesetzesübertretung; was für einen Wechselkurs sich Chocron und Benzekri auch ausdachten, es gab keine Möglichkeit, bei irgendeiner Behörde Regreßansprüche geltend zu machen. Von der Straße her ertönten die langgezogenen Rufe eines Zuckerwarenverkäufers, die wie religiöse Gesänge klangen. Mr. Chocrons geübte Finger bearbeiteten weiter die Ecken der Geldscheine. Gelegentlich hielt er einen gegen das Licht, das durch das Fenster kam, und untersuchte ihn. Wenn er mit einem Bündel fertig war, band er es sorgfältig wieder zusammen, ohne Dyar jemals anzusehen. Endlich legte er alle Bündel wieder in die Schachtel zurück, nahm den Papierzettel, den Mr. Benzekri ihm geschickt hatte, drehte ihn um und schrieb auf die Rückseite: 138 Peseten. Er schob Dyar das Papier zu und starrte ihn an. Das war etwas höher als die Kurse, die auf der Straße ausgeschrieben waren und zwischen 133 und 136 pro Pfund schwankten. Dyar, der immer noch mißtrauisch war, schnitt Grimassen, fuchtelte und sagte: »Was machen mit solchem Geld?« Anscheinend verstand Chocron besser Englisch, als er sprach. »Palästina«, antwortete er lakonisch und deutete aus dem Fenster. Dyar fing an, 138 mit 9000 zu multiplizieren, aus reinem Vergnügen. Dann schrieb er die Zahl 142 nieder und schob dem anderen das Papier hin, um zu sehen, wie der reagierte. Chocron brach in blumiges Spanisch aus, und es war deutlich zu erkennen, daß er keineswegs vorhatte, so hoch zu gehen. Irgendwo in diesem Wortschwall fing Dyar den Namen Benzekri auf; dies und der Gedanke, daß 142 Peseten zu viel für ein Pfund waren, waren alles, was er von dem Monolog verstand. Immerhin erwärmte er sich für das Spiel. Wenn er sich ruhig verhielt, würde Chocron sein Angebot wahrscheinlich erhöhen. Es dauerte eine Weile. Chocron zog ein Notizbuch aus einer Schublade und begann eine Reihe arithmetischer Aufgaben zu lösen. Einmal zog er ein silbernes Döschen hervor und inhalierte etwas Schnupftabak in jedes seiner Nasenlöcher. Dann steckte er es wieder ein und fuhr in seiner Arbeit fort. Dyar wartete und klopfte mit seiner rechten Fußspitze einen Marschrhythmus auf den roten Kachelboden. Man konnte hier jeden Preis ändern, so hatte ihm Wilcox gesagt, man mußte nur wissen, wie, und die primitivsten Grundregeln dieses Spiels waren Geduld und scheinbare Gleichgültigkeit. (Er erinnerte sich einer Anekdote, die Wilcox ihm erzählt hatte: ein Araber vom Land versuchte, in einem Postamt fünf Minuten lang eine Fünfundsiebzig-Centimó-Marke für sechzig Centimós zu bekommen, und ging schließlich beleidigt weg, als der Beamte sich weigerte, mit ihm zu handeln.) In diesem Fall war die Gleichgültigkeit mehr als gespielt; er hatte kein Interesse daran, Ashcombe-Danvers einige tausend Peseten zu ersparen. Es war nichts als ein Spiel. Er versuchte sich vorzustellen, wie er sich wohl jetzt fühlen würde, wenn das Geld ihm gehörte. Wahrscheinlich hätte er dann nicht den Mut, überhaupt zu handeln. Es war ein Unterschied, ob man mit Geld spielte, das einem eine Wirklichkeit bedeutete, oder nicht. Aber hier war alles unwirklich. Das kleine, mit Möbeln vollgestopfte Zimmer, der bärtige, schwarzgekleidete Mann ihm gegenüber, der mechanisch Ziffern in das Notizbuch eintrug, das goldene Licht des scheidenden Nachmittags, die der Straße eigentümlichen Geräusche vor dem Fenster – all diese Dinge waren von einer unerklärlichen, nur angedeuteten Substanz, die sie des vertrauten Gefühls von Sicherheit beraubte, das jeder Realität zugrunde lag. Vor allem aber war er sich der Lächerlichkeit seiner eigenen Lage bewußt. Er zweifelte jetzt nicht mehr, daß der Anruf der amerikanischen Gesandtschaft etwas mit der Affäre Jouvenon zu tun hatte. Wenn er heute sowohl den Anruf wie auch die Verabredung zum Diner ignorierte, würden sie ihn morgen von zwei Seiten überfallen.

Dyar hatte das Gefühl, sich mit jedem Tag, der verging, einen Schritt weiter von der Erde zu entfernen; es war unvermeidlich, daß er irgendwann einmal versuchen würde, wieder in ihre Mitte zu rücken. Um ganz an die Wirklichkeit der Umstände, in denen man sich befindet, glauben zu können, muß der Mensch fühlen, daß sie irgendeine wenn auch noch so entfernte Beziehung zu anderen, ihm bekannten Situationen haben. Wenn dieser Zusammenhang nicht gefunden werden kann, ist man von der Umwelt abgeschnitten. Nachdem aber der innere Orientierungssinn vom genauen Funktionieren der äußeren Welt abhängig ist – jedenfalls war das seine Überzeugung –, war er immer bereit, bewußt oder unbewußt jeden Versuch zu unternehmen, um das Gleichgewichtsgefühl wiederherzustellen. Der Mensch ist ein Instrument, das bemüht ist, sich neuen Umwelten anzupassen; er muß die ungewohnten Umrisse erst einmal in sein Blickfeld bekommen. Und im Augenblick war die Außenwelt sehr weit entrückt – so weit, daß das Bein von Chocrons Pult genau so gut ein Gegenstand sein konnte, den man vom Fernrohr einer Sternwarte aus betrachtete. Er hatte das Gefühl, er könnte mit einer enormen

Anstrengung eine Änderung herbeiführen: entweder würde das Pultbein verschwinden, oder aber es bliebe, und er wäre in der Lage, sein Vorhandensein zu begreifen. Er hielt den Atem an. Durch den darauffolgenden Schwindelanfall hörte er Chocrons Stimme, die etwas sagte, das ihm unverständlich war. »Cientocuarenta. Mire.« Er hielt ihm ein Stück Papier hin, damit er es lesen sollte. Mit dem Gefühl, ein enormes Gewicht zu heben, hob Dyar seine Augenlider, sah Zahlen auf dem Papier und verspürte gleichzeitig, wie sich in seinem Inneren eine große unwiderstehliche Umwälzung vollzog. »Hah?« sagte er. Chocron hatte »140« geschrieben.

»Gut.«

»Einen Augenblick«, sagte Chocron; er erhob sich, nahm die Schachtel mit dem Geld, ging ins Nebenzimmer und schloß die Tür hinter sich.

Dyar rührte sich nicht. Er starrte aus dem Fenster, auf die Mauer des gegenüberliegenden Gebäudes. Das innere Beben ebbte ab; das Zentrum hatte sich verschoben, und die neuen Blickpunkte schienen weit angenehmer zu sein. Es war, als wäre aus seinem Gesichtsfeld etwas entfernt worden, das ihn gehindert hatte, festzustellen, wie er die äußere Szenerie ändern könnte. Aber er mißtraute dieser ganzen Folge persönlicher Erlebnisse, die sich ihm seit seinem Hiersein aufgedrängt hatten. Er war gewohnt an lange Strecken unerträglicher Langeweile, unterbrochen durch kleinere Krisen von Überdruß; diese heftigen inneren Erschütterungen schienen jedoch nicht zu seinem Leben zu gehören. Sie waren vielmehr ein Teil dieses sinnlosen Ortes, an dem er sich befand. Immerhin, wenn der Ort ihn auf diese Weise berührte, so war es besser, er gewöhnte sich an die Auswirkungen und lernte, mit ihnen fertig zu werden.

Als Chocron zurückkam, hatte er die Schachtel bei sich, aber diesmal waren die Scheine, die sich darin befanden, kleiner, bräunlich-grün, violett und weniger zahlreich. Er stellte die Schachtel auf das Pult und schrieb, immer noch stehend, so daß Dyar es sehen konnte, in sein Notizbuch: 1260 à 1000 p. »Zählen«, sagte er. Es dauerte endlos, obgleich die meisten Scheine neu und glatt waren.

Na, das ist fein, dachte Dyar, als er fertig war. Fünfundzwanzigtausendzweihundert Dollar oder so ähnlich, und keiner konnte einen aufhalten. Man spazierte einfach zur Tür hinaus. Eine Sekunde lang sah er Chocron neugierig ins Gesicht. Keiner außer Wilcox. Das stimmte. Und nur Wilcox allein – nicht Wilcox und die Polizei. Mein Gott, was für eine Situation, dachte er. Es lohnt sich fast, das Spiel zu spielen, wenn es nur der Unterhaltung wegen ist.

Er bemerkte kaum Chocrons Händedruck und die steile Treppe, die auf die Straße führte. Ohne zu denken, die Augen auf das Pflaster gesenkt, ging er langsam dahin, gestoßen von Wasserträgern und ältlichen Jüdinnen in ausgefransten Umschlagetüchern. Aber er fühlte das glänzende Papier um die Schachtel und wußte, daß Chocron sie sorgfältig eingepackt hatte und daß sie wieder nichts als ein Paket aus der Galerie Lafayette war. Er ging unter einem hohen Bogen hindurch, wo Araber Bananen und plumpe Glaswaren verkauften; linkerhand erkannte er Thamis Café.

Als er hineinschaute, spielte dort kein Radio. Es war dunkel, und er hatte den Eindruck, daß das Café fast leer war.

»*Quiere algo?*« sagte der *qaouaji*.

»Nein, nein.« Die Luft war gesättigt vom Aroma des Kif-Rauches. Eine Hand ergriff seinen Arm und drückte ihn sanft. Er drehte sich um.

»Hallo«, sagte Thami.

»He!« Es war fast, als begegnete er einem alten Freund; er wußte nicht, weshalb, außer daß er sich den ganzen endlos erscheinenden Tag einsam gefühlt hatte. »Ich habe nicht gedacht, daß du hier bist.«

»Ich hab' dir doch gesagt, daß ich immer hier bin.«

»Weshalb hast du dann ein Zuhause?«

Thami schnitt eine Grimasse und spuckte aus. »Zum Schlafen, wenn ich nichts Besseres finde.«

»Und eine Frau? Zu was hast du eine Frau?«

»Aus dem gleichen Grund. Setz dich. Nimm ein Glas guten Tee.«

»Kann nicht. Ich muß gehen.« Er sah auf seine Uhr: es war dreiviertel vier. »Ich muß sogar schnell gehen.« Zum Crédit Foncier waren es nur drei Minuten zu Fuß, aber er wollte sicher sein, anzukommen, ehe sie die Eisengitter schlossen.

»Gehst du rauf oder runter?«

»Nach der Zoco Chico.«

»Ich begleite dich.«

»Okay.« Er wollte Thami gar nicht dabeihaben, aber er sah keinen Ausweg, ihn loszuwerden, und jedenfalls, dachte er, konnten sie nachher zusammen einen heben.

Während sie gingen, betrachtete Thami traurig seine eigenen Hosen, die sehr ungebügelt und mit Fett beschmiert waren.

»Meine alten Kleider«, bemerkte er und deutete. »Sehr alt. Um auf meinem Boot zu arbeiten.«

»Oh, du hast das Boot gekauft?«

»Natürlich hab ich es gekauft. Ich hab dir doch gesagt, daß ich es vorhabe.« Er grinste. »Jetzt hab ich's. Mister Thami Beidaoui, propietario von einem alten Boot. Einem sehr alten Boot, aber es läuft schnell.«

»Läuft schnell?« wiederholt Dyar gedankenlos.

»Wie schnell, weiß ich nicht, aber schneller als die Fischerboote hier in der Gegend. Es ist ein altes Boot, weißt du. Es kann nicht wie ein neues laufen.«

»Nein, natürlich nicht.«

Sie kamen an Ramlals Laden vorbei. Er war geschlossen. Ramlal hatte dem Arrangement von Füllfederhaltern, Zelluloidspielsachen und Armbanduhren noch sechs Batterien für Kofferradios hinzugefügt. Sie gingen an »El Gran Paris« vorüber, in dessen Schaufenstern ein Chaos von Regenmänteln ausgestellt war. Es war immer schwer, die Zoco Chico anzupeilen, denn Gruppen von Schwätzern standen wie Felsen im Meer zwischen der sie umspülenden Menge, die in alle Richtungen strömte. Als sie am Ende einer Treppe, die zwischen zwei Cafés hindurchführte, angekommen waren und Dyar glaubte, am Eingang zum Crédit Foncier zu stehen, bemerkte er, daß sogar der Weg zum Außenhof durch hohe verschlossene Gitter versperrt war.

»Das kann nicht sein«, sagte er und sah unsicher die Plaza entlang.

»Was suchst du?« fragte Thami, etwas verärgert, weil Dyar ihm nicht schon lange mitgeteilt hatte, wo er hinging und aus welchem Grund. Dyar antwortete nicht; sein Herz versagte, denn er wußte jetzt genau, daß dies der Crédit Foncier war und daß er geschlossen hatte. Er rannte die Stufen hinauf, rüttelte an dem Gitter, trommlte dagegen und überlegte, ob man ihn wohl durch das unendliche Geschwirr von Stimmen, die von der Zoco heraufstiegen, hören konnte.

Thami stieg langsam die Treppe hinauf und sagte mürrisch: »Warum willst du hinein? Willst du auf die Bank?«

»Es ist noch nicht einmal fünf vor vier. Es dürfte nicht geschlossen sein.«

Thami lächelte mitleidig. »Ha! Du denkst wohl, das ist Amerika, wo die Leute die ganze Zeit auf die Uhr sehen, um zu wissen, ob es genau vier oder genau zehn Uhr ist? Heute haben sie vielleicht bis zwanzig nach vier geöffnet, morgen schließen sie vielleicht um zehn vor vier die Tür ab. Wie es ihnen paßt. Verstehst du. Manchmal gibt es viel zu tun. Manchmal nicht.«

»Verdammt noch mal, ich muß hier rein!« Dyar trommelte noch heftiger gegen das Gitter und brüllte: »He!«

Thami kannte diese Eile bei den Fremden. Er lächelte. »Du kannst morgen früh hinein.«

»Zum Teufel mit morgen früh. Ich *muß* jetzt hinein.«

Thami reckte sich und gähnte. »Ich würde dir gerne helfen, aber ich kann nichts tun.«

Rütteln und Rufen erschien ziemlich zwecklos. Dyar fuhr mit beidem fort, bis ein sehr magerer Araber mit einem Kehrbesen aus einer Ecke des Hofes kam und durch die Gitterstäbe sah.

»*Ili firmi!*« sagte er ärgerlich.

»Mr. Benzekri! Ich muß ihn sprechen!«

»*Ili firmi, m'sio.*« Und zu Thami sagte er: »*Qoullou rhadda f's sbah.*« Aber Thami geruhte nicht, den Straßenfeger zu bemerken; er ging die Treppe hinter in die Zoco und rief Dyar zu: »Los, komm!« Als er bemerkte, daß letzterer vor dem Tor stehenblieb und versuchte, mit dem Mann zu verhandeln, setzte er sich in einen Sessel, der in der Nähe auf dem Gehsteig stand, um abzuwarten, bis er fertig war. Bald darauf kam Dyar zu ihm herunter und fluchte leise vor sich hin. »Der Hundesohn wollte nicht mal hingehen, um Mr. Benzekri zu mir zu bitten.«

Thami lachte. »Setz dich. Trink was. Ich lad' dich ein.« Ein Kellner kam auf sie zu. Dyar ließ sich in einen Sessel fallen. »Bringen Sie mir einen White Horse. Ohne Wasser«, sagte er.

Thami bestellte. Dann sah er Dyar an und lachte wieder. Er beugte sich vor und schlug Dyar auf das Knie. »Sei nicht so ernst. Niemand wird sterben, weil du heute nicht in die Bank kommst, sondern erst morgen. Morgen kannst du gehen.«

»Ja«, sagte Dyar. Während er es sagte, dachte er: Das Geld gehört legal nur dem, der es gerade hat. Und ich hab es.

»Brauchst du Geld?« sagte Thami plötzlich. »Wieviel? Ich geb' dir Geld. Wieviel?«

»Nein danke, Thami. Ich vergesse dir das nicht. Du bist ein guter Kerl. Laß mich mal eben nachdenken. Ich will nur eine Minute nachdenken.«

Thami schwieg, bis der Whisky kam. Dann fing er wieder zu sprechen an, über einen Engländer, den er einmal gekannt hatte. Der Engländer hatte ihn eingeladen, mit nach Xauen zu fahren, aber aus irgendeinem Grund hatte es an der Grenze Schwierigkeiten gegeben. Er war nie sehr sensibel gewesen und bemerkte nicht, daß Dyar immer noch tief in Gedanken versunken war, Möglichkeiten erwog und wieder verwarf.

»*A votre santé, monsieur*«, sagte Thami und hob erwartungsvoll sein Glas.

»Jawoll«, sagte Dyar. »Jawoll.« Und plötzlich aufblickend: »Schön. Prosit.« Er goß sein Glas hinunter. Er dachte: wenn

Ramlal das Geld nur gestern morgen bekommen hätte statt gestern nacht, dann wäre ich raus aus dem Schlamassel. Keine Gesandtschaft würde auf meinen Anruf warten. Keine Madame Jouvenon. Er war sich nicht darüber klar, wie unlogisch seine Überlegungen in diesem Punkt waren, und wie untrennbar seine jetzigen Entschlüsse mit seiner Beziehung zu dieser Dame verknüpft waren.

»Laß uns gehen.« Er erhob sich. Die Plötzlichkeit seiner Bemerkung und der Ton, in dem sie gemacht wurde, ließen Thami erstaunt aufblicken.

Auf der Straße, auf dem Weg zum Hafen hinunter, fing er an, vertraulich mit Thami zu sprechen, seinen Mund nahe an des anderen Ohr.

»Kannst du das Boot bedienen?«

»Nun –«

»Du kannst es also nicht. Schön. Kennst du jemanden, der es kann? Was ist mit dem Kerl, von dem du es gekauft hast? Er kann damit umgehen, nicht wahr? Wo ist er jetzt?«

»Wo er jetzt ist?«

»Ja. Jetzt, in diesem Augenblick.«

»Er wohnt in Dradeb.«

»Wo ist das?«

»Man geht«, sagte Thami gefällig, »von der Zoco de Fuera nach Bou Arakia. Am maurischen Friedhof vorbei, dann kommt man nach Cuatro Caminos –«

»Kommt man mit einem Taxi hin?«

»Taxi? Wir brauchen kein Taxi. Wir können gehen. Das Taxi kostet fünfzehn Peseten.«

»Aber man kann mit einem Taxi hinfahren?«

Thami, der immer erstaunter aussah, bejahte.

»Dann komm!« Dyar rannte voraus, zum Taxi-Halteplatz am Fuß der Festung. Thami folgte ihm lachend und protestierend. Endlich benahm sich der Amerikaner wie ein Amerikaner. Sie erreichten den Fuß des Hügels. Dyar sah auf die Uhr. Zehn nach vier. Gut, daß ich *daran* gedacht habe, dachte er. »Hotel de la

Playa«, befahl er dem Fahrer. Wenn Wilcox gerade im Hotel auf ihn warten sollte, so hatte er immer noch ein Alibi. Chocron hatte ihn so lange aufgehalten, daß der Crédit Foncier bereits geschlossen war, als er hinkam, und deshalb war er sofort zurückgefahren, um das Geld bis morgen einzuschließen. Wilcox konnte es entweder mitnehmen oder dalassen, ganz wie er wollte. Wenn er aber später als jetzt ins Hotel zurückkäme und Wilcox dort begegnete, dann gäbe es keine Erklärung für die Zeit, die zwischen vier Uhr und seiner Ankunft im Hotel verstrichen war. »Wenn man nur alles dann tut, wenn es an der Zeit ist, hübsch nacheinander, und ruhig dabei bleibt, dann kann einem nichts passieren. Wenn man nervös wird, dann ist man rettungslos verloren«, dachte er bei sich.

Die Sonne war hinter den hohen Häusern auf dem Hügel versunken, aber sie beleuchtete noch immer die Frachter, die im Hafen vor Anker lagen; die viele weiße Farbe verwandelte sich in ihrem Licht in blasses Orange. Hinter ihnen stand der weißgekachelte Leuchtturm von Malabata auf seinem Felsen.

Im Hotel ließ er Thami im Taxi warten. Er sprang mit seinem Paket heraus und ging in die Halle. Wilcox war nirgends zu sehen. Das war in Ordnung, aber die Sache wurde erst gefährlich, wenn er wieder von seinem Zimmer herunterkam. Selbst dann konnte er immer noch sagen, er hätte es in einem Koffer einschließen wollen, dann aber beschlossen, es der Hoteldirektion zu übergeben, damit es im Hotelsafe verwahrt würde. Der Page gab ihm seinen Schlüssel und eine telefonische Benachrichtigung, die er ungelesen in die Tasche steckte. Er rannte hinauf. Die Luft in seinem Zimmer war muffig und mehrere Grade kälter als die Luft draußen. Er legte seine Aktenmappe auf das Bett und stopfte rasch seinen Rasierapparat, Rasiercreme, Klingen, Zahnbürste, Zahnpasta, Kamm und vier Taschentücher hinein. Dann wickelte er die Schachtel aus und verteilte die gebündelten Geldscheine zwischen die Toilettenartikel. Ihm blieb noch Platz für ein Paar Shorts. Die Tür war versperrt; wenn Wilcox in diesem Augenblick daran klopfte, so bliebe ihm noch immer Zeit, das Geld herauszunehmen und die Aktentasche in den Schrank zu werfen. Er fühlte, ob sein Paß, seine Expreß-Schecks und seine Brieftasche in seiner Tasche waren. Er stopfte einen Wollschal und ein paar Handschuhe in die Tasche seines Mantels und warf diesen über den Arm, schloß die Aktentasche, drehte das Kombinationsschloß auf dreimal Null und sah sich noch einmal im Raum um. Dann schloß er mit einer Vorsicht, die ihm selber lächerlich vorkam, die Türe auf und öffnete sie. Der Korridor war leer. Durch das Fenster am Ende sah er die fernen Dünen hinter dem Strand; ihr Schatten streckte sich über den flachen Sand bis zum Hafen hin. Oben spielte ein Radio Flamenco-Weisen, aber aus der Halle und von dem Treppenhaus kam kein Laut.

»Los«, flüsterte er und ging rasch treppab. Wilcox war nicht in der Halle. Das Taxi vor der Tür hatte sich nicht von der Stelle bewegt. Er gab dem Jungen seinen Schlüssel und ging hinaus. »Adieu, Playa«, sagte er leise.

»Jetzt gib dem Fahrer die Adresse.«

»Vom Jilali?« Thami war verwirrt, aber er spürte, daß etwas in der Luft lag, und er wollte jedenfalls mitspielen, um seine Neugierde zu befriedigen und zu erfahren, was Dyar vorhatte und ob bei der Sache Geld für ihn herausspringen würde. Er beugte sich vor und fing an, dem Mann komplizierte Anweisungen zu geben.

»Los, los! Wir wollen fahren!« schrie Dyar und sah ängstlich die Avenida de Espana entlang. »Das kannst du unterwegs machen.«

Das Taxi stieß zurück und bog in die Straße ein, die über den Hügel führte. Jetzt hatten sie die untergehende Sonne direkt im Gesicht; Dyar setzte sich eine Sonnenbrille auf und wandte sich an Thami. »Was hast du für dein Boot bezahlt?«

Thami schluckte und stotterte: »Wer? Ich?« Es war genau die Antwort, die jeder Araber unter den gleichen Umständen gegeben hätte; dann überlegte er, daß diese Antwort jeden Amerikaner wütend machen würde, und er nannte rasch die einzige Summe, die ihm einfiel, nämlich die richtige. »Wie wäre das?« sagte Dyar. »Du vermietest mir das Boot heute abend für zweitausendfünfhundert Peseten, und ich gebe dir weitere zweitausendfünfhundert, wenn ich dort angekommen bin, wo ich hinwill. Dann hast du dein Boot und deine fünftausend.«

Die Gefühle, die in Thami durch diese ungewöhnliche Situation entstanden, bewirkten, daß er weiterhin von europäischen Gedankengängen abwich. Glück wie Unglück kamen direkt von Allah auf den Empfänger; der Zwischenträger ist unbedeutend und nichts als ein Werkzeug, das die größtmöglichsten Segnungen zu erwirken hat. »Ich habe kein Geld für Gasolina«, protestierte Thami.

Als sie die überfüllte Hauptstraße der Vorstadt Dradeb erreicht hatten, waren sie in allen wichtigsten Punkten ihrer finanziellen Abmachungen übereingekommen; der Jilali blieb ein ungewisser Faktor, aber Thami war zuversichtlich.

»Ich werde ihm siebenhundertfünfzig sagen, dann können wir ihn bis auf tausend steigern lassen, wenn es nötig sein sollte«, sagte er und dachte an einen Gewinn von 50 Prozent für sich (was nicht so leicht sein würde, denn, so überlegte er, der Jilali mit seinen fünftausend Peseten war nicht unbedingt auf das Geld angewiesen).

Das Taxi fuhr am Randstein vor und hielt gegenüber einem Kolonialwarenladen. Thami sprang hinaus und verschwand in einer der dämmerigen Gassen, kam zurück, um im Laden Erkundigungen einzuholen, und rannte dann wieder die Hauptstraße hinauf. Der Fahrer stieg aus und ging in der entgegengesetzten Richtung davon.

Allein im Taxi und ohne die neugierigen Blicke der Vorübergehenden zu bemerken, entspannte sich Dyar wohlig und genoß die ersten kleinen Freudenregungen des Triumphes. Es war ihm schon ein sehr angenehmes Gefühl, daß Thami herumrannte und sich bemühte, ihm dienlich zu sein.

Dann erinnerte er sich der Botschaft, die ihm der Hotelpage gegeben hatte. Er zog sie aus der Tasche und knipste das Deckenlicht an. »*Llame Vd. al 28-01*«, stand darauf, und er erkannte Daisy de Valverdes Nummer. Mit der Aktenmappe in der Hand stieg er aus und ging in den Kolonialwarenladen. Es war inzwischen ziemlich dunkel geworden, und hier drinnen brannte nur eine Kerze, die das scheidende, blaue Tageslicht, das durch die Tür kam, verstärken sollte. Ein behäbiger Soussi saß mit halbgeschlossenen Augen hinter dem defekten Coca-Cola-Kühler. Es war ein Apparat mit Nummernscheiben, wofür er dankbar war. Er mußte ein Streichholz anbrennen, um die Nummern zu erkennen.

Überraschenderweise antwortete Daisy selbst. »Sie Schurke«, sagte sie. »Sie haben meine Nachricht erst jetzt bekommen? Ich habe Sie vor Stunden angerufen. *Können* Sie zum Abendessen kommen? Ganz zwanglos, man kann sogar sagen völlig *privat*. Luis ist in Casa. Ich liege zu Bett. Nicht wirklich krank. Nur Rheumatismus. Nur Sie und ich, und ich fände es bezaubernd, wenn Sie kämen. Sieben Uhr? Damit wir Zeit zum Schwätzen haben? Himmlisch, Sie wiederzusehen.«

Er legte das Geld für den Anruf auf den Ladentisch; der Soussi nickte einmal mit dem Kopf. Als er zum Taxi kam, war der Fahrer zurück, saß hinter dem Steuer und öffnete ein Paket Zigaretten. Er stieg ein, warf die Tür zu und wartete. Das schien ihm eine vollkommene Lösung des Abendessen-Problems: auf diese Weise war er völlig außerhalb der Stadt, aus den Straßen heraus.

Schließlich sah er Thami auf das Taxi zukommen. Er hatte jemanden bei sich. Er trat hinzu, öffnete die Tür und beugte sich hinein. »Ich hab ihn gefunden«, verkündete er, erfreut über die finanzielle Regelung, die er gerade auf dem Weg von der Wohnung des Jilalis getroffen hatte.

»Fein. Jetzt fahren wir zu dir nach Hause«, sagte Dyar. »Setz ihn nach vorn und laß uns fahren.«

Der Jilali hieß Zaki; er war ein Mann von fünfunddreißig (was bedeutete, daß er wie fünfzig aussah), verwildert und total unrasiert, so daß er auf Dyar wie ein Komparse in einem Piratenfilm wirkte.

»Versteht er Englisch?« fragte er Thami.

»Dieser Mann? Ha! Der versteht ja nicht mal Spanisch!« Thamis Stimme klang triumphierend. »*Verdad, amigo?*« rief er dem vor ihm Sitzenden zu.

»*Chnou?*« fragte der Jilali, ohne sich umzudrehen.

Die Straße, in der Thami wohnte, wurde immer holpriger und war voller Pfützen, deren Tiefe nicht festzustellen war; plötzlich hielt der Fahrer an und verkündete, daß er nicht weiterführe. Es folgte eine Debatte, die endlos zu werden versprach. Dyar stieg aus und untersuchte angewidert die Straße. Die Häuser waren verfallen, bei manchen war das zweite Stockwerk noch im Bau, und die Haustüren gingen direkt auf die lehmige Straße, ohne daß während des Straßenbaues Raum für Gehsteige einkalkuliert worden war. Ungeduldig rief er Thami herbei. »Dann laß ihn hier warten. Beeil dich!« Der Fahrer bestand jedoch darauf, nachdem er den Wagen abgeschlossen hatte, sie zu begleiten. »Er sagt, daß wir ihm bereits fünfundsechzig Peseten schulden«, flüsterte Thami. Dyar grunzte.

Thami ging voran, um seine Frau fortzuschicken, während die anderen draußen im Dunkeln warteten.

»Du bleibst hier«, sagte Dyar zu dem Fahrer, der zufrieden schien; er wußte, in welches Haus sie hineingegangen waren.

Bald darauf kam Thami an die Tür, bedeutete ihnen einzutreten und führte sie durch den unbeleuchteten Hof in einen engen Raum, in dem das Radio spielte. Die an der Wand liegende Matratze war mit billigem grünen und gelben Brokat bedeckt; darüber hing eine Gruppe großer goldgerahmter Photographien von Männern, die Gandouras und Feze trugen. Drei Weckeruhren, die alle tickten, standen auf einem Hängeregal am Ende des Zimmers, aber jede zeigte eine andere Zeit an. Unter ihnen standen staubige, aber noch nicht gebrauchte Papierbecher nebeneinander aufgereiht, sorgfältig abwechselnd mit ebenso vielen roten Gipsfigürchen, die den Weihnachtsmann darstellten; darunter und zu beiden Seiten war die Wand mit mehreren Dutzend Reklamen beklebt, alle gleich, auf denen die Photographie einer riesigen Zahnbürste mit leuchtend blauem Plastikgriff zu sehen war. »DENTOLINE, LA BROSSE A DENTS PAR EXCELLENCE«, stand in vielfacher Wiederholung darauf. Das Radio, das in der Ecke auf dem Fußboden stand, war auf höchste Lautstärke gedreht; Om Kassoum sang eine verquälte Klage, und hinter dem Lied zischte und jaulte ein Orchester.

»Setz dich«, brüllte Thami Dyar zu. Er kniete sich hin und minderte die Lautstärke der Musik etwas herab. Als Dyar zu der Matratze hinüberging, schlug ihm die elektrische Birne, die an einer langen Schnur von der Mitte der Decke herunterbaumelte, gegen die Stirn. »Verzeihung«, sagte er, als das Licht wie wild hin- und herschwankte.

Der Jilali hatte seine Schuhe ausgezogen, saß bereits mit untergeschlagenen Beinen am Ende der Matratze und wiegte sich leise im Rhythmus der Musik.

Dyar rief zu Thami hinüber: »He! Stell das Klagegeheul ab! Wärst du so freundlich? Wir haben viel zu besprechen und wenig Zeit.«

Aus der Stille, die nun folgte, erhob sich das Schreien des Säuglings im Nebenraum. Dyar begann zu reden.

XVII

Was bedeutete es, überlegte Daisy, wenn die Freunde einen eine energische Frau nannten? Obwohl sie es schmeichelhaft meinten, gelang es ihnen nicht, das zum Ausdruck zu bringen; sie wußte das. Es war eine negative Kritik. Wenn man von einer Frau sagte, sie sei energisch, meinte man, daß sie rücksichtslos ihr Ziel erreichte, daß sie unweiblich sei, gefühllos und aufdringlich. Es war fast so beleidigend, als wenn man von einem Manne sagte, er habe einen schwachen Charakter. Trotzdem hatten ihre intimsten Freunde die Angewohnheit, sie unverblümt so zu bezeichnen. »Sogar mir ins Gesicht«, dachte sie halb gekränkt, halb befriedigt. Es schien, als glaubten sie, übereinstimmend mit der zeitgenössischen Auffassung, Frauen sollten dieselben Ziele und Fähigkeiten haben wie Männer, männliche Tugenden seien gleichzeitig auch weibliche Tugenden. Aber wenn sie das Wort »energisch« im Zusammenhang mit der eigenen Person hörte, fühlte sie sich, obwohl sie wußte, daß es völlig berechtigt und nicht herabsetzend gemeint war, sofort wie ein recht ungraziöses Raubtier, und dieses Gefühl behagte ihr nicht. Derart klassifiziert zu werden brachte höchst greifbare Nachteile mit sich: in jeder Situation, in der sie natürlicherweise mit Sorge um ihr Befinden rechnete, waren es immer die anderen Frauen, um die sich die männlichen Anwesenden sorgten. Die allgemeine, meist laut ausgesprochene Ansicht war die, daß Daisy für sich selber sorgen konnte. Und wieviel andere Ehemänner fuhren weg und ließen ihre Frauen fünf bis sechs Tage allein mit dem Personal im Hause?

Nicht, daß sie ungern allein war – im Gegenteil, es war eher erholsam, da sie während Luis' Abwesenheit niemals Gäste hatte. Aber die Tatsache, daß er es selbstverständlich fand, daß es ihr nichts ausmachte – das wurmte sie aus irgendeinem Grund, obgleich sie keine logische Erklärung für ihren Ärger fand. »Vermutlich kann man seinen Kuchen eben nicht behalten und ihn gleichzeitig aufessen«, pflegte sie sich mindestens einmal während seiner Abwesenheit zu sagen. Wenn man seine Kindheit auf Pferderücken verbracht hatte, mit vier Brüdern über die fünfzigtausend Acker einer Estancia reitend, dann war es nicht verwunderlich, daß man eine solche Frau geworden war, und man konnte schwerlich von einem Mann erwarten, daß er gegenüber einer solchen Frau Beschützergefühle hatte. Tatsächlich war meist das Gegenteil der Fall: ihre männlichen Freunde kamen oft zu ihr, um sich moralische Hilfe zu holen, und sie gab sie immer, ohne zu zögern, obwohl sie sich darüber im klaren war, daß sie sich jedesmal dabei einen Schritt weiter von der Vorzugsstellung entfernte, die die moderne Frau vis-à-vis ihren männlichen Bekannten einnehmen sollte.

Die Mehrzahl von Daisys Freunden waren Männer: Männer mochten sie gern, und sie war stolz darauf, mit ihnen umgehen zu können. Trotzdem waren ihre beiden ersten Ehemänner gestorben; der eine hatte ihr ein Kind, der andere ein beträchtliches Vermögen hinterlassen. Das kleine Mädchen hatte sie mehr oder weniger der Familie seines Vaters in Buenos Aires überlassen: das Vermögen jedoch hatte sie behalten. In London gestrandet und im unklaren, was sie eigentlich tun sollte, beschloß sie, einen Bummel um die Welt zu machen. Die Reise erstreckte sich über drei Jahre; sie endete im Herbst 1938 in Südfrankreich, wo sie ein kleines Haus in St. Paul du Var mietete, sich ihrer Einsamkeit überdeutlich bewußt wurde und das Gefühl hatte, ihr Leben habe irgendwie noch nicht begonnen.

Im Palm-Beach-Casino in Cannes hatte sie Luis zum erstenmal getroffen, einen mageren und aufregend dunklen Spanier, der einen Umhang zum Frack trug und mit diesem so theatralisch umging wie ein Matador mit seiner Muleta; der gegen jedermann unhöflich war, ohne direkt beleidigend zu werden; der eine unglaublich obszöne Sprache benutzte und es trotzdem fertigbrachte, durch und durch Edelmann zu bleiben. Er war der Besitzer mehrerer riesiger Landsitze in Andalusien, von denen er nicht glaubte, daß er sie jemals wiederbekommen würde, selbst wenn Franco der republikanischen Regierung ein Ende bereiten würde. »Sie sind alle Idi-ooten«, pflegte er dem gesamten Casino zu verkünden. »Alle Spanier können Sseiße fressen!« Nach und nach ertappte sich Daisy dabei, wie sie mit Bewunderung über diesen seltsamen Mann nachdachte, der sich rühmte, noch nie ein Buch gelesen zu haben, und der außer seiner Unterschrift unfähig war zu schreiben. Er konnte mit Pferden wie ein alter Gaucho umgehen, war ein ebenso guter Schütze wie sie, und in seinem Charakter fand sich kein einziger Zug von Sentimentalität oder Leutseligkeit. Er war trocken, hart und unpersönlich wie ein Felsklotz, und sie sagte ihm einmal, daß er sie an gewisse andalusische Landschaften erinnere. Auf seine Reaktion war sie jedoch nicht vorbereitet, sie kam sofort und mit erstaunlicher Vehemenz. Er drehte sich mit der Heftigkeit eines Menschen, der gerade tödlich beleidigt worden ist, zu ihr um und schrie: »Das ist eine Liebeserklärung!«, riß sie in seine Arme und fing an, ihr seine Liebesbeweise mit solcher Brutalität zu bezeugen, daß sie aufschrie und ihn ins Gesicht schlug. Dieser Vorfall hatte sich in der Bar des Carlton-Hotels vor mehreren Besuchern abgespielt. Nach einigen Minuten der Scham und Wut in der Damentoilette, in die sie sich zurückgezogen hatte, als er sie losließ, erschien sie wieder, entschuldigte sich für ihr Benehmen und erwartete natürlich von ihm dasselbe. Aber er hatte gelacht, den Barkeeper bezahlt und war gegangen.

Jedesmal, wenn sie sich danach trafen (und ein Zusammentreffen war in Cannes unvermeidlich), erkundigte er sich, ob sie die andalusische Landschaft noch immer so bewundere. Es wäre ganz gegen ihre Auffassung von Spielregeln gewesen, hätte sie etwas anderes getan, als zuzugeben, daß dem so sei. Ihre Antwort befriedigte ihn ungemein. »Aah!« pflegte er begeistert zu rufen, »*Ya ves?*«, denn sie hatten sich angewöhnt, spanisch zusammen zu sprechen. Er besaß eine kleine Villa in Le Channet, vollgestopft mit Möbeln und Bildern, die er aus Spanien herausgebracht hatte. Sie fuhr manchmal am Spätnachmittag hinüber und besuchte ihn. Nachdem es allgemein bekannt war, daß er von Zeit zu Zeit ein Bild verkaufte, um seinen Lebensunterhalt zu finanzieren, zögerte sie nicht, ihn eines Tages nach dem Preis eines Goya, den sie besonders bewunderte, zu fragen. Der Marquese de Valverde geriet in eine außerordentliche Wut. »Andalusien ist nicht zu verkaufen!« brüllte er. »Seien Sie nicht lächerlich«, sagte Daisy. »Ich zahle Ihnen einen guten Preis. Sie brauchen das Geld.« Aber er fuhr fort zu toben und sagte, daß er lieber den Goya zerstampfen würde, als ihn ihr zu überlassen, ganz gleich, was sie dafür zahlen würde. Sie begriff, daß diese ganze Szene, obwohl vollkommen echt, doch nur ein Teil des außergewöhnlich stark entwickelten Stolzes war, der das Benehmen des spanischen Bauern oder Aristokraten bestimmte, und deshalb wagte Daisy, einen kühnen Vorschlag zu machen: »Ich liebe dieses Bild«, sagte sie. »Und wenn Sie es mir nicht verkaufen wollen, dann müssen Sie es mir schenken.« Der Marquese hatte entzückt gelächelt. »Alles, was ich habe, gehört Ihnen«, hatte er geantwortet. Das war der Anfang ihrer Freundschaft gewesen. Der Mann war großartig, fand sie, und es war nicht verwunderlich, daß bald aus unzertrennlichen Freunden leidenschaftlich Liebende wurden. Daisy war etwas über dreißig, und ihr Gesicht strahlte von gesunder, etwas vulgärer Schönheit, die wundervoll zu ihrer üppigen Figur paßte. Es war unvermeidlich, daß ein Mann wie Luis sich in sie verlieben mußte, dann in ihrem Charakter mehr entdeckte, als er vermutet hatte, und sich daraufhin entschloß, sie zu heiraten, um sie völlig zu besitzen. Ebenso unvermeidlich war, daß er, nachdem sie ein Teil seines Besitzes geworden war, aufhören würde, in sie verliebt zu sein, aber das hatte Daisy im voraus gewußt, und sie nahm es ihm nicht übel, denn sie ihrerseits wußte, daß sie niemals aufhören würde, ihn zu bewundern, was immer er auch täte, und sie war überzeugt, daß sie ihn halten konnte, und das war für sie, die eine überaus praktisch veranlagte Frau war, die Hauptsache.

Und deshalb erstaunten Luis' erste Seitensprünge Daisy nicht im geringsten. Nach einer sehr kleinen Hochzeit in der Kirche von St. Paul du Var hatten sie ihre beiden Häuser geschlossen und auf Anraten von Daisys Bankier die kostbareren Stücke aus Luis' Besitz nach Rio geschickt. »Jüdische Bankiers wissen immer, wenn ein Krieg bevorsteht«, sagte Daisy. »Man kann ihnen blindlings glauben.« Sie fuhren nach Brasilien, der Krieg kam, und sie blieben, bis er zu Ende war. Luis fing mit einer Nachtclub-Tänzerin an, wandte sich dann Stubenmädchen und schließlich einer von Daisys Freundinnen zu, einer gewissen Senhora da Cunha, und Daisy verlor nie ein Wort darüber oder ließ sich anmerken, daß sie Bescheid wußte. Luis war sensibel genug, sich darüber klar zu sein, daß sie nicht umhin konnte, von seinen Verfehlungen Kenntnis zu nehmen. Aber ob sie nun darunter litt oder nicht – er konnte nicht davon lassen, und beide wußten, daß dem so war, und die Angelegenheit wurde niemals erwähnt, als bestünde in dieser Hinsicht ein beiderseitiges Übereinkommen. Als sie nach Kriegsende nach Tanger kamen, gab es eine Zeitlang niemanden. Daisy wußte, daß dies nur eine Ruhepause war. Als seine Geschäftsreisen nach Casablanca begannen, wußte sie Bescheid. Selbst jetzt hatte sie keine Ahnung, wer es war, noch – so redete sie sich ein – kümmerte es sie. Trotzdem ertappte sie sich immer wieder bei ihren Bemühungen, herauszubekommen, wer die Frau sein könnte und wie sie es möglich machen könnte, sie zu treffen, denn sie hatte das Gefühl, daß dieses Kennenlernen ihr Aufschluß zu einer neuen Seite von Luis' geheimnisvoller Persönlichkeit geben würde. Je mehr sie über seine Mätresse wußte, desto mehr wußte sie auch über ihn. In einer romantischen Umgebung aufgewachsen, glaubte Daisy, Promiskuität sei für Männer ebenso statthaft, wie sie für Frauen unstatthaft war. Der Gedanke, selber einen Liebhaber zu haben, war ihr sogar in der Vorstellung verabscheuungswürdig. Für eine anständige Frau gab es niemanden als den eigenen Ehemann, und da sie sich einmal zu dieser Ansicht entschlossen hatte, erlaubte sie sich einen Lebensstil, der bei einer Frau von weniger entschlossenem Charakter oft höchst fragwürdig erschienen wäre. Ihr Ruf bei den weiblichen Mitgliedern der englischen Kolonie war nicht der beste, eben aus dem Grund, daß sie wußte, woran sie war, und sich deshalb Freiheiten erlauben konnte, die für die meisten anderen katastrophale Folgen gehabt haben würden. Sie kannte sich und achtete sich; sie kannte die anderen und achtete sie nicht, und daher war es ihr gleichgültig, was über sie getratscht wurde. Was, so dachte sie, konnten sie schon anderes denken als das Schlimmste, wenn sie erfuhren, daß sie diesen jungen Amerikaner während Luis' Abwesenheit in die Villa Hesperides eingeladen hatte? Und nun, als sie im Bett lag und versuchte, die Motive für diese Einladung methodisch zu erforschen, fühlte sie einen kleinen Schauer von Furcht. War sie sich, was diesen jungen Mann betraf, ihrer selbst ganz sicher? *Er* war harmlos genug; (sie lächelte, als sie an seine Arglosigkeit, seine offensichtliche Weltunkenntnis dachte und an den Eindruck völliger Hilflosigkeit, den er bei ihr hinterlassen hatte.) Aber selbst das an sich harmloseste Element konnte gefährlich werden, wenn es mit einem anderen Element zusammentraf. Sie dachte darüber nach und fühlte kleine Zweifel in sich aufkommen. »Oder hoffe ich eigentlich, daß etwas passiert, und ist das nur eine Form der Selbstbestrafung?« Schwer zu sagen. Sie tastete nach dem Klingelknopf, der unter einem Durcheinander von Parfümflaschen und Medikamenten auf dem Nachttisch lag, und läutete. Ein Mädchen klopfte an der Tür. »Schick mir Hugo herauf«, befahl sie.

»Ah, Hugo«, sagte sie, als er erschien. »Wenn es heute abend telefoniert, solange Mr. Dyar hier ist, dann sage, daß ich zum Essen ausgegangen bin, und daß du nicht weißt, wohin oder wann ich wieder zurückkomme.« Nachdem er die Tür hinter sich geschlossen hatte, stieg sie aus dem Bett, wobei sie eine kleine Grimasse schnitt, die mehr der Idee des Schmerzes als einem tatsächlichen Schmerzgefühl galt, und ging durch das Zimmer zum Fenster hinüber. Es war kurz vor sechs Uhr und fast dunkel. Das Wasser drunten war schwarz und bewegt, und der verblassende, farblose Himmel ließ es kalt erscheinen. Spanien war verschwunden, man sah nur noch das Meer und die Felsen, und bald würden auch sie nicht mehr zu sehen sein: nur noch das Brüllen der See und die Finsternis blieben übrig. Sie zog sorgfältig die Vorhänge vor den Fenstern zu und schaltete einen elektrischen Heizofen neben ihrem Toilettentisch ein. Die kleinen Scheinwerfer flammten auf. Sie setzte sich vor den Spiegel und begann, ihr Gesicht herzurichten. Heute abend würde es rascher gehen als sonst, denn sie wußte, in welcher Beleuchtung sie die folgenden Stunden verbrachte. Während sie ihr Gesicht bearbeitete, überlegte sie, was dieser eher seltsame Mr. Dyar wohl von ihr dachte. »Eine alternde Nymphomanin, vermutlich«, stellte sie fest und versuchte, so realistisch und schonungslos wie möglich gegen sich zu sein. Aber dann fragte sie sich, weshalb sie so heftig war; das konnte nur daher kommen, weil sie jedes bißchen Hoffnung, das vielleicht in ihr schlummerte, im Keim ersticken wollte – die Hoffnung, er könnte sie vielleicht doch irgendwie anziehend finden. »Aber was für ein Unsinn«, widersprach sie sich. »Was will ich denn von so einem unreifen, langweiligen Mann?

Er ist ausgesprochen fad.« Trotzdem, überzeugt war sie nicht. Er langweilte sie nicht; er war wie ein ungelöstes Rätsel, ein Bild im Halbdunkel, undeutlich gesehen, dessen Darstellung sie nur erraten und das sich bei näherer Beleuchtung als etwas ganz anderes herausstellen konnte. Wenn sie sich auch vorsagte, daß er sich unmöglich als etwas Bemerkenswertes oder Interessantes entpuppen würde, selbst wenn es ihr gelänge, ihn zu entdecken, so blieb er doch geheimnisvoll, und diese Tatsache allein erschien ihr wesentlich. Aber wie konnte sie in solch einem Menschen irgendein Geheimnis wittern? Wieder verspürte sie ein Gefühl von bösen Vorahnungen, einen kleinen, angenehmen Schauer von Furcht. »Mit ihm werde ich fertig«, sagte sie zu dem halbhergerichteten Gesicht im grellen Spiegel, »aber ob ich mir *dir* fertig werde?«

Die fernen, vielfältigen Geräusche häuslicher Betriebsamkeit drangen durch die dicken Wände des Hauses, eher wie eine Folge gedämpften Pochens als wie tatsächliche Geräusche, die man voneinander unterscheiden konnte; trotzdem hatte sie im Lauf der Jahre gelernt, diese Geräusche zu deuten. Das Zuschlagen der Schwingtür in der Anrichte, Marios abendlicher Rundgang im Erdgeschoß, Läden schließend, Vorhänge zuziehend, Inez, die die Treppe heraufkam, Paco, der das Fressen in die Hundezwinger trug. Ohne zu fragen, wußte sie genau, wann dies alles geschah, genau wie der Platzanweiser im Theater aus dem Dialog wußte, wie die Bühne im gegebenen Augenblick aussah, ohne daß er hinzuschauen brauchte.

Über diesen gedämpften Geräuschen erhob sich jetzt ein neues, das durch die Fenster drang: ein Automobil kam die Hauptstraße herauf, bog in die Einfahrt und hielt halbwegs zwischen dem Tor und der Haustür. Unbewußt wartete sie darauf, daß es weiterfahre, wartete auf das Zuschlagen der Wagentüren, das schwache Summen der Glocke in der Küche und das Geräusch von Hugos Schritten, die sich dem Hauseingang näherten. Aber nichts dergleichen geschah. Die Stille da draußen dauerte so lange, daß sie anfing, zu zweifeln, ob sie wirklich einen

Wagen in der Einfahrt gehört hatte; er mußte weitergefahren sein, den Berg hinauf.

Als sie fertig war, drehte sie die Scheinwerfer ab, schlüpfte in das neue schwarz-weiße Négligé, das Balenciaga in Madrid für sie gemacht hatte, ordnete die Kissen, stieg wieder ins Bett und überlegte, ob es nicht doch eine sehr dumme Idee gewesen war, Mr. Dyar allein zum Abendessen einzuladen. Er könnte durch die Abwesenheit anderer Gäste leicht eingeschüchtert werden und besonders durch die Tatsache, daß Luis nicht da war. »Wenn er nicht redet, über was soll ich mich dann um Gotteswillen mit ihm unterhalten?« dachte sie. Vielleicht machte ihn genügend Alkohol etwas freier, aber die Gefahr, daß er dann zu frei wurde, war noch schlimmer.

Ihre Nervosität, die fürchterliche Vorstellungen nährte, ließ sie wünschen, daß sie nicht so voreilig dem Impuls zu dieser Einladung nachgegeben hätte. Aber nun konnte er jeden Augenblick kommen. Sie schloß die Augen und versuchte sich zu entspannen, wie der Yogi in Benares es sie gelehrt hatte. Sie hatte nur teilweise Erfolg damit; trotzdem vertrieb sie sich damit die Zeit.

Plötzlich klopfte es an der Tür. Hugo trat ein und meldete Mr. Dyar.

XVIII

Daisy setzte sich auf, etwas irritiert, daß sie überrascht worden war. Dyar hatte eine Aktentasche in der Hand; er sah wacher aus, als sie ihn in Erinnerung hatte. Sie überlegte flüchtig, warum Hugo ihm die Aktentasche nicht mit dem Mantel abgenommen hatte, und noch flüchtiger überlegte sie, weshalb sie das Taxi nicht vorfahren gehört hatte, aber da näherte er sich bereits ihrem Bett, und Hugo ging hinaus und schloß die Tür.

»Halloh!« sagte er und schüttelte lebhaft ihre Hand. »Ich hoffe, Sie sind kränker, als Sie aussehen, denn Sie sehen prächtig aus.« Er beugte sich vor und schob die Aktentasche unter den Tisch.

»Ich bin nicht wirklich krank. Nur ein leichter Rheuma-Anfall, der ab und zu kommt. Nichts Schlimmes. Ich bin so ein verdammtes Heulbaby und hasse Schmerzen, und deshalb verzärtele ich mich so. Und da liege ich nun. Setzen Sie sich.« Sie deutete auf das Bettende.

Er gehorchte, und sie betrachtete ihn aufmerksam. Es schien ihr, als seien seine Augen ungewöhnlich glänzend und sein Gesicht leuchte in einem ungewohnt gesunden Glanz. Gleichzeitig kam er ihr nervös und zerstreut vor. Keines dieser Anzeichen deckte sich mit dem Bilde, das sie von ihm in Erinnerung hatte; auf der Party bei den Beidaouis war er unruhig gewesen, aber von einer Unruhe, die von Langeweile oder Apathie herrührte, während er augenblicklich unsicher, gespannt und fast ängstlich wirkte. Sie unterhielten sich eine Weile; seine Bemerkungen waren durchaus verschieden von dem, was sie erwartet hatte; weder intelligenter noch dümmer, schienen sie dennoch von einem ganz anderen Menschen zu stammen. »Aber woher will ich denn wissen, wie er wirklich ist? Ich kenne ihn ja kaum«, dachte sie.

»Es tut gut, in der Wärme zu sein«, sagte er. »Draußen ist es kalt.«

»Ich nehme an, Ihr Taxi war nicht geheizt. Wenn der Wagen nicht vorige Woche erst geliefert worden ist, dann funktioniert die Heizung heute schon nicht mehr. Die Araber haben eine geradezu geniale Begabung, alles kaputt zu machen. Wenn Sie etwas loswerden wollen, dann lassen Sie es nur von einem Araber berühren, und es wird in Stücke zerfallen, sobald er es Ihnen zurückgibt. Sie sind fantastisch! *Was* für ein destruktives Volk! Lieber Gott! Die Drinks kommen jede Minute. Erzählen Sie inzwischen von sich.« Sie kuschelte sich tiefer in die Kissen, die sich hinter ihr türmten, und sah ihn mit einem Ausdruck an, als erwarte sie nun, eine lange Geschichte erzählt zu bekommen.

Dyar sah sie scharf an. »Von mir«, sagte er und sah wieder weg. »Da gibt es nicht viel zu erzählen. Immer dasselbe. Das meiste wissen Sie ja schon.« Jetzt, da alles ausgemacht war, Thami ihn unten im Garten im Mimosengebüsch erwartete und der Jilali fortgeschickt war, um das Boot zu holen und es an den Strand von Oued el Ihud am Fuß der Klippen zu bringen, brannte er darauf, fortzukommen, ängstlich, daß ein unvorhergesehener Haken seinen Plan vereiteln könnte. Zum Beispiel das Eintreffen von Wilcox, der einen unerwarteten Besuch nach dem Abendessen machte – das war nur ein Gedanke, der ihn durch seine unabsehbare Folge von Katastrophen lähmte; er zwang sich, an etwas anderes zu denken.

»Haben Sie unseren albernen Jack seit vorgestern abend wiedergesehen?« fragte Daisy unvermittelt, als hätte sie Dyars Gedanken gelesen. Er erschrak dermaßen, daß er seinen Kopf nur mit Mühe drehen konnte und sie mit einem sorgsam vorgetäuschten Ausdruck, der langsam in gleichgültige Anteilnahme wechselte, ansah. »Ich mache mir Sorge um ihn«, sagte sie. »Und Ihre Schilderung seines Benehmens hat mich gewiß nicht beruhigt.« Aber er überlegte: »Vorgestern abend? Wieso vorgestern abend? Was war da?« In seiner Vorstellung war die Einladung bei den Beidaouis vor Wochen gewesen; der Gedanke, daß sie darauf anspielte, kam ihm nicht. »Nein, ich habe ihn nicht gesehen«, sagte er und vergaß sogar, daß er heute morgen mit ihm gefrühstückt hatte. Hugo kam herein und rollte einen Tisch vor sich her, der mit Flaschen und Gläsern bedeckt war. »Ich habe etwas in meinem Leben gelernt, wenn auch vielleicht sonst nicht viel«, sagte Daisy. »Und das ist die Tatsache, daß es völlig sinnlos ist, jemandem einen Ratschlag zu geben. Sonst hätte ich Luis gebeten, mit ihm zu reden. Er hätte vielleicht etwas aus ihm herausgepreßt. Denn ich habe das sichere Gefühl, daß er im Begriff ist, eine Dummheit zu machen, und was immer er auch vorhat, er wird damit hereinfallen. Ich wette zehn Pfund, daß er reinfällt. Zehn Pfund! Warum hast du so wenig Eis gebracht? Bring eine Schüssel voll«, rief sie Hugo nach, als er die Tür hinter sich schloß.

»Ich weiß nicht«, sagte Dyar. »Was weiß ich nicht?« dachte er und unterdrückte einen heftigen Impuls, laut herauszulachen. »Jack ist recht vorsichtig. Er läßt sich von niemandem zum Narren halten. Ich kann mir nicht vorstellen, daß er in ernsthafte Schwierigkeiten kommt.« Er fühlte, daß er diese Unterhaltung beenden mußte, sonst würde sie ihm Unglück bringen. Die bloße Tatsache, daß er im Augenblick in einer Lage war, die es ihm erlaubte, die ganze Sache gleichgültig zu behandeln, selbst wenn diese Gleichgültigkeit ihm aufgezwungen war, schien auf ein mögliches Unheil hinzudeuten. »Hochmut kommt vor den Fall«, dachte er. Er hatte Grund zur Bescheidenheit, würde besser Holz klopfen. Der Ausdruck »hereinfallen« bedrückte ihn. »Ich weiß nicht«, wiederholte er.

»Zehn Pfund!« beharrte Daisy und reichte ihm einen Whisky-Soda. Er trank vorsichtig und sagte sich, daß er sich vor allem nicht betrinken dufte. Nach etwa zehn Minuten bemerkte sie, daß er nichts trank.

»Mit Ihrem Whisky ist etwas nicht in Ordnung!« rief sie aus. »Was habe ich gemacht? Geben Sie her. Was fehlt?« Sie streckte die Hand nach dem Glas aus.

»Nein, nein, nein!« widersprach er und hielt es fest. »Es ist tadellos. Ich habe nur irgendwie keine Lust zu trinken. Warum, weiß ich nicht.«

»Aha!« rief sie, als hätte sie eine wichtige Entdeckung gemacht. »Ich verstehe! Sie haben einen übersäuerten Magen. Genau der richtige Moment für ein bißchen Majoun. Ich habe auch nicht viel Lust auf Whisky heute abend.« Sie machte Platz zwischen den Flaschen und Röhren auf dem Nachttisch, stellte das Glas ab, öffnete die Schublade und entnahm ihr eine kleine silberne Dose, die sie ihm reichte.

»Nehmen Sie ein Stück«, sagte sie. »Aber sagen Sie bitte niemandem etwas. All die kleinen Gemüter in Tanger wären empört, außer den Arabern natürlich. Die essen es die ganze Zeit. Es ist das einzige, was die Armen haben dürfen, nachdem ihnen der Alkohol verboten ist. Aber ein Europäer, ein Nazarener? Entsetzlich! Unverzeihlich! Letzte Verworfenheit! Tanger, Abgrund des Lasters, wie sich Ihre amerikanischen Journalisten auszudrükken belieben. ›Unser Berichterstatter weiß aus zuverlässiger

Quelle, daß gewisse Mitglieder der englischen Kolonie ihre Abendmahlzeit mit Majoun, bekannt unter dem Namen Haschisch, beginnen.‹ Lieber Himmel!«

Er sah interessiert auf die sechs Würfel grün-schwarzer Bonbons, die genau in die Dose paßten. »Was ist das?« sagte er.

»Majoun.« Sie griff hinein, nahm einen Würfel und biß die Hälfte ab. »Nehmen Sie ein Stück. Es ist nicht sehr gut, aber das beste, was in Tanger zu haben ist. Mein süßer alter Ali besorgt es mir.« Sie läutete.

Das Bonbon war körnig und schmeckte nach Feigen, Ingwer, Zimt und Lakritze; außerdem hatte es einen starken Kräutergeschmack, den er nicht identifizieren konnte. »Was für eine Wirkung soll es haben?« fragte er neugierig.

Sie stellte die Dose wieder in die Schublade zurück. »Die Dienstboten wären entsetzt. Ist es nicht scheußlich, in Angst vor seinen eigenen Angestellten zu leben? Aber ich habe nie solch ein Pflaster für Tratsch gekannt wie Tanger. Gott! Eine unglaubliche Stadt.« Sie unterbrach sich und sah ihn an. »Was für eine Wirkung es hat?« sagte sie. »Es wirkt Wunder. Es ist genau das, worauf wir alle seit Jahren gewartet haben. Wenn man es noch nie probiert hat, kann man es unmöglich verstehen. Aber ich nenne es den Schlüssel zu den verbotenen Gedankengängen.« Sie beugte sich zu ihm herab und tätschelte seinen Arm. »Ich werde Ihnen jetzt nicht mit Mystizismen kommen, obwohl ich mich gerne gehenlassen würde. *J'ai de quoi*, weiß Gott. Aber an Majoun ist nichts Übernatürliches. Es ist alles sehr irdisch und real.« Ein Mädchen klopfte an. Daisy sprach kurz mit ihr auf spanisch. »Ich habe Tee bestellt«, erklärte sie, als das Mädchen den Tisch mit den Getränken wegrollte.

»Tee!«

Sie lachte fröhlich. »Das gehört unbedingt dazu.«

Dyar, der seine linke Manschette hochgeschoben hatte, um immer wieder auf die Uhr sehen zu können, kam es vor, als schleiche die Zeit mit unglaublicher Langsamkeit dahin. Daisy sprach über Schwarze Magie, über Vorführungen von Hatta-

Yoga, die sie in Travancore gesehen hatte, über die Unmöglichkeit, gerichtliche Verhandlungen in Marokko zu verstehen, wenn man Zauberei und Beschwörungen nicht als etwas Alltägliches betrachtet. Endlich kam der Tee, und jeder von ihnen trank drei Tassen. Dyar hörte apathisch zu, ihm erschien das alles wie eine Dekoration, wie die Pekinesenhunde, Weihrauchbrenner und spanischen Shawls, mit denen müßige Frauen in New York ihre Wohnungen schmückten. Dann sagte er: »Aber was für eine Bewandtnis hat es mit diesen Bonbons? Was ist das? Eine Art Rauschgift, nicht wahr? Ich glaube, man hat Sie betrogen. Ich spüre überhaupt nichts.«

Sie lächelte. »Ich weiß schon. Das sagt jeder. Aber es ist etwas sehr Subtiles. Man muß wissen, was man sich davon erwartet. Wenn man erwartet, betrunken zu werden, dann ist das ein Irrtum, es dauert doppelt so lange, und man verpaßt den halben Genuß.«

»Aber *worin* liegt der Genuß? Fühlen *Sie* im Augenblick etwas?« Sie schloß die Augen, verhielt sich einen Moment ganz ruhig, und auf ihrem emporgewandten Gesicht breitete sich ein Ausdruck von Seligkeit aus. »Ja«, antwortete sie schließlich. »Ausgesprochen.«

»Tatsächlich?« Der Zweifel in seiner Stimme ließ sie die Augen wieder öffnen und ihn einen Augenblick vorwurfsvoll ansehen. »Sie glauben mir nicht! Ich bilde mir nichts ein. Aber ich habe das Gefühl schon früher gehabt und weiß, was ich zu erwarten habe. Sie sitzen nicht bequem dort auf der Bettkante. Ziehen Sie sich diesen großen Sessel heran und entspannen Sie sich.«

Als er im Sessel lag, ihrem Bett gegenüber, sagte er zu ihr: »Nun, vielleicht versuchen Sie mir zu erklären, wie es ist. Selbst wenn es nur ein Wohlgefühl aus zweiter Hand ist, so kann ich es mir trotzdem zunutze machen.«

»Oh, im Augenblick ist es nicht sehr aufregend. Nur ein leichtes Sausen in den Ohren und ein beschleunigter Puls.«

»Klingt sehr lustig«, spottete er. Für einige Minuten hatte er vergessen, daß dieser Abend vor allem dazu dienen sollte, die

Zeit zu vertreiben. Jetzt drehte er sein Handgelenk ein wenig, um das Zifferblatt seiner Uhr zu sehen; es war acht Uhr zwanzig. Er hatte das Treffen mit Thami auf keine bestimmte Zeit festgelegt, da er nicht genau wußte, wann er hier loskommen würde, aber er hatte ihm versichert, daß es nicht später als Mitternacht werden würde. Es war ausgemacht, daß der Jilali in die Stadt zurückgehen sollte, zum Hafen, und das Boot an einen schmalen Strand westlich von Qued el Ihud brächte, ebenfalls nicht später als zwölf Uhr. Inzwischen sollte Thami etwas unterhalb des äußersten Endes des Gartens sitzen und warten, damit er Dyar, sobald dieser das Haus verlassen hatte, direkt über den Berghang nach dem Strand hinunterführen konnte. Thami hatte versichert, daß es ihn nicht langweilen würde, so lange zu warten: sein Abendbrot und seine Kif-Pfeife hatte er bei sich.

»Ja«, sagte Daisy. »Wenn ich zu lange warte, dann werde ich Ihnen gar nichts mehr sagen können. An einem bestimmten Punkt angelangt, wird man gewöhnlich unbeholfen in seiner Ausdrucksfähigkeit. Nicht immer, aber es kann passieren. Man glaubt, man redet ganz klar, und ich wage zu behaupten, daß man es auch tut, aber in einem ganz anderen Sinn.«

Es schien ihm, als nähme der Wind draußen an Stärke zu, oder ein Fenster war vor einigen Minuten aufgegangen und ließ den Laut herein. Er wandte seinen Kopf; die zugezogenen Vorhänge bewegten sich nicht. »Nach was suchen Sie?« fragte sie. Er antwortete nicht. Gleichzeitig hatte er den sinnlosen Wunsch, seinen Kopf in die entgegengesetzte Richtung zu drehen und die andere Wand zu betrachten, weil er glaubte, an dieser Seite des Raumes eine leise Bewegung bemerkt zu haben. Statt dessen zog er ein Paket Zigaretten heraus und bot ihr an.

»Nein danke. Ich könnte jetzt nicht rauchen. Sie haben ein Haus. Verstehen Sie?«

»Was?« Er starrte Sie an.

»Ich erkläre Ihnen etwas oder versuche es jedenfalls. Sie haben ein Haus. Mitten in einem bescheidenen Grundstück, in dem Sie spazieren zu gehen pflegen.« Sie wartete, offensichtlich, um festzustellen, ob er ihren Ausführungen folgte. Da er nicht antwortete, fuhr sie fort: »Sie können das Haus immer im Auge behalten. Wenigstens von den meisten Punkten des Besitzes aus, aber Sie wissen auf jeden Fall, daß es da ist. Es ist das Zentrum Ihres Reiches. Nennen wir es Ihre objektive Vorstellung Ihrer selbst.«

Er spielte mit der Zigarettenpackung, entnahm ihr eine, zündete sie an und runzelte die Stirne.

»Sagen wir, es ist Ihre Vorstellung von sich selbst und der Maßstab dessen, was Wirklichkeit ist. Sie müssen das genau im Kopf haben, und es muß funktionieren. Wie ein Kompaß.«

Er bemühte sich, dem Sinn ihrer Worte zu folgen, aber er konnte nur ihren Worten folgen. »Wie ein Kompaß«, wiederholte er, als glaubte er, das würde ihm etwas nützen.

»So ist es. Sie kennen jeden Weg, jede Pflanze, jeden Stein auf dem Boden. Aber eines Tages, während Sie spazierengehen, erblicken Sie plötzlich etwas, das aussieht wie ein Pfad an einer Stelle, die Sie nie vorher bemerkt oder geahnt haben.« Ihre Stimme steigerte sich langsam zu einem dramatischen Ton. »Der Zugang ist vielleicht durch ein Gebüsch halb verborgen. Sie gehen darauf zu und sehen nach und stellen fest, daß tatsächlich ein Pfad da ist. Sie biegen das Gebüsch beiseite, gehen einige Schritte den Pfad entlang, und vor Ihnen liegt eine Baumgruppe, von deren Existenz Sie bisher nichts geahnt hatten. Sie sind verblüfft! Sie gehen durch die Baumgruppe, berühren die Stämme, um sich zu überzeugen, daß sie wirklich da sind, denn Sie können es nicht glauben...«

Diesmal riß er seinen Kopf rasch nach links, um festzustellen, was dort drüben bei den Fenstern los war, und starrte ungläubig auf die tote Fläche regungsloser weißer Vorhänge. »Entspanne dich«, sagte er zu sich selber, als er sich wieder umwandte, um festzustellen, ob sie etwas bemerkt hatte; es schien nicht der Fall zu sein. »Entspanne dich und sei vorsichtig. Sei vorsichtig.« Warum er letzteres wiederholte, war ihm nicht klar, außer daß er eine überwältigende Unsicherheit in sich aufsteigen fühlte, als drohe eine riesenhafte feindliche Gestalt über ihm und beuge sich über seine Schultern. Er glaubte, dieses Gefühl nur dadurch bekämpfen zu können, indem er sich völlig ruhig verhielt, um seine Bewegungen in Schach zu halten.

»...Dann sehen Sie, wie der Pfad zwischen den Bäumen hindurch bergauf führt. ›Aber es *gibt* hier keinen Berg!‹ rufen Sie, diesmal vermutlich laut, denn Sie sind aufgeregt und verwirrt. Sie eilen also weiter, steigen den Hügel hinauf, der ziemlich hoch ist, und wenn Sie oben angekommen sind, erkennen Sie die Landschaft, die Ihnen völlig vertraut ist. Sie können jede Einzelheit genau feststellen. Und unten liegt Ihr Haus, genau dort, wo es liegen sollte. Nichts ist falsch. Es ist kein Traum, und Sie sind nicht wahnsinnig geworden. Wenn Sie das Haus nicht gesehen hätten, dann hätten Sie natürlich gewußt, daß sie wahnsinnig geworden sind. Aber da ist es. Alles ist in Ordnung.« Sie seufzte tief, als sei sie erleichtert. »Es war einfach verwirrend, diese Baumgruppe und diesen seltsamen Hügel mitten in Ihrem Grundstück zu finden. Denn es kann nicht dort sein und ist es trotzdem. Sie sind gezwungen, sich mit dieser Tatsache abzufinden. Aber die Art, wie Sie denken, nachdem Sie sich damit abgefunden haben, das ist es, was ich die verbotenen Gedankengänge nenne. Verboten natürlich nur von Ihrer eigenen Vorstellung, bis zu dem Augenblick, wo Sie den Hügel als Tatsache hinnehmen. Das bewirkt das Majoun. Sie entdecken völlig neue Stellen in Ihrem Inneren, von denen Sie glauben, sie könnten gar nicht in Ihnen sein und trotzdem – sie sind da. Sagt Ihnen das irgend etwas, oder habe ich wie eine Wahnsinnige dahergeredet?«

»O nein. Absolut nicht.« Er mußte seine ganze Kraft darauf verwenden, seinen Worten einen überzeugenden Klang zu geben. Eine tiefe Stille folgte, an der er sich durch seine Worte mitbeteiligt fühlte, aber sie erstreckte sich über eine endlose Zeitspanne wie Telegraphendrähte über Kilometer öden Landes. Ein Mast, ein Mast, ein Mast, ein Mast, dazwischen spannten sich die Drähte, der flache Horizont lag außerhalb des Blickfeldes. Dann wiederholte jemand:

»Absolut nicht«, und er war es, der es gesagt hatte.

»Zum Teufel noch mal, was ist das?« fragte er sich in plötzlicher Wut. Er hatte sich geschworen, nicht betrunken zu werden; es war das Wichtigste, woran er diesen Abend in der Villa Hesperides zu denken hatte. »Ich bin nicht betrunken«, dachte er triumphierend und merkte, daß er aufgestanden war und sich streckte. »Es ist stickig hier drin«, bemerkte er und überlegte, ob sie diese Bemerkung unhöflich finden würde.

Sie lachte. »Kommen sie, geben Sie zu, daß Sie endlich das Majoun spüren.«

»Warum? Weil ich sage, daß es stickig hier drin ist? Nein. Ich müßte lügen, wenn ich sagte, daß ich das geringste merke.« Er war nicht starrköpfig; er hatte den kleinen Seitensprung, den seine Gedanken vor einer Minute gemacht hatten, bereits vergessen. Jetzt, wo er stand, schien ihm die Luft im Zimmer nicht mehr so dumpf zu sein. Er ging zu einem der Fenster, zog den schweren Vorhang zurück und spähte in die Dunkelheit hinaus.

»Macht es Ihnen nichts aus, nachts hier allein zu sein?« sagte er.

»Manchmal«, antwortete sie zerstreut und überlegte, ob seine Frage weitere Fragen nach sich ziehen würde. »Hör auf, so zu denken«, sagte sie ärgerlich zu sich selbst.

Er stand noch immer am Fenster. »Sie sind hübsch hoch hier oben.«

»Ungefähr zweihundert Meter.«

»Waren Sie jemals ganz unten?«

»Über diese Felsen? Um Gotteswillen! Glauben Sie, ich sei eine Gemse?«

Er begann langsam im Zimmer herumzugehen, die Hände auf dem Rücken gefaltet und von einem Zebrafell auf das andere überspringend, als seien sie Felsen in einem Strom. Er fühlte sich zweifellos merkwürdig, aber in keiner Weise so, wie er es erwartet hatte, und deshalb schob er das Gefühl auf seine eigene Verstörtheit. Der Abend schien qualvoll lang zu werden. »Am liebsten würde ich jetzt gleich gute Nacht sagen«, dachte er. Jeder

Gegenstand, den er sich sorgfältig betrachtete, schien die gleiche, intensive, aber nicht zu erklärende Bedeutung auszustrahlen: Daisys Gesicht, umrahmt vom Heiligenschein weißer Kissen, das Licht, das den Aufbau von Flaschen auf dem Nachttisch überflutete, der spiegelnde schwarze Boden und die unregelmäßigen schwarz-weißen Streifen auf den Fellen zu seinen Füßen, die dunklen Ecken des Raumes, wo die regungslosen Vorhänge vor den Fenstern fast den Boden berührten. Jeder Gegenstand redete eine stumme, aber eindringliche Sprache, die ein Schlüssel, ein Symbol war, das zu begreifen oder verstehen er hoffnungslos unfähig war. Und in seinem Inneren, vor allem in seiner Brust, zitterte ein überstarker Druck, als müsse er im nächsten Augenblick zerbersten. Er versuchte auf verschiedene Weise zu atmen, um dadurch diesen Zustand zu ändern, und dann begriff er, daß sein Herz zu rasch schlug. »Zum Teufel«, sagte er laut, denn er bekam plötzlich Angst.

»Kommen Sie und setzen Sie sich. Was ist mit Ihnen los? Sie sind so nervös wie eine Katze. Haben Sie Hunger? Oder bekommt das Majoun Ihnen nicht?«

»Nein«, sagte er kurz angebunden. »Nichts fehlt mir.« Er fand, daß das lächerlich klang. »Wenn ich mich jetzt setze«, dachte er, »werde ich gleich wieder aufstehen, und dann weiß sie, daß etwas los ist.« Er hatte das Gefühl, er müsse unter allen Umständen verhindern, daß Daisy merkte, wie es in ihm aussah. Die Gegenstände im Raum, seine Wände und Möbel, die Luft um seinen Kopf, die Vorstellung, daß er bald zu Abend essen würde, daß unter ihm die Klippen und das Meer waren, all diese Tatsachen waren wie ein Orchester, das eine gewaltige stumme Musik spielte, eine Musik, die mit jeder Sekunde anschwoll zu einem Höhepunkt, von dem er wußte, daß er unerträglich sein würde, wenn er einmal erreicht war. »Es wird immer schlimmer.«

Er schluckte mühsam. »In der nächsten Minute wird irgend etwas geschehen. Es wird etwas geschehen.« Er erreichte den Sessel und blieb dahinter stehen, die Hände auf der Rückenlehne. Daisy sah ihn mit einem seltsam erregten Ausdruck an. Sie dachte: »Warum habe ich es nie gewagt, Luis von dem Majoun zu erzählen?« Sie wußte, daß er es mißbilligen würde, wenn auch nur deshalb, weil es ein Präparat der Eingeborenen war. Aber das war nicht der Grund, weshalb sie geschwiegen hatte. Sie hatte mit *niemandem* je darüber gesprochen; der Gebrauch dieser Droge war ein äußerst privater Ritus. Ihre Erfahrungen waren derart persönlich, daß sie nie gewollt hatte, daß ein anderer daran teilhabe. Und hier lag sie nun und hatte das Erlebnis mit jemandem, den sie kaum kannte. Plötzlich hatte sie den Wunsch, ihm das zu sagen, damit er wußte, daß er der erste war, den sie in diese verborgene Kammer ihres Lebens einlud. Sie holte tief Atem und sagte statt dessen ungeduldig: »Um Gotteswillen, setzen Sie sich, Sie sehen aus wie ein calvinistischer Pastor, der seiner Herde von der Hölle erzählt.«

Er lachte und setzte sich in den Sessel. Im Schatten unter dem Nachttisch sah er seine Aktentasche liegen. Das zitternde Gefühl in seinem Innern wandelte sich plötzlich zu etwas Freudigem; es war immer noch das gleiche Gefühl, aber es hatte eine andere Färbung. Die Erleichterung, die er verspürte, ließ ihn auflachen.

»Wirklich!« rief Daisy. »Sie können ruhig zugeben, daß Sie das Majoun spüren. Denn ich weiß es verdammt genau, daß Sie es spüren. Geben Sie es wenigstens vor sich selbst zu. Sie genießen es dann mehr. Seit zehn Minuten kämpfen Sie dagegen an. Das ist nicht die richtige Einstellung. Setzen Sie sich ruhig hin und lassen Sie den Dingen ihren Lauf. Es ist bereits in Ihnen, und Sie können es nicht mehr loswerden, also können Sie es genausogut genießen.«

»Wie steht es mit Ihnen?« Er wollte es nicht zugeben.

»Ich habe Ihnen schon vor langer Zeit gesagt, daß ich es spüre. Im Augenblick bin ich dabei, mich auf einen Non-stop-Flug nach dem Arcturus zu begeben.«

»Ach wirklich?« Seine Stimme war unfreundlich. »Ich persönlich halte das Zeug für Schwindel. Ich behaupte nicht, daß es gar keine Wirkung hat, aber Nervosität und starkes Herzklopfen nenne ich keine große Sensation, ich nicht.«

Sie lachte mitleidig. »Sie hätten Ihren Whisky trinken sollen. Der hätte besser zu Ihnen gepaßt. *Mais enfin*...« Sie setzte sich auf und läutete. »Ich fürchte, die Küche ist schon völlig durcheinander, weil wir so lange zu unserem Tee brauchen.«

XIX

Während des ganzen Abendessens sprach Daisy pausenlos; Dyar ertappte sich öfters dabei, daß er einsilbige Antworten gab, und zwar nicht aus Interesselosigkeit, obgleich er oft nicht wußte, wovon sie eigentlich sprach, sondern weil er die meiste Zeit weit weg in einer eigenen Welt war. Er wußte nicht, an was er dachte, aber sein Gehirn schwirrte von angefangenen Gedanken, die an anderen Gedankensplittern hingen. So viel aufzunehmen nahm seine ganze Aufmerksamkeit in Anspruch; selbst wenn er sie hätte wiedergeben können, hatte er keine Lust, sie Daisy mitzuteilen. Es war, als hätte sich sein Denken in eine ferne dunkle Kammer seines Wesens zurückgezogen. Manchmal kam es wieder ans Licht, und er glaubte, daß er an einem kleinen Tisch in einem ruhigen Raum beim Abendessen saß, während neben ihm eine Frau im Bett lag und das gleiche Essen von einem Tablett aß.

»Sie sind äußerst schweigsam«, sagte Daisy schließlich. »Ich hätte Ihnen das Majoun nie gegeben, wenn ich gewußt hätte, daß es Sie in eine Statue verwandelt.«

Ihre Worte machten ihn unsicher. »Oh«, sagte er. Und nach einer ihm sehr lange erscheinenden Pause: »Ich bin ganz in Ordnung.«

»Ja, das glaube ich auch. Aber Sie sind ein verdammt unerfreulicher Tischgenosse.«

Nun wurde er ganz wach, fing an, Entschuldigungen zu stammeln, die blumiger ausfielen, als die Gelegenheit es erforderte. »Mir wäre nicht ärger zumute«, sagte er schließlich, »wenn ich Sie getreten hätte. Ich weiß nicht, was mit mir los war. Es muß von diesem Zeug kommen, daß ich noch so komisch bin.«

»Ich bin an allem schuld. Machen Sie sich keine Gedanken mehr darüber, mein armer Kerl.«

Das ließ er aber nicht gelten. »Nein, nein, nein«, sagte er. »Es gibt keine Entschuldigung.« Und im Überschwang seiner Zerknirschung stand er auf und ließ sich heftig neben sie auf das Bett fallen. Das Tablett kippte gefährlich.

»Passen Sie auf!« rief sie. »Ich werde gleich über und über voll Erbsen und Wein sein.« Aber schon hatte er ihre Hand ergriffen und mit raschen Küssen bedeckt. Er schwebte in der Luft, angetrieben von einem heißen trockenen Wind, der ihn einhüllte und wollüstig streichelte. Zwei Atemzüge lang rührte sie sich nicht, und er hörte seinen eigenen Atem und verwechselte ihn mit dem Geräusch des Windes, der ihn vor sich hertrieb über dem weiten, kahlen, sonnenglänzenden Tal. Die Haut ihres Armes war glatt, das Fleisch war weich. Er zog sie näher zu sich heran, über das schwankende Tablett.

»Passen Sie auf!« schrie sie wieder warnend, als das Tablett sich zu ihm neigte. »Nein, nein!«

Zuerst fiel das Weinglas um; der eiskalte Fleck auf seinem Schenkel ließ ihn konvulsivisch zusammenzucken. Dann, scheinbar ganz langsam, glitten und kugelten Teller auf ihn zu, als das Tablett umfiel und die untere Hälfte seines Körpers mit einem Gewirr von Porzellan, Glas und heißem Essen überschüttete. »Oh!« schrie sie. Aber er hielt sie noch fester mit seinem Arm, während der andere das Tablett und einige der Schüsseln auf den Boden zu den anderen fegte. Und er schob sich noch näher an sie heran, so daß er ihr ganz nah war und nur das nasse Bettuch, eine Gabel, ein oder zwei Löffel und schließlich, nach einem kurzen Kampf mit einigen hemmenden Laken, nichts als einige Pilze in Rahmsoße mehr zwischen ihr und ihm waren.

»Um Gotteswillen, nein, nein! Nicht so!« wollte sie eben schreien, aber als fühlte sie, wie zerbrechlich der Impuls war, der ihn antrieb, unterließ sie es und dachte: »In diesem Augenblick hast du nichts als die verzweifelte Hoffnung, daß nichts geschehen möge, was dieses aufhält. Also war es dein Wunsch, daß es geschehe. Warum kannst du nie offen sein? Du wolltest es; laß es geschehen, selbst auf diese Weise.« Und so sagte sie nichts, tastete nach dem Licht neben dem Bett und drehte es aus. Ein einziges Wort, sagte sie sich, hätte den Faden zerreißen können, an dem er vom Himmel herabhing; er wäre mit einem dumpfen Schlag ins Zimmer heruntergefallen, ein fürchterlich verlegener junger Mann, der keine Entschuldigung für sein Benehmen gehabt hätte, keinen Ausweg aus seiner schauderhaften Lage, keinen Balsam für seinen verletzten Stolz. »Er ist süß. Und ein wenig verrückt. So kompakt. Ganz anders als Luis. Aber kann ich einen Mann, von dem ich keine Achtung habe, wirklich lieben? Ich habe überhaupt keine Achtung vor ihm. Wie kann man ein unpersönliches Wesen achten? Er ist kaum menschlich. Er sieht in mir nicht mich. Vielleicht eine andere Naturgewalt. Aber das genügt nicht. Ich könnte ihn niemals lieben. Aber er ist süß. Weiß Gott, er ist süß.«

Die weiche endlose Erde breitete sich unter ihm aus, leuchtete in der Sonne, unberührt von der Zeit, unbevölkert und einzig ihm gehörend. Wie tief unter ihm, hätte er nicht sagen können, während er lautlos durch die reine leuchtende Luft glitt, die keine Entfernungen oder Ausdehnungen erkennen ließ. Trotzdem konnte er ihre glatten geschmeidigen Umrisse berühren, ihren Sonnenduft riechen, ja selbst das Salz schmecken, welches das Meer in irgendeinem vergessenen Zeitalter in ihren Poren zurückgelassen hatte. Und dieser Flug – er hatte immer gewußt, daß er ihn machen mußte und daß er ihn machen würde. Das war ein Teil des Daseins, von dessen Existenz er gewußt hatte, aber bisher nicht erreichen konnte; jetzt, nachdem er es entdeckt hatte, wußte er auch, daß er ein anderes Mal wieder dorthin zurückfinden würde. Etwas war vervollständigt worden; von nun an war für die Angst weniger Raum übrig. Dieser Gedanke erfüllte ihn mit einem unaussprechlichen Glücksgefühl. »Ach Gott«, murmelte er laut und wußte nicht, daß er es tat.

Hinter den Fenstern blies der zunehmende Wind in den Zypressen und brachte ab und zu den tieferen Ton des Meeres mit sich herauf. Die zugezogenen weißen Vorhänge auf der einen Seite des Raumes blitzen weiß auf, wenn der Strahl des Leuchtturms darüber hinzuckte. Daisy hüstelte.

»Du bist eine Schlampe«, sagte sie zu sich. »Wie konntest du das je geschehen lassen? Das ist ja scheußlich! Die Tür ist nicht abgeschlossen. Irgendeiner von den Dienstboten kann jede Minute klopfen. Nimm dich zusammen und tu etwas. Tu etwas!«

Sie hüstelte wieder.

»Liebling, das ist schrecklich«, sagte sie sanft, lächelte im Dunkel und versuchte den Vorwurf aus ihrer Stimme fernzuhalten. Er antwortete nicht; er hätte ebensogut tot sein können. »Liebling«, sagte sie noch einmal zögernd. Immer noch kam kein Zeichen, daß er sie gehört hatte. Einen Moment lang verfiel sie wieder in Gedanken. Wenn man sich nur gehenlassen könnte, selbst wenn es nur für Sekunden wäre, wenn man nur aufhören könnte, sich über alles den Kopf zu zerbrechen, wie herrlich müßte das sein. Aber das wäre wahrscheinlich der Tod. Leben heißt sorgen, es ist ein langer Kampf, der verhindern soll, daß man zerbricht. Wenn man sich eine wirklich gute Zeit macht, dann ruiniert man seine Gesundheit, und wenn die Gesundheit ruiniert ist, dann verliert man seine Schönheit. Das Arge an der Sache ist das, daß am Schlusse sowieso alles auseinanderfällt, egal, was man getan hat, wie vorsichtig man auch gewesen ist. Der Verfall kommt früher oder später, das liegt an einem selbst. Er ist unvermeidlich, und wenn man fertig ist, bleibt nichts mehr übrig zum Vorzeigen. »Weshalb ist das wohl ein deprimierender Gedanke?« überlegte sie. Es ist der selbstverständlichste und grundlegendste, den es gibt. »Man muß nur sterben.« Aber das bedeutet etwas ganz anderes. Das bedeutet, daß man angeblich einen freien Willen hat...

Weit draußen über dem Atlantik hörte sie das schwache Surren eines Flugzeuges, solange der dunkle Berg und die Villa Hesperides kurz in seinen Geräuschkreis mit einbezogen waren. Nordwärts nach Lissabon, südwärts nach Casablanca. In einer Stunde konnte Luis den gleichen Motor hören, wenn er über dem Flughafen kreiste. »Liebling, *bitte!*« Sie entwand sich seiner Umarmung. Da er sie noch immer festhielt, wand sie sich heftig, und es gelang ihr, sich aufzusetzen, schweißgebadet und voller Wein und Fett. Die Luft im Raum erschien ihr plötzlich bitter kalt. Sie fuhr sich vorsichtig mit der Hand über den Bauch und zog sie angeekelt zurück. Sie sprang rasch aus dem Bett, schloß die Tür nach dem Gang ab, zog ihren Schlafrock an und verschwand, ohne Licht zu machen, im Badezimmer.

Sie blieb länger als nötig unter der Dusche, in der Hoffnung, er sei aufgestanden, angezogen und hätte vielleicht die Schweinerei um das Bett etwas aufgeräumt, wenn sie zurückkam. Dann könnte sie läuten und sagen: »Hier ist ein kleines Unglück geschehen« und den Kaffee servieren lassen. Als sie die Badezimmertür öffnete, war der Raum noch immer dunkel. Sie ging zum Nachttisch und knipste das Licht an. Er schlief, teilweise mit Decken zugedeckt. »Aber das ist das *letzte!*« sagte sie bei sich. Und mit einem ärgerlichen Unterton: »Liebling, es tut mir leid, du *mußt* dich aber jetzt unbedingt sofort anziehen.« Er rührte sich nicht; sie packte ihn an der Schulter und rüttelte ihn ungeduldig. »Los, jetzt! Raus mit dir! Diese kleine Orgie hat lang genug gedauert.«

Er hörte ihre Worte vollkommen deutlich und verstand, was sie meinte, aber sie waren wie ein Muster, das an die Wand gemalt war, ohne jede Beziehung zu seiner Person. Er lag ganz still da. Das Wichtigste auf der Welt war, diesen Augenblick wohtuender Leere, in deren Mitte er lebte, zu verlängern.

Sie ergriff die Decke und riß sie über das Fußende des Bettes zurück. Dann beugte sie sich über ihn und brüllte ihm ins Ohr: »Du bist splitternackt!« Sofort setzte er sich auf und suchte ohne Erfolg an seinen Füßen nach der fehlenden Decke. Sie drehte sich um und ging in das Badezimmer zurück, wobei sie über die Schulter zurückrief: »Zieh dich sofort an.« Während sie in den Spiegel sah und ihr Haar ordnete, sagte sie zu sich: »Nun, bist du mit dieser Episode zufrieden oder unzufrieden?«, und sie entdeckte, daß sie nicht fähig war, diese Frage zu beantworten, sondern über die wunderbare Tatsache nachdachte, daß Hugo nicht hereinspaziert war; die Möglichkeit, er hätte es getan, schien mit jeder Minute entsetzlicher. »Ich muß völlig den Verstand verloren haben.« Sie schloß die Augen und zitterte einen Augenblick lang. Dyar hatte mechanisch seine Kleider angezogen, ohne sich völlig darüber klar zu sein, was er tat. Als er jedoch bei der Krawatte angelangt war, funktionierte sein Gehirn wieder. Er stand vor einem Spiegel und lächelte ein wenig sieghaft, während er eckige Bewegungen mit dem schmalen Stück Seide ausführte. Er kämmte seine Haare und kniete neben dem Bett nieder, wo er versuchte, die Essensbrocken zusammenzukratzen und auf das Tablett zu tun. Daisy kam aus dem Bad. »Du bist ein Engel!« rief sie. »Ich wollte dich eben fragen, ob du wohl so gut wärst, etwas Ordnung in dieses Chaos zu bringen.« Sie legte sich auf eine Chaiselongue in der Mitte des Raumes, wickelte sich in eine Pelzdecke und wollte eben sagen: »Es tut mir leid, daß keine Gelegenheit war, dich auch duschen zu lassen«, als ihr der Gedanke kam: »Vor allem darf ich ihn nicht in Verlegenheit bringen.« Sie beschloß, nicht auf die vergangenen Ereignisse anzuspielen. »Sei ein Schatz und läute, ja? Dann wollen wir Kaffee trinken. Ich bin erschöpft.«

Aber augenblicklich war er in keiner Weise verlegen; er tat, wie ihm geheißen war, und kam und setzte sich mit untergeschlagenen Beinen neben ihr auf den Boden. »Ich muß fort«, sagte er zu sich, und der Gedanke, wie er ihr das beibringen würde, machte ihm durchaus keine Sorgen; nach dem Kaffee wollte er einfach aufstehen, sich verabschieden und gehen. Es war ein Abenteuer gewesen, aber Daisy hatte sehr wenig damit zu tun, daß sie der Funke gewesen war, der die Explosion herbeigeführt hatte; fast alles hatte sich in seinem Innern abgespielt. Trotzdem, da er nun einmal etwas mit ihr gehabt hatte, mußte er sich ihr gegenüber in einer etwas persönlicheren Art benehmen, ein klein wenig herablassend vielleicht.

»Warm genug?« Er berührte ihren Arm.

»Nein. Es ist eisig in diesem Zimmer. Eisig. Lieber Gott! Ich weiß nicht, warum ich keinen Kamin einbauen ließ, als dieses Haus gebaut wurde.«

Hugo klopfte an der Tür. Etwa zehn Minuten herrschte ein wildes Treiben im Zimmer: Inez und ein zweites Mädchen wechselten die Leinentücher, Mario sammelte das Essen vom Boden auf, Paco entfernte Fettflecken vom Bettvorleger, Hugo servierte Kaffee. Daisy betrachtete Dyars Gesicht und entdeckte mit einem leicht gekränkten Gefühl, daß er weit davon entfernt war, verlegen zu sein, sondern im Gegenteil sich viel wohler fühlte als früher am Abend. »Aber was erwarte ich?« dachte sie, worauf sie zugeben mußte, daß sie es gern gehabt hätte, wenn er etwas mehr von dem, was zwischen ihnen vorgefallen war, beeindruckt gewesen wäre. Er war unberührt daraus hervorgegangen; sie hatte den unangenehmen Eindruck, daß selbst seine Leidenschaft gegenstandslos und automatisch gewesen war.

»Was geht in deinem Kopf vor?« sagte er, als die Dienstboten alle gegangen waren und dem Raum wieder seine Ruhe zurückgegeben war.

Selbst das ärgerte sie. Sie empfand die Frage als ungezogen. Sie setzte eine Intimität voraus, die zwischen ihnen bestehen sollte, die aber aus irgendeinem Grund fehlte. »Aber *warum?*« überlegte sie und betrachtete seinen zufriedenen ernsten Ausdruck. Die Antwort kam wie fertig und lächerlich aus ihrem Unterbewußtsein und klang wie ein Knittelvers: »Sie ist nicht da, weil er nicht da ist.« Das war lächerlich, gewiß, aber es brachte eine Saite zum Klingen, die der Wahrheit irgendwo sehr nahe kam. »Unwirklich. Was heißt das, ein Mensch ist unwirklich? Und warum habe ich das Gefühl, er sei unwirklich?« Dann lachte sie und sagte: »Mein Gott! Natürlich! Du willst ja das Gefühl haben, daß du lebst.«

Er stellte seine Tasse auf den Boden und sagte: »Ha?«

»Hast du das nicht zu mir gesagt, als du das erstemal hier warst? Als ich dich fragte, was du dir am meisten vom Leben erwartest?«

«Hab' ich?«

»Sicherlich hast du es gesagt. Genau diese Worte. Und weißt du, du hast natürlich völlig recht. Denn du bist in gewisser Weise *nicht* lebendig. Du bist tot.« Es schien ihr, als ob ihre Stimme bei den zwei letzten Worten um eine Nuance bitter wurde.

Er sah sie rasch an; sie glaubte, er sähe gekränkt aus.

»Warum versuche ich, den armen Mann zu reizen?« dachte sie. »Er hat mir ja nichts getan.« Es war grundlos und idiotisch, und trotzdem verspürte sie ein starkes Bedürfnis danach.

»Warum tot?« Seine Stimme war ruhig; der Unterton feindlich.

»Ach, nicht tot!« sagte sie ungeduldig. »Nur nicht lebendig. Nicht wirklich. Aber ich glaube, heutzutage sind wir alle so. Vielleicht nicht ganz so kraß wie du, aber trotzdem...«

»Ah.« Er dachte: »Ich muß hier raus. Ich muß gehen.«

»Wir sind alle Ungeheuer«, sagte Daisy enthusiastisch. »Wir leben im *Zeitalter* der Ungeheuer. Was ist an der Geschichte von der Frau und den Wölfen so schrecklich? Weißt du, die Geschichte, in der sie mit einem Schlitten voller Kinder durch die Tundra fährt, die Wölfe verfolgen sie, und sie wirft ein Kind nach dem anderen heraus, um die Tiere zu beruhigen. Vor hundert Jahren fand das jedermann grauenhaft. Aber heute ist es viel grauenhafter. Viel. Denn damals war es unwahrscheinlich und unmöglich, und heute ist es durchaus im Bereich der Möglichkeit. Eine furchtbare Geschichte; nicht, weil die Frau ein Ungeheuer ist. Gar nicht. Sondern weil das, was sie tat, um sich zu retten, genau das ist, was wir alle tun. Es ist grauenhaft, weil es so erschreckend wahr ist. Ich würde es tun, du würdest es tun, jeder einzelne, den wir kennen, würde so handeln. Stimmt das nicht?«

Über der schimmernden Fläche des Fußbodens, auf dem Grund einer gelben Lichtpfütze, wartete seine Aktentasche. Der Anblick verstärkte seinen Wunsch, schon gegangen zu sein. Aber es war von großer Wichtigkeit, daß sein Abschied harmlos und unauffällig war. Wenn er jetzt eine harmlose Bemerkung in dieser Richtung machte, konnte er fünf Minuten später leicht darauf zurückkommen. Bis dahin wäre es dann elf Uhr dreißig.

»Also«, fing er an, atmete tief ein und streckte sich, als wolle er aufstehen.

»Kennst du jemanden, der es nicht so machen würde?« Plötzlich wurde ihm klar, daß es ihr ernst war mit dem, was sie sagte. Irgend etwas war mit ihr nicht in Ordnung; sie hätte zufrieden daliegen sollen, hätte vielleicht seine Hand halten oder sein Haar streicheln und hie und da ein ruhiges Wort sagen sollen. Statt dessen war sie gespannt und unruhig, sprach ängstlich von Ungeheuern und Wölfen und versuchte, entweder ihm Ideen aufzuzwingen oder ihm etwas auszureden.

»*Kennst* du jemanden?« beharrte sie, und ihre Worte klangen wie eine verzweifelte Herausforderung. Als ob ein »Ja«, das er vielleicht gesagt haben könnte, ihr ein wenig Frieden gegeben hätte. Er hätte sagen können: »Ja, ich kenne jemanden« oder sogar: »Ja, es gibt solche Menschen.« Dann wäre sie vielleicht beruhigt gewesen. Die Welt, dieses entrückte Etwas, wäre wieder einmal bewohnbar und möglich gewesen. Aber er sagte nichts.

Jetzt ergriff sie seine Hand und wandte ihm kokett ihr Gesicht zu. »Da wir schon von Ungeheuern sprechen, erinnere ich mich deines ersten Abends hier. Guter Gott! Du bist das größte Ungeheuer von allen. Natürlich! Mit dieser schrecklichen Leere in deiner Hand. Aber mein Gott! Erinnerst du dich nicht? Erinnerst du dich nicht, was ich dir gesagt habe?«

»Nicht genau«, sagte er, ärgerlich, seine Rückzugsmöglichkeiten immer mehr entschwinden zu sehen. »Ich gebe nicht viel auf solches Zeug, weißt du.«

»Zeug!« schnaubte sie. »Jedermann weiß, daß es völlig wahr und ganz wissenschaftlich ist. Aber in jedem Fall, ob du was drauf gibst oder nicht – was für eine Ausdrucksweise! –, denk daran, daß du tun kannst, was du willst. Wenn du weißt, was du willst!« fügte sie etwas scharf hinzu. »Du hast eine leere Hand, und Vakuen haben die Tendenz, sich aufzufüllen. Sei vorsichtig vor dem, was in dein Leben treten wird.«

»Ich werde aufpassen«, sagte er und erhob sich. »Ich fürchte, ich muß gehen. Es ist spät.«

»Es ist nicht spät, Liebling.« Aber sie machte nicht den Versuch, ihn zu halten. »Ruf ein Taxi.« Sie deutete auf das Telefon. »Die Nummer ist 24-80.«

An diese Komplikation hatte er nicht gedacht. »Ich werde zu Fuß gehen«, sagte er. »Ich brauche Bewegung.«

»Unsinn! Es sind acht Kilometer. Die kannst du nicht laufen.«

»Aber sicher«, sagte er lächelnd.

»Du wirst dich verlaufen. Du bist verrückt.« Sie dachte: »Wahrscheinlich will er das Geld sparen. Soll ich ihm sagen, er soll es für uns aufschreiben lassen?« Sie entschied dagegen. »Mach, was du willst«, sagte sie und zuckte die Achseln.

Als er seine Aktentasche nahm, sagte sie: »Ich will dich zur Tür hinunterbegleiten«, und ungeachtet seines Protestes ging sie voraus, die Treppe hinunter in die Halle, wo noch einige Kerzen brannten. Das Haus war sehr still.

»Ich vermute, daß die Dienstboten alle zu Bett gegangen sind«, sagte er.

»Bestimmt nicht! Ich habe Hugo noch nicht entlassen.« Sie öffnete die Tür. Der Wind fuhr herein und ließ ihren Schlafrock flattern.

»Geh lieber hinauf ins Bett. Du wirst dich erkälten.«

Er ergriff die Hand, die sie ihm entgegenstreckte. »Es war ein wunderbarer Abend«, erklärte er.

»Luis wird in einigen Tagen zurück sein. Dann mußt du zum Essen kommen. Ich werde dich anrufen.«

»Schön.« Er trat rückwärts auf den Kiesweg hinaus.

»Bieg bei dem Bambusgebüsch links ein. Das Tor ist offen.«

»Gute Nacht.«

»Gute Nacht.«

Hinter dem Bambusdickicht blieb er stehen und wartete darauf, daß sie die Tür schloß. Statt dessen hörte er, wie sie sagte: »Ah, Hugo. Da sind Sie! Sie können das Tor hinter Mr. Dyar zuschließen.«

»Dagegen muß ich etwas unternehmen«, dachte er und ging rasch nach rechts, um die Schmalseite des Hauses herum, auf die

Terrasse, wo das Schwimmbassin die Sterne in seinem schwarzen Wasser widerspiegelte. Es war riskant, denn sie war wahrscheinlich geblieben, um zu beobachten, ob er durch das Tor gegangen war. Aber vielleicht dachte sie, er sei durchgeschlüpft, als sie nicht hingeschaut hatte; sonst wäre es sehr unangenehm. Der Gedanke, wie unangenehm es sein könnte, überkam ihn erst mit aller Macht, als er neben dem Schwimmbecken zögerte; und als er die Treppen zum unteren Teil des Gartens hinunterrannte, wurde ihm klar, daß er einen wichtigen taktischen Fehler begangen hatte. »Aber sonst wäre ich aus dem Garten ausgesperrt gewesen, verdammt noch mal«, dachte er. »Ich konnte nichts anderes machen.«

Er war jetzt aus dem Hausschatten in das volle Mondlicht getreten. Vor ihm erhob sich etwas, das wie ein Teil der Vegetation neben dem Gartenpfad ausgesehen hatte und ging auf ihn zu.

»Gehen wir«, sagte Thami.

»Halt's Maul«, flüsterte Dyar wütend. In diesem Augenblick waren sie ungeschützt den Blicken aus dem Haus preisgegeben.

Und während sie sich anstrengte, die zweite Person zu identifizieren und sich sogar die Mühe nahm, eine der Türen zu öffnen und auf die Terrasse hinauszugehen, um besser in das verzerrende Mondlicht zu spähen, rannten die beiden Männer den Pfad entlang, der zum höchsten Punkt der Klippe führte, und waren bald ihrem Blickfeld entschwunden.

VIERTER TEIL
Auch eine Art der Stille

XX

Dyar lag auf dem Rücksitz des Bootes, die Hände hinter dem Kopf verschränkt, sah zu den Sternen empor und hatte den unbestimmten Wunsch, irgendwann in seinem Leben einmal etwas über Astronomie gelernt zu haben. Das Ruderboot, das sie mitgenommen hatten, um damit zu landen, hüpfte auf den dunklen Wellen wenige Meter hinter ihm an einem zu kurzen und durchgescheuerten Tau. Er hatte bereits in Qued el Ihud angefangen, sich über das Tau aufzuregen, als sie dort einige hundert Meter von den Klippen entfernt versuchten, die beiden Boote aneinanderzubinden, hatte dann aber beschlossen, sich seine Worte für andere wichtigere Dinge zu sparen. Und außerdem kümmerte sich der Jilali jetzt, wo er auf See war, überhaupt nicht mehr um das, was man ihm sagte, zweifellos aus dem Gefühl heraus, daß er Herr der Lage sei und es sich leisten konnte, die Vorschläge, die ihm von zwei so offensichtlichen Landratten wie Thami und dem verrückten Christen-Herrn gemacht wurden, zu ignorieren. Der Augenblick größter Gefahr von seiten der Polizei war der gewesen, als der Jilali um den Hafendamm herumfuhr, ehe die anderen noch an Bord waren. Jetzt waren sie gut zwei Kilometer von der Küste entfernt; die Möglichkeit, gesehen zu werden, war sehr unwahrscheinlich.

Von Zeit zu Zeit durchfuhr das Motorboot bewegtes Wasser, wo der warme Zustrom vom Mittelmeer zusammengeriet mit den Wellen, die vom Atlantik heranrollten. Kleine Schaumkronen brachen sich zischend in der Dunkelheit längsseits, und das Boot, das sich aufbäumte, blieb einen Augenblick zitternd stehen, wenn der Propeller aus dem Wasser hervortrat, um dann wie ein fröhlicher Delphin wieder nach vorn zu springen. Rechter

Hand standen die schwarzen Berge Afrikas wie mit dem Rasiermesser ausgeschnitten vor dem hellen Himmel. »Wir werden mit dem lausigen Motor noch Scherereien haben«, dachte Dyar; der Benzingeruch war zu penetrant. Vor einer Stunde noch war die Hauptsache gewesen, daß man an Bord kam; jetzt galt es zu landen. Wenn er spanischen Boden unter den Füßen hatte, würde er schon wissen, was zu tun war; es war sinnlos, Pläne zu machen, ehe man wußte, womit man zu rechnen hatte. Er entspannte seinen Körper, so gut er konnte, ohne Gefahr zu laufen, auf den Boden zu rollen. »Zigarette?« rief Thami.

»Ich habe dir doch gesagt, das gibt es nicht!« brüllte Dyar, setzte sich wütend auf und gestikulierte. »Keine Zigaretten und keine Streichhölzer, solange wir im Boot sind. Was ist los mit dir?«

»Er will eine«, erklärte Thami, als der Jilali bereits ein Streichholz anbrannte und versuchte, die Flamme vor dem Wind zu schützen. Der Versuch blieb erfolglos, und es gelang Thami, ihn zu hindern, noch eines anzuzünden. »Sag' ihm, er sei ein gottverdammter Idiot«, rief Dyar, in der Hoffnung, Thami dadurch für sich zu gewinnen, aber Thami sagte gar nichts, sondern blieb geduckt neben dem Motor auf dem Boden sitzen.

Schlafen kam nicht in Frage; dazu war er viel zu wach, aber während er in einem Zustand ungewollter Untätigkeit dalag, merkte er, daß er in Erinnerungen verfiel, die er jetzt, wo sie wieder vor ihm auftauchten, für immer verloren geglaubt hätte. Sie fingen mit einem Lied an, das vielleicht durch die Bewegung des Bootes wieder in sein Gedächtnis zurückgekehrt war, dem einzigen Lied, das ihn jemals wirklich glücklich gemacht hatte. »*Go to sleep. My little pickaninny. Mammy's goin' to slap you if you don't. Hushabye. Rockabye. Mammy's little Baby. Mammy's little Alabama coon.*« Das waren nicht die richtigen Worte, aber es waren die Worte, deren er sich jetzt erinnerte. Er war mit einer Steppdecke aus vielen viereckigen Seidenstückchen zugedeckt, die Decke war auf beiden Seiten fest eingesteckt – er konnte die Stiche, mit denen die einzelnen Vierecke zusammengenäht waren, mit seinen Fingern spüren –, und sein Kopf lag auf dem Daunenkissen, das seine Großmutter ihm gemacht hatte, dem weichsten Kissen, das er je besessen hatte. Und seine Mutter beugte sich wie der Himmel über ihn; nicht ihr Gesicht, denn er wollte in diesen Momenten ihr Gesicht nicht sehen, weil sie nur ein Mensch wie alle anderen war, und deshalb hielt er seine Augen fest geschlossen, damit sie etwas viel Mächtigeres werden konnte. Wenn er die Augen öffnete, dann würden sie ihren Augen begegnen, die ihn ansähen, und dieser Gedanke erschreckte ihn. Wenn er die Augen geschlossen hielt, gab es nichts als das Bett und ihre Gegenwart. Ihre Stimme war über ihm, und sie selbst war überall um ihn herum; auf diese Weise war alle Gefahr der Erde gebannt.

»Wie zum Teufel komme ich darauf?« überlegte er und sah sich um, während er sich aufsetzte, um festzustellen, ob die Lichter von Tanger schon hinter dem Cap Malabata seien. Sie waren immer noch sichtbar, aber langsam schoben sich die hohen gezackten Felsen davor und bedeckten sie mit der Schwärze der verlassenen Küste. Der Leuchtturm auf der Spitze des Kliffs blinkte wieder und wieder, ganz automatisch, und wurde schließlich zu einer Selbstverständlichkeit, die er nicht mehr bemerkte. Er rieb sich ärgerlich die Finger; irgendwie war Harz daran gekommen, und er bekam es nicht ab.

Und während das kleine Boot immer bestimmter in Gebiete schattiger Sicherheit glitt, immer weiter fort von den Lichtern und der Möglichkeit des Entdecktwerdens, begann er das Wasser als einen Ort der Einsamkeit zu betrachten. Das Boot schien ihm jetzt weniger laut. Seine Gedanken beschäftigten sich mit dem Mann, der schweigend neben ihm auf dem Boden saß, und er überlegte, was das wohl für eine Art Mensch sei. Er hatte mit Thami gesprochen, mit ihm zusammengesessen und mit ihm getrunken, aber während der ganzen Zeit ihres Zusammenseins war es ihm nie in den Sinn gekommen, danach zu fragen, was hinter diesen ausdruckslosen Zügen vor sich ging. Er betrachtete Thami: seine Arme waren über den hochgezogenen Knien gefaltet, und sein zurückgebogener Kopf lehnte an der Bootswand. Es schien, als blicke er zum Himmel empor, aber Dyar war überzeugt, daß seine Augen geschlossen waren. Es konnte sogar sein, daß er schlief. »Warum auch nicht?« dachte er etwas bitter. »Er hat nichts zu verlieren. Er riskiert nichts.« Leicht verdientes Geld für Thami – wahrscheinlich das am leichtesten verdiente, das er je mit diesem kleinen Boot machen würde. »Ihm ist es total gleich, ob ich dort ankomme oder nicht. Natürlich kann er schlafen. Ich hätte allein fahren sollen.« So fluchte er stumm vor sich hin, ohne zu verstehen, daß der einzige Grund, weswegen er diesen angenommenen Schlaf so übelnahm, der war, daß er niemanden hatte, mit dem er reden konnte, daß er sich noch einsamer fühlte, hier draußen unter dem Winterhimmel. Der Jilali, der am Bug stand, begann zu singen; ein lächerliches Lied, das in Dyars Ohren wie eine langgezogene, durchdringende Klage klang. Das Geräusch, das es verursachte, hatte keinerlei Beziehung zu irgend etwas – weder zu der Nacht noch zu dem Boot, noch zu Dyars Stimmung. Plötzlich sah er die ganze, unwahrscheinliche Situation in einem beängstigend klaren Licht und begann nervös zu kichern. Um drei Uhr in der Frühe in einem morschen alten Motorboot zusammen mit zwei idiotischen Barbaren in der Straße von Gibraltar herumgeschleudert zu werden, mit einem Ziel, das Gott allein bekannt war, einer Aktentasche voller Geld – es erschien ihm total sinnlos. Das heißt, er konnte an den Sinn nicht glauben. Und da er nicht daran glauben konnte, nahm er auch nicht wirklich teil daran; so konnte er auch nicht sehr am Ausgang des Unternehmens interessiert sein. Es war wieder das bekannte Gefühl, ausgeschlossen zu sein, neben der Wirklichkeit zu stehen statt mitten darin. Er erhob sich und fiel fast der Länge nach auf den Boden. »Halt's Maul!« brüllte er; der Jilali hörte auf zu singen und rief ihm etwas mit fragender Stimme zu. Dann begann er sein Lied von neuem. Aber als Dyar sich wieder setzte, erkannte er, daß der gefährliche Augenblick vorbei war: die Vorstellung von der Schwierigkeit seiner Lage war verblaßt, und er konnte sich nicht mehr erinnern, weshalb sie ihm so absurd vorgekommen war. »*Ich* habe es gewollt«, sagte er sich. Es war sein eigener Wille gewesen. Er war verantwortlich dafür, daß er sich in diesem Moment dort befand, wo er war, und nirgendwo anders. Es bereitete ihm sogar ein grimmiges Vergnügen, darüber nachzudenken, daß er nichts anderes tun konnte, als die Dinge auf sich zukommen zu lassen, und daß die Unmöglichkeit, eine andere Lösung zu finden, eine unmittelbare Folge seines eigenen Entschlusses war. Er sog die feuchte Luft ein und sagte sich, daß er wenigstens lebe und daß, aus welchem Grund auch immer seine Zweifel von vorhin resultieren mochten, der Angstzustand, der ihn gepackt hatte, nur ein momentaner Rückfall in seine alte Gemütsverfassung bedeutete, in der er noch ein Anonymus, ein Opfer gewesen war. Er sagte sich, wenn auch nicht in so viel Worten, daß die neue und eindeutige Situation, in der er sich befand, ihm erlaubte, ohne Schwierigkeiten an die Wirklichkeit der Dinge, die seine Wahrnehmungskraft erfaßte, zu glauben – an ihrem Bestehen teilzunehmen, denn Glaube ist Teilnahme. Und er erwartete nun, daß er an der Spitze seines Lebens stehen würde wie die Lokomotive an der Spitze des Zuges; nicht mehr als ein hilfloses, zufälliges Etwas irgendwo inmitten des Geschehens, hin- und hergerissen, ohne die Möglichkeit oder auch nur das Bedürfnis zu haben, die Richtung, die er anstrebte, zu erkennen.

Angesichts dieser Erkenntnisse, über die er nachgrübelte, stand er etwa eine Stunde später auf, weil er es nicht mehr ertrug, daß Thami sich nicht einmal gerührt hatte, ging zu ihm hinüber und trat ihm leicht in die Rippen. Thami stöhnte und murmelte etwas auf arabisch.

»Was soll das? Du kannst später schlafen.«

Thami stöhnte von neuem und sagte: »Was willst du?« Aber seine Worte wurden durch die anhaltenden Explosionen des Motors übertönt. Dyar beugte sich hinunter und schrie: »Es wird bald Tag, zum Teufel! Setz dich und paß auf. Wo um Himmels willen sind wir?«

Thami deutete auf den Jilali. »Er weiß es. Mach dir keine Sorgen.« Aber er stand auf und setzte sich am Bug hin, und Dyar hockte sich zwischen den Motor und die Bordwand ziemlich genau an die Stelle, an der Thami gesessen hatte. Hier war es wärmer und windgeschützter, aber es roch stark nach Benzin. Er fühlte eine schmerzhafte Leere in seinem Magen; ob es Hunger oder Übelkeit war, konnte er nicht sagen. Nach einigen Minuten erhob er sich und ging unsicher zu Thami hinüber. Der Jilali bedeutete ihnen, sich ins Heck zu begeben. Als Dyar widersprach, weil hier beim Steuerruder die Luft angenehm frisch war, sagte Thami: »Zu schwer. So kommen wir nicht schnell voran.« Und sie stolperten nach hinten, um sich nebeneinander auf die nassen Segeltuchkissen zu setzen. Der Mond war schon lange hinter einer drohenden dicken Wolkenbank im Westen verschwunden. Über ihnen waren die Sterne, der Himmel verlor langsam an Farbe, das Wasser, das sich unter ihm ausbreitete, schien wie Rauch zu vergehen und sich mit der bleichen Luft zu vermischen. Der beturbante Kopf des Jilali zeichnete sich immer deutlicher ab, scharf und schwarz gegen das aufkommende Licht im Osten.

»Weißt du bestimmt, wo wir hinfahren?« sagte Dyar schließlich.

Thami lachte. »Ja. Ganz sicher.«

»Es kann sein, daß ich eine ziemliche Weile hier bleiben möchte, weißt du.«

Thami schwieg einen Moment. »Du kannst dein ganzes Leben lang hier bleiben, wenn du willst«, sagte er ernst und drückte deutlich aus, daß er die Vorstellung, dort zu bleiben, durchaus nicht bejahte.

»Was ist mit dir? Wie denkst du darüber?«

»Ich? Worüber?«

»Zu bleiben.«

»Ich muß mit ihm nach Tanger.« Thami deutete auf den Jilali.

Dyar drehte sich wütend zu ihm um. »Den Teufel mußt du. Du wirst bei mir bleiben. Was zum Kuckuck soll ich dort ganz allein tun?«

Es war noch nicht hell genug, um Thamis Züge zu erkennen,

aber Dyar hatte das Gefühl, daß er ernsthaft überrascht war. »Bei dir bleiben?« wiederholte er langsam. »Aber für wie lange? Dort oben bleiben?« Dann, mit mehr Sicherheit: »Das kann ich nicht. Ich muß arbeiten. Ich verliere sonst Geld. Du bezahlst mich für das Boot und dafür, daß ich dich begleite und dir das Haus zeige, das ist alles.«

»Er weiß, daß ich Geld bei mir habe«, dachte Dyar grimmig. »Verflucht noch mal.«

»Du findest, daß ich dir nicht genug gebe?« Er hörte, wie seine Stimme zitterte.

Thami blieb verstockt. »Du hast nur vom Boot gesprochen. Wenn ich nicht arbeite, verliere ich Geld.« Dann fügte er fröhlich hinzu: »Wozu, glaubst du, habe ich das Boot gekauft? Um nichts damit zu verdienen? Wenn ich bei dir in Agla bleibe, verdiene ich nichts. Er nimmt das Boot nach Tanger zurück, in Tanger ist alles. Mein Boot, mein Haus, meine Familie. Ich hocke in Agla und unterhalte mich mit dir. Alles ganz schön, aber ich verdiene nichts dabei.«

Dyar dachte: »Warum fragt er mich nicht, weshalb ich dort bleibe? Weil er es weiß. Glatte, gewöhnliche Erpressung. Ein Nervenkrieg. Der Teufel soll mich holen, wenn ich nachgebe.« Aber schon, als er sich die Worte in seinem Kopf zurechtlegte, wußte er, daß das, was Thami sagte, logisch war.

»Also, was erwartest du dann von mir?« sagte er langsam und vorsichtig. »Daß ich dir pro Tag soundsoviel zahle, damit du dort bleibst?«

Thami zuckte die Achseln. »Es hat sowieso keinen Zweck, in Agla zu bleiben. Es taugt nichts. Was willst du dort tun? Es ist kalt und matschig dort. Ich muß wieder zurück.«

»Also muß ich dir ein Angebot machen«, dachte er wütend. »Warum fragst du mich nicht, wieviel ich in dieser Aktenmappe habe?« Laut sagte er: »Nun, du kannst wenigstens ein paar Tage bleiben. Ich werde dafür sorgen, daß du auf deine Kosten kommst.« Thami schien damit zufrieden. Aber Dyar fühlte sich nicht wohl. Es war unmöglich, festzustellen, wieviel er wußte oder wieviel er zu wissen wünschte, oder sich Gedanken darüber zu machen, was er über die ganze Unternehmung dachte. Wenn Thami nur eine präzise Frage stellen würde, dann könnte er aus der Art der Fragestellung ersehen, wieweit er Bescheid wußte, und seine Antwort entsprechend formulieren. Da er nichts sagte, blieb er ihm ein Geheimnis. Als sie mehrere Minuten geschwiegen hatten, sagte Dyar plötzlich zu ihm: »Was denkst du?«

Thamis glattes Gesicht sah ihn kindlich unschuldig im weißen Licht der Dämmerung an, als er antwortete: »Ich denken? Weshalb sollte ich denken? Ich bin glücklich. Ich brauche nicht zu denken.« Trotzdem erschien Dyar diese Antwort falsch und trügerisch, und er dachte bei sich: »Der Hund plant etwas.«

Mit Anbruch des Tages hatten sich der Wind und das Wasser etwas beruhigt. Auf den spanischen Gewässern der Meerenge sahen sie einen Frachter langsam westwärts ziehen, statutenhaft und unbewegt. Die Fahrt ihres Motorbootes war so geräuschvoll und lebhaft, daß es Dyar vorkam, als glitte der Frachter in völliger Stille dahin. Er sah sich unruhig in allen Richtungen um und beobachtete die afrikanische Küste mit besonderer Aufmerksamkeit. Die Berge stürzten steil in die schaumgeränderte See, aber an einigen Stellen glaubte er einen schmalen Streifen Sandes in den Buchten zu erkennen.

»Wie sieht diese spanische Zone aus?« fragte er schließlich. Thami gähnte. »Wie überall. Wie Amerika.«

Dyar wurde ungeduldig. »Was heißt das, wie Amerika? Haben die Häuser elektrisches Licht? Haben sie Telefon?«

»Manche.«

»Wirklich?« fragte Dyar ungläubig. In Tanger hatte er gehört, daß die spanische Zone eine primitive Gegend sei, und er stellte sich darunter eine Wildnis vor, deren Einwohner in Höhlen lebten und sich durch Laute oder Zeichensprache verständigten. »Aber auf dem Land«, drängte er weiter. »Dort haben sie doch kein Telefon, oder?«

Thami sah ihn an, als sei er etwas überrascht über die Beharrlichkeit, mit der Dyar diese kindische Unterhaltung fortsetzte.

»Natürlich haben sie. Was glaubst du denn? Wie sollen sie denn ohne Telefon das Land regieren? Glaubst du, es sei wie im Senegal?« Der Senegal war für Thami der Inbegriff eines wirklich unzivilisierten Landes.

»Du redest lauter Mist«, sagte Dyar kurz angebunden. Er glaubte ihm kein Wort. Trotzdem untersuchte er die nahe Küstenlinie ängstlich, und während er es noch tat, sagte er sich, daß es töricht sei, sich Gedanken zu machen. Das Telefonieren fand vielleicht tagsüber statt; im Augenblick hatte es bestimmt noch nicht begonnen. Wer sollte dort Alarm schlagen? Wilcox konnte es nicht – jedenfalls nicht über die Polizei. Und was die amerikanische Gesandtschaft betraf, so würde diese wahrscheinlich mehrere Tage warten, ehe sie eine Recherche veranlassen würde, falls sie überhaupt etwas unternahm. Wenn einmal die Vermutung aufkam, er habe die Internationale Zone verlassen, würde die Gesandtschaft die ganze Angelegenheit Jouvenon aller Wahrscheinlichkeit ad acta legen und seine Rückkehr abwarten, wenn es sich bei dem Anruf überhaupt darum gehandelt hatte. Wen hatte er dann noch zu befürchten? Offensichtlich nur Wilcox, aber einen Wilcox, der durch seine Unfähigkeit, offizielle Hilfe zu erbitten, schwer behindert war. Seiner Sorgen ledig, warf er einen verstohlenen Blick auf Thami, der ihn unverwandt beobachtete, wie ein Mensch, der einen Film ansah, als habe er den ganzen Ablauf der Gedanken, die durch Dyars Kopf gingen, verfolgt. »Ich kann nicht einmal vor ihm denken«, dachte er bei sich. Er war der, vor dem er sich in acht nehmen mußte, nicht Wilcox oder jemand anders, den Wilcox sich mieten könnte. Dyar sah ihn feindselig an. »*Du* bist derjenige«, sagte sein Blick herausfordernd. »Ich bin auf der Hut vor dir«, hoffte er damit zu sagen. »Ich möchte, daß du das weißt.« Aber Thami erwiderte seinen Blick freundlich, blinzelte wie eine Katze, sah zum grauen Himmel empor und sagte befriedigt: »Kein Regen heute.«

Er irrte sich; in weniger als einer halben Stunde peitschte vom Mittelmeer her ein Wind um die felsigen Küsten von Djebel Musa herum und brachte einen kalten Sprühregen mit sich.

Dyar zog seinen Mantel an und hielt die Aktenmappe im Schoß, um sie vor dem Regen zu schützen. Thami kauerte sich im Bug neben dem Jilali, der seinen Kopf mit der Kapuze seiner Djelaba bedeckte. Das Motorboot begann einen großen Bogen um die Wellen zu machen und fuhr fast in der Richtung zurück, aus der es gekommen war. Sie befanden sich im Windschatten einer langen felsigen Landzunge, die vom Fuß eines Berges aus ins Meer ragte. Die steilen Klippen stiegen gerade empor und verloren sich in den tiefhängenden Wolkenbänken. Nirgends war ein anderes Schiff zu bemerken, aber man konnte durch den Regen nicht sehr weit sehen. Dyar setzte sich steil auf. Das Motorengeräusch schien ihm lauter als je zuvor; innerhalb von drei Kilometern konnte es bestimmt jedermann hören. Er wünschte, man könne es irgendwie abstellen und an Land rudern. Thami und der Jilali unterhielten sich angeregt am Steuerruder. Der Regen fiel heftiger, und hie und da ließ der Wind die Luft in Stößen erzittern. Dyar saß eine Weile da und beobachtete seinen Mantel, auf dem sich rieselnde Bäche in Gabardinetälern bildeten. Bald darauf erreichte das Boot ruhigere Gewässer. Er vermutete, sie hätten eine Art Bucht erreicht, aber als er den Kopf hob, waren zur Rechten immer noch die gleichen Felsen zu sehen. Jetzt, da sie näher kamen und er die schwarzen Wasser um sich herumschäumen und brodeln sah, wurde er sich mit Schrecken ihrer großen Höhe und Schärfe bewußt. »Je schneller wir da vorbei sind, desto besser«, dachte er und war froh, daß er dem Jilali nicht zugerufen hatte, er solle den Motor drosseln. Als er zurückblickte, glaubte er jeden Augenblick ein anderes Schiff aus den grauen Schleiern auftauchen und sie lautlos überholen zu sehen. Was daraus entstehen könnte, beschäftigte ihn wenig; es war vielmehr die Idee, verfolgt und auf der Flucht gefangen zu werden, die ihn beunruhigte. So saß er da und strengte seine Augen an, um weiter zu sehen als möglich, und hatte das Gefühl, daß der monotone Lärm des Motors das einzige dünne Seil war, das ihn in Sicherheit bringen könnte. Aber es konnte jeden Augenblick reißen, und dann würde nichts mehr bleiben als der weiche

Laut des Wassers, das gegen das Boot schlug. Als ihm ein kalter Tropfen den Nacken herunterrann, wußte er nicht, ob es Wasser oder Schweiß war. »Wozu all die Aufregung?« fragte er sich angewidert.

Der Jilali ging rasch zum Motor hinüber und schaltete ihn aus; er erstarb mit einem erstickten Husten, als könne er nie wieder in Gang gebracht werden. Er ging wieder zurück zum Steuerruder, das Thami hielt. Das Motorboot glitt immer noch weiter. Dyar stand auf. »Sind wir da?« Keiner der beiden antwortete. Dann begab sich der Jilali wieder in die Mitte des Schiffes und fing verzweifelt an, die schwere schwarze Scheibe niederzupressen, die der Anlasser war. Bei jedem Druck kam ein neuer Schnaufer, aber der Motor sprang nicht an. Innerlich tobend setzte sich Dyar wieder hin. Ganze fünf Minuten lang fuhr der Jilali mit seinen Bemühungen fort, während das Boot gleichgültig auf die Felsen zutrieb. Schließlich reagierte der Motor; der Jilali stellte ihn auf halbe Kraft ein, und sie fuhren langsam weiter durch den Regen.

XXI

Innerhalb der Bucht war ein schmaler, abfallender Strand, der von großen halbzerfallenen Felsen eingesäumt war. Direkt dahinter erhoben sich die Berge und verschwanden im regenschweren Himmel. Sie sprangen aus dem Ruderboot und standen einen Augenblick schweigend auf dem verlassenen Sandstreifen. Das Motorboot tanzte nahebei im tiefen Wasser.

»Gehen wir«, sagte Dyar. Auch das war ein gefährliches Moment. »Sag ihm, daß du ihm schreibst, wenn er dich wieder holen soll.«

Thami und Jilali fingen eine lange Unterhaltung an, die sich rasch aus einer Diskussion in einen Disput steigerte. Während er abwartend dastand, merkte Dyar, daß die beiden kein Übereinkommen erreichten, und wurde ungeduldig. »Sieh zu, daß er fortkommt!« schrie er. »Hast du seine Adresse?«

»Moment mal«, sagte Thami und nahm die Unterhaltung wieder auf. Dann aber erinnerte er sich dessen, was er Dyars besondere Marotte nannte – seine merkwürdige Unfähigkeit, abzuwarten und den Dingen ihren natürlichen Lauf zu lassen. Er drehte sich um und sagte: »Er will Geld«, was zwar wahr, aber keineswegs der Hauptpunkt der Unterhaltung war. Thami litt unter der Vorstellung, daß sein bereits bezahltes Boot nun mit dem früheren Besitzer wieder nach Tanger zurückfuhr, und er überlegte fieberhaft, welche Schutzmaßnahme er ergreifen könnte, um einigermaßen sicher zu sein, daß das Boot und der Jilali nicht verschwinden würden.

»Wieviel?« sagte Dyar und suchte unter seinem Mantel in seiner Tasche, während er die Aktenmappe zwischen die Knie klemmte. Sein Kragen war durchweicht; der Regen rann ihm den Rücken herunter.

Thami hatte mit dem Jilali vierhundert Peseten als Lohn für seine Dienste ausgemacht; er hatte sich vorgenommen, Dyar zu sagen, es seien achthundert, und den Jilali aus dieser Summe zu bezahlen. Jetzt aber hatte er das Gefühl, daß sich alles gegen ihn verschworen hatte, und er rief aus: »Er überfordert mich! In Dradeb hat er siebenhundertfünfzig gesagt. Jetzt sagt er tausend.« Als Dyar einen Geldschein aus seiner Tasche zog, erkannte er, daß er einen schweren Fehler gemacht hatte. »Gib's ihm nicht!« rief er beschwörend und streckte die Hand aus, als wolle er den Geldschein verdecken. »Er ist ein Dieb! Gib's ihm nicht!«

Dyar schob ihn grob beiseite. »Misch dich nicht ein«, sagte er. Er gab den Tausendpeseten-Schein dem erwartungsvoll dastehenden Jilali. »Glaubst du, ich will den ganzen Tag hier herumstehen?« Dann wandte er sich an den Jilali, der verwirrt, mit dem Schein in der Hand, dastand, und fragte: »Bist du zufrieden?«

Thami, der entschlossen war, keine Gelegenheit ungenutzt vorübergehen zu lassen, übersetzte diesen letzten Satz sofort ins Arabische als einen Befehl, Geld herauszugeben. Der Jilali schüttelte langsam den Kopf, er sagte, er könne nicht wechseln, und hielt Dyar den Schein entgegen, damit er ihn zurücknähme.

»Er sagt, es sei zu wenig«, sagte Thami. Aber Dyar reagierte anders, als er gehofft hatte. »Er weiß verdammt gut, daß es genug ist«, murmelte er und wandte sich ab. »Hast du seine Adresse?« Thami blieb regungslos stehen, von Entschlußlosigkeit gepeinigt. Und dann tat er genau das Falsche. Er holte aus und versuchte, dem Jilali den Geldschein zu entreißen. Der aber hatte begriffen, daß der christliche Herr besonders großzügig sein wollte, und reagierte folgerichtig, indem er sich rasch umdrehte und mit einem Satz auf das Boot zusprang, das er im Einsteigen auf das Wasser hinausstieß. Thami hüpfte wütend am Uferrand, während der andere lachend außer Reichweite ruderte.

»Mein Boot!« schrie er und wandte Dyar beschwörend sein Gesicht zu. »Siehst du jetzt, was für ein Räuber er ist! Er nimmt mein Boot!«

Dyar betrachtete ihn voller Abneigung. »Damit muß ich mich nun weiß Gott wie viele Tage abfinden!« dachte er. »Der Kerl ist mehr als blöde.« Der Jilali ruderte weiter, auf das Motorboot zu. Jetzt rief er tröstliche Worte herüber und winkte. Thami schüttelte seine Faust und brüllte mit tränenerstickter Stimme Flüche und Drohungen hinter dem Jilali her, während er zusehen mußte, wie dieser an Bord des Motorbootes kletterte, das Ruderboot am Heck vertäute und schließlich den Motor in Gang brachte. Dann wandte er sich untröstlich an Dyar. »Er ist fort. Mein Boot ist fort. Alles.«

»Halt's Maul«, sagte Dyar, ohne ihn anzusehen. Er fühlte sich körperlich abgestoßen und wollte so rasch wie möglich vom Strand fort, besonders jetzt, wo das Motorengeräusch wieder begonnen hatte.

Thami führte ihn apathisch am Strand entlang, dem westlichen Ende zu, wo sie zwischen den steilen hohen Felsen hindurchgingen. Sie verfolgten einen fast nicht zu erkennenden Pfad am Fuß der Berge, der über eine rote Schlammbank, auf der hie und da vereinzelte Steinblöcke lagen, bergauf führte. Es war ein Aufstieg, der zunehmend steiler wurde. Der Regen fiel stärker, die Tropfen wurden größer. Es gab weder Bäume noch

Sträucher, nicht einmal kleine Pflanzen. Jetzt erhoben sich Felsen zu beiden Seiten, und der Pfad verwandelte sich in ein Rinnsal, in dem ein Strom rostfarbenen Wassers auf sie zufloß. An einer Stelle rutschte Dyar aus und fiel auf den Rücken in den Schlamm. Als Thami ihm heraus und aufstehen half, machte der Schlamm ein schmatzendes Geräusch; Dyar dankte ihm nicht. Sie keuchten beide und waren zu schlecht gelaunt, um zu sprechen. Aber es erwartete auch keiner vom anderen, daß er etwas sagen werde. Hier drehte es sich nur darum, aufzupassen, wo man während des Steigens seinen Fuß hinsetzte, das war alles. Die Felswände links und rechts waren wie Blenden, die das Auge daran hinderten, abzuschweifen, und vor ihnen waren noch mehr Steine, noch mehr Schlamm, Pfützen und rieselndes rotbraunes Wasser. Mit Tagesanbruch wurde der Himmel dunkler. Hin und wieder sah Dyar auf seine Uhr. »Um halb zehn Uhr setze ich mich hin, egal, wo wir dann sind«, dachte er. Als es dann aber soweit war, wartete er ab, bis er einen bequemen Felsblock fand, ehe er sich setzte und eine Zigarette anzündete, die der Regen trotz seiner Vorsichtsmaßnahmen nach wenigen Minuten auslöschte. Thami tat, als habe er ihn nicht gesehen, und fuhr fort weiterzustapfen. Dyar ließ ihn gehen, rief ihm nicht zu, er solle warten. Er besaß nur noch ein halbes Päckchen Zigaretten und hatte vergessen, welche zu kaufen. »Keine Zigaretten mehr, für wie lange wohl?« Die Landschaft überraschte ihn nicht; sie war genau so, wie er sie sich vorgestellt hatte, nur daß er aus irgendeinem Grund nicht damit gerechnet hatte, daß es regnen könnte, sondern sie immer öde, windgepeitscht und in glühender Sonne schmorend vor sich gesehen hatte.

Diejenigen seiner Kleidungsstücke, die noch nicht vom Regen durchweicht waren, waren durchgeschwitzt, denn das dauernde Steigen war anstrengend, und es war heiß. Aber seinen Mantel wollte er nicht ausziehen, denn unter seinem Arm, vom Mantel bedeckt, hielt er die Aktenmappe, und er war entschlossen, sie dort zu lassen, sie, so gut es ging, vor dem Regen zu schützen.

Er wiegte sich in der Vorstellung, daß Thami stehenbleiben

und auf ihn warten werde, sobald er sich in einer ihm angemessenen erscheinenden Entfernung befand, aber er hatte die Ursache des Kummers, der seinen Begleiter drückte, nicht begriffen, sondern dachte, die Niederlage durch den Jilali wurme ihn, während Thami ernsthaft glaubte, alles sei verloren und seine Seele liege ihm Dunkel, ohne Allahs tröstlichen Segen. Das bedeutete, daß alles, was mit diesem Ausflug zusammenhing, von vornherein unter einem bösen Stern stand und schlecht für ihn ausgehen würde. Er zürnte Thami nicht, er empfand ihn lediglich als einen Boten des Unheils; sein Gefühl war das allgemeiner Verzagtheit.

Thami blieb nicht stehen; er ging weiter, bis eine leichte Biegung im Lauf des Rinnsals ihn aus Dyars Blickfeld verschwinden ließ. »Der Hundesohn!« rief Dyar, sprang plötzlich auf und rannte den Felseinschnitt hinauf, die durchweichte Zigarette immer noch in der Hand. Als er die Stelle erreicht hatte, wo die Kurve kam, war Thami immer noch weit voraus, mit gesenktem Kopf mechanisch voranstampfend. »Er will, daß ich ihm nachrufe, er solle stehenbleiben«, dachte Dyar. »Da kann er warten, bis er schwarz wird.«

Es dauerte nochmals eine halbe Stunde, ehe er in Thamis Rufweite gelangte, aber er sprach ihn nicht an, sondern begnügte sich damit, im gleichen Tempo hinter ihm herzugehen. Soweit er es beurteilen konnte, hatte Thami seine kurze Abwesenheit gar nicht bemerkt. Thami stieg, das war alles.

Und so stiegen sie weiter. Um Mittag waren sie tief im Land drinnen, außer Reichweite der Geräusche und Gerüche des Meeres. Dennoch hatte Dyar das Gefühl, daß, wenn nicht die kilometerlange Strecke von Regen hinter ihnen läge, das Meer jetzt noch zu sehen sei, unter ihnen ausgebreitet. Der Himmel blieb grau und undurchdringlich, der Regen fiel ohne Unterlaß, der Wind kam immer noch von Osten, und sie stiegen langsam weiter, durch eine unabsehbare Welt von Felsen, Wasser und Schlamm.

Ein Schinkenbrot, dachte Dyar. Er hätte alles, was er wollte, gestern kaufen können, während er darauf wartete, daß Ramlal aufmachte. Statt dessen war er am Strand gelegen. Die sonnenheiße Stunde erschien ihm nun unendlich weit entfernt, ein flüchtiger Traum oder eine Erinnerung aus einer Zeit, in der er ein anderer Mensch gewesen war. Erst als er überlegte, daß er damals nicht gut Essen für einen Ausflug hätte kaufen können, von dem er in keiner Weise vermutet hatte, daß er ihn machen werde, begriff er, wie weit fort das Gestern wirklich war, wie sehr sich die Welt verändert hatte, seit er Chocrons stickiges kleines Büro betreten und dem Geldzählen zugeschaut hatte.

Plötzlich tauchte ein Umriß aus dem Regen auf, kam aus der Schlucht auf sie zu und nahm Gestalt an. Es war ein kleiner grauer Esel, der sich langsam mit leeren Körben heranbewegte; Regentropfen hingen in den Haaren an seinen Ohren und Beinen. Thami blieb stehen, um das Tier vorbeizulassen, sein Gesicht zeigte keinerlei Überraschung. »Wir müssen bald dort sein«, sagte Dyar. Er hatte vorgehabt, nichts zu sagen und es Thami zu überlassen, das Schweigen zwischen ihnen zu brechen, aber nun hatte er ohne Überlegung gesprochen.

»Noch ein Stückchen«, sagte Thami ausdruckslos. Ein alter Mann in einem zerlumpten wollenen Umhang kam hinter einer Biegung hervor, einen Stock in der Hand, und rief dem Esel vor ihm ab und zu gutturale Laute zu. »Noch ein Stückchen«, dachte Dyar und fing an, sich leichter zu fühlen. »Wie lange noch?« fragte er. Aber Thami, der die unklaren Zeit- und Raumvorstellungen seiner Rasse hatte, konnte ihm nichts darauf erwidern. Die Frage sagte ihm gar nichts. »Nicht lange«, antwortete er.

Der Weg wurde merklich steiler; es erforderte all ihre Aufmerksamkeit und Anstrengung, weiterzugehen und nicht auf den losen Steinen rückwärts zu rutschen. Der Wind hatte zugenommen und drückte eine endlose, dicke Wolkenspirale aus den Felsklippen über ihnen herunter auf den Pfad. Nach kurzer Zeit waren sie mitten darin. Die Welt verdunkelte sich. »Das ist nicht zum Lachen«, dachte Dyar, und dann lachte er doch, denn es erschien ihm lächerlich, daß ein plötzlicher Lichtwechsel seine Stimmung derart beeindrucken sollte. »Mangel an Essen«, sagte er zu sich. Er stieß nun während des Kletterns absichtlich von Zeit zu Zeit an Thami. Wenn sie sich zu weit voneinander entfernten, würden sie sich nicht mehr sehen können. »Hoffentlich hast du was zu essen in deiner Hütte da droben«, sagte er.

»Keine Bange.« Thamis Stimme klang ein wenig unangenehm. »Du wirst heute abend etwas zu essen bekommen. Ich werde dir Essen verschaffen. Ich werd's dir bringen. Keine Bange.«

»Soll das heißen, daß kein Essen im Haus ist? Wo zum Teufel willst du dann welches herbekommen?«

»Es gibt nichts Eßbares im Haus, weil seit langem niemand mehr drin wohnt. Aber das Haus, das der Familie meiner Frau gehört, ist nicht weit weg. Ich kann dir dort alles holen, was du willst. Die werden nicht darüber reden. Es sind brave Menschen.«

»Der glaubt, er kann mich dort verstecken«, dachte Dyar bei sich.

»Der wird sich's noch mal überlegen.« Dann, als er schweigend weiterkletterte: »Aber weshalb? Warum will er mich verborgen halten?« Und so brachte er die Frage nochmals auf ihren einfachsten Nenner: »Was weiß er?« Er beschloß, ihn heute nacht ohne Umschweife zu fragen, wenn sie sich ruhig gegenübersaßen und er jeden Wechsel in Thamis Gesichtsausdruck genau beobachten konnte: »Was wolltest du damit sagen, als du behauptet hast, die Familie deiner Frau würde nicht darüber sprechen?«

Als die Steigung zunahm, wurde ihr Aufstieg ein mühsamer Kampf, um nicht nach rückwärts abzugleiten. Der dichte Nebel war wie Rauch, der vom Wind angetrieben wurde; alle paar Sekunden konnten sie einander wieder sehen, und sogar einige der Felswände, die vor ihnen lagen, tauchten manchmal wieder auf. Dann, mit einem plötzlichen Wirbel, wurde die Luft weiß und greifbar, wickelte sich um ihre Körper und Gesichter und verhüllte alles. Sie gingen und gingen. Es war Nachmittag; Dyar war es, als sei es immer Nachmittag gewesen. Mit einemmal stöhnte Thami, der etwas höher oben ging, befriedigt auf und ließ ein langgezogenes »Aaah!« hören. Er hatte sich gesetzt. Dyar stolperte noch eine Weile voran, dann sah er ihn. Er hatte seine Kif-Pfeife hervorgeholt und füllte sie aus dem langen Leder-*Mottoui*, das aufgerollt auf seinen Knien lag. »Jetzt ist es einfach«, sagte er und rückte ein wenig auf dem Felsen beiseite, um Dyar Platz zu machen. »Jetzt gehen wir bergab. Dort ist die Stadt.« Er deutete geradeaus in die Tiefe. »Das Haus ist dort.« Er deutete etwas bergab, aber nach links. Dyar setzte sich und nahm die angebotene Pfeife. Zwischen den einzelnen Zügen schnupperte er die Luft, die lebendig geworden war und jetzt leise nach Pinien und Bauernhöfen roch. Als er mit seiner Pfeife zu Ende war, gab er sie wieder zurück. Der Kif war stark; er fühlte sich angenehm schwindlig. Thami füllte die Pfeife von neuem und sah sie liebevoll an. Der Stiel war mit winzigen farbigen Mustern bedeckt, die Fische, Wasserkrüge, Vögel und Schwerter darstellten. »Ich habe diese selbst vor drei Jahren gekauft. In Marrakesch«, sagte er.

Sie saßen allein im undurchdringlichen Weiß. Dyar wartete darauf, daß er rauchte; das Kif wurde in drei kräftigen Zügen verbrannt. Thami blies das glühende Aschenklümpchen aus der kleinen Holzschale, wickelte die Lederriemen um das *Mottoui* und steckte alles umsichtig in seine Tasche.

Sie standen auf und gingen weiter. Der Weg blieb nur einen kurzen Augenblick eben, um dann fast sofort steil in die Tiefe zu führen. Sie hatten oben auf der Paßhöhe gesessen. Nach den langen Stunden, in denen sie eine Luft geatmet hatten, die nach nichts als Regen roch, war es eine angenehme Abwechslung, Tier- und Pflanzengerüche in dem Nebel, der aus dem unsichtbaren Tal aufstieg, unterscheiden zu können. Jetzt kamen sie schneller voran; mit trunkenen Bewegungen sprangen sie von einem Felsblock zum anderen und landeten manchmal mit mehr Wucht, als ihnen lieb war. Es hatte aufgehört zu regnen; Dyar hatte die Aktentasche unter seinem Mantel hervorgezogen und trug sie in der linken Hand, während er die freie Rechte, wenn es notwendig war, als Puffer benutzte.

Bald kamen sie aus den Wolken heraus, und Dyar blieb einen

Augenblick im trüben, scheidenden Licht stehen und betrachtete die graue Gebirgskette, die Wolken und die schattenverhangenen Täler. Fast gleichzeitig waren sie auch aus dem Wind heraus. Der einzige Laut, der von dort unten aufstieg, war das sanfte monotone Geräusch des Stromes, der über die vielen Felsen rauschte. Er konnte auch keine Anzeichen menschlicher Behausungen erkennen. »Wo ist das Haus?« sagte er mürrisch. Das war ihm die Hauptsache.

»Komm mit«, antwortete Thami. Sie folgten dem Pfad bergab und kamen bald zu einer Weggabelung. »Hier entlang«, sagte Thami und wählte den Weg, der am Berg entlangführte, rechts öffnete sich ein steiler Abgrund, links türmten sich Klippen und senkrechte Schluchten, die mit den Überresten von Erdrutschen angefüllt waren.

Dann blieb Thami stehen, eine Augenbraue hochgezogen, die Hand hinter das Ohr gelegt. Er ergriff Dyars Handgelenk, zog ihn einige Schritte zurück zu einer riesigen Felsplatte, die etwas abseits vom Weg lag, drückte ihn dahinter in eine hockende Stellung und duckte sich selbst, um dann jede Sekunde hervorzuspähen. »Schau«, sagte er. Etwa fünfzig graue und braune Ziegen, deren Hufe ein klapperndes Geräusch auf den Steinen machten, kamen den Pfad entlang. Die ersten blieben mit fragenden bernsteinfarbenen Augen bei den Felsen stehen. Dann drängten die nachfolgenden Tiere vor, und sie gingen in einem ungeordneten Haufen weiter; die Steine, die hie und da unter ihren Hufen abbröckelten, hüpften mit seltsam metallischem Lauf von Fels zu Fels. Ein Jüngling mit einem Stecken, einen Wollumhang um die Schultern geschlungen, folgte der Herde. Als er vorüber war, flüsterte Thami: »Wenn er dich sieht, mein Freund, wäre das sehr unangenehm. Jedermann in Agla wüßte bis morgen Bescheid.«

»Was würde das ausmachen?« fragte Dyar, weniger, weil er glaubte, es sei egal, als aus Neugier, zu erfahren, in welcher Lage er sich eigentlich befand.

»Die Spanier. Sie würden ins Haus kommen.«

»Na, dann laß sie kommen. Was ist dabei?« Er war entschlossen, der Sache auf den Grund zu gehen, und hier war eine gute Gelegenheit. »Ich habe nichts getan. Warum sollten sie sich die Mühe machen, mich zu suchen?« Er beobachtete Thamis Gesicht genau.

»Kann sein, daß sie dir nichts tun, wenn du ihnen zeigst, daß du einen amerikanischen Paß hast.« Thami sprach jetzt laut. »Ich säße sofort im Kittchen. Man braucht ein Visum, um hierherzufahren, mein Freund. Und dann würden sie sagen: ›Wie kommen Sie hier herein?‹ Keine Angst. Die wissen sofort, daß du mit einem Schiff gekommen bist. Und dann sagen sie: ›Wo ist das Boot? Warum sind Sie nicht über die *frontera* herein wie jeder andere?‹ Dann telefonieren sie mit Tanger und versuchen von der Polizei dort herauszubekommen, warum...« Er schwieg und sah Dyar fragend an. Dyar sagte: »Na und?«, wobei er immer noch in Thamis Augen forschte.

»Na und?« sagte Thami matt und lächelte. »Was weiß ich, warum? Ich weiß nur, daß du mir gesagt hast, du würdest mir fünftausend Peseten geben, wenn ich dich hierherbringe, und das tue ich auch, weil ich weiß, daß Amerikaner ihr Wort halten. Und du wolltest sehr dringend hierher. Wie soll ich wissen, warum?« Er lächelte wieder, ein Lächeln, das er zweifellos für sehr entwaffnend hielt, das aber für Dyar der Inbegriff orientalischer Falschheit und List war.

Dyar knurrte, stand auf und dachte: »Von jetzt an werde ich jede Bewegung, die du machst, beobachten.« Während Thami sich erhob, fuhr er fort, ihn über die spanische Polizei aufzuklären und deren Zähigkeit in bezug auf Auskünfte über Fremde, die das Protektorat besuchten. Seine Worte schlossen die Warnung ein, niemals während des Tages vor dem Haus herumzustehen und niemals – das verstand sich von selber – zu irgendeiner Stunde des Tages oder der Nacht den Fuß ins Dorf zu setzen. Während sie weitergingen, schmückte er die Möglichkeiten aus, denen Dyar sich aussetzte, wenn er sich von jemandem erblicken lassen würde, und es gelang ihm schließlich, alles derart gefährlich darzustellen, daß seinen Zuhörer eine Welle der Angst überkam – nicht etwa Angst, daß das, was Thami sagte, wahr sein könnte, denn er glaubte keinen Augenblick an all diese Variationen von Katastrophen, sondern eine Angst, die dem Gedanken entsprang: »Weshalb sagt er das alles? Weshalb ist er so ängstlich darauf bedacht, daß keiner mich sieht?« Ihm schien die Antwort natürlich in Thamis Infamie zu liegen. Es handelte sich nur darum, herauszufinden, wie weit der Mann zu gehen gedachte, oder vielmehr, da er ein Araber war, wie weit er gehen konnte. Und was das anging, war die Antwort in Dyars Vorstellung: er wird so weit gehen, wie ich es ihm gestatte. Also werde ich ihm keine Chance geben. Es war leicht genug, vorsichtig zu sein; die Schwierigkeit lag darin, diese Vorsicht zu verschleiern. Der andere durfte nicht den Verdacht haben, daß er einen Verdacht hatte. Thami markierte bereits den Idioten; also würde auch er arglistig sein, er würde Thami darin bestärken, sich klüger zu dünken, damit er unvorsichtiger handeln und sein Vorhaben weniger verschleiern würde. Es erschien ihm eine ausgezeichnete Vorsichtsmaßnahme, ins Dorf zu gehen und Thami hinterher davon zu erzählen. Das würde ihm beweisen, daß er keine Angst hatte, gesehen zu werden, und Thami eines Vorteils berauben, den er ihm gegenüber zu haben glaubte. »Und dann wird er es sich zweimal überlegen, ehe er etwas zu sehr auf die Spitze treiben wird, wenn er weiß, daß man ihn dort oben mit mir gesehen hat«, überlegte er.

»Nun«, sagte er zögernd, »ich werde hier oben eine angenehme Zeit verbringen. Das weiß ich. Du bist immer unten in der Stadt, und ich hocke hier oben am Berghang auf meinem Hintern.«

»Was heißt, die ganze Zeit? Wieviel Tage willst du bleiben? Ich muß wieder nach Tanger zurück. Mein Boot. Dieser Jilali taugt nichts. Ich kenne ihn. Er wird es an jemand anderen verkaufen. Dir ist das egal. Dein Boot ist es nicht –«

»Fang nicht wieder damit an«, sagte Dyar. Aber Thami verlor sich in einem längeren Monolog, der dort endete, wo er ihn zu enden wünschte, nämlich bei den Peseten, die Dyar ihm täglich für seine Anwesenheit in Agla zahlen sollte.

»Es kann sein, daß ich ihn hier haben will, und es kann auch sein, daß ich es nicht will«, dachte er. Das hing davon ab, was er in dieser Stadt finden und erfahren würde. Pläne mußten sorgfältig vorbereitet werden, und es war leicht möglich, daß Thami ihn irgendwoanders hinführen mußte. »Aber je schneller ich ihn loswerde, desto besser.« Das stand jedenfalls fest.

War dieses Gefeilsche, das echt genug wirkte, nur ein Teil von Thamis Spiel, dazu ausersehen, jeden Verdacht, den Dyar etwa geschöpft haben könnte, zu entkräften und ihn in einem Gefühl der Sicherheit zu wiegen, das ihn leichtsinnig machen sollte? Er wußte es nicht; er glaubte es nur. Jedenfalls mußte er es sehr ernst nehmen.

»Glaubst du, ich bestehe aus Geld?« fragte er mit gespielter Verdrießlichkeit, aber dennoch in einem Ton, der Thami andeutete, daß möglicherweise Geld zu haben war. Der andere antwortete nicht.

Den steilen Hügel bedeckte ein Olivenhain, durch den sie gehen mußten; ein reißender Fluß mußte durchquert und eine leichte Erhebung bestiegen werden, ehe sie das Haus erreichten. Es war auf einem flachen Felsplateau gebaut, dessen Sockel sich abwärts neigte, um an dem überraschend tiefen Berghang Halt zu finden.

»Hier ist das Haus«, sagte Thami.

Das ist eine Festung, dachte Dyar, als er das kleine Gebäude sah, das sich oben auf seiner zackigen Felssäule duckte. Seine starken Lehmwände waren einmal weiß getüncht gewesen, und das steile, terrassenförmig gedeckte Dach sah wie ein plissierter Strohunterrock aus. Der Pfad führte bergan, um das Haus herum und auf einen Vorsprung, dessen Boden kahl war, bis auf einige verwilderte Büsche. Es gab keine Fenster, nur eine zusammengeflickte Tür mit einem selbstgebastelten Schloß, zu dem Thami jetzt einen handlangen, schweren Schlüssel aus der Tasche zog.

»Da stehst du wirklich am Rand des Abgrundes«, sagte Dyar,

trat vor und spähte in die Tiefe. Das Tal unter ihm wartete auf die Nacht. Er hatte das Gefühl, als ob kein Licht die Kraft habe, die Düsternis, unter welcher der Fuß des Berges begraben lag, zu durchdringen, als ob kein Laut den fernen, monotonen Klang des Wassers übertönen könnte, der, obwohl fast unhörbar, dennoch die ganze Luft erfüllte. Nachdem er einen Augenblick mit dem Schloß gekämpft hatte, gelang es Thami, die Tür zu öffnen. Als Dyar auf das Haus zuging, bemerkte er die tiefen Mulden, die der Regen, der aus den überhängenden Dachtraufen rann, in die Erde gegraben hatte; hie und da tropfte es noch immer, ein vertrauter Laut inmitten der alles umhüllenden Stille – fast ein Willkommen, als ob das bloße Dasein des Hauses ihm die Möglichkeit bot, die unendliche, graue Melodie des sterbenden Nachmittags zu überwinden.

Als er in den dunklen Raum trat, der wie ein Heuboden roch, dachte er: Das wird mir wenigstens eine Möglichkeit geben, Atem zu schöpfen. Vielleicht nur für einen oder zwei Tage, aber es ist ein Ort, wo ich mich hinlegen kann.

Thami öffnete eine Tür auf der gegenüberliegenden Seite des Zimmers, und aus einem winzigen Innenhof, der mit zerbrochenen Kisten und Unrat gefüllt war, strömte das Tageslicht herein. »Hier ist noch ein Zimmer«, sagte er stolz. »Und eine Küche.«

Erstaunlicherweise war der Lehmboden trocken. Es gab keine Möbel, aber eine saubere Strohmatte bedeckte fast den ganzen Boden. Dyar warf sich hin und blieb liegen, den Kopf gegen die Wand gestützt. »Sprich nicht von Küche, wenn du nichts drin hast. Wann werden wir essen? Das ist das einzige, was mich interessiert.«

Thami lachte. »Willst du schlafen? Ich gehe jetzt zu den Verwandten meiner Frau, um Kerzen und Essen zu holen. Schlaf du.«

»Zum Teufel mit den Kerzen, Freundchen. Hol du zu essen.«

Thami sah leicht empört aus. »Oh, nein«, sagte er mit ernster Miene und schwachem Vorwurf. »Ohne Kerzen kann man nicht essen. Das geht nicht.«

»Bring, was du willst.« Er spürte, wie er unter dem Satz einschlief. »Aber bring auch was zu essen.« Er steckte den Finger durch den Griff seiner Aktenmappe und legte diese auf seine Brust. Thami ging hinaus, schloß die Tür und sperrte hinter sich ab. Man hörte das Geräusch seiner Schritte und dann nur noch das gelegentliche Aufschlagen eines Tropfens, der draußen vom Dach herunterfiel. Dann nichts mehr.

XXII

Selbst als er die Tatsache von Thamis Rückkehr, seiner geräuschvollen Unruhe im Zimmer und der angezündeten Kerze, die in sein Gesicht schien, völlig in sein Bewußtsein aufgenommen hatte, glaubte er immer noch nicht ganz wach zu sein. Er erhob sich von der Matte, sagte: »He!« und reckte sich, aber die Schwere des Schlafes lastete weiter auf ihm. Er erinnerte sich nicht einmal mehr, wie hungrig er war. Obwohl die Leere in seinem Inneren noch stärker zu spüren war als vor dem Einschlafen, schien sie sich einfach in eine Denk- und Gefühlsunfähigkeit verwandelt zu haben. Er taumelte einige Schritte in die Mitte des Raumes, knurrte und gähnte ausgiebig und hatte sofort das Bedürfnis, sich wieder hinzulegen. Als er durch das Zimmer torkelte und über eine große Decke stolperte, die Thami anscheinend vom anderen Haus mitgebracht hatte und aus der er jetzt Essen und Teller hervorzog, fühlte er sich mehr tot als lebendig. Dann ging er wieder zu der Matte zurück und setzte sich. Thami hielt triumphierend einen verbeulten Teetopf in die Höhe. »Ich habe alles, was wir brauchen«, verkündigte er. »Sogar Minze für den Tee. Willst du noch schlafen? Schlaf nur. Schlaf.« Vom Hof her hörte man das Knistern und Prasseln der Holzkohle, die im Kohlenbecken Feuer fing. Dyar sprach noch immer kein Wort; die Anstrengung wäre zu viel für ihn gewesen.

Während er Thamis geschäftigen Vorbereitungen zusah, wurde ihm das Absurde der ganzen Situation deutlich. Wenn es

Hadija gewesen wäre, die ihm sein Abendessen zubereitet hätte, so wäre ihm das vielleicht natürlicher erschienen. Jetzt hatte er das Gefühl, er müsse seine Hilfe anbieten. Aber er sagte sich: »Ich zahle den Kerl ja dafür«, rührte sich nicht und verfolgte Thamis Kommen und Gehen mit einem Gefühl überwältigender Leere in seinem Inneren, das sich jetzt, wo er langsam endgültig erwachte, eindeutig als Hunger manifestierte. »Lieber Gott, laß uns essen!« rief er schließlich.

Thami lachte. »Warte«, sagte er. »Du mußt noch lange warten.« Er zog seine Kif-Pfeife hervor, füllte sie, zündete sie an und reichte sie Dyar, der gierig daran zog und seine Lungen mit dem beizenden Rauch füllte, als bekäme er auf diese Art etwas von der Nahrung, nach der ihm im Augenblick so brennend verlangte. Am Ende der zweiten Pfeife sauste es in seinen Ohren, er fühlte sich schwindlig, und eine ungewöhnliche Vorstellung hatte sich seiner bemächtigt: die Gewißheit, daß in dem Essen, das Thami ihm reichen werde, in irgendeiner Form Gift verborgen sei. Er stellte sich vor, wie er mitten in der Nacht erwachte, weil ein immer stärker werdender Schmerz von seinem Körper Besitz nahm, er sah, wie Thami ein Zündholz anbrannte, eine Kerze entzündete, er sah sich zur Tür kriechen, sie öffnen und sich der Unmöglichkeit bewußt, Hilfe zu erhalten, aber dennoch ins Freie strebend, nur um aus dem Haus herauszukommen. Die detaillierte Deutlichkeit der Vorstellungen, ihre momentane Überzeugungskraft, elektrisierte ihn; er fühlte ein starkes Bedürfnis, sie sofort jemandem mitzuteilen. Statt dessen gab er Thami mit unsicheren Bewegungen die Pfeife zurück, schloß die Augen und lehnte sich gegen die Wand. Aus dieser Stellung wurde er erst wieder erweckt, als Thami mehrmals gegen seine Fußsohle trat und sagte: »Willst du essen?«

Er aß, und zwar reichlich – nicht nur die Nudelsuppe, die Tomatenscheiben und die Zwiebeln, sondern auch das Hackfleisch und die Eier, die in brodelndem hellgrünem Olivenöl schwammen, das er, Thamis Beispiel folgend, mit Brotrinden auftunkte. Dann trank jeder von ihnen zwei Gläser süßen Pfefferminztee.

»Das hätten wir«, sagte er schließlich und lehnte sich zurück. »Thami, ich nehme meinen Hut vor dir ab.«

»Deinen Hut?« Thami verstand nicht, was er meinte.

»Den Hut, den ich nicht habe.« Er war im Augenblick in guter Stimmung. Thami bot ihm in seiner Verwirrung höflich seine Pfeife an, die er eben angezündet hatte, aber Dyar lehnte ab. »Ich gehe schlafen«, sagte er. Wenn irgend möglich, wollte er sein augenblickliches Wohlbefinden nicht verlieren und mit in den Schlaf hinübernehmen, damit es die Nacht über anhielt. Eine Kif-Pfeife konnte ihm leicht Alpträume bereiten.

Immer wieder sah er nach seiner Aktenmappe, die in der Ecke auf der Matte lag. Trotz der Tatsache, daß er sie während des Regens immer unter seinem Mantel getragen hatte, glaubte er, daß Thami diese Vorsicht auf ihre Neuheit bezog; er hatte sicherlich Verständnis dafür, daß das helle Kalbleder, die glänzenden Messingschnallen und das Schloß nicht fleckig werden sollten. Daher beschloß er jetzt, die Mappe nicht weiter zu beachten und sie, nachdem er seine Zahnbürste nachlässig wieder hineingeworfen hatte, in seiner Nähe liegen zu lassen, nahe genug, um sie mit ausgestrecktem Arm berühren zu können. Wenn er sie unter seinen Kopf legte oder in die Hand nahm, dann würde er dadurch bestimmt Thamis Aufmerksamkeit erregen. Wenn das Licht erst einmal verlöscht war, konnte er sie näher zu seiner Matte heranziehen.

Thami entnahm der Decke, in der er das Essen gebracht hatte, eine alte Djellaba, zog sie an und reichte Dyar die Decke. Dann zerrte er eine halbaufgerollte Matte herbei und breitete sie auf der gegenüberliegenden Wand aus, wo er sich hinlegte und seine Pfeife weiterrauchte. Dyar fiel mehrmals in Schlaf, aber da er wußte, daß der andere hellwach war und die Kerze brannte, schreckte ihn der Wecker, den er innerlich eingestellt hatte, wieder auf, er riß seine Augen plötzlich weit auf und sah die dämmrige Binsendecke und die ungezählten, leise flatternden Spinnweben, die über ihm hingen. Schließlich drehte er den Kopf und sah nach der gegenüberliegenden Zimmerseite. Thami hatte seine Pfeife auf den Boden gelegt und schien zu schlafen. Die Kerze war weit heruntergebrannt; noch fünf Minuten, und sie würde verlöscht sein. Er beobachtete während eines Zeitraums, der ihm wie eine halbe Stunde vorkam, die Flamme. Auf dem Dach hörte man gelegentlich das Prasseln einer Regenbö, und wenn ein Windstoß vorbeifegte, klapperte die Tür leise, aber bestimmt, als versuche jemand eilig hereinzukommen. Trotzdem erlebte er das Verlöschen der Kerze nicht mehr; als er wieder die Augen öffnete, war tiefe Dunkelheit um ihn, und er hatte den Eindruck, daß dem schon lange so war. Er lag ruhig da, verstimmt über die plötzliche Erkenntnis, daß er durchaus nicht schläfrig war. Von irgendwo weit her, aus der Tiefe, drang undeutlich das Geräusch von Wasser herauf. Die Tür klapperte leise im unruhigen Wind, dann wieder ratterte sie in lauter Ungeduld. Er verfluchte sie innerlich und beschloß, sie morgen abend zu befestigen. Obwohl er ganz wach war, verfiel er in Träumereien und befand sich auf einem Spaziergang (oder am Steuer eines Wagens – er konnte nicht sagen, in welcher von beiden Situationen) auf einem engen Bergpfad, der rechts an einem steilen Abgrund vorüberführte. Die Erde war so tief unter ihm, daß er nichts als Himmel sehen konnte, als er hinunterblickte. Der Weg verengte sich. »Ich muß weiter«, dachte er. Natürlich, aber es genügte nicht, einfach weiterzugehen. Der Weg mochte weitergehen, die Zeit mochte weitergehen, aber er war weder Weg noch Zeit. Er war ein Ding für sich, zwischen den beiden, dessen fragwürdige Existenz nur ihn allein anging, nur ihm bekannt war, und trotzdem wichtiger als alles andere. Das Problem bestand darin, sich dort zu halten, wo er war, die ganze Struktur der Wirklichkeit, die ihn umgab, völlig in sein Bewußtsein aufzunehmen und dann dementsprechend zu handeln. Die Struktur und das Bewußtsein waren da und ebenso das Wissen, was er zu tun hatte. Aber die Anstrengung, die der Sprung über den Abgrund zwischen Wissen und Handeln erforderte, war zuviel für ihn. »Halte dich fest. Halte dich fest«, sagte er zu sich und fühlte noch bis in seine Träume das Zucken seiner Muskeln. Dann weckte ihn die

Tür etwas auf, und er lächelte in der Dunkelheit über seinen eigenen Unsinn. Er war bereits über den Bergpfad gegangen, redete er sich ein, und bestand darauf, seine Phantasien wörtlich zu nehmen; das war vorbei, und jetzt war er hier in der Hütte. Dies war die ganze Wirklichkeit des Augenblickes und alles, womit er sich zu beschäftigen hatte. Er streckte seinen Arm in der Dunkelheit nach der Mitte des Zimmers hin aus und berührte Thamis Hand, die warm und entspannt direkt auf der Aktentasche lag.

Wäre er mit seinen Fingern an die haarigen Glieder einer Tarantel geraten, er hätte sie kaum hastiger zurückziehen oder seine Augen in der Finsternis weiter aufreißen können. »Jetzt hab ich ihn dabei erwischt«, dachte er mit einer gewissen schmerzhaften Genugtuung und fühlte, wie sich sein ganzer Körper anspannte, als bereite er sich schon auf einen Kampf vor, an den sein Kopf noch gar nicht gedacht hatte. Dann aber überlegte er, wie die Hand sich angefühlt hatte. Thami hatte sich im Schlaf umgedreht, und dabei war seine Hand dort hingefallen, das war alles. Aber Dyar war nicht sicher. Es war eine ziemliche Strecke zum Umdrehen, und es erschien ihm ein wenig zu beiläufig, daß die Aktenmappe ausgerechnet an der Stelle liegen sollte, wo die Hand hinfiel. Nun fragte er sich, sollte er etwas unternehmen oder nicht. Er blieb eine Zeitlang ruhig im Dunkeln liegen, bemerkte den starken Modergeruch des Strohes, der das Zimmer erfüllte, und beschloß, die Initiative zu ergreifen und eine andere Situation zu schaffen, da er sonst nicht mehr einschlafen konnte; er mußte die Aktenmappe unter Thamis Hand wegziehen. Er hustete, tat, als ob er schnupfte, wälzte sich einen Augenblick herum, als suche er nach einem Taschentuch, streckte die Hand aus und ergriff die Aktenmappe. Halb aufgerichtet zündete er ein Streichholz an, um das Kombinationsschloß einzustellen, und ehe die Flamme verlosch, sah er nach der Mitte des Zimmers hinüber. Thami lag auf seiner Matte, er hatte sie aber an einer Stelle von der Wand weggezogen; seine Hand lag immer noch nach oben gedreht da, die Finger eingerollt in der rührenden Hilflosigkeit des Schlafes. Dyar blies das Streichholz aus, nahm ein Taschentuch aus der Mappe und schnaubte sich laut die Nase. Dann fühlte er die Mappe innen ab; die Banknoten waren da. Er holte ein Bündel nach dem anderen heraus und stopfte sie in sein Unterhemd. Ohne Mantel würde er um die Taille etwas dicker aussehen, aber er zweifelte, ob Thami soviel Beobachtungsgabe hatte. Er legte sich wieder hin und lauschte den Kapriolen des Windes, der mit der Tür spielte, und haßte jeden Laut, den er verursachte – weniger, weil er ihn vom Schlaf abhielt, als aus dem Gefühl heraus, daß die lockere Tür genau wie eine offene Tür war. Ein kleines Stück Holz, ein Hammer und ein Nagel würden alles in Ordnung bringen: die Grenze zwischen ihm und der Außenwelt würde dann viel wirklicher sein. Er schlief schlecht.

Als es zu dämmern begann, stand Thami auf und richtete ein Holzkohlenfeuer im Kohlenbecken. »Ich gehe in das Haus meiner Verwandten«, sagte er zu Dyar, der ihn blinzelnd von seiner Matte aus beobachtete. Es war noch Tee und etwas Brot da, aber das war alles. Als er den heißen grünen Tee trank, den Thami ihm zu seiner Matte gebracht hatte, bemerkte er, daß der andere seine Matte wieder gegen die Wand geschoben hatte, wo sie zu Beginn der Nacht gelegen hatte. »Also das wäre das«, dachte er. »Keine Erklärung. Nichts.«

»Ich komme später wieder«, sagte Thami und nahm die Decke von Dyars Füßen. »Ich muß sie mitnehmen, um die Sachen darin zu tragen. Du bleibst hier. Geh nicht raus. Denk dran.«

»Ja, ja«, sagte Dyar, verärgert, daß er allein gelassen wurde, nicht gut geschlafen hatte und nun, wo er gern schlafen wollte, keine Decke mehr besaß, und am meisten verärgert über seine jetzige Lage, in der er völlig abhängig von Thami war.

Als Thami fort war, zeigte sich wider alles Erwarten, daß das Einsamkeitsgefühl, das seine Anwesenheit im Haus ersetzte, angenehm war. Als erstes stand Dyar auf und besah sich die Tür. Wie erwartet, würde ein an den Pfosten genageltes Stück Holz die Sache in Ordnung bringen. Wenn die Tür geschlossen war, mußte man das Holzstück lediglich wie einen Riegel vorschieben. Dann begab er sich auf Entdeckungsfahrt durch das Haus, um nach einem Hammer und einem Nagel zu suchen. Die Suche war rasch beendet, da das Gebäude leer war. Es war nichts da, nicht einmal der übliche Kerzenstummel, die leere Sardinenbüchse und die alte Zeitung, die die Landstreicher in den verlassenen Häusern Amerikas hinterließen. Hier, so erinnerte er sich, mußte alles verkauft werden; nichts wurde vergeudet, und das bedeutete, daß nichts zurückgelassen wurde. Eine alte Büchse, eine zerbrochene Tasse, eine leere Medizinflasche, all diese Dinge werden gehandelt. Er erinnerte sich seiner Spaziergänge durch die Joteya in Tanger, wo er Tausende von Dingen zum Verkauf ausgestellt gesehen hatte, sinnlose, unbrauchbare Gegenstände, für die aber immer noch Käufer gefunden wurden. Die einzig interessante Entdeckung machte er in der Ecke hinter Thamis Bett und der Tür, die auf den Hof führte: eine Feuerstelle unter einem Haufen teilweise zerfallener Strohmatten, ein Überbleibsel aus den Tagen, wo dieses Haus das Heim irgendeines Menschen gewesen war. »Verdammt noch mal, heute abend werden wir ein Feuer anzünden«, dachte er. Er ging zur Eingangstür, öffnete sie und badete sich in der frischen Luft und dem Gefühl von Freiheit, das ihn aus dem weiten Raum, der vor ihm lag, anwehte. Dann bemerkte er, daß der Himmel klar und blau war. Die Sonne war noch nicht hoch genug hinter den Bergen heraufgestiegen, um das Tal zu erreichen, aber der Tag frohlockte im Licht. Sofort nahm ein ungewöhnliches Glücksgefühl Besitz von ihm. Als habe ein Teil von ihm bereits die Ankunft einer Idee geahnt, die ihm später einfallen und die den Tag so lang werden lassen sollte, sagte er zu sich selber: »Gott sei Dank!«, als er die Bläue über sich sah. Und tief drunten, einmal auf einer Höhe, dann wieder in einer Schlucht, bewegten sich Gestalten, deren rosafarbene Gewänder sich kaum vom Erdboden abhoben. Es schien ihm sogar, als ob er in der tiefen Stille hie und da den schwachen zerbrechlichen Laut einer menschlichen Stimme hören konnte, die über große Entfernungen von einer Stelle zur anderen hinüberrief, aber es klang wie das Zirpen winziger Insekten, und die verwirrende Geräuschkulisse des Wasserrauschens verwischte die zarten Konturen dieser Lautfetzen und ließ ihn schon eine Sekunde später zweifeln, ob er überhaupt etwas gehört hatte.

Er setzte sich auf die Türschwelle. Es war Unsinn, sich auf einen Idioten zu verlassen, dazu noch auf einen Idioten, der ihm jeden Grund gegeben hatte, ihn für unzuverlässig zu halten. Er hatte ihm zum Beispiel gesagt, er gehe zu seinen Verwandten. Aber was sollte ihn daran hindern, statt dessen in die Stadt hinunterzugehen und mit einer Bande von Halsabschneidern zu vereinbaren, nach Einbruch der Dunkelheit heraufzukommen? Ja, selbst untertags? Was Thami sich selbst nicht zutraute, dafür konnte er leicht andere gewinnen, die es für ihn erledigten. Er würde dann seine Rolle spielen, entsetzt aussehen, empört, ein- oder zweimal zuschlagen und sich dann fesseln lassen... Die Szenen, die sich Dyar vorstellte, glichen lächerlich genau denjenigen der Wildwest-Filme, die er als Kind gesehen hatte. Er war sich einer verzehrenden Ungewißheit bewußt, und aus einem überstarken Bedürfnis heraus, das, was jetzt unklar war, auf einen klaren Nenner zu bringen (mit anderen Worten: völlige Selbstkontrolle zu erlangen), erlaubte er seiner Phantasie, mit übertriebenen Bildern zu spielen, Darstellungen dessen, was der Tag ihm bringen könnte. »Warum habe ich ihn aus den Augen gelassen?« dachte er, wußte aber, daß es unvermeidbar gewesen war. Sein Aufenthalt hier oben war von vornherein darauf ausgerichtet gewesen, daß Thami häufige Gänge, wenn nicht ins Dorf, so wenigstens zu seinen Verwandten machte. »Wie eine Ratte in der Falle«, dachte er und sah sehnsüchtig nach den entferntesten Berggipfeln, die jetzt vom frühen Sonnenlicht beschienen waren. Aber nun wußte er, daß dem nicht so war, denn er würde wieder aus der Falle entrinnen. Es war ein Morgen, an dem allein schon die Luft, die man einatmete, Lebenskraft spendete, und hier war der Pfad, dessen Steine sauber und schattenlos dalagen, denn sie waren im großen Schatten der darüberliegenden Felsen. Er brauchte nur aufzustehen und zu gehen. Das war kein Problem, außer er fragte sich: »Wohin?«, und er gab acht, daß diese Frage nicht in sein Bewußtsein trat; er wünschte, zu glauben, daß er nicht zögern durfte. Um also sicher zu sein, daß er handeln würde, stand er auf und ging ins Haus, dorthin, wo er wußte, daß Thami seine beiden kleinen Lederbehälter aufbewahrt hatte – den einen mit der zerlegten Kif-Pfeife, den anderen mit dem Kif selbst. Er nahm sie beide und steckte sie in die Tasche. Da er entschlossen war, das Haus zu verlassen, erschien es ihm jetzt als ein feindlicher Ort, den er schnellstens meiden mußte. Und so ergriff er seine Aktentasche, atmete zum letzten Mal mißbilligend die modrige Luft des Zimmers und trat ins Freie.

Schon einmal, vor zwei Tagen, war er berauscht gewesen, als er in eine Welt voll Sonne und Luft trat. Heute morgen war die Luft noch seltsamer. Als sie seine Lungen füllte, hatte er das Gefühl, daß es leicht sein müßte, zu fliegen – nichts als eine Frage der Technik. Vor zwei Tagen hatte er die Stämme der Palmen vor dem Hotel de la Playa berührt, seine Nase schnuppernd wie ein Hund in die Brise, die vom Hafen herüberwehte, gestreckt und sich daran erfreut, an so einem schönen Morgen am Leben zu sein. Aber damals, so erinnerte er sich, war er immer noch in seinem Käfig aus Ursache und Wirkung gefangen gewesen, dem Käfig, zu dem die anderen den Schlüssel hatten. Wilcox war dagewesen, hatte ihn gehetzt, war zwischen ihm und der Sonne im Himmel gestanden. Jetzt, in diesem Augenblick, war keiner da. Es war möglich, daß er immer noch in seinem Käfig war – das wußte er nicht –, aber wenigstens hatte kein anderer den Schlüssel. Wenn es Schlüssel gab, dann hatte er sie. Es handelte sich darum, zu gehen und weiterzugehen. Die Umrisse des Tales verschoben sich, während er ging. Er beachtete den Weg nicht, er stellte bloß fest, daß es ein anderer war als der, auf dem er gestern gekommen war. Er begegnete niemandem. Nach etwa einer Stunde setzte er sich hin und rauchte zwei Pfeifen Kif. Die Sonne stand immer noch nicht hoch genug, um diese Seite des Berges zu berühren, aber tief unter ihm waren Erhebungen, die bereits von ihren Strahlen getroffen wurden. Die Talgründe dort unten waren wie grüne Schlangen, voller Vegetation; sie wärmten sich in der hellen Morgensonne, ihre Köpfe dem Inland zugewandt, während sich ihre Schwänze in den tiefen Felseinschnitten ringelten.

Er ging mit weniger Elan weiter, da die Pfeife ihm den Atem etwas benommen und seinen Herzschlag beschleunigt hatte. Als Ausgleich verspürte er aber ein ständig zunehmendes Gefühl von Wohlbehagen. Bald merkte er seine Atemnot nicht mehr. Das Gehen wurde zu einer kunstvoll ausgeklügelten Folge harmonischer Bewegungen, deren jede einzelne in vollkommener Übereinstimmung mit dem großen wunderbaren Organismus war, zu dem die Luft und die Berghänge gehörten. Als die Sonne einen Punkt am Himmel erreicht hatte, wo er sie sehen konnte, war er sich nicht mehr bewußt, überhaupt noch Schritte zu machen; die Landschaft rollte sich einfach vor seinen Augen auf. Wieder kam ihm der triumphierende Gedanke, daß er noch einmal davongekommen war, ein Opfer zu werden. Und schließlich befand er sich, ohne zu wissen, wie er dort hingekommen war, in einer ganz neuen Gegend. An einer gewissen Stelle überschritt er einen kleinen Hügel und fing an, unmerklich bergab zu gehen, auf diese sanft abfallende Hochebene zu, die so anders war als die Gegend, die er verlassen hatte. Er hatte schon lange nicht mehr darauf geachtet, wohin er ging. Die Sonne stand hoch über ihm; es war so heiß, daß er seine Jacke auszog. Dann faltete er sie zusammen und setzte sich darauf. Seine Uhr zeigte halb eins. Er zog entschlossen die Pfeifenteile hervor, setzte sie zusammen und stopfte den kleinen Terrakottapfeifenkopf mit duftendem, feuchtem Kif aus dem *Mottoui.* Und er sog heftig an der Pfeife und hielt den Rauch in seinen Lungen, bis sich alles um ihn drehte und er seine Augen nicht mehr von dem kleinen, verkrüppelten Busch lösen konnte, der vor ihm wuchs. »Auf diese Weise braucht man kein Essen«, sagte er. Bald hatte er seinen Hunger vergessen; es gab nur noch die ungezählten Einzelheiten der strahlenden Landschaft um ihn herum. Er studierte sie sehr genau, als ob jeder Hügel, Flußlauf und Baum ein besonderes Geheimnis verberge, das er entdecken mußte. Mehr noch – die Landschaft schien ihm der Ausdruck einer verborgenen dramatischen Situation, und es war für ihn von großer Wichtigkeit, ihre Rätsel zu verstehen. Das Ganze war wie die Photographie einer Bühnenszene, auf der die Posen und der Ausdruck der Spieler auf den ersten Blick ganz normal aussahen, dann aber plötzlich merkwürdig wirkten. Und je länger er das geheimnisvolle Ganze studierte, desto rätselhafter erschien es ihm. Er fuhr fort, zu rauchen und zu starren. »Ich muß das hier klarbekommen«, dachte er. Wenn er die Bedeutung dessen, was er hier vor sich erblickte, erkannte, würde er viel mehr erkannt haben als nur einige Büsche und Steine. Sein Kopf war klar; trotzdem fühlte er sich seltsam unsicher. Es war wieder die alte Angst, nicht genau zu wissen, ob er wirklich da sei. Er ergriff einen Stein und schleuderte ihn von der Stelle aus, wo er saß, so weit als möglich fort. »Gut«, dachte er, »du bist hier oder nicht. Es ändert kein bißchen am Ganzen. Vergiß es. Geh weiter. Wohin kommst du?« Er stand plötzlich auf, nahm seine Jacke und fing wieder an zu gehen. Vielleicht fand sich die Antwort im Weitergehen. Die natürlichen Gegenstände, die ihn umgaben, fuhren fort, ihre Pantomime zu spielen, gaben ihre vielsagenden Rätsel auf; er erkannte das während des Gehens. Aber, überlegte er, wenn er sich jetzt seltsam und unwirklich fühlte, so hatte das seinen guten Grund: er war voll mit Kif. »Ich fliege wie ein Drache«, kicherte er. Das war ein Trost, und wenn der ihm nicht genügen sollte, so bestand immer noch die Möglichkeit, daß er mit seiner Behauptung, es sei völlig unwesentlich, ob man hier war oder nicht, recht hatte. Aber unwesentlich für wen? Er fing während des Gehens an zu pfeifen, vertiefte sich in die Geräusche, die er machte, und hörte auf, den Einsamen zu spielen.

Nach und nach führte der kleine, undeutliche Pfad in die Tiefe, über rauhes Weideland und steinige Heide. Mit Erstaunen bemerkte er eine Gruppe grasender Kühe an einem Berghang. Im Laufe des Morgens hatte er sich an den Gedanken gewöhnt, das einzige Lebewesen unter diesem Stück Himmel zu sein.

Wenn er in ein Dorf kommen sollte, was kümmerte es ihn; er würde sowieso weitergehen. Seinen Hunger, der schon lange ungeahnte Ausmaße erreicht hatte, empfand er nicht mehr als solchen, sondern als ein Gefühl nervöser Gier, von der er glaubte, er könne sie nur durch mehr Kif stillen. Und so setzte er sich wieder hin und rauchte und fühlte, wie sein Hals sich immer mehr in glühendes Eisen verwandelte. Wenn ihn die Kühe erstaunt hatten, der Anblick eines Dutzend Eingeborener, die in einem entfernten Feld arbeiteten, erstaunte ihn nicht. Nur ihre winzige Kleinheit überraschte ihn; die Landschaft war so viel größer, als man glaubte. Er setzte sich auf einen Felsen und starrte in die Höhe. Der Himmel schien in höchstem Glanz zu stehen. Dyar hatte nie gedacht, daß es möglich sei, solch tiefes Entzücken durch bloße Helle zu empfinden. Das Vergnügen bestand lediglich darin, seinen Blick über die reinen Himmelstiefen wandern zu lassen, was er auch so lange tat, bis ihn das grelle Licht zwang wegzuschauen.

Hier bestand das Terrain aus einem Reigen nackter, rotgrauer Täler, die sanft aus dem hohen Horizont herabstiegen. Die dornigen Plamettobüsche, die in der Nähe grün aussahen, wirkten in der Entfernung schwarz. Aber in dieser trügerischen Landschaft war es schwer zu sagen, wie weit etwas tatsächlich entfernt war. Was nah aussah, war weit weg; das bewiesen die winzigen Punkte im Vordergrund, die grasenden Kühe – und wenn das Auge die Konturen der Erde bis zum äußersten Punkt verfolgte, dann waren die Bodenerhebungen so undifferenziert und großzügig, daß sie nur einen Steinwurf weit entfernt zu sein schienen.

Er ließ seinen Kopf hängen und fühlte die Sonnenglut auf seinem Nacken brennen; zu seinen Füßen arbeitete sich ein kleines schwarzes Insekt mühsam zwischen den Kieseln voran. Eine Ameise, die aus der entgegengesetzten Richtung herbeieilte, kam ihm in die Quere; dieses Zusammentreffen war augenscheinlich nicht willkommen, denn die Ameise änderte ihre Richtung und rannte mit noch mehr Eile verwirrt davon. »Unendlichkeit in einem Sandkorn zu sehen.« Die Verszeile kam durch die vertanen Jahre aus einem Schulzimmer auf ihn zu. Draußen dämmerte der Winternachmittag, schmutziger Schnee lag auf den verlassenen Plätzen; dahinter spülte der Verkehr. Und in dem stickigen, bis zum Bersten überheizten Zimmer warteten alle auf das Läuten der Schulglocke, gerade um der Warnung vor der Unendlichkeit zu entrinnen, die so ahnungsvoll in der Luft hing. Das Gefühl, das er mit dem Wort »Unendlichkeit« verstand, war ein körperliches Grauen. Wenn man das Dasein nur auf seine jeweiligen Schnittpunkte begrenzen könnte, ohne Echos, die aus der Vergangenheit herüberzitterten, ohne das Prickeln der Erwartung aus einer Zeit, die noch nicht gekommen war! Er starrte angestrengt auf den Boden, und sein Gesichtskreis verschwamm, so daß er nichts mehr sehen konnte als einen hellen, undeutlichen Fleck. Aber würde nicht der Augenblick, das Zucken eines Augenlids, vom gleichen lähmenden Element wie das Sandkorn, unwägbar darauf lasten? Alles war nur ein Teil des Ganzen. Kein Teil von ihm, der nicht aus der Erde gekommen war, keiner, der nicht wieder in sie zurückmußte. Er war ein beweglicher Ableger der sonnenheißen Erde selbst. Aber das stimmte nicht ganz. Er hob den Kopf, kramte herum und zündete sich wieder eine Pfeife an. Es gab einen Unterschied, sagte er sich, während er den Rauch in einer langen weißen Säule hervorsprudelte, die sofort zerbrach und sich auflöste. Es war ein kleiner Unterschied, offensichtlich und lächerlich, aber der einzige Unterschied, der ihm auffiel, und deshalb auch das einzige Anzeichen, das für sein Dasein sprach. Die Erde wußte nichts davon; es war einfach da. Deshalb bedeutete Leben zunächst nur, daß man sich des Lebens bewußt war, und Leben ohne diese Gewißheit war kein Leben. Und das war sicherlich der Grund, weshalb er sich immer fragte: bin ich wirklich da? Es war nur natürlich, daß man solch eine Sicherheit nötig hatte, daß man sie dringend benötigte. Der Prüfstein des Lebens war, daß man jederzeit ohne Zögern ja dazu sagen konnte. Nie durfte es darüber den geringsten Zweifel geben. Ein Leben mußte alle Eigenschaften der Erde, die es hervorgebracht hatte, besitzen plus das Bewußtsein, diese Eigenschaften zu besitzen. Dies sah er mit aller Deutlichkeit in einem wortlosen Exposé aufgezeichnet – eine Folge von Gedanken, die sich in seinem Kopf abrollten, spielerisch wie Musik, exakt wie Geometrie. In einer versteckten Kammer seines Inneren starrte er durch ein umgekehrtes Fernrohr auf sein Leben, sah es in minutiösen Details, weit weg, aber mit erschreckender Klarheit, und während er schaute, zeichnete sich jeder Umstand in seiner letzten endgültigen Perspektive ab. Er hatte bisher immer geglaubt, daß seine Kindheit, obwohl er sie weit hinter sich gelassen hatte, ihm einmal wieder begegnen und er dann Gelegenheit haben werde, sie mitten in ihren eigenen ängstlichen Entzückungen zu Ende zu leben. Er war eines Tages erwacht und hatte erkannt, daß die Kindheit vorbei war, ohne daß er es bemerkt hatte, und ihre Substanz blieb unerklärlich, ihre Bestimmung nebelhaft, ihre Harmonie ungelöst. Dennoch hatte er sich ihr mit tausend unsichtbaren Fäden in jeder Faser verbunden gefühlt; hatte geglaubt, er besitze die Kraft, sie wieder heraufzubeschwören und zu ändern, indem er diese verborgenen Netze der Erinnerung nur berührte.

Das Sonnenlicht sickerte durch seine geschlossenen Lider und erzeugte eine Welt warmer, orangeglühender Blindheit; gleichzeitig traf ihn ein Strahl der Erkenntnis, der wie ein plötzlich in unerwarterer Richtung aufflammender Scheinwerfer die gewohnte Aussicht mit einem alles verändernden Glanz der Endgültigkeit überstrahlte. Die Jahre, die er in der Bank verbracht hatte, hinter dem Zahlschalter, die waren doch wirklich gewesen; er konnte sie nicht als Zufall oder Lückenbüßer bezeichnen. Sie waren vorüber und beendet, und jetzt sah er sie als ein unverrückbares Stück des gesamten Musters. Jetzt lagen all die fernen Unentschlossenheiten, die Aufschübe und die ungelösten Fragen weit außerhalb seiner Reichweite. Es war zu spät, um noch etwas zu berühren oder zu ändern. Es war immer zu spät gewesen, nur daß er es bis jetzt nicht erkannte. Sein Leben war nicht der Versuch eines Lebens gewesen, als der es ihm deutlich vorgeschwebt war – es war das einzig mögliche, das einzig denkbare gewesen.

Und so stellte sich heraus, daß alles von Anfang an fertig gewesen war, die Umrisse festgelegt und unverrückbar. Die Wärme tiefer Zufriedenheit breitete sich in ihm aus. Die Schar von Gedanken verblaßte, sie ließ nur ein Gefühl von Wohlwollen auf ihrem Weg zurück. Er suchte zwischen den Kieseln nach dem Insekt; es hatte sich auf dem Pfad verlaufen. Aber jetzt hörte er in der Nähe Stimmen. Eine Gruppe beturbanter Berber kam vorbei, sah ihn ohne jede Überraschung an und ging, immer weiterschwätzend, ihres Weges. Ihr Erscheinen brachte ihn wieder in die Wirklichkeit zurück. Er zerlegte die Pfeife und steckte sie ein. Er erhob sich mit einem Gefühl von unbeschwerter Trunkenheit und folgte ihnen in einer gewissen Entfernung. Der Weg, den sie wählten, führte bald bergan, über einen Hügel und dann hinunter – hinunter durch eine Wildnis von Kakteen, durch schattige Olivenhaine (die verrotteten Stämme waren oft nur noch große knorrige Hüllen), über glatte Felsen, durch Wiesen, in denen Oleanderbüsche standen, und wurde schließlich zu einer engen Straße, die rechts und links von hohen Stechpalmen gesäumt war. Dann wand er sich so häufig, daß Dyar die Männer mehrmals aus den Augen verlor und sie schließlich ganz verschwanden. Fast im gleichen Augenblick, wo ihm bewußt wurde, daß sie verschwunden waren, kam er unerwartet auf einer mit Steinblökken besäten Rampe heraus, direkt über den Dächern, Terrassen und Minaretts der Stadt.

XXIII

Hadji Mohammed Beidaoui pflegte manchmal Freitag morgens einen seiner älteren Söhne fortzuschicken, um seinen jüngsten, Thami, aus dem Garten, wo er spielte, zu holen, und der kleine Junge wurde hereingebracht, wobei er sich heftig sträubte, um seinen Bruder daran zu hindern, ihn den ganzen Weg lang mit schmatzenden Küssen zu bedecken. Dann setzte er ihn seinem Vater auf die Knie, sein Gesicht verschwand einen Augenblick lang in dem harten weißen Bart, und er hielt den Atem an, bis sein Vater wieder den Kopf hob, das Kind in die Backen zwickte und sein Haar glättete. Er erinnerte sich deutlich der elfenbeinfarbigen Haut seines Vaters und wie schön und majestätisch ihm das glatte alte Gesicht unter der Kapuze der weißen Seidendjellaba erschienen war. Als er jetzt daran dachte, erinnerte er sich eines ganz bestimmten Morgens, eines Tages, der so strahlend war, wie nur ein Frühlingstag in der Kindheit sein konnte, als der Vater ihn, nachdem er ihn mit Orangenblütenwasser bespritzt hatte, bis er ganz naß und fast krank von dem süßlichen Geruch war, an der Hand nahm und durch die Straßen und Parks voller Sonne und Blumen zur Marshan-Moschee geführt hatte, durch die Straßen, wo jeder, den sie trafen, die Männer, die den Saum von Hadji Mohammeds Ärmel küßten, und die anderen, die es sehen konnten, daß Thami sein Sohn war. Und Abdelfath und Abdelmalek und Hassan und Abdallah hatten alle zu Hause bleiben müssen! Das war die Hauptsache. Das bewußte Suchen nach mehr Aufmerksamkeit von Seiten seines Vaters, als ihm zustand, datierte von diesem Morgen an; er hatte von da an, bis zu seines Vaters Tod, ohne Unterlaß darum gekämpft. Dann war es natürlich zu Ende. Die anderen waren älter als er und mochten ihn damals schon nicht, und er erwiderte ihre Abneigung. Er fing an, die Diener zu bestechen, damit sie ihn aus dem Haus ließen, und mehrere von ihnen bekamen deswegen Unannehmlichkeiten mit Abdelfath, dem damaligen Herrscher des Hauses, der jähzornig war und jedesmal, wenn er erfuhr, daß Thami auf die Straße entkommen war, einen Wutanfall bekam. Aber die Straße mit ihren verbotenen Genüssen lockte den Knaben mehr als alles, seit die Welt aufgehört hatte, ein Ort zu sein, dessen höchste Freude es war, auf die Knie seines Vaters zu klettern und dem Strom von Legenden und Sprichwörtern, Liedern und Gedichten zu lauschen und zu wünschen, sie würden nie aufhören. Es gab ein Lied, dessen er sich immer noch erinnerte. Es hieß: *Ya ouled al harrata, Al mallen Bouzekri*... Sein Vater hatte ihm erzählt, daß alle Jungen von Fez es in den Straßen sangen, wenn Regen kommen sollte. Und es gab ein Sprichwort, das er eng mit der Erinnerung an seines Vaters Gesicht verband und mit dem Gefühl, von ihm gehalten zu sein inmitten brokatener Kissen, großer Laternen und hoher geraffter Draperien, und sooft sein Vater seinen Bitten um Wiederholung nachgab, für ihn war es immer neu, voll geheimnisvoller Zauberkraft, wann immer er es auch hörte.

»Erzähl vom Tag.«

»Vom Tag?« pflegte der alte Hadji Mohammed zu wiederholen und sah absichtlich schlau und unwissend drein, sog an seiner Unterlippe und rollte seine Augen fragend gen Himmel. »Dem Tag? Was für einen Tag?«

»Vom Tag«, beharrte Thami.

»Aaah!« Und der alte Mann begann, und zu gleicher Zeit begann er mit den Gebärden, die jedes Wort, das er nicht aus dem Stegreif erfand, begleiteten. »Der Morgen ist ein kleiner Junge.« Er machte große runde Augen. »Der Mittag ist ein Mann.« Er setzte sich steil auf und sah wild um sich. »Die Dämmerung ist ein alter Mann.« Er entspannte sich und sah zärtlich in Thamis Gesicht. »Was mache ich?« Thami wußte es, aber er schwieg, wartete atemlos, fasziniert auf den Augenblick, wo er an dem Ritus teilnehmen durfte, seine Augen hingen gebannt an dem elfenbeinfarbenen Gesicht.

»Ich lächle dem ersten zu. Ich bewundere den zweiten. Ich verehre den letzten.« Und als die letzten Worte verklangen, ergriff Thami die zerbrechliche weiße Hand, beugte seinen Kopf und preßte seine Lippen leidenschaftlich auf die Handflächen. Dann setzte sich der alte Mann zurück und betrachtete liebevoll seinen Sohn. Einmal hatte Abdallah dieses Spiel ausspioniert (er war von allen Brüdern Thami am nächsten, nur ein Jahr älter), und als er ihn später allein erwischte, hatte sich der Junge einer Reihe von Quälereien unterwerfen müssen, die er schweigend und fast widerstandslos erduldete. Es erschien ihm ein kleiner Preis, den er für die Gunst des Vaters zu bezahlen hatte. »Und wenn du's Vater sagst, dann erzähl ich es Abdelfath«, hatte ihn Abdallah gewarnt. Abdelfath würde sich noch viel Furchtbareres ausdenken

– davon waren sie beide überzeugt –, aber Thami hatte verächtlich, wenn auch unter Tränen, gelacht. Er hatte keineswegs die Absicht, etwas zu sagen, seinen Vater darauf aufmerksam zu machen, daß die anderen eifersüchtig auf seine Teilnahme an dem geheiligten Spiel waren, denn er hätte damit das Privileg, es spielen zu dürfen, vielleicht eingebüßt.

Später waren es die Straßen, die versteckten Cafés in Sidi Bouknadel, hinter deren verschlossenen Türen die Knaben auf Matten saßen und bis in die Morgendämmerung Ronda spielten, Kif rauchten und Kognak tranken; am Strand spielten sie Fußball, und dort legten sie ihr Geld zusammen, um eine *caseta* für die Saison zu mieten, in der sie Trinkgelage abhielten und private kleine Orgien, deren Etikette es verlangte, daß die kleineren Buben den älteren vollkommen zur Verfügung standen. Und vor allem waren es die Bordelle. Als Thami achtzehn war, hatte er sämtliche Mädchen aller Etablissements frequentiert und noch eine große Anzahl von Straßenmädchen dazu. Er gewöhnte sich an, mehrere Tage hintereinander von zu Hause fortzubleiben, und wenn er wiederkam, so war er in einem Zustand der Verwilderung, der seine älteren Brüder in Wut versetzte. Als er zum sechsten Mal wegen Trunkenheit arretiert worden war, befahl Abdelmaĭek, der nach Abdelfaths Übersiedlung nach Casablanca das Familienoberhaupt war, daß die Wachen ihm den Eintritt verweigern sollten, wenn er nicht vollkommen nüchtern und anständig gekleidet war. Dies bedeutete vor allem, daß er sein tägliches Taschengeld nicht bekam. »Es wird ihn ändern«, sagte er zuversichtlich zu Hassan. »Du wirst den Unterschied bald merken.« Aber Thami war starrköpfiger und erfindungsreicher, als sie glaubten. Er fand Mittel und Wege – was für Wege, erfuhren sie nie –, um nicht nach Hause kommen zu müssen und die Freiheit, die er so dringend benötigte, nicht zu verlieren. Und seitdem war er nie mehr zurückgekehrt, außer hie und da für einige Minuten Unterhaltung mit seinen Brüdern am Eingangstor, meist, um sie um eine Gefälligkeit zu bitten, die ihm selten gewährt wurde. Thami war eigentlich nicht ungesellig; Feindseligkeit war ihm fremd. Er hatte lediglich fast allen Respekt und alle Verehrung, deren er fähig war, an seinen Vater vergeben und konnte deshalb seinen Brüdern den ihnen durch Überlieferung zustehenden Teil nicht mehr geben. Außerdem konnte er nicht heucheln. Er hatte keinen Respekt vor ihnen, und er hatte auch zu viel Berührung mit europäischer Kultur gehabt, um zu glauben, daß er eine Sünde begehe, wenn er einen Respekt verweigerte, den die Sitte von ihm verlangte, den er aber nicht empfand.

Es war während des jährlichen Festes des Moulay Abdeslam, an dem ernste Männer zum Heil ihrer Seele teilnehmen, daß Thami Kinza zwischen den Zelten und Eseln und fanatischen Pilgern getroffen hatte. Die Situation war eine derjenigen, auf die die mohammedanische Tradition völlig unvorbereitet ist und der sie ratlos gegenübersteht. Es ist unmöglich, daß junge Männer und Mädchen sich kennenlernen, und wenn sie, dank eines unmöglichen Zufalls, es doch fertigbringen, sich eine Minute allein zu sehen, ist diese Vorstellung so entsetzlich, daß jedermann sie sofort wieder vergißt. Aber dann weiterzugehen, das Mädchen wieder zu treffen, ihr einen Heiratsantrag zu machen – ein unerhörteres Benehmen konnte man sich kaum vorstellen. Thami tat dies alles. Er fuhr zur gleichen Zeit wie sie nach Agla, lernte ihre Familie kennen, die natürlich von seinem städtischen Wesen und seiner Bildung tief beeindruckt war, und schrieb an Abdelmalek, daß er im Begriff sei, sich zu verheiraten, und es an der Zeit fände, sein Erbe ausgezahlt zu bekommen. Die Antwort des Bruders war ein Telegramm, das ihm befahl, sofort nach Tanger zurückzukommen und die Angelegenheit zu besprechen. Damals erlitten die Beziehungen zwischen den beiden einen ernsten Bruch, denn Abdelmalek weigerte sich glatt, sein Geld oder seinen Besitz anzutasten. »Ich werde zum Kadi gehen«, drohte Thami. Abdelmalek lachte nur. »Geh«, sagte er, »wenn du glaubst, du könntest ihm etwas von dir erzählen, das er noch nicht weiß.« Schließlich gab ihm Abdelmalek, nach langem Hin- und Herreden mit Hassan, der glaubte, daß eine Heirat, selbst mit einem schändlich niederen Bauernmädchen, vielleicht Thamis

Leben ändern würde, einige tausend Peseten. Er holte die ganze Familie aus Agla, und sie feierten Hochzeit in Emsallah, dem ärmlichsten Viertel Tangers; Kinza und ihrer Sippe erschien trotzdem alles von prächtiger Üppigkeit. Nach gebührender Zeit kehrten alle bis auf die Braut wieder in das Bauernhaus auf dem Berg oberhalb Agla zurück, wo sie lebten, ihre Felder bebauten, die Früchte ihrer Bäume ernteten und ihre Kinder ausschickten, die Ziegen auf den Hügeln zu hüten.

Für sie war Thami eine glänzende, wichtige Persönlichkeit, und sie waren überglücklich gewesen, als er vergangenen Abend an ihrer Tür geklopft hatte. Weniger erfreut waren sie jedoch, als sie hörten, daß er droben im anderen Haus einen Nazarener bei sich hatte, und obwohl es ihm gestern nacht gelungen war, von diesem Thema abzulenken, indem er über anderes redete und dann ging, hatte er gemerkt, daß sein Schwiegervater noch nicht mit seinen Ansichten über diesen Fall zu Ende war.

Am Haus sagte man ihm, daß die Männer unten im Obstgarten seien. Er ging den hohen Kaktuszaun entlang, bis er an ein Tor kam, das aus einem Stück Blech gemacht war. Als er klopfte, dröhnte es sehr laut, und er wartete mit einer gewissen Besorgnis, ob jemand käme. Einer der Söhne öffnete ihm. Ein künstlicher Bach lief durch den Obstgarten, ein Teil des Bewässerungssystems, das das ganze Tal mit dem Quellwasser, das dem Felsen über der Stadt entsprang, versorgte. Kinzas Vater wässerte die Rosenstöcke. Er eilte hin und her, seine verbeulten Hosen bis über die Knie aufgekrempelt, beugte sich über den Rand des Kanals, um einen alten Benzinkanister, der an allen Ecken leckte, mit Wasser zu füllen und dann damit loszurennen, um anzukommen, ehe er leer war. Als er Thami sah, hörte er auf zu arbeiten, und sie setzten sich zusammen in den Schatten eines riesigen Feigenbaumes. Fast sofort brachte er das Gespräch auf den Nazarener. Ihn im Haus zu haben bedeutete Schwierigkeiten, prophezeite er. Noch nie hatte man von einem Spanier gehört, der mit einem Mohammedaner im gleichen Haus lebte, und außerdem, was war der Sinn, was war der Zweck, so etwas zu tun?

»Warum wohnt er nicht in der Fonda in Agla wie alle anderen?« fragte er. Thami versuchte es ihm zu erklären. »Er ist kein Spanier«, begann er, aber schon erkannte er die Schwierigkeiten, mit denen er zu rechnen hatte, wenn er es dem anderen erklären wollte. »Er ist ein Amerikaner.« »Melikaner?« rief Kinzas Vater. »Und wo ist Melika? Wo? In Spanien! Ah! Siehst du?« Der älteste Sohn warf schüchtern ein, daß der Nazarener vielleicht ein Franzose sei. Franzosen waren keine Spanier, sagte er. »Keine Spanier?« schrie sein Vater. »Und wo glaubst du, daß Frankreich liegt, wenn nicht in Spanien? Nenn ihn Melikan, nenn ihn Franzose, nenn ihn Engländer, nenn ihn, was du willst. Er bleibt ein Spanier, er bleibt ein Nazarener, und es ist schlecht, ihn im Haus zu haben.« »Du hast recht«, sagte Thami, der beschlossen hatte, daß Nachgiebigkeit ihn am leichtesten aus der Unterhaltung half, denn sein einziges Argument wäre gewesen, zu sagen, daß Dyar ihn für das Privileg, im Haus zu wohnen, bezahlte, und er wollte nicht, daß sie das erfuhren. Der alte Mann war besänftigt; dann sagte er wieder mißtrauisch: »Warum wohnt er nicht in der Fonda? Sag mir das?« Thami zuckte mit den Achseln und sagte, er wisse es nicht. »Ah! Siehst du!« rief der alte Mann triumphierend. »Er hat einen Grund, und es ist ein böser Grund. Und nur Böses kommt dabei heraus, wenn Nazarener und Mohammedaner zusammenkommen.«

Sie hatten einen halbblöden Sohn, der bei ihnen saß; dieser nickte ununterbrochen mit dem Kopf, überwältigt von der Weisheit seines Vaters. Die anderen Söhne sahen Thami etwas verlegen an, als sie dem Ausspruch, von dem sie vermuteten, er finde ihn lächerlich altmodisch, zuhörten. Dann sprachen sie von anderen Dingen, und bald begann der alte Mann wieder, seine Blumen zu wässern. Thami und die Söhne zogen sich in einen entlegenen Teil des Obstgartens zurück, wo er sie nicht sehen konnte, und rauchten, denn Thami hatte das Gefühl, daß er unter diesen Umständen nicht gut die Familie beleidigen könne, indem er in das Haus auf dem Berg zurückkehrte, nur um dem Christen Essen zu bringen. Sie verbrachten den Tag essend, schlafend und kartenspielend, und als er sich verabschiedete, war es dämmerig, und er hatte nicht den Mut gehabt, wieder um Essen zu bitten, nicht einmal um die Decke. Aber er konnte nicht ohne Essen ins Haus zurückkommen, denn Dyar würde inzwischen rasenden Hunger haben, und das hieß, daß er nach Agla muße und Vorräte für das Abendbrot einkaufen. »*Yah latif, yah latif*«, murmelte er vor sich hin, als er den Pfad, der ins Dorf hinunterführte, entlangging.

Während Dyar auf dem Kopfsteinpflaster der Straße, die durch das Stadttor führte, entlangstolperte, hatte er keinen Zweifel, daß der Ort, in den er kam, Agla war. Er war lediglich auf einem sehr großen Umweg heruntergekommen, indem er nämlich um den Berg herumgegangen und dann wieder an den steilen Abstieg zurückgekommen war. So bestand nur die Möglichkeit, daß er Thami begegnen werde, der, wie ihm jetzt klar wurde, überzeugt sein mußte, daß er fortgelaufen sei, um sich darum zu drücken, ihm seinen Lohn zu zahlen. Oder nein, dachte er, durchaus nicht. Wenn Thami hinter dem Ganzen her war, dann war der Lohn ohne jede Bedeutung. In diesem Fall würde das Zusammentreffen die Sache rasch regeln. Die Männer, die er sich als Hilfe ausgesucht hatte, würden in der Nähe sein; durch irgendeine gleichgültige Geste würde das Signal gegeben werden, vor den Augen der Öffentlichkeit, während Thami und er zusammen die Straße hinuntergingen. Oder sie konnten sogar mit ihm zusammen aufbrechen. Die einzige Chance wäre die, seine Aktentasche zu verteidigen, als hinge sein ganzes Leben daran. Bis sie sie dann aufgerissen hatten und sahen, daß sie leer war, konnte er möglicherweise weit genug fort sein, um zu entkommen.

Die winzigen Straßen und Häuser waren dick getüncht, und die Tünche leuchtete, als hätte sie den ganzen Tag das Sonnenlicht aufgesogen und verströme es nun, in der Dämmerung, in die verblassende Luft. Er fand, daß alles aussah, als sei es von einem Zuckerbäcker gemacht, aber wahrscheinlich kam das nur daher, weil er im Augenblick nicht viel Einbildungskraft nötig hatte, damit ihm alles eßbar erschien. Mit unfehlbarem Instinkt wählte er die Straßen, die ins Zentrum der Stadt führten, und dort erblickte er ein kleines Eingeborenen-Lokal, dessen Küche im Eingang war. Der Koch hob die Deckel von den verschiedenen Kupferkesseln, damit er hineinsehen konnte; er betrachtete den Inhalt und bestellte Suppe, gelbe Erbsen mit Lammragout und Leber am Spieß. Hinter der Küche befand sich ein kleiner dämmriger Raum mit zwei Tischen und dahinter ein erhöhter Erker, in dem mehrere Bauern auf Matten hockten, riesige Brotlaibe in der Hand, von denen sie Stücke abrissen und in die Suppe tunkten. Für Dyar war die Stillung seines Hungers ein Akt der Wollust; er hörte nicht auf. Was er zuerst bestellt hatte, zeigte sich als völlig unzureichend. Thami hatte ihm gesagt, daß die Gier nach Essen, die man nach dem Kifgenuß hatte, mit keinem anderen Hunger zu vergleichen sei. Er seufzte ahnungsvoll. Thami und sein Kif. Was würde er empfinden, wenn er merkte, daß sein Gefangener entkommen war und sogar Thamis eigene Pfeife und den Lederbeutel mitgenommen hatte? Er überlegte, ob das nicht als eine außergewöhnliche Beleidigung empfunden werden würde, als eine unverzeihliche Handlung. Er hatte keine Ahnung; er wußte nichts von diesem Land, außer daß all seine Einwohner sich wie Wahnsinnige aufführten. Vielleicht war es gar nicht Thami selbst, vor dessen Reaktionen er sich fürchtete – sondern vielleicht nur vor dem Thami, der ein Teil dieses Landes war und deshalb sozusagen dieses ganze Land hinter sich hatte. Thami in New York – er lachte fast laut über die Vorstellung, die dieser Gedanke in ihm erweckte – war einer von denen, die man nicht einmal eines Blickes würdigte, wenn sie einen auf der Straße um einen Groschen anbettelten. Hier war die Sache anders. Er war ein Vertreter dieses Landes, wie Antäus, und alle Kraft, die er hatte, entsprang dem Boden, auf dem er so fest mit beiden Füßen stand. »Also hast du Angst vor ihm«, sagte er angeekelt zu sich selber. Er sah durch die helle Küche hinaus auf die dahinterliegende dunkle Straße. »Angst, er könnte zur Tür hereinkommen.« Er saß ganz ruhig da und wartete, daß die Vorstellung irgendwie Wirklichkeit würde. Statt dessen erschien ein überdimensionaler Berber mit einer lose über die Schulter geworfenen Djellaba im Türrahmen und bestellte ein Glas Tee. Während er die fünf Minuten abwartete, die für dessen Zubereitung immer benötigt wurden (denn das Wasser, obwohl es heiß war, kochte nie, und die Minze mußte Blatt für Blatt von den Stielen abgestreift werden), starrte er Dyar in eine Weise an, die dieser zuerst als verwirrend, dann als störend und schließlich, nachdem er sich überlegt hatte, was wohl der Grund zu dieser unverschämten Betrachtungsweise sein könnte, als höchst beängstigend empfand. »Warum versperrt er die Tür?« dachte er, und sein Herz begann in einer plötzlichen Welle böser Ahnung wie rasend zu schlagen. Im Augenblick gab es nur eine Erklärung: einer von Thamis Söldnern war gekommen, um ihn zu bewachen, seine Flucht zu verhindern. Wahrscheinlich standen sie in jedem Café, in jedem Speisehaus der Stadt Posten. Zum erstenmal kam ihm der Gedanke, daß sie ihre Arbeit auch in Thamis Abwesenheit verrichten könnten, während Thami in einem anständigen Haus saß, lachend, teetrinkend und auf einer *Oud* spielend. Und diese Möglichkeit erschien ihm in gewisser Weise noch schlimmer, vielleicht deshalb, weil er sich Thami in der Rolle des brutalen Peinigers nie hatte vorstellen können und daher in seiner Vorstellung beschlossen hatte, daß die Dinge verhältnismäßig sanft und schmerzlos vonstatten gehen würden. Er sah wieder zu dem Neandertalerkopf auf, sah die tiefen Furchen in der fliehenden Stirn und die Augenbrauen, die in einer einzigen struppigen Linie über das Gesicht liefen, und wußte, daß es für so einen Menschen keine Halbheiten gab. Dennoch konnte er in diesem Gesicht nichts Gemeines entdecken, nicht einmal besondere Arglist – nur primitive, uralte Stumpfheit, die Urtrauer der großen Affen, die hinter den Käfiggittern hervorglotzt.

»Damit will ich nichts zu tun haben«, sagte er sich. Man versuchte solche Geschöpfe nicht zu überlisten; man machte sich einfach aus dem Staub, wenn man das konnte. Er erhob sich und ging zum Herd hinüber. »Wieviel?« sagte er auf englisch. Der

Mann verstand, was er wollte, hielt beide Hände mit zehn ausgestreckten Fingern in die Höhe und streckte noch einen Zeigefinger empor. Indem er dem Riesen unter der Tür den Rücken zuwandte, um die Handvoll Banknoten, die er aus der Tasche zog, so gut wie möglich zu verbergen, gab er dem Koch einen Hundertpesetenschein. Der Mann sah ihn überrascht an und bedeutete ihm, daß er nicht wechseln könne. Dyar suchte weiter und fand fünfundzwanzig Peseten. Der Koch nahm sie zweifelnd entgegen, schob den Berber an der Tür beiseite und ging auf die Straße, um zu wechseln. »Ach du lieber Himmel«, dachte Dyar, und vor seinem inneren Auge sah er einen Berg neuer und unerwarteter Schwierigkeiten auftauchen. Wenn es schon schwierig war, hundert Peseten zu wechseln, dann würde es noch zehnmal schwieriger sein, einen Tausender loszuwerden. Er bewegte die Schulter etwas hin und her, um die Banknotenbündel an seinem Körper zu spüren. So stand er da, fühlte den starren Blick des riesigen Berbers auf sich, den er aber nicht ein einziges Mal erwiderte, bis der Koch zurückkam und ihm vierzehn Peseten gab. Als er auf die Straße trat, bog er nach rechts ab, wo ihm eine größere Anzahl Fußgänger zu sein schienen. Er ging rasch voran, ohne sich eher umzublicken, bis er zwischen einen Haufen von Bummlern geriet, und war nicht weiter überrascht, den Berber aus dem Restaurant kommen zu sehen, der langsam die gleiche Richtung einschlug. Aber Dyar ging sehr rasch; als er sich wieder umdrehte, stellte er mit Befriedigung fest, daß er ihn verloren hatte.

Die weißgetünchte Straße war voller Bummler in Djellabas, die in beiden Richtungen promenierten; die einzelnen Gruppen grüßten einander dauernd im Vorübergehen. Dyar kämpfte sich zwischen ihnen durch, bei aller Eile so unauffällig wie möglich. Manchmal wurde die Straße zu einer langen Treppenflucht, mit winzigen Läden, die nicht größer waren als Buden, und er rannte leichtfüßig den ganzen Weg hinunter, wobei er sorgsam darauf achtete, nicht in eine Spaziergängergruppe zu geraten, und nicht wagte, aufzublicken, um festzustellen, was für einen Eindruck sein Gebaren auf die Bevölkerung machte. Als er auf einen freien Platz kam, der von neuen, europäisch wirkenden, einstöckigen Gebäuden umgeben war, blieb er stehen und überlegte, ob er weitergehen sollte oder umkehren. Dort war ein Café mit Tischen und Stühlen, die auf dem schmalen Gehsteig standen, und an den Tischen saßen Spanier, von denen einige weiße Uniformen der marokkanischen Armee trugen. Sein Instinkt hieß ihn, im Schatten zu bleiben, in die Araberstadt zurückgehen. Die Frage war: wo würde er sicherer sein? Es bestand kein Zweifel, daß die größere Gefahr darin lag, von den Spaniern aufgehalten und ausgefragt zu werden. Trotzdem hatte er keine Angst vor ihnen, sondern vor dem, was in den Straßen, aus denen er gerade gekommen war, geschehen konnte. Und als er so dastand und seine Aktenmappe an sich preßte und die Menschen sich rechts und links an ihm vorbeidrängten, erkannte er mit Schrecken in seinem kif-benebelten Kopf, daß er völlig verwirrt war. Er hatte sich die Stadt ganz anders vorgestellt, er hatte geglaubt, daß er eine Stelle finden würde, wo er um Auskunft bitten konnte; er hatte sich auf die Stadt verlassen wie ein Mensch in Not auf seinen Freund, von dem er Hilfe erwartete, und von vornherein wissend, daß er jedem Rat folgen würde, denn das wichtigste war, *irgend etwas* zu unternehmen, sich in irgendeiner Richtung fortzubewegen, aus dieser Sackgasse heraus. Er hatte geglaubt, daß seine Lage, wenn er einmal in Agla war, sich klären würde. Aber bis jetzt war ihm nicht zu Bewußtsein gekommen, wie sehr er damit gerechnet hatte, wahrscheinlich, weil er den ganzen Tag nur darüber nachgedacht hatte, wie er Thami entkommen könnte. Jetzt, in diesem Augenblick, begriff er aber, daß die Trugbilder, auf denen er seine Zukunftspläne aufgebaut hatte, im Begriff waren einzustürzen; er hatte niemals einen Plan gehabt, nach dem er handeln wollte, er konnte sich jetzt nicht mehr vorstellen, was er eigentlich hier in der Stadt »herausfinden« wollte, was für Menschen er hatte sehen wollen, um Erkundigungen einzuziehen, oder was für Erkundigungen er überhaupt hatte einziehen wollen. Er blickte einen Moment lang zum Himmel empor. Die

Sterne waren hervorgekommen; sie gaben ihm keinen Rat. Er hatte sich umgedreht, begann wieder zurückzugehen, zurück durch das Stadttor, in die gewundene Straße, aber seine Beine zitterten, und er nahm nur verschwommen wahr, was um ihn herum vorging. Diesmal, nachdem der Mechanismus, der ihn in Gang gehalten hatte, offenbar versagte, verließ er unbewußt die Hauptstraße, die steil nach oben lief, und seine Füße führten ihn auf eine kleine, ebene Straße, wo es weniger Lichter und Menschen und gar keine Läden gab.

XXIV

Manchmal war es das Tropfen von Brunnen in ihre Becken, manchmal nur das Geräusch eiliger Quellwasser unter den Steinen hinter den Mauern. Manchmal stieß ein einzelner Nachtvogel in der Nähe einer Lampe auf die Erde herab, und sein verzerrter Schatten schoß eilig über die weiße Mauer; jedesmal zuckte Dyar nervös zusammen und fluchte, daß er die Angst, die in ihm steckte, nicht überwinden konnte. Er ging jetzt langsam und überholte niemanden. Wenn der Weg gerade genug war, konnte er manchmal zwei Männer in dunklen Gewändern Hand in Hand vor sich hergehen sehen. Sie sangen ein Lied mit einem kräftigen Refrain, der in kurzen Abständen wiederkehrte; dazwischen lag eine träge Variation dieses Refrains, der wie eine schwache, ungewisse Antwort darauf folgte. Dyar würde dies bestimmt nie bemerkt haben, wenn er nicht jedesmal, ehe die Variationen begannen, gerade bei den ersten Tönen, den bestimmten Eindruck gehabt hätte, daß das Singen irgendwo hinter ihm war. Als er aufgehört hatte, darauf zu achten (sein Interesse war nicht von der Musik, sondern von seiner eigenen Angst geweckt worden), hatten die beiden vor ihm bereits von neuem begonnen. Schließlich blieb er, um ganz sicher zu sein, für die Dauer mehrerer Strophen stehen, während die Stimmen der beiden schwächer und schwächer wurden. Jetzt bestand kein Zweifel mehr;

eine jammernde Falsettstimme sang das gleiche Lied hinter ihm. Jetzt konnte er es deutlicher hören, wie einen spottenden Schatten der Musik, die vor ihm hertönte. Aber aus den Pausen, die im Rhythmus und in der Linienführung der Melodie absichtsvoll entstanden, damit die Solostimme sich einschalten konnte, ersah er sofort, daß sie sich der Teilnehmer des anderen an ihrem Lied bewußt waren. Er trat in eine Nische zwischen den Häusern, wo sich ein kleiner viereckiger Tank befand, in den Wasser strömte, und wartete darauf, daß der Besitzer der Solostimme vorübergehe. Man hörte hier nichts als das dumpfe Geräusch des Wassers, das in die Zisterne floß, und er versuchte angestrengt, zu horchen, ob der andere, nachdem er sein Verschwinden bemerkt hatte, aufhören würde zu singen oder seine Stimme verändern oder auf sonst eine Weise denen, die vor ihm gingen, ein Signal geben werde. Hätte er nur eine große Stabtaschenlampe oder einen Schraubenschlüssel bei sich gehabt, dann hätte er ihm, wenn er vorbeiging, über den Schädel hauen, ihn in die Dunkelheit zerren und rasch in der anderen Richtung zurückgehen können. Aber als der einsame Sänger erschien, stellte sich heraus, daß er von einem Freund begleitet war. Beides waren Burschen zwischen vierzehn und achtzehn, und sie kamen daher, als dächten sie an nichts als an das Lied, das ihnen von der Straße her entgegentönte. Er wartete, bis sie vorüber waren, zählte bis zwanzig und spähte um die Hausecke; sie gingen immer noch mit dem gleichen schlendernden Gang die Straße entlang. Als sie außer Sicht waren, machte er kehrt und ging zurück, immer noch nicht überzeugt, ob sie nicht doch zu dem anderen Paar eilen und ihn dann gemeinsam suchen würden, wenn sie bemerkten, daß er nicht mehr vor ihnen herging.

Da Furcht keine echte Beziehung zur Wirklichkeit hat, erwartete er jetzt jedesmal, wenn er die beleuchteten Strecken der Straßen verließ und in die dunklen kam, daß die Sänger und ihre Freunde ihm dort irgendwo auflauerten, nachdem sie eine Abkürzung gegangen und vor ihm angekommen waren. Ein eisenharter Arm würde aus einer unsichtbaren Tür greifen, um ihn hereinzuzerren, ehe er noch begriffen hatte, was geschah, ein furchtbarer Schlag würde ihn hinterrücks treffen und umwerfen, und in einer ausgestorbenen Gasse würde er wieder zu sich kommen, im Unrat liegend, ohne Geld, ohne Paß, ohne Uhr und ohne Kleider, ohne eine Menschenseele, die ihm hier oder in Tanger oder sonstwo zu Hilfe käme. Keiner, der seine Blöße bedecken würde oder ihm auch nur ein Frühstück gäbe. Von dem Gefängnis aus, in das sie ihn einsperren würden, würden sie die amerikanische Gesandtschaft anrufen, und er würde Tanger bald wiedersehen, tausendmal mehr ein Opfer als je zuvor.

An jeder Straßenkreuzung, an jedem Durchgang, riß er seine Augen weiter auf und starrte, als könne er auf diese Weise die Finsternis durchdringen. Als er wieder auf der Hauptstraße war und die lange Treppenflucht hinaufstieg, dort, wo das Licht aus den Buden wie Pfützen auf jeder Stufe stand, fühlte er sich etwas wohler, obgleich seine Beine wie ausgehöhlt waren und nicht mehr dorthin gehen wollten, wohin sein Kopf sie zu lenken versuchte. Es war ein gewisser Trost, wieder unter Menschen zu sein; er konnte bloß mit gesenktem Kopf weiterlaufen und niemandem ins Gesicht schauen. Als er fast wieder beim Lokal war, in dem er gegessen hatte, hörte er Trommeln, die in einem seltsamen, atemlosen Rhythmus geschlagen wurden. Hier machte die Straße mehrere abrupte Windungen und verwandelte sich in eine Reihe von Passagen, die durch die Häuser führten. Er blickte zu einem Fenster empor, das sich im zweiten Stock über dem Eingang zu einer dieser Passagen befand, und sah hinter dem schmiedeeisernen Gitter eine Reihe von beturbanten Hinterköpfen. Im gleichen Augenblick rief eine herrische Stimme aus der Straße hinter ihm her: *»Hola, señor! Oiga!«* Er drehte sich rasch um und sah, fünfzehn Meter hinter sich, einen Eingeborenen in einer Art Polizei-Uniform und Helm, und es bestand kein Zweifel, daß der Mann versuchte, seine Aufmerksamkeit zu erregen. Er sprang mit einem Satz in die vor ihm liegende Dunkelheit, bog in die erste Seitengasse ein und warf sich gegen eine halboffene Tür, die er rechter Hand bemerkte.

Das Licht kam von oben. Eine steile Treppe führte hinauf. Dort waren die Trommeln und außerdem eine schwache, säuselnde Musik. Er stand hinter der Tür, am Fuß der Treppe, die er nicht weiter zugemacht hatte, als sie gewesen war. Er wartete; nichts rührte sich. Dann erschien ein Mann auf dem oberen Treppenabsatz, im Begriff hinunterzugehen, sah ihn und winkte einem zweiten, der sich bald darauf zeigte. Die beiden nickten ihm zu. »*Thla, Thla, Agi*«, sagten sie. Da ihre Gesichter unverkennbar freundlich aussahen, begann er langsam die Treppe hinaufzugehen.

Es war ein kleines, sehr überfülltes Café mit Bänken, die an der Wand entlang standen. Das dämmerige Licht kam von einer nackten Birne, die über einem hohen Kupfersamowar hing, der auf einem Regal in der Ecke stand. Alle Männer trugen weiße Turbane und blickten neugierig auf, als Dyar hereinkam; dann machten sie ihm Platz am Ende einer Bank, neben den Trommlern, die im Kreis am Boden hockten. Hier war es wirklich sehr dunkel, und er hatte das Gefühl, daß sich ganz in seiner Nähe, fast zu seinen Füßen, etwas abspielte, was er nicht erklären konnte. Die Männer starrten durch den Rauch, hinunter auf eine formlose Masse, die bebte, zuckte und zitterte; obwohl der Raum von Trommelschlägen widerhallte, war es doch, als sei die Luft von einer fremdartigen Stille erfüllt, einer gebieterischen Stille, die von den Augen der starrenden Männer auf den Gegenstand am Boden übersprang. Als seine eigenen Augen sich an das diffuse Licht gewöhnt hatten, sah Dyar, daß es ein Mann war, dessen Hände fest hinter dem Rücken verschränkt waren, als seien sie gefesselt. Bis zu diesem Augenblick hatte er sich auf dem Boden gewälzt und gekrümmt, aber nun erhob er sich langsam auf die Knie, drehte seinen Kopf verzweifelt von einer Seite zur anderen, und auf seinem zerquälten Gesicht stand der Ausdruck letzter Agonie. Selbst als er fünf Minuten später endlich auf den Füßen stand, wechselte er seine Armhaltung nicht, und die Zuckungen, die immer noch seinen Körper in völliger Harmonie mit der zunehmenden Hysterie der Trommeln und der tiefen, zersprungenen Stimme der Flöte hin- und herwarfen, schienen einem geheimen Zentrum in seinem Innersten zu entspringen. Dyar beobachtete ihn teilnahmslos. Er war durch die Reihen von Männern, die in seiner Nähe standen und das Schauspiel betrachteten, und von ständig Neuhinzukommenden vollkommen verdeckt; von der Tür aus konnte man ihn nicht sehen, und dieses Wissen verschaffte im Augenblick Erleichterung. Vom anderen Ende des langen Tisches schickte man ihm ein Glas Tee herunter. Als er es hochhob, wurde sein Kopf durch die heißen Pfefferminzdämpfe klar, und er bemerkte einen anderen Geruch in der Luft, einen würzigen, harzigen Geruch, der aus einem Kohlenbecken kam, das hinter einem der Trommler stand; ein schwerer süßlicher Rauchschwaden, der ununterbrochen emporstieg. Der Mann hatte zu schreien begonnen, zuerst leise und dann wild; seine Schreie wurden durch rhythmische Rufe beantwortet: »Al-lah!« riefen die Trommler. Dyar warf verstohlene Blicke auf die Gesichter der Zuschauer, die um ihn herumsaßen. Er sah überall den gleichen Ausdruck: völlige Versunkenheit in den Tanz, fast eine Anbetung des Mannes, der ihn vorführte. Eine brennende Kif-Pfeife wurde ihm zugeschoben. Er nahm sie und rauchte, ohne sich umzusehen, von wem sie kam. Sein Herz, das noch bei seinem Eintritt wild geschlagen hatte, hörte auf zu hämmern; er fühlte sich jetzt viel ruhiger.

Nach einem Tag, den er hauptsächlich der Betrachtung des fernen und unwirklichen Ortes, der sein Innerstes war, gewidmet hatte, fiel es ihm nicht schwer, jetzt die Wirklichkeit dessen, was er sah, einfach zu negieren. Er saß da und schaute zu, zufrieden in der Gewißheit, daß das, was sich vor seinen Augen abspielte, nicht in der Welt der Wirklichkeiten stattfand. Es lag zu weit außerhalb alles möglichen. Die Kif-Pfeife wurde mehrmals frisch für ihn gefüllt, und der Rauch, der ihm in den Kopf stieg, half ihm, sitzen zu bleiben und etwas anzusehen, das er nicht glaubte.

Wenn Dyar sich auf das verließ, was ihm seine Augen zeigten, so bewegte der Mann nun endlich seine Hände, griff in sein Gewand und zog ein langes Messer hervor, mit dem er wild herumfuchtelte. Es schimmerte schwach im blassen Licht. Ohne sich umzusehen, warf einer der Trommler eine Handvoll Pulver hinter sich und begann wieder zu trommeln, wobei er nicht aus dem komplizierten Rhythmus geriet: aus dem Räucherbecken stieg der Rauch in dickeren Schwaden empor. Die gesungenen Strophen waren jetzt ein Wechselgesang, bei dem das »Al-lah!« wie ein glühender Stein von einer Seite des Kreises zum anderen hin- und hergeworfen wurde. Gleichzeitig schien es, als türme sich die Musik zu zwei hohen Mauern, zwischen denen der Tänzer sich drehte und sprang, im aussichtslosen Bemühen zu entfliehen, und mit dem Kopf gegen die unsichtbaren Flächen anrannte.

Der Mann erhob seinen nackten Arm. Die Klinge blitzte auf, fuhr bei einem bestimmten, akzentuierten Schlag des Trommelrhythmus hinein. Und noch einmal. Und wieder und wieder, bis Arm und Hand schwarz und glänzend waren. Dann wurde der andere Arm mit zunehmender Schnelligkeit aufgeschlitzt, während sich die Körper der Trommler näher zum Mittelpunkt des Kreises vorneigten. Beim plötzlichen Aufflammen eines Streichholzes in seiner Nähe sah Dyar, wie sich das glänzende Schwarz der Arme und Hände kurz in Rot verwandelte, als habe der Mann seine Arme in hellrote Farbe getaucht; er sah auch das ekstatische Gesicht, als sich ein Arm zum Mund hob und die Zunge mit rhythmischen Bewegungen eilig das Blut aufleckte. Gleichzeitig mit dem verkürzten Rhythmus war die Musik in ein gewaltiges Keuchen übergegangen. Sie hatte jede kleinste Synkope beibehalten, selbst bei ihrem jetzt rasenden Tempo, und dadurch den gewöhnlichen Zeitbegriff des Zuhörers zunichte gemacht und ihn gezwungen, den willkürlichen, den sie an dessen Stelle gesetzt hatte, zu akzeptieren. Sie beherrschte ihn völlig mit diesem hypnotischen Kunstgriff. Was den Tänzer betraf, so war es schwer zu sagen, ob die Musik ihn oder er die Musik beherrschte. Er beugte sich vor und fing mit einer weitausholenden Armbewegung an, seine Beine zu zerhacken; die Musik schwoll als Begleitung dazu mächtig an.

Dyar saß da und atmete kaum. Man konnte nicht sagen, daß er

zusah, denn in Gedanken war er nicht mehr Zuschauer, sondern er nahm auf irgendeine Weise an dem Geschehen teil. Bei jeder Bewegung, die der Mann machte, fühlte er den Wunsch, in einen mitfühlenden Triumphschrei auszubrechen. Die Verstümmelung wurde für ihn vollbracht, an ihm; es war sein eigenes Blut, das auf die Trommeln spritzte und den Boden schlüpfrig machte. Einer Welt, die noch nicht durch die Entdeckung des Denkens getrübt war, entsprang diese Gewißheit, so stark wie ein Fels und so wahr wie das Schlagen seines Herzens, die Gewißheit, daß der Mann tanzte, um alle, die zusahen, zu erlösen und zu reinigen. Als sich der Tänzer mit einem verzweifelten Schrei zu Boden warf, wußte Dyar, daß es in Wirklichkeit ein Triumphschrei war, daß der Geist triumphierte; der Ausdruck von Befriedigung auf den Gesichtern ringsum bestätigte es ihm. Die Musikanten zögerten einen Augenblick, fingen dann aber auf ein Zeichen der Männer, die sich teilnehmend über den zuckenden Körper beugten, wieder an, das gleiche Stück zu spielen, langsam wie am Anfang. Dyar saß vollkommen still, ohne zu denken, ganz den ungewohnten Gefühlen hingegeben, die in ihm ausgelöst worden waren. Die Unterhaltung hatte wieder begonnen; da niemand ihm eine Pfeife reichte, nahm er Thamis Pfeife und rauchte sie. Der Tänzer erhob sich bald vom Boden, wo er gelegen hatte, stand etwas unsicher auf und ging zu jedem einzelnen Musiker, nahm jeden Kopf zwischen die Hände, von denen immer noch das Blut tropfte, und drückte einen innigen Kuß auf die Stirne. Dann bahnte er sich einen Weg durch die Menge, bezahlte seinen Tee und ging.

Dyar blieb noch einige Minuten, um dann, nachdem er den Rest seines längst erkalteten Tees ausgetrunken und dem *qauoji* die Peseta, die er kostete, gegeben hatte, langsam die Treppe hinunterzugehen. Vor der Tür zögerte er; es schien ihm, als fasse er einen schwerwiegenden Entschluß, indem er es wagte, wieder auf die Straße zu gehen. Aber was immer ihn dort draußen auch erwartete, er mußte ihm ins Auge sehen; und es konnte ebensogut jetzt als einige Minuten oder Stunden später geschehen. Er öffnete die Tür. Die gedeckte Straße war schwarz und öde, aber hinter dem letzten Bogen, der ins Freie führte, leuchteten die vom Mondlicht übergossenen Mauern und Pflastersteine. Er ging auf eine weite Plaza hinaus, die von einem Minarett beherrscht wurde, und empfand nur eine flüchtige Überraschung, als er feststellte, daß er keinerlei Angst mehr hatte. Er war in der letzten Stunde, die er im Café verbracht hatte, davon erlöst worden; wie, würde er nie begreifen, und es interessierte ihn auch nicht. Aber jetzt konnte er jeder Situation, der er begegnen würde, entgegentreten. Diese vertrauensvolle Stimmung wurde noch durch mehrere Kif-Pfeifen erhöht, die er nach und nach auf dem Brunnenrand mitten auf der Plaza rauchte.

Einige Meter weiter, in einem Café, das an derselben Plaza lag, lamentierte Thami, daß er seine Pfeife und das *Mottiou* im Haus liegengelassen hatte. Er mußte die Großzügigkeit des *qaoujis* in Anspruch nehmen, und das war ihm peinlich. Beladen mit Paketen, hatte er verständlicherweise wenig Lust, den Berg zu besteigen, außerdem hatte er üppig gegessen. Er hätte sehr gern eine Flasche guten Terry-Kognak gekauft, um sie heute abend zu trinken, aber es hatte sich herausgestellt, daß sein Geld für solchen Luxus nicht ausreichte. Statt dessen hatte er eine große Menge *Majoun* erworben und gleichzeitig fest beschlossen, seine fünftausend Peseten zu verlangen, sobald er oben im Haus war. Auf das Extrageld, das man ihm versprochen hatte, wollte er warten, aber nicht auf dieses Grundgehalt. Er wußte, daß Dyar nicht gewillt sein würde, es ihm zu geben, aber schließlich hatte er ihn in der Hand: er würde einfach drohen, morgen wegzugehen. Das würde ihn umstimmen.

Dyar saß da und beobachtete das starke Mondlicht, das den weißen Boden der Plaza überflutete, und seine Gedanken wurden klar und hart wie die Gegenstände und die Schatten, die ihn umgaben. (Mittags hatte das Kif eine lösende Wirkung auf ihn ausgeübt, seine Gedanken weich und fließend gemacht, so daß sie ihn überschwemmten, aber jetzt fühlte er sich gestrafft, wach und mit der Welt im Einklang.) Nachdem die Lage infolge der

Unmöglichkeit, seine Banknoten in Agla überhaupt zu wechseln, schlimmer war, als er gedacht hatte, blieb ihm nichts anderes übrig, als etwas Geld zu opfern, um diese Lage zu verbessern. Das bedeutete, daß er Thami ins Vertrauen ziehen mußte, aber das war einfach, und wenn er ihm suggerieren konnte, daß ein Mensch, der sich einmal zum Komplizen hergegeben hat, genauso schuldig ist wie sein Gefährte, war das Risiko, das er einging, nicht allzu groß. Die Tatsache, daß er die Angst, die ihn aus dem Haus und während des ganzen Tages auf dem Berg herumgetrieben hatte, bereits als kindisch und neurotisch verworfen hatte, erschien ihm weder verdächtig noch besonderer Beachtung wert. Das wichtigste war seiner Meinung nach, über die Grenze nach Französisch-Marokko zu entkommen, denn diese Zone war um ein Vielfaches größer als die spanische, und dort würde er weniger Verdacht erregen (denn man konnte ihn vielleicht für einen Franzosen, aber niemals für einen Spanier halten), und die dortige Polizei paßte weniger auf Fremde auf. Aber zuerst mußte er die Banknoten wechseln. Da er das Bedürfnis hatte, während seiner Überlegungen zu gehen, stand er auf, überquerte die Plaza und ging auf die Seite, die im Schatten lag und wo kleine Bäume den Gehsteig einsäumten. Ohne darauf zu achten, wohin er ging, bog er in eine Seitenstraße ein.

Er wollte Thami die ganze nächste Woche täglich nach Agla hinunterschicken, um Vorräte einzukaufen und ihm jedesmal einen Tausendpesetenschein für diese Besorgungen mitgeben. Er war überzeugt, daß Thami wechseln konnte. Auf diese Weise würden sie am Ende der Woche wenigstens genug haben, um nach Süden aufzubrechen. Außerdem wollte er Thami täglich fünfhundert Peseten geben, bis sie die Grenze überschritten hatten, und ihm eine Sonderprämie von fünftausend versprechen, sobald sie auf französischem Territorium waren, und hundert Peseten für jeden Tausender, den Thami dort in Francs umwechseln konnte. Angenommen, er könnte alles umwechseln, so würde ihn dieser Plan über zweitausend Dollar kosten, aber das wäre ein geringer Preis dafür, daß er in Sicherheit war.

Stimmen, die sich in wütendem Streit erhoben, kamen auf ihn zu. Obwohl die Plaza hier draußen verlassen war, schlief die Stadt noch keineswegs. An einer Straßenbiegung kam er auf einen kleinen Platz, der im Dunkel lag, weil er von einer Pergola mit wildem Wein überdacht war. Eine Gruppe aufgeregter Männer umstand zwei kleine Buben, die anscheinend gerauft hatten; zuerst waren sie nur Zuschauer gewesen, dann aber hatten sie mit der ganzen Leidenschaft der eigentlich Beteiligten in die Auseinandersetzung eingegriffen. Die Rechtecke gelben Lichtes, die auf das Pflaster fielen, kamen aus den Läden, die noch geöffnet hatten; im Gegensatz dazu stand das Mondlicht wie blaue Pfützen in den Ecken. Dyar hielt nicht an, um den Streit zu beobachten: der Gang im scharfen Licht des Mondes, die weißen Straßen entlang, war dem Pläneschmieden äußerst zuträglich. Die Aufregung war derart groß, daß niemand ihn bemerkte, als er über den schattigen Platz ging. Die Läden, die in der Hauptsache Schneidern und Schreinern zu gehören schienen, waren im Augenblick leer, da ihre Inhaber sie bei den ersten Anzeichen einer Unterhaltung auf der Straße verlassen hatten. Die Straße krümmte sich ein wenig; hier war noch ein offener Laden und dann nichts als Mondlicht. Es war eine Schreinerwerkstatt, und der Mann hatte unter der Tür gearbeitet, er hatte eine hohe hölzerne Truhe, die wie der Rumpf eines Dampfers aussah, angefertigt. Der Hammer lag dort, wo er ihn liegengelassen hatte. Dyar wußte es, ohne hinzusehen; dann betrachtete er ihn genau und suchte unwillkürlich nach Nägeln. Auch sie waren da, etwas lang, aber gerade und neu, lagen sie auf einem kleinen viereckigen Hocker in der Nähe. Erst als er wieder an der streitenden Gruppe vorbei und so weit gegangen war, daß er die heiseren Schreie nicht mehr hören konnte, den Hammer und einen langen Nagel in der Jackentasche, erkannte er, daß er trotz aller Gedankenarbeit, die er beim Rauchen auf dem Brunnenrand gehabt hatte, unglaublich dumm gewesen war. Wozu brauchte er den Hammer und den Nagel? Um die Tür zu reparieren. Welche Tür? Die Tür zur Hütte, die klappernde Tür, die ihn beim Schlafen störte. Und wo war die Hütte, wie kam er dorthin? Er blieb stehen, mehr entsetzt über diese Erkenntnis, was für ein unglaublicher Lapsus ihm in seinen Gedankengängen passiert war, als über die Tatsache, daß er das Haus nicht erreichen konnte, daß er keinen Platz zum Schlafen hatte. Dieses Kif ist ein gefährliches Zeug, dachte er und begann langsam weiterzugehen.

Wieder auf der Plaza, setzte er sich nochmals auf den Brunnenrand und zog die Pfeife heraus. Gefährlich oder nicht, so machte sie doch, wie der Alkohol, wenigstens den Augenblick erträglich. Während er rauchte, sah er eine Gestalt, die aus den Schatten auf der dunklen Seite der Plaza auftauchte und auf ihn zukam. Als sie noch ziemlich weit entfernt war, aber nah genug, daß er sie als einen Mann, der einen großen Korb trug, erkannte, sagte sie: *»Salam.«* Dyar knurrte.

»Andek es sebsi?«

Er sah ungläubig auf. Es war unmöglich. Das Zeug war gefährlich, daher rührte er sich nicht, sondern wartete.

Der Mann kam näher, rief etwas. Da sprang Dyar auf. »Du Hundesohn!« schrie er, lachte vor Freude und schlug Thami mehrmals auf die Schulter.

Auch Thami war entzückt. Dyar hatte gegessen und war guter Laune. Die Rückkehr in ein Haus, dessen Bewohner ihn mit wütenden Vorwürfen überschütten würden, brauchte er nicht mehr zu fürchten. Er konnte das Geldthema anschneiden. Und da war auch seine Kif-Pfeife, deren Abwesenheit er vorhin so bedauert hatte, hier, in Dyars Hand. Aber es machte ihn nervös, hier auf der Plaza zu sein.

»Du wirst Unannehmlichkeiten bekommen«, sagte er. »Ich hab' dir gesagt, du sollst nicht kommen. Wenn dich ein Moqaddem sieht, ›*Oiga, señor*, kommen Sie mit zum Comisaria, wir wollen deine Papiere sehen, mein Freund.‹ Los, komm.«

Als sie die Stadt hinter sich gelassen hatten und zwischen den Oliven gingen, leuchtete das Mondlicht sehr stark. Halbwegs auf dem Berg zwischen den zackigen Felsen setzten sie sich, und Thami holte das Majoun hervor.

»Weißt du, was das ist?« fragte er.

»Sicher. Hab ich schon mal genommen.«

»Das macht dich für die nächste Stunde noch nicht betrunken. Vielleicht auch länger. Wenn wir im Haus sind, mache ich Tee. Dann merkst du's erst.« »Ich kenn's. Ich hab dir ja gesagt, daß ich's schon genommen habe.« Thami sah ihn ungläubig an, teilte das Majoun in zwei ungleiche Stücke und gab Dyar das größere.

»Es ist weich«, bemerkte Dyar überrascht. »Die Sorte, die ich kenne, war hart.«

»Das ist einerlei«, sagte Thami gleichgültig. »Dieses ist besser.« Dyar stimmte ihm bei, nachdem er den Geschmack gekostet hatte. Sie saßen da und aßen schweigend, und jeder von ihnen wußte auf seine Weise, daß er sich durch den Genuß der magischen Substanz unwiderruflich einer unbekannten Macht auslieferte, die für die nächsten Stunden Gewalt über sein Leben haben würde. Sie sprachen nicht, sondern saßen da und lauschten dem Wasser, das in den Golf von Mondlicht und Schatten, der zu ihren Füßen lag, hinabströmte.

XXV

»Wieder daheim!« sagte Dyar fröhlich, als er das Haus betrat und von dem dumpfen Modergeruch empfangen wurde, von dem er sich vor so vielen Stunden verabschiedet hatte. »Wir wollen Feuer machen, ehe wir völlig beduselt sind.« Er warf die Aktenmappe in eine Ecke und war froh, sie los zu sein.

Thami schloß die Tür, versperrte sie und starrte ihn verständnislos an. »Du bist schon unter Haschisch«, sagte er. »Ich brauche dich nur anzuschauen. Von was redest du?«

»Das Feuer. Das Feuer. Hol Holz. Rasch!«

»Haufenweise Holz«, sagte Thami gleichgültig und deutete auf den Hof, in dem Kisten herumlagen. Dyar ging hinaus und fing an, sie mitten ins Zimmer zu werfen. »Mach sie klein!« schrie er. »Hau sie zusammen! Es wird hier verdammt kalt werden ohne Decken. Wir müssen das Feuer so lange wie möglich in Gang halten.«

Thami gehorchte und wunderte sich über die erstaunliche Veränderung, die das bißchen Majoun bei einem Christen bewirkte. Er hatte Dyar noch nie so guter Laune gesehen. Als er einen riesigen Haufen Bretter zusammenhatte, schob er ihn beiseite und breitete die beiden Matten vor dem Kamin aus. Dann ging er in die Küche und beschäftigte sich damit, in dem Tonbecken ein Holzkohlenfeuer für den Tee anzuzünden.

»Ah!« hörte er Dyar triumphierend vom Hof her rufen. »Genau, was wir brauchen!« Er hatte in einer Ecke mehrere kleine Holzscheite entdeckt, die er hereinbrachte und neben den Kamin warf. Dann ging er zu Thami in die Küche. »Gib mir ein Streichholz«, sagte er. »Meine Kerze ist ausgegangen.« Thami hockte vor dem Kohlenbecken und sah lächelnd zu ihm auf. »Wie fühlst du dich jetzt?« fragte er.

»Glänzend. Warum? Wie fühlst du dich?«

Thami reichte ihm seine Streichholzschachtel. »Mir geht's gut«, antwortete er. Er war sich nicht ganz im klaren, wie er anfangen sollte. Vielleicht war es besser, zu warten, bis sie vor dem Feuer lagen. Aber andererseits konnte Dyars Stimmung bis dahin gewechselt haben. »Ich hätte heute abend gerne eine große Flasche Kognak gekauft.« Er machte eine Pause.

»Na, und warum hast du's nicht getan? Ich könnte jetzt gerade einen Schluck vertragen.«

Thami rieb mit viel Ausdruck seinen Daumen an seinem Zeigefinger.

»Oh«, sagte Dyar ernüchtert. »Ich verstehe.« Er ging wieder in das andere Zimmer zurück, stopfte Papier in den Kamin, warf etwas Kistenholz darauf und zündete alles an. Dann ging er in die dunkelste Ecke des Raumes und zog fünf Geldscheine aus seinem Hemd hervor, wobei er die Tür zum Hof dauernd im Auge behielt. »Das wird ihm beweisen, daß ich ein faires Spiel mit ihm spiele«, dachte er bei sich. Er ging in die Küche zurück, gab Thami das Geld und sagte: »Hier.«

»Danke schön«, sagte Thami. Er stand auf und klopfte ihm dreimal leicht auf den Rücken.

»Wenn du reinkommst, sprechen wir zusammen wegen des Restes.« Er ging in den Hof hinaus und betrachtete die gewaltige Kugel des Vollmondes; noch nie hatte er ihn so nah und so leuchtend gesehen. Über ihm schrie ein Nachtvogel kurz auf, ein seltsamer Laut, der ihn frösteln ließ und anders war, als alles, was er je gehört hatte. Er blieb stehen, und der Laut hallte in seinem Kopf wider und wider, eine lange Kette von Echos, die sich wie eine unsichtbare Leiter quer über den schwarzen Himmel legten. Das Knistern des Feuers drinnen im Raum schreckte ihn auf. Er ging hinein und legte ein Scheit nach. Er kauerte sich nieder, sah ins Feuer und folgte mit seinen Augen den Windungen der Flammen. Der Kamin zog gut; ins Zimmer kam kein Rauch herein.

Sie setzten die Füße vorsichtig auf die grauen Steinplatten, die quer durch den Garten über das Gras führten, und einmal mußten sie herunter auf den nassen Rasen, um nicht auf den Schlauch mit dem Sprenger zu treten. Er drehte sich ungleichmäßig, unablässig um sich selbst. Mrs. Shields hatte alle Sonnenvorhänge im großen Zimmer heruntergezogen, denn die Sonne schien herein und bleichte die Überzüge, sagte sie. Sobald die Fenster geschlossen waren, konnte das Gewitter kommen, wenn es wollte; den ganzen Nachmittag über hatte es am Himmel gedroht. Jenseits des Flusses sah es sehr schwarz aus. Wahrscheinlich regnete es dort schon, aber der Donner war noch weiter weg. Weit draußen im Tal, nahe dem Bergeinschnitt, grollte es. Dort oben war das Land wild, und die Menschen waren nicht so freundlich wie hier, wo das Land gut war. Der Gartenschlauch hatte Mrs. Shields' Kleid bespritzt. Was für ein Jammer, dachte sie und betrachtete das Streublümchenmuster.

Als sie fortgingen, wollte er nicht im Haus bleiben. Es war unerträglich in den Zimmern, in denen die Luft noch von ihrem eiligen Gehen erregt war, der Sitz eines Stuhles, in dem einer von ihnen gesessen hatte, noch etwas wärmer war als die anderen, von einer greifbaren Wärme, die blieb, als schon alle fort waren, wo eine Vorhangsschnur immer noch fast unmerklich hin- und herschwang. Es war besser, im Garten zu bleiben, sich dort von ihnen zu verabschieden und zu warten, bis das Haus völlig tot war, ehe er wieder hineinging. Und der Sturm würde entweder losbrechen oder bis zum Abend über der Landschaft grollen. Die Trauben werden reif, sagte sie, als sie unter den Spalieren hindurchgingen. Und die Segelboote fahren in den Hafen zurück. Er lehnte sich gegen einen Kirschbaum und beobachtete die Ameisen, die auf der rissigen braunen Rinde, sehr nahe an seinem Gesicht, am Stamm auf- und abliefen. Dieser Sommer lag in verlorenen Bezirken, und alle Wege zu ihm waren abgeschnitten.

Thami kam mit dem brennenden Kohlenbecken herein. Er stellte es mitten ins Zimmer und ging wieder, um den Teetopf und die Gläser zu holen. Während er wartete, bis das Wasser kochte, und von Zeit zu Zeit auf die glühenden Kohlen blies, erzählte ihm Dyar von seinen Plänen. Als er zu dem Punkt kam, wo er ihm die Höhe der Summe, die er bei sich hatte, mitteilen sollte, stellte sich heraus, daß ihm das nicht möglich war. Thami hörte ihn an, und als Dyar geendet hatte, schüttelte er bedenklich den Kopf. »Peseten gelten in der französischen Zone nicht«, sagte er. »Du kannst sie dort nicht wechseln. Du müßtest sie zu den Juden bringen.«

»Schön, dann bring ich sie zu den Juden. Warum nicht?«

Thami sah ihn mitleidig an. »Den Juden?« rief er. »Die werden dir überhaupt nichts dafür geben. Die geben dir fünf Francs für die Pesete. Vielleicht sechs.« Dyar wußte, daß der Kurs etwas über acht war. Er seufzte. »Ich weiß nicht. Wir müssen abwarten.« Aber insgeheim war er entschlossen, es so zu machen, selbst wenn er nur fünf bekam.

Thami goß den heißen Tee in die Gläser. »Keine Minze diesmal«, sagte er.

»Macht nichts. Die Hitze ist das wichtigste.«

»Ja.« Er blies die Kerze aus, und sie saßen im Licht der Flammen. Dyar rutschte zurück und lehnte sich an die Wand, aber Thami protestierte sofort. »Du wirst krank werden«, erklärte er. »Diese Wand ist feucht. Gestern nacht habe ich mein Bett fortgerückt, so feucht war es dort.«

»Ah.« Dyar setzte sich auf, verschränkte die Beine und fuhr fort, Tee zu trinken. Sollte die Hand auf der Aktenmappe endgültig eine Erklärung gefunden haben? Warum nicht, fragte er sich. Glauben oder zweifeln ist nur eine Frage des Glauben- oder Zweifelnwollens; im Moment wünschte er zu glauben, denn es paßte in seine Stimmung.

»Also, du hältst zu mir?« fragte er.

»Was?«

»Wir bleiben eine Woche, und du wechselst täglich tausend Peseten?«

»Wie du wünschst«, sagte Thami und griff nach seinem Glas, um Tee nachzuschenken.

Die Amtosphäre im Raum wurde plötzlich gespannt und lauernd; Dyar erinnerte sich plötzlich des Gefühls, das er in der Nacht in der Villa Hesperides gehabt hatte. Trotzdem war es nicht das gleiche, denn er selbst fühlte sich völlig anders. Draußen schrie wieder der Vogel. Thami sah überrascht auf. »Ich weiß nicht, wie man diesen Vogel auf englisch nennt. Wir nennen ihn *Youca.*«

Dyar schloß die Augen. Ein furchtbarer Motor hatte in seinem Hinterkopf zu dröhnen begonnen. Es schmerzte nicht, sondern ängstigte ihn. Mit geschlossenen Augen glaubte er auf dem Rükken zu liegen und die Decke sehen zu können, wenn er sie öffnete. Aber es war nicht nötig, die Augen zu öffnen – er konnte sie ohnehin sehen, denn seine Augenlider waren transparent geworden. Die Decke war eine riesige Projektionswand, auf die Bilder geworfen wurden – winzige Schwärme farbiger Glasperlen formten sich zu gefälligen Mustern, die zusammenflossen und sich wieder auflösten und Mosaike formten, die sofort wieder verschwanden. Federn, Schneekristalle, Spitzen und Kirchenfenster drängten sich hintereinander auf der Leinwand, und das projizierende Licht nahm immer mehr an Stärke zu. Gleich würden die Ränder der Projektionswand zu brennen anfangen und das Feuer rechts und links um seinen Kopf züngeln. »Hilfe, ich werde noch erblinden«, sagte er plötzlich; er öffnete seine Augen und merkte, daß er gar nichts gesagt hatte.

»Weißt du, wie sie aussehen?« fragte Thami.

»Wie was aussehen?«

»Youcas.«

»Ich weiß gar nichts. Ich weiß nicht, wovon du sprichst!«

Thami sah etwas bekümmert drein. »Du bist voller Haschisch, mein Freund. Haschisch *bezef!*«

Jedesmal, wenn Thami etwas zu ihm sagte, hob er den Kopf, schüttelte ihn leicht hin und her, öffnete die Augen und gab eine sinnlose Antwort. Thami fing an zu singen, seine Stimme klang leise und weit entfernt. Ein Laut, auf dem man gehen konnte, ein weicher Teppich, der sich vor die flache blendende Wüste breitete. *Ijbed selkha men rasou*... Aber er kam an die Steinmauer eines leeren Hauses neben einem Berg. Dahinter wütete das Feuer, brannte leise und wild, die Tür stand offen, und drinnen war es dunkel. Spinnweben hingen an den Wänden, Soldaten waren dort gewesen, und seidene Frauenwäsche lag über die leeren Räume verstreut. Er wußte, daß an einem bestimmten Tag, zu einer bestimmten Minute, das Haus einstürzen und nichts übrigbleiben würde als Staub und Geröll, das nicht von dem Geröll am Fuß der Klippen zu unterscheiden war. Der Einsturz des Hauses vollzog sich vollkommen lautlos, wie in einem Film, der weiterlief, nachdem das Tonband gerissen war. *Bache idaoui sebatou*... Auch der Teppich hatte Feuer gefangen. Jemand würde ihn deshalb beschimpfen.

»Ich denke gar nicht daran, dafür zu zahlen«, sagte er. Eingeteilte Stunden, immer Vorgesetzte, die Befehle erteilen, keine Sicherheit, keine Freiheit, keine Freiheit.

Thami sagte: »*Hak.* Trink deinen Tee.«

Dyar streckte die Hand aus und schwamm gegen den Strom zu dem hingehaltenen Glas, in dem sich das Feuer spiegelte. »Ich hab's. *Muchas gracias, amigo.*« Er schwieg und schien zu lauschen, dann stellte er das Glas mit übertriebener Vorsicht neben sich. »Ich stelle es hier hin, weil es heiß ist, verstehst du?« (Aber Thami beachtete ihn nicht; er war bereits wieder in seinen eigenen Vergnügungspavillons, schaute auf Kilometer grünender Gärten hinab, und das Wasser plätscherte in klaren blauglasierten Kanälen. *Chta! Chta! Sebbatou aand al qadi!*)

»Thami, ich bin in einer anderen Welt. Verstehst du? Kannst du mich hören?«

Thami, dessen Augen geschlossen waren und dessen Körper sich langsam beim Singen hin- und herwiegte, schwieg. Die Aussicht von seinem Turm weitete sich, das Wasser sprudelte von allen Seiten aus dem Boden. Er hatte dies alles vor vielen Jahren ins Dasein gerufen. (Die Nacht ist eine Frau in einem flammenden Sternenkleid...) *Ya, leila, lia...*

»Ich kann dich hier sitzen sehen«, beharrte Dyar, »aber ich bin in einer anderen Welt.« Er begann vor Entzücken leise zu lachen.

»Ich weiß nicht«, sagte er nachdenklich. »Manchmal denke ich umgekehrt. Ich denke...« Er sprach langsamer. »Wir... sollten lieber... ich denke... wenn man durchkommt... wenn man durchkommt... Warum kommt keiner durch?« Hier wurde seine Stimme so laut und scharf, daß Thami die Augen öffnete und zu singen aufhörte.

»Chkoun entina?« sagte er. »Mein Freund, ich bin genau so unter Haschisch wie du.«

»Du kommst, du treibst wieder ab, du kommst an diesen *verrückten* Ort! Oh, mein *Gott*!« Er sprach sehr schnell, bekam einen kurzen Lachkrampf, dann faßte er sich wieder. »Ich hab' keinen Grund zum Lachen. Es ist gar nicht komisch.« Er rollte mit einem Freudenschrei auf den Boden und gab sich einem langen Heiterkeitsausbruch hin. Thami lauschte regungslos.

Das Gelächter hörte nach langer Zeit ebenso plötzlich wieder auf, wie es begonnen hatte; er lag ganz ruhig da. Die dünne Stimme des anderen erhob sich wieder: *»Ijbed selkha men rasou...«* tönte es fort und fort. Hin und wieder zuckte das Feuer, wenn eines der Scheite zusammenfiel. Der geringste Laut schnitt scharf wie eine Rasierklinge durch das Gehäuse der undurchdringlichen Stille. Er versuchte, nicht zu atmen, er wollte vollkommen bewegungslos sein, denn er hatte das Gefühl, die Luft, die sich wie eine Haut um seinen Körper schmiegte, sei eine gelatineartige Substanz, die so modelliert war, daß sie sich den Umrissen seiner Person genau anpaßte. Wenn er sich nur ein bißchen bewegte, würde er ihr Gewicht fühlen, und das wäre unerträglich. Das monströse Anschwellen und Abschwellen seines Körpers bei jedem Atemzug waren eine ernste Gefahr. Aber auch diese Welle brach sich und verebbte, und er befand sich gestrandet in einer Landschaft voll flüssigen glasigen Lichtes, goldgrün und schimmernd. Glänzend, üppig und ölig, dann wieder eilig fließend wie brennendes Wasser. Schau! Schau! Trink mit deinen Augen. Es ist das einzige Wasser, das du jemals sehen wirst. Bald wird eine neue Welle heranrollen; sie kamen jetzt häufiger.

Ya leila, lia... Einen Augenblick lang war er völlig bei Besinnung. Er lag gemütlich da und lauschte der langen, melancholischen Liedstrophe und dachte: »Wie lange ist es her, daß ich gelacht habe?« Vielleicht war die ganze Nacht seither vergangen, und die Wirkung war bereits vorbei.

»Thami!« sagte er. Dann wurde ihm klar, daß es fast unmöglich gewesen war, dieses Wort hervorzubringen, weil sein Mund wie aus Pappdeckel war. Er schnappte nach Luft und dachte daran, sich zu bewegen. (Ich darf nicht vergessen, mich daran zu erinnern, daß ich meine linke Hand bewege, damit ich mich auf den Ellbogen stützen kann. Ich muß etwas weiter zurückrutschen, ehe ich meine Knie hochziehen kann. Aber ich will meine Knie gar nicht bewegen. Nur meine Hand. Damit ich mich auf den Ellbogen aufstützen kann. Wenn ich meine Knie bewege, kann ich mich setzen...)

Er setzte sich.

(Ich sitze.) *War es das, was ich wollte? Warum wollte ich sitzen?*

Er wartete.

(Ich wollte mich nur auf den Ellbogen stützen.) *Warum?* (Ich wollte auf der anderen Seite liegen. Es ist bequemer.)

Er legte sich wieder.

(... von den Gestaden der Unendlichkeit sieht Allah mit goldenen Augen herüber...) *Alef leilat ou leila, ya leila, lia!*

Noch ehe der Wind da war, hörte er ihn nahen, hörte, wie er sich oben in den scharfen Felsspitzen herumtrieb, durch die Schluchten rollte, eilig flüsternd über die Klippen eilte, wie er kam, um das Haus zu umschlingen. Ein Jahr lag er da, tot, seinem Kommen lauschend.

Im Zimmer gab es eine Explosion. Thami hatte ein neues Scheit aufs Feuer geworfen. »Neue Muster. Rot, purpurfarben«, sagte Dyar, ohne zu sprechen, und setzte sich wieder auf. Der Raum war eine rote Grotte, ein Theater, ein großer Stall, mit einem Balkon, der im Schatten lag. Dort oben war eine Stadt aus kleinen Zimmern, eine Stadt in einer Tasche aus Finsternis, aber in den unsichtbaren Mauern waren Fenster, und dahinter schien die Sonne auf eine andere Stadt, die aus Eisblöcken gebaut war.

»Mein Gott, Thami, Wasser!« lallte er. Thami stand über ihm.

»Auf Wiedersehen«, sagte Thami. Er setzte sich schwerfällig nieder, rollte sich zu ihm herüber und sang nicht weiter.

»Wasser«, versuchte er noch einmal mit sehr matter Stimme zu sagen und bemühte sich zitternd und mit ungeheurer Anstrengung aufzustehen. »Lieber Gott, ich muß Wasser haben«, flüsterte er sich selber zu; Flüstern war leichter. Da er aus einer Höhe von dreitausend Metern auf seine Füße herabsah, mußte er beim Gehen äußerst vorsichtig sein, aber er stieg über Thami hinweg und erreichte den Hof und den Wassereimer. Stöhnend vor Anstrengung kniete er nieder, steckte sein Gesicht in die Glut des kalten Wassers und schlürfte es in seine Kehle.

Als er ausgetrunken hatte, erhob er sich, warf den Kopf zurück und betrachtete den Mond. Der Wind war da, aber er war schon früher dagewesen. Jetzt mußte er wieder ins Zimmer zurück, dann die ganze Strecke durch das Zimmer bis zur Tür. Aber er durfte nicht so schwer atmen. Die Tür öffnen und hinausgehen.

Draußen war der kalte Wind, aber er mußte trotzdem gehen. Die Expedition durch das verzauberte Zimmer war ein Wagnis.

Die zerbrechliche Stille dort drinnen durfte nicht zerstört werden. Das Feuer, das seine Röte auf Thamis maskenhaftes Gesicht warf, durfte nicht wissen, daß er an ihm vorbeischlich. Bei jedem Schritt hob er die Füße sehr weit vom Boden, wie jemand, der durch eine Wiese mit hohem nassem Gras geht. Er sah die Tür vor sich, aber plötzlich schob sich ein qualvoller Gang, aus nackter Zeit gebaut, zwischen ihn und die Tür. Es würde lange Stunden dauern, bis er ans Ende gelangte. Und Scharen unsichtbarer Menschen standen Spalier an den Wänden, aber jenseits der Wände wartete ein regungsloser Chor schweigend und mitleidslos darauf, daß er vorübergehe. »Sie warten auf mich«, dachte er. Auf den Wänden seines Gehirns, von den Wänden des Ganges nicht zu unterscheiden, standen Botschaften in arabischer Schrift. Und die ganze Zeit stand die Tür ohne Griff vor seinen Augen und sandte ihre unheilvolle Botschaft. Sie war etwas Unsicheres, Mißtrauenerweckendes. Wenn sie sich öffnete, ohne daß er es wollte, ganz von selber, dann würden alle Schrecken des Daseins über ihn hereinbrechen. Er streckte die Hand aus und berührte den großen goldenen Schlüssel. Der Schlüssel erklärte die Schwere in seiner Manteltasche. Er steckte die linke Hand in die Tasche und fühlte den Hammer sowie Kopf und Spitze des Nagels. Diese Arbeit mußte getan werden, aber erst später, wenn er wieder zurück war. Er drehte den Schlüssel, öffnete die Tür und fühlte, wie der Wind überrascht in sein Gesicht griff. »Halte dich von der Klippe weg«, flüsterte er, als er ins Freie trat. Vor ihm zerfloß das formlose Lächeln der Nacht. Der Mond stand jetzt weit draußen über den öden Ebenen. Während er an der Hausmauer sein Bedürfnis verrichtete, hörte er, wie der Wind versuchte, den langgezogenen, monotonen Laut des Wassers unten im Tal zu übertönen. Drinnen, neben dem Feuer, verrann die Zeit, zerbrach langsam in Stücke. Doch selbst am Ende der Nacht würde noch ein glimmender Funke Zeit übrigbleiben; von feinem, bitterem Duft, weich anzufassen, leuchtete er aus dem Rückstand der Asche, bis er verblassend starb und das Herz der alten Nacht zu schlagen aufhörte.

Er wandte sich zur Tür, mit den kurzen zögernden Schritten eines alten Mannes. Es würde ihn eine ungeheure Anstrengung kosten, wieder auf die Matte zurückzukommen, aber sein einziger Gedanke in diesem Augenblick war, niederzusinken und sich flach vor das Feuer zu legen, und so glaubte er, der Anstrengung gewachsen zu sein. Als er die Tür hinter sich schloß, murmelte er ihr zu: »Nicht wahr, du weißt, daß ich hier bin?« Der Gedanke war ihm verhaßt, aber es gab etwas, was er dagegen unternehmen konnte. Was, hatte er vergessen, trotzdem wußte er, daß die Lage nicht hoffnungslos war; er konnte später alles in Ordnung bringen.

Thami hatte sich nicht gerührt. Als er aus seiner fernen Höhe auf den entspannten Körper herabsah, überkam ihn eine vertraute Unsicherheit, deren Ursache er aber mit nichts in Zusammenhang bringen konnte. Halb wußte er, daß das, was dort lag, Thami war, Thamis Kopf, Rumpf, Arme und Beine. Halb wußte er, daß es ein nicht zu erkennendes Etwas war, unwägbar schwer durch seine eigene Sinnlosigkeit, ein enormes, nicht abzuschätzendes Gewicht, das durch nichts gehoben werden konnte. Während er in regungslosem Nachdenken versunken dastand und das Ding betrachtete, drückte der Wind schwach gegen die Tür und erzeugte ein leises Rattern. Aber *konnte* er es wirklich nicht heben? Wenn man die Luft hereinließe, entwich das Gewicht vielleicht von selber in die Schatten des Raumes und in die Dunkelheit der Nacht. Er sah sich langsam um. Die Tür schwieg und starrte bösartig. »Du weißt gut, daß ich hier bin«, dachte er, »aber du wirst es nicht mehr lange wissen.« Er hatte den Hammer und den Nagel heraufbeschworen, und beides war hier in seiner Tasche. Während er daran dachte, wie schwer sie waren, fühlte er, wie sein Körper seitwärts gezogen wurde. Er mußte sein Gewicht verlagern, um die Balance zu halten und nicht von ihrer Schwere heruntergezogen zu werden.

Wieder begann es zu rattern, eine Folge leichter Klopfgeräusche, wissend und eindringlich. Aber kamen die Geräusche jetzt nicht von der Matte am Boden? »Wenn sie aufgeht«, dachte er und betrachtete mit starren Augen die kompakte, regungslose Masse, die vor ihm im ersterbenden Feuerschein lag, während die Angst, die sich in ihm zusammengeballt hatte, hervorbrach. »Wenn sie aufgeht.« Er hatte etwas zu tun, mußte etwas tun und wußte, was, konnte sich aber nicht daran erinnern.

Ein Schwall von Worten begann in ihm zu gären, und jetzt sprudelten sie hervor. *»Many Mabel damn. Molly Daddy lamb. Lolly dibble up-man. Dolly dibble Da«*, flüsterte er, dann kicherte er. Der Hammer war in seiner rechten Hand, der Nagel in seiner linken. Er beugte sich vor, verlor das Gleichgewicht und fiel schwerfällig mit den Knien auf die Matte, neben die ausgebreitete Tür. Sie rührte sich nicht. Der Bergwind fuhr durch seinen Kopf, der eine riesige Meermuschel voller Grotten war; ihre unendlich glatten rosa Wände, zart, papierdünn, fingen das Licht der glimmenden Scheite auf, während er durch die Galerien ging. *»Melly diddle din«*, sagte er ganz laut und steckte die Spitze des Nagels, so weit er konnte, in Thamis Ohr. Er hob den rechten Arm und schlug mit aller Kraft auf den Nagelkopf. Das Ding entspannte sich kaum wahrnehmbar, als hätte jemand gesagt: »Es ist schon gut.« Er legte den Hammer hin und tastete über den Nagelkopf, der in gleicher Höhe mit dem weichen Ohrläppchen war. Er hatte zwei kleine Einkerbungen; er fuhr mit dem Daumennagel über die Unebenheiten im Stahl. Der Nagel saß so fest, als sei er in eine Kokosnuß geschlagen worden. *»Merry Mabel dune.«* Die Kinder würden Lärm machen, wenn sie in der Pause herauskamen. Das Feuer prasselte, die gleiche eindringliche Musik, die man nicht zum Schweigen bringen konnte, die gleichen Feuerwerkskörper, die so langsam explodierten. Und der Boden war über ihm zusammengefallen. Er lag auf seiner umgebogenen Hand, er konnte sie fühlen, er wollte sich bewegen. »Ich muß daran denken, daß ich lebe.«

Er wußte nicht, ob er ruhig dalag oder ob seine Hände und Füße schmerzhaft zitterten vor Anstrengung, sich klarzumachen, daß er da war und seine Hand bewegen wollte. Er wußte, daß seine Haut empfindlicher war als die einer überreifen Pflaume;

wie zart er sie auch berührte, sie würde aufbrechen, und das Klebrige darunter würde ihn besudeln. Jemand hatte die Schreibtischschublade geschlossen, in der er lag, war fortgegangen und hatte ihn vergessen. Die große Mattigkeit. Die große Langsamkeit. Die Nacht hatte ihre mit Ruhe gefüllten Abteilungen und die Zeit Orte, die man aufsuchen, Gesichter, die man vergessen, Worte, die man verstehen, und eine Stille, die man studieren mußte.

Das Feuer war erloschen, die unmenschliche Nacht in den Raum eingedrungen. Wieder verlangte ihn nach Wasser. »Ich bin zurück«, dachte er; sein Mund, seine Kehle und sein Magen schmerzten vor Durst. »Thami ist zurückgeblieben. Ich bin der einzige Überlebende. So hab' ich es gewollt.« Dieser warme, feuchte, gefährliche Brutkasten für Gedanken war zerstört. »Gott sei Dank ist er nicht mit mir zurückgekommen«, sagte er sich. »Ich habe nie gewollt, daß er weiß, daß ich lebe.« Er sackte wieder ab; das Wasser war zu weit fort.

Ein rasendes Licht war ins Zimmer gefallen und tanzte herum. Er setzte sich auf und runzelte die Stirne. Das Ohr in dem Kopf, der neben ihm lag. Die kleine Stahlscheibe mit den unregelmäßigen Vertiefungen. Er hatte gewußt, daß es da sein würde. Er seufzte und kroch auf allen vieren um die hochgezogenen Beine herum, erreichte den kalten, blendenden Hof und tauchte sein Gesicht in den Eimer. Er war nicht wirklich, aber er wußte, daß er lebte. Als er seinen Kopf hob, ließ er ihn weit zurück gegen die Mauer fallen und blieb lange so sitzen, während das Frühlicht von den Bergen sich brutal in seine Augenlider bohrte.

Später erhob er sich, ging ins Zimmer, schleifte Thami an den Beinen durch den Hof in die Küche und schloß die Tür. Überwältigt von Müdigkeit, legte er sich auf die Matte und fiel, immer noch zitternd, in einen abgrundtiefen Schlaf. Mit fortschreitendem Tag nahm der Wind an Stärke zu, der blaue Himmel wurde weiß, dann grau. Die Tür klapperte unaufhörlich, aber er hörte nichts.

XXVI

Es wurde schon lange Zeit gegen die Tür gehämmert, ehe er es erfaßte und in einem verzweifelten Versuch, das Bewußtsein wiederzuerlangen, an den schlüpfrigen Wänden des Schlafbrunnens, auf dessen Grund er lag, emporkletterte. Als er schließlich seine Augen öffnete und in das Zimmer zurückkehrte, blieb eine seltsame Mattigkeit zurück, auf der er wie auf einem großen, weichen Kissen ruhte; er wollte sich nicht bewegen. Aber die Faust hämmerte unaufhörlich gegen die Tür, hie und da machte sie eine Pause, so daß es nach der dazwischenliegenden Stille lauter als zuvor dröhnte.

Unter ihm und auf ihm lagen Kissen; er wollte sich nicht bewegen. Aber er rief: »Wer ist da?« mehrmals hintereinander, und es gelang ihm, etwas Kraft in seine widerspenstige Stimme zu legen. Das Klopfen hörte auf. Bald verspürte er eine gewisse Neugierde und wollte wissen, wer wohl da draußen war. Er setzte sich auf, dann stand er auf, ging zur Tür und wiederholte, den Mund an das Holz gelegt: »Wer ist da?« Draußen hörte man nichts als das unregelmäßige Getröpfel des Wassers, das aus der Dachrinne auf den nackten Boden fiel. »Es hat also wieder geregnet«, dachte er mit sinnlosem Ärger. »Wer ist da?« sagte er noch lauter und erschrak gleichzeitig, als er mit der Hand ins Gesicht fuhr und den drei Tage alten Bart fühlte.

Er schloß die Tür auf, öffnete sie und sah hinaus. Es war ein dunkler Tag, und es war, wie er erwartet hatte, niemand zu sehen. Es interessierte ihn auch kaum mehr, wer geklopft hatte. Es war keine Gleichgültigkeit; auch er wußte, daß es von lebenswichtiger Bedeutung für ihn war – er wußte, daß er sehr notwendig erfahren mußte, wer vor einer Minute noch dort draußen gestanden hatte. Aber er war nicht mehr lebendig genug, um überhaupt noch starke Empfindungen zu haben; er hatte sich in der vergangenen Nacht zu sehr verausgabt. Das Heute war wie ein alter abgespielter Film – trübe, flackernd, zerkratzt und voller Schnitte, mit unverständlichem Inhalt.

Als er sich umdrehte, um wieder hineinzugehen, denn er wollte weiterschlafen, rief eine Stimme: »Hallo!« vom Fluß herüber. Und obwohl es ihm schwerfiel, etwas ins Auge zu fassen (das Tal war ein trüber grauer Brei), erblickte er einen Mann, der noch vor einer Sekunde dagestanden und sich nach dem Haus umgeschaut hatte und der nun begann, darauf zuzugehen. Dyar rührte sich nicht; er beobachtete; hie und da fühlte er auf seinem Kopf die kalten Tropfen, die einzeln und ohne Eile vom Himmel fielen.

Der Mann war ein Berber in ländlicher Kleidung. Als er sich dem Haus näherte, verlangsamte er seinen Schritt und sah auf den Weg zurück. Bald blieb er überhaupt stehen und wartete offensichtlich auf jemanden, der hinter ihm kam. Zwischen den Felsen kamen kurz darauf zwei Gestalten hervor, kletterten über den Fluß und um die Wegbiegung. Dyar, der unter der Tür stehenblieb und diese unerwartete Ankunft beobachtete, fühlte, daß sie von größter Bedeutung für ihn war, konnte aber nicht die Energie aufbringen, Vermutungen anzustellen; er beobachtete. Als die zwei Gestalten die Stelle erreicht hatten, wo die einzelne Person stand, hielten sie an und beratschlagten; der Berber zeigte mit dem Arm nach dem Haus, dann setzte er sich, während die anderen weiter den Weg hinaufgingen. Aber jetzt begann Dyar zu starren, denn der eine Mann trug eine Uniform mit Jodpurs und Reitstiefeln, während der andere, der offenbar Hilfe beim Steigen benötigte, einen Regenmantel und einen leuchtend violetten Turban trug. Als die beiden etwa halbwegs zwischen dem sitzenden Berber und dem Haus waren, erkannte er mit Schrekken, daß die zweite Person eine Frau in Hosen war. Und eine Sekunde später blieb ihm vor Erstaunen der Mund offenstehen, denn er hatte Daisy erkannt. »Guter Gott!« sagte er tonlos.

Als sie näher kam und sah, wie er sie anstarrte, winkte sie ihm zu, sagte aber nichts. Dyar, der sich wie ein kleines Kind benahm, stand da und sah zu, wie sie auf ihn zukam, ohne auch nur ihren Gruß zu erwidern. »Oh!« rief sie aus und keuchte leise, als sie den ebenen Vorsprung erreicht hatte, auf dem das Haus stand. Sie ging auf die Tür zu und streckte die Hand aus. Er nahm sie und sah sie immer noch ungläubig an. »Hallo«, sagte er.

»Hör zu! Bitte denk nicht, ich sei eine Wichtigmacherin. Wie geht's?« Sie ließ seine Hand los und sah ihn durchdringend an; instinktiv fuhr er mit der Hand an sein Kinn. »Gut?« Ohne die Antwort abzuwarten, wandte sie sich an den Mann in Chauffeurlivree. *»Me puedes esperar ahi abajo.«* Sie deutete auf den Eingeborenen, der unten wartete. Der Mann legte schweigend die Hand an die Mütze und ging.

»Oh!« sagte Daisy wieder, sah sich nach einer Sitzgelegenheit um und erblickte nichts als nasse Erde. »Ich muß mich setzen. Können wir hineingehen, wo es trocken ist?«

»Aber sicher.« Dyar erwachte zum Leben. »Ich bin nur erstaunt, dich zu sehen. Geh nur rein.« Sie durchquerte das Zimmer und ließ sich vor dem ausgebrannten Kamin auf der Matte nieder. »Was machst du hier?« sagte er, und seine Stimme war gänzlich ausdruckslos.

Sie legte die Knie zusammen und faltete die Hände darüber. »Ich bin offensichtlich gekommen, um dich zu sehen.« Sie sah ihn an. »Aber natürlich willst du nicht wissen, *weshalb*. Wenn du dich gedulden kannst, bis ich wieder Atem geholt habe, erzähle ich dir den Grund.« Sie schwieg und seufzte. »Ich werde dir meine Geschichte unterbreiten, und du kannst dann tun, was du willst.« Jetzt ergriff sie seinen Arm. »Liebling« (der Klang ihrer Stimme hatte sich geändert, war eindringlicher geworden), »du mußt zurückkommen. Du mußt wieder nach Tanger zurück. Deshalb bin ich hier. Um dir zu helfen zurückzukommen.«

Sie fühlte, wie sich sein Körper anspannte, als Dyar rasch den Kopf wandte, um sie anzusehen. »Sprich nicht«, sagte sie. »Laß mich erst ausreden. Es ist spät, und es wird wieder regnen, und wir müssen Agla verlassen, solange es noch hell ist. Bis zur *carretera* sind es 27 Kilometer Saumpfad. Du kennst die Straßen nicht, weil du auf einem anderen Weg hergekommen bist.«

»Woher weißt du, wie ich gekommen bin?«

»Du scheinst mich wirklich für einen Volltrottel zu halten,

was?« Sie bot ihm eine Zigarette aus ihren Etui an, und sie rauchten eine Weile schweigend. »Ich habe deine kleinen Verhandlungen im Garten neulich nachts beobachtet und glaubte den betrunkenen Bruder der Beidaouis zu erkennen. Und ich hatte keinen Grund, an den Aussagen seiner Frau zu zweifeln. Nach ihren Behauptungen hat er dich hierhergebracht. Das wäre das. Aber das ist alles nicht wichtig.«

Er dachte: »Wie kann ich herausbekommen, was sie alles weiß?« Das beste wäre, sie einfach zu fragen; damit schnitt er ihr das Wort ab und sagte: »Was hat man dir erzählt?«

»Wer?« sagte sie trocken. »Jack Wilcox und Ronny Ashcombe-Danvers?« Er antwortete nicht.

»Wenn du die meinst«, fuhr sie fort, »die haben mir natürlich alles erzählt. Ihr seid alle gottverdammte Idioten, alle drei, aber du bist der größte Idiot. *Was* um Himmels willen hast du dir eigentlich dabei gedacht? Ich weiß natürlich nicht, was Jack sich vorgestellt hat, als er dich Ronnys Geld holen ließ, er tut so geheimnisvoll, und ich werde aus seinem albernen Geschwätz nicht klug. Erst als ich Ronny gestern am Flugplatz traf, habe ich überhaupt eine einigermaßen zusammenhängende Geschichte erzählt bekommen. Du mußt wissen, daß Ronny ein alter Freund von mir ist, und ich kann dir sagen, daß er sich mit Recht über die ganze Sache schwer geärgert hat.«

»Ja«, sagte er, da er absolut nicht wußte, was er sonst sagen sollte.

»Ich habe mich mit ihm herumgestritten, bis ich heiser war, um ihn zu überreden, mich hierherfahren zu lassen. Er war natürlich entschlossen, selber mit einer Halsabschneiderbande vom Hafen zu kommen und zu versuchen, sein Geld mit Gewalt wiederzubekommen. Denn das kann er selbstverständlich nicht auf legalem Weg erreichen. Aber ich glaube, er weiß jetzt, wie kindisch diese Idee war. Ich habe ihn davon überzeugt, wie viel besser es ist, wenn du freiwillig zurückkommst.«

Dyar dachte: Ashcombe-Danvers ist also ein alter Freund von ihr. Er hat ihr Prozente versprochen für alles, was er zurückbekommt. Und er erinnerte sich an Mme. Werths Hotelbestellung in Marrakesch; Daisy hätte ebensogut zu ihm sagen können: »Bitte komm zurück und opfere dich für mich.«

»Das kommt nicht in Frage«, sagte er kurzangebunden.

»Oh, es kommt nicht in Frage?« rief sie, und ihre Augen funkelten. »Weil der kleine Herr Dyar es sagt, was?«

Er errötete. »Du hast verdammt recht.«

Sie beugte sich zu ihm. »Weshalb, glaubst du, bin ich gekommen, du verdammter, dämlicher Narr, du eingebildeter Idiot? Gott im Himmel!«

»Weiß ich nicht. Ich wundere mich selber darüber«, sagte er und warf seine Zigarette in den Kamin.

»Ich kam«, sie machte eine Pause, »weil ich der größte Idiot von allen bin, weil ich, durch einen gräßlichen Charakterdefekt – weil ich es mir irgendwie habe durchgehen lassen, dich gern zu haben. Weiß Gott, weshalb! Gott weiß, warum! Glaubst du, ich bin den ganzen Tag hierhergekommen, nur um Ronny zu seinem Geld zu verhelfen? (›Genau deshalb‹, dachte er.) Er ist besser als ich für eine Menschenjagd ausgerüstet, mit seiner Halsabschneiderbande aus dem Marschan.« (»Sie glaubt kein Wort von dem, was sie sagt. Sie glaubt nur, daß sie die Sache besser erledigen kann«, dachte er bei sich.) »Ich bin hier, weil Ronny mein Freund ist, jawohl, und weil ich ihm gerne helfen will, das, was ihm gehört, zurückzubekommen, was du ihm gestohlen hast.« (Ihre Stimme zitterte etwas bei dem Wort *gestohlen.*) »Ja, natürlich, das stimmt alles. Und ich bin hier, weil das, was ihm hilft, das einzige ist, was dir helfen kann.«

»Rette meine Seele. Ich weiß. Mich stellen und die Sache bereinigen.«

»Deine Seele!« sagte sie bissig. »Ich scheiße auf deine Seele! Ich habe gesagt, ich will dir helfen. Du sitzt in der Patsche. Du weißt verdammt gut, in was für einer du sitzt. Und ohne daß dir einer hilft, kommst du nicht wieder raus. Ich möchte dir sehr gerne heraushelfen. Und um ganz offen zu sein: ich kenne niemanden, der es sonst kann oder will.«

»Oh, das weiß ich«, sagte er. »Ich erwarte von niemandem, daß er eine Kollekte für mich veranstaltet. Niemand kann mir helfen. Schön. Wie willst du es dann können?«

»Glaubst du, Luis kennt nicht ein paar Leute in Tanger? Die Frage ist nur, wie schafft man dich und das Geld über die Grenze? Ich habe mir für alle Fälle einen Diplomatenwagen geliehen. Gewöhnlich kommt man mit dem CD auf dem Nummernschild glatt durch. Selbst wenn dem nicht so wäre, habe ich für alles gesorgt. Du riskierst nichts.«

»Riskierst nichts!« wiederholte er und lachte kurz auf. »Und in Tanger?«

»Ronny? Was kann er tun? Ich sage dir, der wird so froh sein, wenn er sein Geld wiederhat, er wird –«

Er schnitt ihr das Wort ab. »Das ist es nicht«, sagte er. »Davor habe ich keine Angst. Ich überlege nur.«

Sie sah einen Augenblick nachdenklich aus. »Du meinst doch nicht den Scheck, den du von dieser scheußlichen kleinen Russin angenommen hast?«

»Ach, Herr Jesus, gibt es denn nichts, was du nicht weißt?«

»Was den Klatsch von Tanger betrifft, nein, Liebling. Aber das weiß jeder. Man hat sie aus der internationalen Zone ausgewiesen. Vorgestern. Wahrscheinlich ist sie schon fort. Das einzig Positive, was Onkel Goode seit ihrer Ankunft in Tanger getan hat. Die offizielle Stellungnahme der Amerikaner zu deinem dämlichen Verhalten kenne ich nicht. Aber dieses Risiko mußt du auf dich nehmen. Ich finde, wir haben jetzt genug geredet – findest du nicht auch?«

»Möglich«, sagte er. Es war eine Lösung, dachte er, aber nicht die richtige, denn sie würde alles, was er erreicht hatte, wieder zunichte machen. Er mußte seinen Weg gehen, sagte er sich. Er wußte, wie der andere Weg aussah.

»Glaubst du, wir könnten Tee trinken, ehe wir fahren?« erkundigte sich Daisy plötzlich. »Es wäre eine Hilfe.« (Sie versteht mich nicht, dachte er.)

»Ich gehe nicht«, sagte er.

»Oh, Liebling, mach keine Geschichten.« Er hatte ihre Augen noch nie so groß und so ernst gesehen. »Es ist spät. Du weißt verdammt genau, daß du gehst. Es bleibt dir nichts anderes übrig. Die Schwierigkeit liegt darin, daß du dich nicht entschließen kannst, Jack und Ronny zu begegnen. Aber du *mußt* es, da hilft nichts.«

»Ich sage dir, ich gehe nicht.«

»Quatsch! Blödsinn! Komm jetzt! Ekle mich nicht mit deiner Angst. Es gibt nichts Widerlicheres als einen Mann, der Angst hat.«

Er lachte unangenehm.

»Komm, los«, sagte sie jetzt gutmütig, als hätte jeder Satz, den sie bisher gesagt hatte, ihn ein wenig mehr überzeugt. »Mach einen guten heißen Tee, wir wollen jeder eine Tasse trinken. Dann fahren wir zurück. Es ist so einfach.« Ein neuer Gedanke schoß ihr durch den Kopf, als sie sich zum erstenmal im Zimmer umsah. »Wo ist der Beidaoui-Junge? Nicht, daß ich ihn mitnehmen kann; er muß selbst schauen, wie er zurückkommt, aber ich denke, das wird kein Problem sein.«

Da das, was sich während der letzten halben Stunde abgespielt hatte, so außerhalb der Welt lag, in der er gelebt hatte (wo der Bergwind toste und mit der Tür klapperte), hatte sich die Welt hier droben wie etwas, das er erfunden hatte, zurückgezogen, war unwirklich geworden und hatte sich vorübergehend aufgelöst. Er hielt den Atem an und sagte nichts. Gleichzeitig warf er einen raschen Blick über die Schulter nach der Küchentür und fühlte, wie sein Herz sich schmerzhaft zusammenzog. Einen Augenblick lang wurden seine Augen übergroß. Dann sah er ihr finster ins Gesicht und versuchte, die Augen weit offen zu halten. »Ich weiß es nicht«, sagte er und hoffte, daß man aus seinem Gesichtsausdruck nichts anderes als normale Teilnahme lesen konnte. Die Tür hatte sich durch den Wind etwas geöffnet, und eine hilflose Hand wurde im Spalt sichtbar. »Ich habe ihn den ganzen Tag über nicht gesehen. Er war schon weg, als ich aufwachte.«

Jetzt klopfte sein Herz wild, und sein Gehirn drängte gegen die

Schädeldecke, als wollte es die dünne Wand durchbrechen. Er versuchte, sein altes Spiel zu spielen. »Es ist nicht wahr. Er liegt nicht dort.« Es ging nicht. Er wußte es genau, auch ohne daß er hinsah; das Spiel war aus. Er saß im Zimmer, er war der Mittelpunkt einer Situation, von der ihm jedes Detail bekannt war; gerade das Vorhandensein der Hand verschaffte ihm die unerschütterliche Gewißheit, die Überzeugung, daß sein Dasein, mit allem, was dazu gehörte, wirklich, stofflich und unleugbar war. Später würde er dieser Erkenntnis gerade ins Gesicht sehen können, ohne die unerträgliche hämmernde Angst, aber jetzt neben Daisy zu sitzen, in dem Raum, wo diese Erkenntnis geboren worden war, war zu viel für ihn. Er sprang auf.

»Tee?« schrie er wild. »Klar, sicher. Natürlich.« Er ging zur Haustür und sah hinaus: der Chauffeur und der eingeborene Führer saßen immer noch draußen in der zunehmenden Dunkelheit; jeder auf einer Seite des Weges. »Ich weiß nicht, wo er ist«, sagte er. »Er war den ganzen Tag weg.« Es regnete immer noch leise, aber bald würde es stärker regnen. Eine dicke Wolke senkte sich von den unsichtbaren Gipfeln herab. Alle Farbe war vom nassen Zwielicht aufgesogen. Er hörte hinter sich ein Geräusch und erstarrte, als er sah, wie Daisy sich langsam und umständlich erhob und in den Hof ging, wobei ihre Augen die Schwelle der Küchentür fixierten. Sie zog die Tür ganz auf und beugte sich nieder, den Rücken ihm zugewandt. Er war nicht ganz sicher, glaubte aber eine Sekunde später einen kleinen, fast lautlosen Schrei zu hören. Sie blieb eine lange Weile hingekauert dort sitzen. Ganz langsam nahm das tote, einförmige Geräusch des fallenden Regens an Stärke zu und hüllte alles ein. Er ging durch das Zimmer, auf den Hof zu und dachte dabei: »Jetzt ist der Moment gekommen, wo ich ihr beweisen kann, daß ich keine Angst habe. Keine Angst vor dem, was sie denkt.« Da der Regen aus der Dachtraufe im Hof prasselte, konnte sie ihn nicht kommen hören, bis er fast unter der Tür war. Sie blickte rasch auf; Tränen standen in ihren Augen, und dieser Augenblick verursachte einen stechenden Schmerz in seinem Inneren.

Er blieb stehen.

»Hast –?« Sie bemühte sich nicht, mehr zu sagen. Er wußte den Grund: sie hatte sein Gesicht gesehen und darin die Antwort gelesen. Sie blieb nur seine Sekunde vor ihm stehen, aber in dieser Sekunde mußten viele Gedanken durch ihren Kopf geschossen sein, denn als er ihr in die Augen starrte, bemerkte er, wie sich plötzlich eine große Schranke aufrichtete, die noch vor kurzem nicht dagewesen war und die jetzt plötzlich gnadenlos und undurchdringlich zwischen ihnen stand. Sie ging rasch vor ihm durch das Zimmer und zur Tür. Erst als sie draußen im Regen stand, drehte sie sich um und sagte mit erstickter Stimme: »Ich werde Ronny sagen, daß ich dich nicht finden konnte.« Dann entschwand sie seinem Blickfeld; wo sie gestanden hatte, war nichts mehr als ein graues Rechteck.

Einen Moment lang blieb er im Hof stehen, und der kalte Regen durchnäßte ihn. (Ein Platz in der Welt, eine endgültige Stelle, eine genau umrissene Beziehung zum Rest der Menschheit. Selbst wenn es reine Feindschaft war, so war sie sein, er hatte sie sich geschaffen.) Plötzlich schlug er die Küchentür zu und ging ins Zimmer. Er war müde und wollte sich setzen, aber da war nur die Matte, und so blieb er mitten im Zimmer stehen. Bald würde es dunkel sein; auf dem Fußboden klebte der kleine Kerzenstummel, den der andere gestern Nacht ausgeblasen hatte, als das Feuer brannte. Er wußte nicht, ob noch eine Kerze in der Küche war, er wollte auch nicht danach suchen. Mehr, um sich mit etwas zu beschäftigen, als aus dem Bedürfnis nach Licht, kniete er nieder, um den Stummel anzuzünden, suchte in seiner Tasche, in all seinen Taschen, nach einem Streichholz. Da er keines fand, stand er wieder auf und ging zur Tür. Draußen in der Dämmerung waren weder das Tal noch die Berge zu sehen. Der Regen fiel schwer, und der Wind wehte wieder heftiger. Er setzte sich auf die Türschwelle und fing an zu warten. Es war noch nicht völlig dunkel.

NACHWORT

Seit ich ein Junge von acht oder neun Jahren war, war ich von der kurzen Passage in *Macbeth* fasziniert, in der Banquo mit seinem Sohn aus dem Schloß tritt und zu den Männern draußen eine beiläufige Bemerkung über den herannahenden Regen macht, die durch das Aufblitzen eines Schwertes beantwortet wird und durch jenen bewunderungswürdigen, kurzen, bündigen und brutalen Vier-Wort-Satz: »So mag er fallen.«
Der Roman, dem ich diesen Titel gab, wurde erstmals Anfang 1952 veröffentlicht, gerade zu dem Zeitpunkt, als die Aufstände begannen, die das Ende der Internationalen Zone von Marokko ankündigten. So schilderte das Buch schon zur Zeit seines Erscheinens eine versunkene Ära, denn mit dem 30. März 1952 war Tanger eine andere Stadt geworden. Die Stadt, der in den voranstehenden Seiten gehuldigt wird, hat schon vor langer Zeit aufgehört zu existieren, und die Ereignisse, die hier erzählt werden, wären heute unvorstellbar. Wie eine Photographie ist dieser Roman ein Dokument, das einen bestimmten Ort zu einer bestimmten Zeit abbildet und von dem Licht dieses besonderen Augenblicks durchflutet wird.

Die Entstehung des Buches hat eine vielleicht etwas ungewöhnliche Geschichte. Im Dezember 1949 ging ich in Antwerpen an Bord eines polnischen Frachters, der mich nach Colombo bringen sollte. Wir passierten spät nachts die Straße von Gibraltar, und ich stand an Deck und betrachtete die aufblitzenden Strahlen des Leuchtturms von Kap Spartel, der nordwestlichen Spitze Afrikas. Als wir weiter ostwärts fuhren, konnte ich die Lichter verschiedener Häuser auf dem Alten Berg erkennen. Dann näherten wir uns Tanger, und ein dünner Nebel legte sich über das Wasser, und nur das Schimmern der Lichter der Stadt war zu erkennen, wie es vom Himmel gespiegelt wurde. In diesem Augenblick fühlte ich ein blindes und mächtiges Verlangen, in Tanger zu sein. Bis dahin hatte ich nicht im entferntesten daran gedacht, ein Buch über die Stadt unter internationaler Verwaltung zu schreiben. Jetzt ging ich unter Deck, setzte mich in meine spartanische Koje und begann eine Szene, die auf den Klippen spielte, unter denen wir gerade vorbeigefahren waren. Das war nicht der Anfang des Buches, aber es diente mir als geographischer Anhaltspunkt, von dem aus ich fähig war, mich zeitlich vorwärts- und zurückzuarbeiten.

Mit Notizen kann ich nie viel anfangen, solange ich nicht eine größere Menge Text fertig habe, in die ich sie dann einarbeiten kann; ich wußte, daß ich, bevor ich in einer mir noch unvertrauten Gegend an Land gehen würde, das Manuskript so weit vorangetrieben haben mußte, daß es als Nabelschnur zwischen mir und dem Roman dienen konnte; wenn mir das nicht gelang, würde mir alles wieder den Händen entgleiten. Als sich das Schiff Ceylon näherte, fand ich mich auf einmal Kafkas bekannten Aphorismus wiederholen: *Von einem bestimmten Punkt an gibt es keine Umkehr mehr. Das ist der Punkt, der erreicht werden muß.* Ich glaube nicht, daß Kafka damit auf das Schreiben eines Buches anspielen wollte, aber nichtsdestoweniger schien es auf meine Situation zu passen. Ich setzte alles daran, den entscheidenden Punkt zu passieren; nur dann konnte ich sicher sein, daß ich nicht alles wegwerfen und die Arbeit am Buch aufgeben mußte, wenn ich später versuchen sollte, daran weiterzuschreiben.

Sri Lanka (wie Ceylon eigentlich, richtig ausgesprochen, heißt) war jeder weiteren Arbeit an dem Roman so wenig förderlich, wie ich es vorausgesehen hatte; es gab zuviel zu sehen und zu lernen, und die Landschaft war zu verführerisch, um mir allzuviel Zeit zur Besinnung zu geben. Ich führte ein Nomadenleben und blieb selten mehr als ein paar Tage an einem Ort. Erst als ich später nach Indien übersetzte, war ich wieder fähig, mich an die Arbeit zu machen.

In Indien erkundete ich tagsüber das Land; nachts schrieb ich, und mein fensterloses Arbeitszimmer war alles andere als befriedigend. Die Lufttemperatur lag stets einige Grade über der Körpertemperatur, und die Öllampe brannte wie ein Backofen in meinem Gesicht. (Der rechte Platz zu arbeiten wäre natürlich das Bett im Zimmer nebenan gewesen, nur konnte ich dort wegen der Tausenden von fliegenden Insekten, die sofort das Zimmer heimgesucht hätten, kein Licht anmachen. Ich ging immer im Dunkeln zu Bett.) Aber wie man als Schriftsteller aus Erfahrung weiß, helfen extreme Unbequemlichkeiten oft, eine intensive Arbeitsatmosphäre zu schaffen.

1950 war ich zurück in Tanger; es war ein denkwürdig stürmischer Winter, und ich wohnte in einer neueröffneten Pension. Sie war zugleich neu (sprich: schlecht) erbaut, so daß der Regen in meinem Zimmer die Wände herunter-, hinüber zur Tür und hinaus in den Korridor rann und von dort die Treppen hinab in die Rezeption im Erdgeschloß floß. Da es bedeutet hätte, im kalten Wasser herumstapfen zu müssen, wenn ich im Zimmer auf und ab gegangen wäre, blieb ich die meiste Zeit über im Bett und schrieb das Kapitel *Frisches Fleisch und Rosen* fertig. Dann reiste ich acht Monate lang durch Marokko, Algerien und Spanien und arbeitete während dieser Zeit an dem dritten Teil *Das Zeitalter der Ungeheuer.*

Im Herbst 1951 kehrte ich nach Tanger zurück und begab mich hinauf nach Xauen, um den Schluß des Buches zu schreiben. Hier, in der vollkommenen Stille der Bergnächte, vollendete ich, was ich gehofft hatte, schaffen zu können, als ich an diesem Punkt des Buches angelangt war. Ich ließ mich ganz treiben und das Kapitel *Auch eine Art der Stille* sich völlig von selbst entwikkeln, ohne es mit dem Bewußtsein irgendwohin lenken zu wollen. Das Ganze entwickelte sich so weit wie möglich, dann hörte es auf, und das war das Ende des Buches.

Der Held ist ein Nichts, ein »Opfer«, wie er sich selbst beschreibt, dessen Persönlichkeit (die sich nur über die jeweilige Situation, in der er sich befindet, definiert) Sympathien nur in dem Maße erweckt, in dem er selbst Opfer wird. Er ist der einzige Charakter, der total erfunden ist; bei allen anderen Personen des Buches sind mir damalige Bewohner Tangers Modell gewesen. Einige dieser Leute sind inzwischen weggezogen, und der Rest ist gestorben. Der einzige Charakter, dessen Modell immer noch hier wohnt, ist Richard Holland, und das liegt daran, daß ich immer noch hier bin und er eine Karikatur von mir selbst ist.

Auch der Diebstahl des Geldes basiert auf einem wirklichen Ereignis, auch wenn dieses so unwahrscheinlich war, daß ich es ändern mußte, um ihm Wahrscheinlichkeit zu verleihen. Etwa drei Jahre nach Ende des Zweiten Weltkriegs kam der Sohn eines berühmten englischen Schriftstellers mit seiner Frau nach Tanger und entschloß sich, sich ein Stück Land zu kaufen und ein Haus zu bauen. Englische Pfund aus dem Vereinigten Königreich auszuführen war verboten, und so suchte er, wie viele andere, einen indischen Händler in Gibraltar auf, dem er einen Scheck seiner Londoner Bank übergab. Der Inder sollte seinen Sohn beauftragen, einem Mr. X in Tanger das Geld in Peseten zu übergeben. Aber Mr. X war eine einflußreiche Persönlichkeit, die einen englischen Sekretär hatte, der sich um solche Angelegenheiten zu kümmern pflegte. Als nun der Sekretär das Geld von dem jungen Inder abholen wollte, fand er zwar das Geld vor, aber in Pfund Sterling anstelle von Peseten, und englische Pfund konnten in der Internationalen Zone wegen der erwähnten Restriktionen nicht ausgegeben werden. So vermittelte ihm der Inder den Kontakt zu einem Geldwechsler um die Ecke, der sich einverstanden erklärte, die Pfund Sterling zu kaufen. Der Geldwechsler füllte einen Karton mit Peseten und brachte sie hinüber zu dem Inder, um sie dort, wie er erklärte, einen Augenblick zu deponieren. Er sei auf dem Weg zum Mittagessen und wolle das Geld nicht dorthin mit sich nehmen. Am Nachmittag komme er auf dem Rückweg wieder vorbei und nehme die Pfund mit.

Am Nachmittag rief der Sekretär im Laden des Inders an und ließ diesen wissen, daß er gerade bei dem Geldwechsler in der Zoco Chico gewesen sei und daß dieser ihn um den Gefallen gebeten habe, ihm doch die englischen Pfund in sein Büro zu bringen. Er verließ den Laden mit dem Geld und war fünf Minuten später zurück. So, das ist erledigt, sagte er. Dann nahm er die Peseten, dankte dem Inder und ging hinaus in die Menschenmenge, die sich durch die Siaghines drängte. Eine Stunde später war er an Bord eines Flugzeugs nach Madrid, mit den Peseten und den englischen Pfund. Das letzte, was ich von ihm nach einem Jahr oder noch später hörte, war, daß er in Buenos Aires sei, wo er bei Pferderennen wette.

Tanger 1980
Paul Bowles